Antonia Riepp

Villa Fortuna

PIPER

Zu diesem Buch

Johanna Burger hat in der Villa Fortuna in Belmonte, einem Dorf in den italienischen Marken, ein neues Zuhause gefunden. Dort lernt sie Gabriella Moretti kennen. Beide Frauen könnten nicht unterschiedlicher sein: Johanna, eine tierliebe Eigenbrötlerin aus dem Allgäu, und Gabriella, eine gestandene italienische mamma. Doch im Verborgenen haben sie mehr gemeinsam, als sie jemals für möglich gehalten hätten. Zwei Frauenleben zwischen Anpassung und der Suche nach Freiheit, bestimmt von Familie, Liebe und Verrat. In Antonia Riepps zweitem Roman »Villa Fortuna« wird der malerische Ort Belmonte erneut zum Schauplatz einer hochemotionalen Saga.

Antonia Riepp ist das Pseudonym einer deutschen SPIEGEL-Bestsellerautorin, die seit über zwanzig Jahren Spannungsromane veröffentlicht. Sie wurde mehrfach ausgezeichnet, ihre Bücher wurden in fünf Sprachen übersetzt und zwei ihrer Bestseller verfilmt. Die Autorin lebt im Allgäu.

Antonia Riepp

Villa Fortuna

Eine deutsch-italienische Familiensaga

PIPER

Mehr über unsere Autorinnen, Autoren und Bücher:
www.piper.de

Wenn Ihnen dieser Roman gefallen hat, schreiben Sie uns unter Nennung des Titels »Villa Fortuna« an *empfehlungen@piper.de*, und wir empfehlen Ihnen gerne vergleichbare Bücher.

Von Antonia Riepp liegen im Piper Verlag vor:
Die Belmonte-Reihe:
Band 1: Belmonte
Band 2: Villa Fortuna
Band 3: Santo Fiore

Die Capri-Reihe:
Band 1: Die Frauen von Capri – Im blauen Meer der Tage

Unser Versprechen für mehr Nachhaltigkeit
• Klimaneutrales Produkt
• FSC®-zertifiziertes Papier
• Hergestellt in Europa

FSC www.fsc.org MIX Papier | Fördert gute Waldnutzung FSC® C021394

Ungekürzte Taschenbuchausgabe
ISBN 978-3-492-31933-1
1. Auflage Juli 2022
2. Auflage Juli 2023

Umschlaggestaltung: u1 berlin / Patrizia Di Stefano
Umschlagabbildung: ullstein bild - Alinari Archives; Getty Images (I just try to tell my emotions and take you around the world; Angelgild; Jim Smithson)
Satz: Uhl + Massopust, Aalen
Gesetzt aus der Maiola Book
Gedruckt von ScandBook in Litauen
Printed in the EU

Oktober 2020

Johanna

Die Hunde merkten es immer lange vor Johanna, wenn sich Besuch ankündigte. Lani und Bella, die beiden Segugio-Damen, begannen nervöse Kreise im Hof zu ziehen, Mauri, ein graubrauner Zottel, und der nicht ganz reinrassige Schäferhund Otto setzten sich aufrecht und witternd vor die Treppe, und Ursula fing voller Vorfreude zu sabbern an. Die weiße Maremmano-Hündin war inzwischen dreizehn Jahre alt. Gabriella vom Moretti-Hof hatte Johanna den vier Monate alten Welpen zum Einzug geschenkt oder, besser gesagt, aufgedrängt. Wenn Johanna schon unbedingt in einem abgelegenen Bauernhaus im Apennin leben wolle, brauche sie wenigstens einen Hund, und diese großen Hütehunde seien für ihre Schärfe und Wachsamkeit bekannt.

Der Welpe hatte ausgesehen wie ein kleiner Eisbär, ein *orso bianco,* also hatte Johanna ihr den Namen Ursula gegeben. Was den scharfen Wachhund betraf, schien Ursula ein wenig aus der Art zu schlagen. Bestimmt würde sie einen Wolf verjagen, daran glaubte Johanna ganz fest, nur hatte sich in all den Jahren keiner blicken lassen, obwohl es in den Bergen durchaus welche gab. Menschen gegenüber zeigte sich Ursula dagegen hoffnungslos bestechlich. Was soll's?, fragte sich Johanna. Die anderen Hunde hatten schließlich ebenfalls ihre Defizite.

Viele Menschen kamen ohnehin nicht hinauf zu ihrem kleinen Gehöft, denn für die steilen Serpentinen brauchte man ein geländegängiges Fahrzeug, oder man musste den Anstieg zu Fuß bewältigen, was nicht jedermanns Sache war. In der Saison durfte Schäferhund Otto bisweilen Touristen vertreiben. Sein fehlendes rechtes Hinterbein hinderte ihn nicht daran, mit Überzeugung den Besucherschreck zu geben, und Wanderer, meistens Deutsche, die das Schild mit der Aufschrift *privato* an der Abzweigung ignoriert hatten, machten denn auch stets recht eilig wieder kehrt.

In diesem Jahr jedoch waren sowohl ungebetene als auch gern gesehene Besuche ausgeblieben. Das Corona-Virus hatte die Touristen ferngehalten und die Einheimischen in die Häuser verbannt. Als wäre das nicht genug, riss ein früher Herbststurm weiter unten am Berg zwei Pappeln um. Die Bäume lagen seit Wochen quer über der Schotterstraße, die als einzige nach Belmonte führte.

Jetzt war Anfang Oktober, und noch machte ihr die blockierte Straße nicht allzu viel aus. Zweimal pro Woche schlüpfte sie in ihre Wanderschuhe und schulterte den Rucksack, um Essen für sich und die Hunde zu besorgen. Es gefiel ihr, sich selbst zu beweisen, dass sie nicht auf das Auto angewiesen war. Dabei war sie sich durchaus bewusst, dass sie das Schicksal herausforderte. Was, wenn einer der Hunde zum Tierarzt musste oder wenn ihr selbst etwas zustieß? Außerdem konnte sie unmöglich den gesamten Wintervorrat für sich und die Tiere im Rucksack heranschaffen. Hier oben tat man gut daran, sich beizeiten mit Vorräten einzudecken, denn die *strada bianca* nach Belmonte wurde nicht geräumt, und das Stück von der Abzweigung bis zu Johannas Haus war bei Schnee selbst zu Fuß riskant. In einigen Kurven ging es direkt neben dem Weg steil hinunter. Ein Ausrutscher, ein falscher Tritt auf ein trügerisches Schneebrett, und man endete am Grund der Schlucht.

Um zu Fuß nach Belmonte zu kommen, brauchte man etwa eine Stunde, doch bei Johanna dauerte es meist länger, denn auf dem Hinweg trödelte sie gern herum: hielt Ausschau nach Pilzen, Beeren und Kräutern, beobachtete Vögel oder genoss einfach nur die Aussicht auf die Landschaft der italienischen Marken: das Mosaik der Felder mit den grünen Einsprengseln kleiner Wälder, die einzelnen Gehöfte, die silbrigen Bänder der Straßen. Mittelalterliche *castelli,* umgeben von trotzigen Festungsmauern, besetzten die Hügel, und an klaren Tagen konnte man im Hintergrund den kobaltblauen Strich der Adria sehen, die nur eine halbe Autostunde entfernt war. War Johanna dann endlich in Belmonte angekommen, gönnte sie sich als Erstes einen Cappuccino in der Bar, holte dort ihre Post ab und ließ sich von Giovanna den neuesten Dorfklatsch erzählen. Danach besuchte sie entweder den Dorfladen von Giovannas Tochter Flavia, er lag gleich nebenan, oder sie traf sich mit ihrer Freundin Gabriella, und sie fuhren zusammen nach Serra de' Conti, zum Supermarkt und der Tierfutterhandlung.

Der Rückweg mit dem schweren Rucksack war deutlich beschwerlicher und dauerte jedes Mal fast zwei Stunden.

»Du wirst dir noch den Rücken ruinieren«, hatte Gabriella letzte Woche prophezeit, als sie auf der Terrasse vor Giovannas Bar saßen. Gabriella bestellte zwei *frizzante,* diesen leicht süßlichen Perlwein, den Johanna nicht besonders mochte und den sie später, als ihre Freundin nicht hinsah, in den Kübel der Bougainvillea goss.

»Soll ich nicht meine Jungs bitten, die Bäume wegzumachen? Wir haben keine Gäste, sie hätten genug Zeit.«

»Das sehe ich nicht ein«, beharrte Johanna. »Die Straße

frei zu machen ist Aufgabe der Gemeinde. Wozu zahlen wir schließlich Steuern?«

»Das kann noch Wochen dauern, bis die ihre Ärsche hochkriegen.«

»Ich werde unserem Bürgermeister schöne Augen machen, das hilft bestimmt«, verkündete Johanna, und daraufhin kicherten sie wie die Teenager.

»Keine Sorge, ich bin zäh«, hatte Johanna noch hinzugefügt.

Johanna Burger war dünn und drahtig und viel kräftiger, als sie aussah. Vor allen Dingen verfügte sie über Ausdauer. Mit zweiundsechzig, so sagte sie sich, durfte man sich nicht gehen lassen. Darum hoffte sie, dass die Einkaufstouren zu Fuß sie wenigstens fit halten würden.

Möglicherweise kam ihr zugute, dass sie in Oberstdorf aufgewachsen und daher von klein auf an Bergtouren in den Allgäuer Alpen gewöhnt war. Kaum ein Gipfel im Umkreis, den sie nicht zusammen mit ihrem Vater und den Brüdern erklommen hätte. Ihre Mutter war nie dabei gewesen. Vielleicht erschlossen sich ihr die Freuden der Gipfelstürmerei wegen ihrer pommerschen Gene nicht, vielleicht hatte sie aber auch einfach genug zu tun – mit einem Mann, der im Haushalt kaum einen Finger rührte, drei Kindern, der Buchhaltung für die Schreinerei und einer Schwiegermutter, der man nichts recht machen konnte.

Jetzt bemerkte auch Johanna das Nahen eines Menschen: Ein morscher Zweig knackte, Eichelhäher flogen auf und stießen heisere Warnrufe aus, und nach einer Weile konnte sie sogar Schritte hören. Schwere, kräftige Schritte, die den Waldweg hinaufstapften, der von Jahr zu Jahr ein bisschen mehr zuwuchs. Ihn freizuschneiden und instand zu halten war eine Aufgabe, vor der Johanna sich nur allzu gerne drückte.

Es konnte niemand aus dem Dorf sein. Um halb drei am

Nachmittag pflegten die Einheimischen grundsätzlich ein ausgedehntes Mittagsschläfchen zu halten und wären keinesfalls so verrückt, eine Wanderung zu unternehmen. Erst recht nicht bei diesen Temperaturen. Johanna hatte sich im Lauf der Jahre diesen Sitten angepasst. Ehe die Hunde unruhig geworden waren, hatte auch sie im Schatten des Walnussbaums auf einer Liege gelegen, gelesen, gedöst und die Freuden des Altweibersommers genossen.

Es musste ein Fremder im Anmarsch sein, das signalisierten ihr schon die Hunde. Ursula hörte auf zu sabbern und schaute Johanna fragend an. Ottos Nackenfell sträubte sich, und er fletschte sein nicht mehr ganz vollständiges Gebiss. Mauri stand auf, schüttelte den Staub aus seinen Zotteln und stellte sich hinter Otto; der General und sein Adjutant. Lani und Bella, die Segugio-Hündinnen, hefteten sich an Johannas Fersen und folgten ihr ins Haus. Sie stieg die steile Holztreppe hinauf und ging in ihr Schlafzimmer.

Die Hälfte des Raums wurde von dem breiten Bett eingenommen, einem *matrimoniale* aus dunklem Holz und mit einer wuchtigen Bettlade, die mit ornamentalen Schnitzereien verziert war. Es stammte von einem der diversen Vorbesitzer, genau wie die meisten Möbel in ihrem Haus. Sie waren alt und etwas ramponiert, aber sie erfüllten ihren Zweck und strahlten mit ihren Schrammen und abgestoßenen Kanten einen gewissen Shabby-chic-Charme aus. Ursprünglich hatte Johanna vorgehabt, das eine oder andere Stück weiß anzumalen, damit es weniger düster wirkte, aber sie hatte stets Besseres zu tun gehabt und sich inzwischen daran gewöhnt.

Johanna zog die löcherige Schlabberhose aus und schlüpfte in die Jeans, die am Türhaken hing. Dann kniete sie sich ächzend auf die Cottofliesen, angelte die Schrotflinte unter dem Bett hervor und befreite sie von einigen Staubmäusen. Da unten müsste sie mal wieder nass wischen, erkannte Johanna bei dieser Gelegenheit und stand auf. Im Hinausgehen warf sie einen Blick auf ihr Gesicht in dem leicht angelaufenen Spiegel, der auf der Kommode stand. Auch schon ziemlich *shabby*, realisierte sie, und von *chic* konnte erst recht keine Rede sein. Das Haar, das sie mit einer Klammer zu einem nachlässigen Knoten zusammengefasst hatte, hätte eine Wäsche vertragen können, aber immerhin hatte sie es neulich erst frisch färben lassen: haselnussbraun, ihre Naturfarbe, ehe sie immer grauer geworden war. Ihr schmales, etwas längliches Gesicht war von der Sonne gebräunt. Wahrscheinlich hätte sie ein paar Falten weniger, wenn sie stets Hut und Sonnenbrille aufsetzen würde, wie die Italienerinnen es konsequent taten, aber sie vergaß es einfach viel zu oft. In letzter Zeit fand sie, dass ihr Gesicht dem ihrer Mutter immer ähnlicher wurde. Ein Gedanke, der gemischte Gefühle bei ihr auslöste. Charlotte Burger war eine anmutige Frau mit feinen Zügen gewesen, das schon, aber die wenigsten Frauen fanden es erstrebenswert, auszusehen wie ihre Mutter, und Johanna, die mit der längst Verstorbenen noch die eine oder andere Rechnung offen hatte, schon gar nicht.

Die Flinte auf den Knien saß sie wenig später auf der obersten der vier Eingangsstufen, kraulte dabei die langen, samtweichen Ohren der Segugi und spürte Ursulas heißen Atem im Nacken. Mauri und Otto verharrten noch in derselben Position wie vorher im Hof. So fixierten alle sechs während der nächsten Minuten die Stelle am Waldrand, an der der Weg endete und sich der Besucher jeden Moment zeigen musste.

Es war ein Fremder. Ein jüngerer Mann mit einem riesigen Rucksack, er hatte dichtes, braunes Haar, das etwas verschwitzt war und ihm in die breite Stirn fiel. Schon zogen die Hunde ihre Schau ab: Otto bleckte knurrend sein Gebiss,

Mauri kläffte, die Segugi ließen ihren typischen Heulton hören, der an das Bellen eines Seehundes erinnerte, und Ursula wackelte hüftsteif die Stufen hinab, um dann erstaunlich flink ihre Masse in Bewegung zu versetzen und auf den Gast zuzutraben.

Normalerweise blieben ungebetene Gäste spätestens jetzt wie angewurzelt stehen oder machten eiligst kehrt, denn auch wenn Ursula schon sehr alt war, so war sie doch immer noch sehr groß und Respekt einflößend. Und dann waren da ja noch die anderen Hunde, und nicht zu vergessen: die Schrotflinte. Doch bei diesem Menschen schien keine dieser Abschreckungsmaßnahmen zu fruchten. Ohne seine Schritte zu verlangsamen, überquerte er die Obstwiese, griff mit einer beiläufigen Geste in die Tasche seiner kakifarbenen Hose, die aussah, als stammte sie aus Armee-Beständen, und hielt Ursula, die sich ihm in den Weg gestellt hatte, irgendetwas hin, das diese sofort gierig verschlang. Otto, düpiert von der Ignoranz des Ankömmlings, erhob sich und ließ ein wütendes Bellen hören. Auch Johanna war aufgestanden und die Eingangsstufen hinabgegangen und sorgte nun mit einem scharfen Befehl für Ruhe. Die Flinte im Anschlag ging sie auf den Besucher zu, um ihn zur Umkehr aufzufordern.

Doch ehe sie etwas sagen konnte, rief er: »*Excuse me, Ma'am, are you Johanna Burger?*«

Johanna blieb stehen. Woher kannte dieser Mann ihren Namen, auch wenn er ihn aussprach wie den Fleischklops zwischen den labbrigen Brötchen? Sie bemerkte, dass er doch ein wenig älter war, als sie auf die Entfernung zunächst geschätzt hatte. Anfang, Mitte vierzig durfte er sein. Er betrachtete sie mit einem neugierigen und leicht amüsierten Blick.

»Johanna Burger«, sagte sie mit streng betontem U und rollendem R.

Er lächelte, wobei er blendend weiße, ebenmäßige Zähne

sehen ließ. Lächelte mitten in die auf ihn gerichteten Läufe der Schrotflinte, als wäre diese nur ein Spielzeug. Nun deutete er auf die Waffe und fragte in einem breiten Kaugummi-Englisch: »Erwarten Sie noch jemand anderen, *Ma'am?*«

Der *Ma'am* verschlug es glatt die Sprache. Okay, die Flinte war ein ziemlich alter Prügel, und geladen war sie auch nicht. Was er aber schließlich nicht wissen konnte. Andererseits, sagte sich Johanna, stammte dieser Kerl offensichtlich aus jenem Land, in dem Waffen zum Alltag gehörten wie anderswo Kartoffelschäler. Um einem wie ihm Mores zu lehren, müsste man wahrscheinlich mindestens mit einem Maschinengewehr vors Haus treten. Insgeheim musste sie aber auch zugeben, dass ihr seine Coolness und besonders der Umgang mit den Hunden imponierten.

»Wer sind Sie, und was wollen Sie von mir?« Sie hatte die Läufe gesenkt und Englisch gesprochen, *richtiges* Englisch, wie sie es gelernt und jahrelang praktiziert hatte.

»*I'm Michael Doyle from San Antonio, Texas.*« Er streckte ihr seine Hand entgegen.

Maikl Doyle. Michael. Ein kleiner Schauder überrieselte Johanna, wie immer, wenn sie diesen Vornamen hörte. Das passierte einfach, ob sie es wollte oder nicht.

»*Michael*«, wiederholte Johanna, wobei sie den Namen bewusst genauso amerikanisch aussprach wie er, denn der andere, der deutsche Michael, kam ihr nur schwer über die Lippen. Sie nahm die Schrotflinte in die linke Hand und ergriff seine rechte. Sein Händedruck war vorsichtig. Bestimmt hielt er sie für eine zerbrechliche ältere Frau.

Die Hunde hatten sich inzwischen einigermaßen beruhigt. Ursula beschnüffelte hemmungslos die Hosentaschen des Besuchers, in der sie noch mehr Leckerlis vermutete, und hinterließ dabei Schleimspuren. Mauri und Otto waren verstummt und vorsichtig näher gekommen, nur die Segugio-

Damen Bella und Lani liefen nach wie vor nervös im Hof auf und ab, hatten aber immerhin mit ihrem Geheul aufgehört.

Der Besucher fasste erneut in seine Tasche und holte daraus etliche flache Trockenfleischstreifen hervor, die sich Mauri und Ursula gierig einverleibten. Otto zögerte, blickte Johanna fragend an und schnappte auf ihr Nicken hin nach dem Bestechungshappen.

»Was wollen Sie hier, Mr Doyle aus San Antonio, Texas?«, fragte Johanna. Es sollte etwas belustigt klingen, keineswegs verunsichert, aber zu ihrer Verärgerung registrierte sie ein kleines Tremolo in ihrer Stimme.

Eine dunkle Ahnung stieg in ihr auf.

Sie standen am Rand der Obstwiese unter einem Apfelbaum, umschwirrt von Insekten, und seine netten braunen Augen musterten sie mit dem ungenierten Blick eines neugierigen Kindes. Schließlich sagte er, und es klang, als müsste er dafür seinen ganzen Mut zusammennehmen: »Ich wollte dich kennenlernen, Johanna Burger. Ich bin Michael, dein Sohn.«

Es gab Zeiten, in denen sich Johanna in ihren Tagträumen, vor allem aber in den Nächten, in denen sie schlecht schlief, eine solche Szene immer wieder vorgestellt hatte. Viele Jahre lang malte sie sich aus und wünschte sich sogar sehnlichst, dass ihr Sohn sie eines Tages wie durch ein Wunder finden, vor ihrer Tür stehen und genau diese Worte sagen würde: *Ich bin Michael, dein Sohn.* Oder er hätte einen anderen Namen genannt, einen, den ihm die Fremden gegeben hätten.

Natürlich diente in dem Traum von einst kein altes Gemäuer in den Apenninen als Kulisse, denn dass sie einmal hier landen und jahrelang bleiben würde, mit keiner anderen Gesellschaft als einer Handvoll Hunden, hatte Johanna sich als junge Frau nun wirklich nicht vorstellen können.

Doch da stand er jetzt, Michael. Das Problem dabei war,

dass es den Traum inzwischen nicht mehr gab. Er hatte sich aufgelöst in ein Nichts. Schon seine Entstehung beruhte auf einem fatalen Irrtum, auf Täuschung und Betrug.

»Es tut mir leid, Michael«, sagte Johanna deshalb zu diesem sympathischen, nicht mehr ganz jungen Mann. »Ich bin nicht Ihre Mutter.«

Sein Gesicht war breit, nahezu kindlich offen, mit gleichmäßigen Zügen, die so aussahen, als wäre ihm sein Leben lang nichts Bitteres zugestoßen. Jetzt spiegelte sich eine Mischung aus Enttäuschung und Zweifel darin wider. Damit hatte er sicherlich nicht gerechnet, der arme Kerl, der den weiten Weg von Texas bis in die italienischen Marken gekommen war, um seine leibliche Mutter zu sehen. Aber was sollte sie ihm denn anderes sagen? Ihn in dem Glauben lassen, seine Mutter vor sich zu haben, so wie sie jahrelang in dem Glauben gelebt hatte, einen Sohn zu haben? Das wäre nicht richtig.

Bemerkenswert schnell gewann er seine Fassung zurück und sagte: »Verzeihung, ich verstehe, dass das für dich sehr überraschend kommt. Ich hätte vielleicht nicht so reinplatzen sollen.«

»Es ist eine Tatsache. Ich bin nicht Ihre Mutter«, entgegnete Johanna auf Englisch, wobei sie ihn im Geist aber noch immer siezte.

»Ich kann es beweisen.« Er setzte seinen Rucksack ab und nestelte an den Schnüren herum.

»Augenblick«, wehrte Johanna ab. »Wollen Sie sich vielleicht kurz hinsetzen und etwas trinken?« Sie wies auf den Holztisch hinter sich, um den sich unterschiedlich angemalte Stühle gruppierten.

»Gern«, antwortete der Besucher. Er nahm seinen Rucksack wieder auf, folgte Johanna zu der kleinen, schattigen Terrasse vor dem Haus und setzte sich mit dem Rücken zur Wand auf den grünen Stuhl. Es roch nach den Rosen und den Kräutern, die entlang der Hauswand und in verschiedenen Gefäßen wuchsen. Auf dem Tisch stand eine Schale mit Birnen, die Johanna heute Morgen geerntet hatte und die sie ihm nun mit einer Handbewegung anbot.

»Ich habe aber nur Leitungswasser. Die Straße ist blockiert, wie Sie sicher bemerkt haben, und Wasserflaschen rauftragen ist mir dann doch zu viel.«

»Das ist okay.«

»Eiswürfel gibt's leider auch keine.«

»Das macht nichts, an lauwarme Drinks habe ich mich inzwischen schon gewöhnt.«

»Ich mache mir einen Espresso, möchten Sie auch einen?«

Er nickte.

Gefolgt von den Segugi, die sich noch immer ein klein wenig vor dem Besucher fürchteten, ging Johanna in die Küche und lehnte die Schrotflinte in eine Ecke. Sie füllte einen Steinkrug mit Wasser und brachte den Krug und ein Glas zu ihm nach draußen. Ursula hatte sich in voller Größe hechelnd unter dem Tisch ausgebreitet, Otto und Mauri lagen auf ihrem für diese Tageszeit üblichen Platz, der alten Matratze im Holzschuppen, dessen Tür offen stand und von wo aus sie Haus und Hof beobachten konnten. Offenbar waren diese drei bereits zu der Erkenntnis gelangt, dass von dem Fremden keine Gefahr ausging.

Ein Dokument in einer Klarsichthülle lag jetzt neben der Schale mit den Birnen. Johanna konnte nicht anders, sie musste hinsehen. Es war seine Geburtsurkunde. *Michael Burger, geboren am 12. Mai 1976 in Kempten im Allgäu. Mutter: Johanna Clara Burger. Vater: keine Angabe.*

»Papier ist geduldig«, sagte Johanna auf Deutsch, besann sich dann und erklärte auf Englisch: »Das sagt gar nichts. Es ist nur Papier.«

»Das ick habe verstanden«, sagte Michael in holprigem

Deutsch. »Mein Mutter hat vieles Deutsch gesprocken, als ick war klein. *My adoptive mother, of course*«, schickte er rasch hinterher. Sein Lächeln geriet ein bisschen aus der Spur, und Johanna verspürte den Impuls, ihn in den Arm zu nehmen und zu trösten. Eine solche Geste hätte ihn jedoch erst recht in dem Glauben bestärkt, seine Mutter vor sich zu haben. Darum und weil sie sich schließlich erst seit zwei Minuten kannten, ließ sie es sein und ging wieder in die Küche. Sie nahm die angebrochene Flasche Pflaumenschnaps vom Regal, goss einen Schluck in ein Wasserglas und kippte ihn auf einmal hinunter, in der vagen Hoffnung, dass der Schnaps ihren inneren Aufruhr besänftigen und ihr helfen würde, diese absurde Situation besser zu meistern. Noch während sich der Alkohol wie eine glühende Schnur ihre Kehle hinabbrannte, geisterte eine Sequenz von Bildern durch ihren Kopf.

Ein Mann und eine Frau gehen auf einem Gartenweg nebeneinander her. Der Himmel ist bedeckt, die Frau trägt einen hellen Sommermantel, ein blaues Seidentuch schaut aus dem Kragen hervor. Ihr Gang in den eleganten schwarzen Pumps ist so leicht, als würden ihre Füße das Pflaster kaum berühren. Zwischen dem Mann und der Frau schwebt eine Tragetasche aus Stoff, in der Tasche liegt ein Baby, zugedeckt mit einer blauen Steppdecke, es liegt auf der Seite und trägt ein Mützchen, man erkennt nur wenig von seinem Gesicht. Das Paar verlässt den Garten und geht auf einen großen, beigefarbenen Wagen mit vier Türen zu. Der Mann stellt die Tasche vorsichtig auf die Rückbank, die Frau setzt sich daneben. Das Letzte, was man von ihr sieht, ist eine grazile Bewegung ihrer Beine, ehe der Mann hinter ihr die Tür schließt. Er geht um den Wagen herum, setzt sich ans Steuer, lässt den Motor an, und dann fahren sie davon…

Johanna schüttelte den Kopf, um die Bilder zu verscheuchen. Sie knotete ihr Haar neu, dann füllte sie die Espressokanne mit Wasser und Kaffeepulver, schaltete den Gasherd ein und setzte den Kaffee auf.

Normalerweise trank Johanna um diese Tageszeit weder Schnaps noch Kaffee. Kaffee schon gar nicht, weil sie davon schlecht einschlief. Aber sie würde heute Nacht ohnehin kein Auge zumachen, das stand jetzt schon fest. Sie hatte ihm den Kaffee auch nur angeboten, weil sie Zeit brauchte, um sich zu sammeln und darüber nachzudenken, was sie tun sollte. Ihr war klar, dass er sich nicht so leicht abwimmeln lassen würde. Er würde Fragen stellen, viele Fragen, berechtigte Fragen, und er war von sehr weit her gekommen, um Antworten zu erhalten. Genau wie sie damals, 2006, dem Jahr, in dem ihre Mutter gestorben war.

Johanna musste sich überlegen, wie viel von der Wahrheit sie ihm fürs Erste sagen konnte und was darüber hinaus zu tun war. Fraglich war nur, ob die Zeit, die die Zubereitung eines Kaffees in Anspruch nahm, ausreichte, um zu einem Ergebnis zu kommen.

Oktober 2020

Michael

Wäre man boshaft oder pingelig, hätte man Johannas Gästezimmer auch als Rumpelkammer mit einer Schlafgelegenheit darin bezeichnen können. Vorhin, beim Zubettgehen, hatte Michael unter dem Bettvorleger einen streichholzlangen Skorpion entdeckt, und hinter dem Nachtschränkchen war ein Tausendfüßler hervorgekrochen, als er die Lampe, die darauf stand, einschaltete. Unzählige graue Spinnweben spannten sich zwischen der Zimmerdecke und den Holzbalken, die das Dachgeschoss trugen. Das Haus schien Brutstätte und Herberge für allerlei Ungeziefer zu sein. Womöglich würden diese Kreaturen ihm nachts, wenn er schlief, übers Gesicht laufen?

Allerdings war an Schlaf ohnehin nicht zu denken.

Jetzt, in der Nacht, schien das alte Haus erst richtig zum Leben zu erwachen. Es knackte, pochte, knisterte. Mäuse? Ratten? Als wäre das alles nicht genug, strich ein von Wind bewegter Ast in unregelmäßigen Abständen mit einem schabenden Geräusch über das Dach, was einen schon unter normalen Umständen in den Wahnsinn treiben konnte.

Immerhin musste man der Gastgeberin zugutehalten, dass sie von seinem Besuch regelrecht überrumpelt worden war.

Sonst hätte sie hier bestimmt mal durchgefegt und ein paar Dinge beiseitegeräumt.

Nach dem Abendessen hatten sie über Texas gesprochen, hauptsächlich über die dortige Cowboykultur und die Todesstrafe, dann über L. A., Michaels zweite Heimat, und über seinen Beruf. Dass er Drehbuchautor war, schien ihr zu imponieren, aber wahrscheinlich hegte sie, wie die meisten Leute, eine falsche Vorstellung davon. In einem zwölfköpfigen Autorenkollektiv Dialoge für den Charakter einer Dauerserie zu schreiben – denn für die Handlung waren wiederum andere Autoren zuständig –, erforderte weit weniger Kreativität, als der Begriff *Drehbuchautor* implizieren mochte. Das verschwieg er ihr jedoch, denn insgeheim gefiel ihm die Vorstellung, dass sie ihn für einen inspirierten Freigeist, einen *Künstler* hielt.

Michaels Aufgabe war es, die Dialoge für die Figur Arthur zu schreiben. Arthur, einer der Sympathieträger der Serie, war der älteste Bruder der fünfköpfigen Kernfamilie der *crazy family*. Leider musste Arthur vor ein paar Wochen relativ kurzfristig aus der Serie ausscheiden, denn sein Darsteller wurde wegen sexueller Nötigung verklagt und erwies sich damit als untragbar für die beliebte Vorabend-Familienserie. Michael traute dem Kerl, nebenbei bemerkt, die Nötigung und noch manches andere ohne Weiteres zu, denn er war ein arrogantes Arschloch und als Aufreißer verschrien. Aber ein guter Schauspieler. Arthurs Abgang verhieß für die Serie bestimmt nichts Gutes. Vielleicht würde man Michael eine andere Figur zuteilen, vielleicht würde er einen ähnlichen Job in einer anderen Serie bekommen. Er wusste selbst nicht, welche dieser Wendungen er bevorzugte. Oder ob gar keine davon.

Einerseits hatte ihn *crazy family* in den letzten Jahren sehr gut ernährt, andererseits hing ihm die Serie mit den eingespielten Lachern eines imaginären Publikums inzwischen gründlich zum Hals heraus. Er war nicht allzu unglücklich gewesen, als man ihm sagte, dass Arthur bei einem selbst verschuldeten Verkehrsunfall sterben würde. Mit grimmiger Inbrunst schrieb er an dieser für Arthur letzten Folge, und dessen letzter Dialog – ein zu Herzen gehendes Beziehungsgespräch mit seiner Frau – war sicherlich einer der besten, die Michael je für Arthur verfasst hatte.

Danach ließ er die Dinge laufen, was erst einmal gar nicht auffiel, denn die sich ausbreitende Corona-Pandemie legte die Filmproduktion ohnehin lahm. Seine deutsche Mutter hatte Michael stets zum Sparen angehalten, er würde es sich leisten können, ein paar Monate nicht zu arbeiten, vielleicht sogar länger.

Dennoch katapultierte Arthurs Serientod seinen Autor Michael aus dessen Komfortzone. Ihm wurde klar, dass es ihn nach etwas Neuem verlangte, etwas *wirklich* Neuem, nicht nur einer anderen Figur in *crazy family* oder einer ähnlichen Serie, nein, er wollte etwas ganz anderes.

Um sich selbst darüber klar zu werden, worin dieses Neue und andere bestehen sollte, musste er Abstand gewinnen. Abstand zu seinem Job, der ohnehin fürs Erste auf Eis lag, Abstand zu seiner Ehe, für die wahrscheinlich dasselbe galt, und auch Abstand zu seinem Land, das – hoffentlich nicht mehr lange – von einem entfesselten Irren regiert wurde, der besonders im Bundesstaat Texas über zahlreiche glühende Anhänger verfügte. Michael hatte nie einen Hehl daraus gemacht, dass er die Demokraten wählte, aber während ihm das früher lediglich ein Stirnrunzeln einbrachte, gab es inzwischen Nachbarn, die ihn und Helen schnitten, und Freunde, die keine mehr waren. In dieser Stimmung, einer Mischung aus Euphorie, Resignation und Fatalismus, war Michael die Suche nach seiner Mutter und die damit verbundene Reise nach Europa geradezu unausweichlich erschienen. Als hätte das Leben ihm ein Drehbuch auf den Tisch gelegt.

Obwohl sie den ganzen Abend geredet hatten, war es Michael kaum gelungen, etwas von Johanna zu erfahren. Das wurde ihm jetzt, da er schlaflos auf einem ziemlich schmalen, kurzen Bett lag und grübelte, erst richtig bewusst. Johanna sprach über ihre Hunde und über das Dorf Belmonte, über Italien und die Unterschiede ihrer Wahlheimat zu Deutschland, aber kaum ein Wort über sich. Es war oberflächlich dahinplätschernder Small Talk gewesen, eine Unterhaltung, wie sie eine Pensionswirtin und ihr Feriengast führen würden.

Er versuchte sich zu erinnern, wann sie ihm ihr Gästezimmer angeboten hatte, und nach einer Weile fiel es ihm ein: draußen auf der kleinen Terrasse, nach dem Kaffee, einem Gebräu so stark und schwarz wie die Hölle. Plötzlich spürte er dieses unglaublich weiche, unglaublich lange Hundeohr an seiner Hand. Es gehörte Lani, und man konnte gar nicht anders, als es zu kraulen. Fast gleichzeitig kam auch das andere Schlappohr, Bella, näher und legte ihre warme Schnauze auf seinen Schenkel, sehr zum Erstaunen von Johanna. Lani und Bella, so erklärte sie, hielten sich normalerweise von Männern ängstlich fern.

Okay, wenn der Weg zu ihrem Herzen über die Hunde führte, dann sollte es ihm recht sein. Mit Hunden konnte er ganz gut.

Über der Eingangstür hatte er bei seiner Ankunft ein Holzschild mit dem Namen *Villa Fortuna* bemerkt. Villa Glück also. Nun, man würde sehen, dachte Michael, während ihm langsam die Augen zufielen, ob dieser Besuch glücklich endete.

Er erwachte gegen zehn Uhr, stand auf und öffnete das Fenster. Im Tal lag blütenweißer Nebel, die umliegenden Hügel ragten daraus hervor wie Inseln. Die Festungsmauern von Belmonte strahlten golden in der Morgensonne. Was für ein Bild, was für eine Landschaft! Wie die Kulisse zu einem Fantasy-Epos. Er machte ein paar Aufnahmen mit seinem Handy.

Die Vögel schienen heute Morgen noch lauter zu zwitschern als gestern. Er konnte sich nicht erinnern, jemals zuvor ein solch vielstimmiges Vogelkonzert gehört zu haben. Er hatte aber auch noch nie in einem Haus mitten im Wald übernachtet, fiel ihm ein. Es musste geregnet haben, das Pflaster der Terrasse und die Blätter der Bäume waren nass, die Luft prickelte, und er roch den feuchten Duft des Waldes. Er fühlte sich ausgeruht und voller Tatendrang. Als Erstes würde er auf das Dach steigen und diesen verfluchten Ast absägen.

November 1975

Johanna

Nie würde Johanna den Blick vergessen, mit dem ihre Mutter sie ansah, nachdem sie ihr gestanden hatte, dass sie schwanger war.

Sie sagte, sie *glaube,* sie sei schwanger, um noch einen Funken Hoffnung durchschimmern zu lassen, was die Reaktion ihrer Mutter vielleicht abmildern würde – eine naive Illusion, wie sich sogleich herausstellen sollte.

Johanna war sich ihrer Schwangerschaft längst sicher. Die Chemie log nicht und ihr Körper ebenfalls nicht. Letzte Woche hatte sie vorgegeben, am Nachmittag ihre Klassenkameradin Viola zu besuchen, radelte aber stattdessen zum Bahnhof und fuhr mit dem Zug nach Immenstadt. In einer Apotheke, in der man sie ganz bestimmt nicht kannte, bat sie flüsternd um einen Schwangerschaftstest, bezahlte ihn hastig und mit hochrotem Kopf und flüchtete danach aus der Apotheke wie eine Diebin.

Den Test führte sie mitten in der Nacht durch, als sie sicher sein konnte, dass alle schliefen. Nach einer Weile erschien in dem Sichtfenster ein blauer Streifen. Er war nur einen knappen Zentimeter lang, doch er teilte ihr Leben für immer in ein Davor und ein Danach.

Trotz Johannas Vorahnungen war es dennoch, als stürzte sie in einen Abgrund.

Anfangs, als sie Emilio mit dem Italienischwörterbuch neben dem blauen Briefpapier Liebesbriefe schrieb, war die Furcht noch ziemlich abstrakt gewesen, fast so, wie man sich bei Gewitter vor Blitzen fürchtete, die ja dann doch nie im eigenen Dach einschlugen. Mit jedem Tag, den sich ihre Periode verzögerte, wurde die Furcht konkreter, aber eine Schwangerschaft war immer noch etwas, das *eventuell* sein *konnte,* aber eigentlich nicht wirklich vorstellbar war.

Es dauerte einige Tage, bis Johanna den Mut aufbrachte, es ihrer Mutter zu sagen, und so brach es schließlich an diesem Samstagvormittag unvermittelt aus ihr heraus. Sie schnitten gemeinsam die Sträucher im Garten zurück und banden sie mit Stricken zusammen, damit der Schnee die Äste nicht herunterdrückte. Jetzt, Anfang November, konnte es praktisch jeden Tag anfangen zu schneien.

Charlotte Burger, die gerade die langen, dünnen Zweige einer Felsenbirne zurechtstutzen wollte, ließ nach der Mitteilung ihrer Tochter die Arme sinken, als hätte sie auf einen Schlag jegliche Muskelkraft verloren. Die Gartenschere noch in der Hand stand sie zunächst einfach nur da, reglos, mit geschlossenen Augen und hängenden Schultern unter der abgewetzten karierten Jacke, die sie an kühlen Tagen zur Gartenarbeit trug. Ihre Haltung spiegelte schiere Resignation, als wäre ein Unheil geschehen, dessen Eintreffen sie schon seit Langem befürchtet hatte. *Schicksalsergeben.* Dieses Wort kam Johanna dabei in den Sinn, und es jagte ihr eine Heidenangst ein. Denn noch nie hatte sie ihre Mutter, diese kämpferische, aufrechte Person, so niedergeschmettert gesehen.

»Mama?«, begann Johanna zögernd, und der Angstkloß, der seit Wochen in ihrem Inneren saß, schwoll an und drohte sie zu ersticken.

Endlich löste sich die Mutter aus ihrer Starre, öffnete die Lider, und Johanna erschrak vor der stählernen Härte ihres Blicks.

»Wer ist der Vater?«

»Emilio.«

»Emilio«, wiederholte die Mutter, und Johanna war nicht sicher, ob das eine Frage oder eine Feststellung war.

»Der vom Bootsverleih… Der mit der Vespa, mit dem ich ab und zu in der Disco war«, presste Johanna hervor.

Johanna konnte ihrer Mutter ansehen, dass sie zurückrechnete, wie weit sie schon war. Mitte August hatten sie Ferien am Lago Maggiore gemacht: ihre Eltern, sie selbst und ihr Bruder Roland. Max, Johannas älterer Bruder, war zu Hause geblieben, um für sein Theologiestudium zu lernen.

»Du dummes Ding! Warum hast du so lange nichts gesagt?«

Johanna wusste keine Antwort.

»Dass du mir das antust.« Die Hände ihrer Mutter krampften sich jetzt um die Gartenschere, und ihre Stimme bebte, als würde sie am liebsten losbrüllen, wenn sie, erstens, nicht anders erzogen worden wäre und sie sich, zweitens, nicht draußen im Garten befunden hätten. Zwar hatten sie keine unmittelbaren Nachbarn, die Schreinerei Burger mit dem daran angeschlossenen Wohnhaus lag etwas abseits am Ortsrand, aber es gab Familienmitglieder, die gerne lauschten.

»Geh auf dein Zimmer!«

Johanna rührte sich nicht gleich. Worauf wartete sie? Auf Trost, auf eine Lösung? Auf die Versicherung, dass alles wieder gut werden würde?

»Geh mir aus den Augen!«

Johanna begriff, dass es am besten war zu gehorchen. Schließlich war es ja auch für ihre Mutter ein Schock, den diese erst einmal verdauen musste. Sie rannte ins Haus, die Treppe hinauf in ihr Zimmer und drehte den Schlüssel herum. Dann warf sie sich auf ihr Bett und ließ endlich den Tränen freien Lauf, die sie während des Gesprächs mit ihrer Mutter krampfhaft unterdrückt hatte, weil sie wusste, dass Charlotte Burger Gefühlsausbrüche nicht mochte.

So schlimm ist es doch gar nicht gewesen, versuchte sie sich einzureden. Ihre Mutter war zumindest ruhig geblieben. Aber tat sie das nicht immer, ruhig und beherrscht bleiben? *Contenance* nannte sie das. Doch beim Gedanken an diese unheimliche Kälte in ihrem Blick und in ihrem Tonfall wurde Johanna ganz flau im Magen. Dieses Eis würde nie wieder auftauen, das ahnte sie in diesem Moment.

Charlotte Burger, geborene Stoewer, war nicht wie die Mütter ihrer Schulfreundinnen und Nachbarskinder und auch vollkommen anders als Johannas Großmutter väterlicherseits, Friedel Burger, die ebenfalls im Haushalt lebte. Ihre Kinder anzubrüllen oder gar Ohrfeigen zu verteilen gehörte nicht zu Charlotte Burgers Erziehungsmethoden. Sie behandelte weder Johanna noch deren Brüder jemals von oben herab, und seit Johanna älter geworden war, begegnete ihre Mutter ihr manchmal sogar fast wie einer Vertrauten. Natürlich hatte Charlotte Burger auch einige Marotten. Sie nannte sie Prinzipien. Sie konnte überaus pingelig und streng sein, wenn es um Manieren, insbesondere Tischmanieren, ging, sie achtete mit eiserner Strenge darauf, dass sie sich alle drei in der Schule anstrengten, und kannte bei Nachlässigkeit oder Faulheit kein Pardon. Sie bestand darauf, dass jedes ihrer Kinder ein Musikinstrument lernte. Max und Johanna übten regelmäßig am Klavier, dem Instrument, das auch Charlotte Burger selbst spielte. Es stand unten, im eigentlichen Esszimmer, das jedoch selten zum Essen benutzt wurde. Um dessen Anschaffung hatte es einst einen harten Kampf gegeben. Es sei *überflüssig wie ein Kropf,* fand Friedel Burger und brachte diese Ansicht regelmäßig und auch in deutlich derberen Worten zum Ausdruck.

Roland, der Jüngste der drei Burger-Kinder, versuchte es zuerst mit Flöte, dann mit Akkordeon, gab aber zur Erleichterung aller Familienmitglieder beides irgendwann auf. Ihm fehlte es an Willen, Ausdauer und Talent für ein Instrument. Er lungerte lieber in der Werkstatt herum, und seine Mutter fand sich irgendwann damit ab. Ohnehin sollte Roland eines Tages die Schreinerei übernehmen. Denn Max, der älteste Sohn, hatte ganz andere Pläne.

Niemals nahm Charlotte Burger den Allgäuer Dialekt an, der in Oberstdorf in einer besonders ausgeprägten Variante gesprochen wurde, und sie legte großen Wert darauf, dass ihre Kinder neben dem heimischen Dialekt auch ordentliches Hochdeutsch sprechen lernten.

»Glaubt's wohl, ihr seid's was Besser's, wenn d'r so g'schwolle daherschwätzet«, pflegte Friedel Burger dann zu meckern, denn *etwas Besseres* sein zu wollen, war in ihren Augen sündhaft und verpönt.

Charlotte Burger konnte außer Hochdeutsch auch noch Französisch und sogar ein wenig Russisch, aber letzteres hatte Johanna eher durch Zufall herausgefunden.

Allmählich versiegten Johannas Tränen. Sie schlich ins Badezimmer, wusch sich das Gesicht kalt ab und huschte wieder in ihr Zimmer. Sie flocht ihr Haar zu einem ordentlichen Zopf, wie die Erwachsenen es gerne sahen. Die nächsten Tage würden kein Zuckerschlecken werden, gewiss nicht, aber wenn sich erst alle wieder beruhigt hätten…

Der rosa Wecker mit den Disney-Figuren auf dem Nachttischchen zeigte drei Uhr. Bald würde ihr Vater vorbeikommen, seinen Kaffee trinken und ein Stück Hefegebäck essen, so wie immer, wenn er nebenan in der Schreinerei arbeitete und nicht bei einem Kunden. Ob sie es ihm da wohl sagen würde? Wie würde er reagieren? Ziemlich wütend, da konnte man sicher sein. Sie machte sich am besten schon mal darauf gefasst, dass ihm die Hand ausrutschte.

Johanna blieb in ihrem Zimmer, horchte und rechnete jeden Moment damit, dass ihr Vater gleich zur Tür hereinstürmen und sie zur Rede stellen würde. Aber nichts geschah, im Gegenteil, es war geradezu unheimlich still, als hielte das gesamte Haus den Atem an.

Johanna versuchte sich abzulenken. Dachte an Emilio, an seine dunklen Samtaugen, das dichte, lockige Haar, seine weichen Lippen. Es war Liebe auf den ersten Blick. So schilderte sie es jedenfalls Viola nach dem Urlaub, als die Schule wieder anfing. Je öfter sie vor ihrer besten Freundin und den anderen Mädchen aus ihrer Clique von Emilio schwärmte, desto mehr glaubte sie selbst an diese *Liebe auf den ersten Blick.* Ob es sich wirklich genauso verhielt wie in den einschlägigen Büchern und Filmen oder in der *Bravo,* blieb dahingestellt, aber endlich konnte Johanna auch einmal mitreden beim Dauerthema *Jungs* und *verliebt sein,* und wenn es darum ging, wer *es* schon getan hatte. Mit siebzehn keinen Freund zu haben und noch immer Jungfrau zu sein stellte in den Augen der Mädchen, die in der Klasse den Ton angaben, nämlich einen Makel dar. Nicht zuletzt deshalb hatte Johanna am letzten Abend in einem Fischerboot, das am Strand lag, Emilios Drängen nachgegeben, es vielleicht sogar provoziert.

In dem Boot war es sehr unbequem gewesen. Die Fischernetze, die als Unterlage dienten, stempelten ihr ein Muster in den Hintern, und den Akt an sich hatte sie sich auch schöner und beglückender vorgestellt, jedenfalls anders als dieses verkrampfte Gestöpsel, auf das es letztendlich hinauslief. Wenigstens tat es nicht allzu weh und dauerte auch nicht sehr lange. Hinterher, auf dem Weg zurück ins Hotel, fühlte sie sich einerseits schuldig, weil sie genau wusste, dass ihre Eltern ihr Tun ganz und gar nicht gutheißen würden, gleichzeitig aber auch sehr erwachsen und auf eine gewisse Weise euphorisch. Ein junger Mann, denn das war Emilio mit seinen einundzwanzig Jahren, ein *Mann*, hundertmal attraktiver als die pickligen Freunde ihrer Freundinnen, umgarnte und begehrte sie. Dass sie sich schon so bald wieder trennen mussten, erschien Johanna furchtbar traurig, aber auch furchtbar romantisch, und sie liebte ihn auch jetzt noch, obwohl ihr allmählich Zweifel an seiner Liebe zu ihr kamen...

Vor zwei Wochen hatte sie zum letzten Mal mit Emilio telefoniert, von der Telefonzelle am Bahnhof aus, denn Telefonate vom heimischen Apparat nach Italien hätten ihre Eltern sofort an der hohen Telefonrechnung bemerkt. Sie durften nichts von ihrer Liebe wissen, und auch das fand Johanna irgendwie romantisch, fast so wie bei Romeo und Julia. Die Burgers fuhren zwar jedes Jahr in den Süden in den Urlaub – Italien, Jugoslawien, Spanien, Griechenland –, aber einen Ausländer, gar einen Südländer, als Freund ihrer Tochter würde vor allen Dingen ihr Vater niemals akzeptieren, das wusste Johanna, ohne dass jemals explizit darüber gesprochen worden wäre. Um das zu erkennen, musste man sich nur seine gelegentlichen Tiraden über *die faulen Itaker und Jugos* anhören.

Johanna hatte Emilio am Telefon mitgeteilt, dass da möglicherweise *etwas passiert* sei, und dabei gehofft, er würde ihr sagen, dass er sich im Fall des Falles um sie kümmern, sie nach Italien holen und heiraten werde. Sie sah sich schon mit einem schlichten Spitzenschleier auf dem Kopf neben ihm vor dem Altar knien, in einer kleinen, kargen, italienischen Kirche. Doch man hörte nur das Rauschen der Leitung und dann ein leises Klicken, dem das Freizeichen folgte. Einen Tag später versuchte sie es noch einmal und am nächsten und am übernächsten auch, aber es ging niemand mehr ans Telefon.

Aus dem Herrgottswinkel schaute der Gekreuzigte Jesus mit seinen toten Holzaugen und einem beseelten Lächeln auf den hölzernen Lippen gütig auf die Familie Burger herab, die sich um Punkt sechs Uhr zum Abendbrot versammelte. Johannas Großvater hatte die Schnitzerei in den Dreißigerjahren von einer Wallfahrt nach Altötting mitgebracht, und seither hing der Heiland in der Küche über der massiven Eckbank. Diesen Großvater hatte Johanna nie kennengelernt, er war lange vor ihrer Geburt im Krieg *gefallen,* wie sie immer sagten, genau wie Hinrich Stoewer, der Vater ihrer Mutter. Johanna fand, dass das Wort *gefallen* die Tatsachen verharmloste. Warum sagten sie nicht *getötet, erschossen, umgekommen?* Alles, was sie über den Krieg und die Nazizeit wusste, hatte sie in der Schule gelernt, denn zu Hause wurde das Thema nie erwähnt. Ihre Großmutter mütterlicherseits war ebenfalls tot, sie war 1948 gestorben, zehn Jahre vor Johannas Geburt. Sie sei herzkrank gewesen und habe sich auf der Flucht zu sehr verausgabt, hieß es. Es gab also aus der Großelterngeneration nur noch Friedel, die Mutter von Korbinian Burger, und Johanna dachte öfter einmal, dass ihr die beiden Großväter und die andere Großmutter bestimmt lieber gewesen wären.

Bis auf Johannas Mutter saßen alle schon auf ihren angestammten Plätzen. Aus dem Backrohr duftete es nach warmem Schinken und überbackenem Käse. Es gab *Toast Hawaii,* ein Gericht, das alle liebten, bis auf Friedel natürlich, die an allem, was ihre Schwiegertochter Charlotte auf den Tisch brachte, etwas auszusetzen hatte – ehe sie es dann gierig verschlang. Die Alte konnte essen wie ein Scheunendrescher, war dabei aber dürr wie ein Stecken. Das sei der Teufel in ihr, hatte Johanna ihre Mutter dazu sagen hören.

Die Gespräche verstummten abrupt, als Johanna hereinkam. Alle starrten sie an. Sie wussten es also.

Friedel Burger sprang so behände von ihrem Stuhl auf, wie man es ihr gar nicht mehr zugetraut hätte, wo sie doch immer über ihr schlimmes Kreuz jammerte. »Naus mit dir!«, kreischte sie. »Naus, du Luader, du Saumensch, du verkommen's, mit dir hock i mi nüt an oin Disch!«

Johanna wich erschrocken zurück, blieb dann aber abwartend stehen, denn ähnlich wie ihre Mutter hatte sie es sich schon lange abgewöhnt, von Friedel Befehle entgegenzunehmen. Gleich würde ihre Mutter, die Meisterin der *Contenance,* die Großmutter in ihrer ruhigen, bestimmten Art in die Schranken weisen, wie sie es auch sonst tat, wenn sich bei Friedel wieder einmal die Bosheit und ihre ordinäre Art Bahn brachen. Danach hing zwar regelmäßig der Haussegen ein paar Tage lang schief, doch es gehörte zu Charlotte Burgers Prinzipien, sich von ihrer Schwiegermutter nichts gefallen zu lassen. Das habe sie nicht mehr nötig, bemerkte sie neulich einmal, und Johanna schloss daraus, dass es Zeiten gegeben hatte, wo sie es nötig gehabt hatte.

Doch anscheinend verlangte es nun die ganze Konzentration der Hausfrau, eine Flasche Weizenbier zu öffnen, den Inhalt langsam in ein kalt ausgespültes Weizenglas rinnen zu lassen und dem Vater das Glas hinzustellen.

Was war eigentlich mit ihrem Vater?

Der fuhr Großmutter Friedel zuweilen schon übers Maul, vor allem, wenn sie es gegenüber seiner Frau an Respekt fehlen ließ. Müsste er seine Tochter nicht ebenso verteidigen? Doch Korbinian Burger, der noch seinen staubigen Arbeitsanzug trug und den Geruch von Sägemehl und Holzleim verströmte, schaute Johanna lediglich stumm an, und in seinem Blick lag eine glitzernde, schwelende Wut, die jeden Moment zum Ausbruch kommen konnte.

Max! Max würde sie doch verteidigen, oder? Ihr großer Bruder, seit jeher ihr Beschützer, der Vorkämpfer für ihre Rechte. Seit er in Kempten das Priesterseminar besuchte, war Max nicht nur der ganze Stolz, sondern auch die moralische Instanz der Familie, dessen Wort jetzt schon mindestens dieselbe Geltung besaß wie das des Ortspfarrers. Für das kommende Jahr hatte Max einen Studienplatz am Collegium Germanicum in Rom in Aussicht, und seither sah Friedel in ihrem Enkel einen künftigen Kardinal, wenn nicht gar den nächsten Papst. *Demnächst wird sie dich bloß noch mit* Euer Exzellenz *anreden und jedes Mal bei deinem Anblick auf ihre knochigen Knie sinken,* hatte Johanna kürzlich noch gelästert.

Johannas Blick hing an den Lippen ihres Bruders in Erwartung eines die Gemüter besänftigenden, erlösenden Wortes. Schließlich hatte Jesus der sündigen Magdalena doch auch verziehen, oder?

Aber Max sagte nichts, er wies lediglich mit einem Ellenbogenrempler seinen Bruder Roland zurecht, der, als wäre er vier und nicht vierzehn, seiner Großmutter nachgeplappert hatte: »Ja, hau ab, du verkommen's Luader!«

Währenddessen bekreuzigte sich Friedel und meinte dann mit einem bitteren Lächeln und einem bösen Blick in Richtung ihrer Schwiegertochter, sie habe es ja immer schon gewusst, dass bei der Larifari-Erziehung und dem vornehmen Getue von dieser Dahergelaufenen so etwas herauskommen würde, und jetzt hätte man den Salat.

»Johanna, geh auf dein Zimmer! Deine Mutter wird dir später dein Essen bringen.«

Ihr Vater hatte diese Worte ausgesprochen. Korbinian Burger war ein impulsiver Mensch, leicht aufbrausend, und die Lehrlinge und Gesellen mussten sich von ihm einiges anhören, wenn sie Mist bauten. Er meinte es meistens nicht so, und wenn man nicht die beleidigte Leberwurst spielte, kam man mit ihm gut zurecht, denn nachtragend war er nicht. Nur wenn er diesen leisen, bestimmten Ton anschlug, so wie jetzt, dann wurde es ernst, dann folgten seinen Worten Konsequenzen.

Die Mutter setzte sich hin und senkte den Blick. Max sah seine Schwester immerhin an, zuckte dabei aber nur bedauernd mit den Achseln.

Johanna spürte, wie die Verzweiflung von ihr Besitz ergriff. Sie drehte sich um und ging, ehe die anderen ihre aufsteigenden Tränen bemerken konnten. Noch auf der Treppe hörte sie, wie sie in den üblichen Singsang verfielen, der jeder Mahlzeit vorausging: *Komm, Herr Jesus, sei unser Gast…*

Oktober 2020

Michael

»Michael, haben Sie eine Ahnung, wie spät es hier ist?«

»Gleich sieben Uhr morgens, ich habe es gegoogelt«, antwortete er.

»Genau.« Dr. Moses Feldheimer gähnte demonstrativ, und Michael war froh, dass das Gespräch über Skype stattfand. Er hatte bei den Sitzungen schon des Öfteren wahrgenommen, dass der Atem seines Therapeuten nicht sonderlich frisch roch, und so früh am Morgen dürfte sich das Problem noch verschärft haben.

»Wo sind Sie? Das sieht so mediterran aus.«

Michael hatte seinen Laptop extra so platziert, dass man hinter ihm einen Oleanderbusch und die Landschaft sehen konnte, denn auf der Terrasse der Bar war nicht nur der Internetempfang deutlich besser als oben bei Johanna, der Ort bot auch einen wunderbaren Blick in die Gegend. »In Italien. In einem winzigen Dorf namens Belmonte. Es ist wunderhübsch, das sprichwörtliche alte Europa, schrecklich viel historisches Gemäuer auf einem Haufen, und die Leute wohnen noch wirklich da drin, stellen Sie sich das vor, sie wohnen sozusagen in der Stadtmauer, *it's amazing!*«

»Ihre Begeisterung in Ehren, Michael, aber haben Sie mich

deshalb aus dem Schlaf gerissen?«, kam es leicht ungehalten von Dr. Feldheimer.

»Nein, natürlich nicht«, lachte Michael. »Stellen Sie sich vor, Dr. Feldheimer, ich habe sie gefunden!«

»Was? Wen?«

»Meine leibliche Mutter!«, rief Michael entrüstet. Wovon, bitte schön, hatten sie denn in den Sitzungen vor seiner Abreise andauernd geredet? Er warf einen Blick hinüber zu der Besitzerin der Bar, die auf der Bank neben dem Eingang saß und sich mit einer uralten Frau mit grauem Dutt und sehr dicken Brillengläsern unterhielt. Bei seinem Ausruf hatte die Barbesitzerin kurz zu ihm hinübergesehen. Er musste sich zusammennehmen und leiser sprechen, schließlich sollte Johanna nicht durch seine Schuld zum Gegenstand des Dorfklatsches werden.

Die Leute hier seien sehr nett, aber auch sehr neugierig, hatte sie ihn indirekt gewarnt, ehe er nach dem Mittagessen zusammen mit Mauri losgezogen war.

Jetzt lag der Hund neben ihm und hypnotisierte den Keks auf der Untertasse des Cappuccinos, der neben dem Laptop stand.

»Oh. Das ist schön«, sagte Dr. Feldheimer und gähnte schon wieder. »Einen Augenblick, bitte, Michael, ich muss nur kurz…«

Das Bild verwackelte, dann sah Michael für eine ganze Weile nur einen Ausschnitt der Küchenzeile und hörte das Geräusch eines Kaffeeautomaten. Morgenstunde hin oder her, der Psychiater könnte ruhig ein bisschen mehr Enthusiasmus zeigen, fand Michael. Schließlich war es im Großen und Ganzen Dr. Feldheimer zu verdanken, dass Michael jetzt hier saß, an diesem verträumten, entlegenen Flecken Erde.

Michael hätte seinem Therapeuten gegenüber vielleicht nicht erwähnen sollen, dass er ein Adoptivkind war, denn prompt stürzte Dr. Feldheimer sich darauf wie ein Hund auf den sprichwörtlichen Knochen. Immer wieder drängte er Michael auf seine sanfte Art, nach Deutschland zu reisen und seine leibliche Mutter zu suchen. Für Dr. Feldheimer schien darin der Schlüssel zur Lösung aller Probleme seines Klienten zu liegen. Nicht einmal das Corona-Virus und die damit verbundenen Reisebeschränkungen taugten als Ausrede, denn dummerweise war es Michael gegenüber seinem Therapeuten herausgerutscht, dass er zusätzlich zum amerikanischen auch noch immer einen deutschen Pass besaß.

»Wozu soll das gut sein? Ich bin doch bisher bestens ohne diese Frau zurechtgekommen«, wehrte Michael ab.

»Wenn alles bestens wäre, dann wären Sie nicht bei mir, Michael.«

Während der gesamten Reise hatte Michael Dr. Feldheimers eindringliche Stimme im Ohr gehabt: *Finden Sie Ihre Mutter. Es ist wichtig, Ihre Wurzeln zu kennen und zu erfahren, warum sie Sie weggegeben hat. Das wird Ihnen helfen, es wird Ihnen Klarheit verschaffen…*

Auch Helen schloss sich der Meinung des Psychiaters an, aber das wunderte Michael nicht. Schon seit Längerem fiel es ihr leichter, Michael zu mögen, wenn er nicht anwesend war, und bestimmt freute sie sich, ihn für einige Zeit los zu sein und sich ungestört ihrem Liebhaber – wer immer das im Augenblick sein mochte – widmen zu können.

Dr. Feldheimer war ursprünglich ihr gemeinsamer Therapeut gewesen. Er sollte ihre zerrüttete Ehe kitten. Nach zwei Monaten gelangte Helen jedoch zu der Überzeugung, dass mit ihr alles in Ordnung sei und hauptsächlich Michael das Problem. Sie klinkte sich aus, mit dem Argument, Michael könne sich besser öffnen, wenn sie bei den Sitzungen nicht dabei sei.

Um Dr. Feldheimer einen Gefallen zu tun, hatte Michael nach vergeblicher Recherche im Netz eine Detektei beauftragt, die Adresse der Frau herauszufinden, deren Name auf seiner Geburtsurkunde stand. Insgeheim hoffte er, dass die Detektive scheitern würden und die leidige Angelegenheit damit vom Tisch wäre. Weiß der Teufel, wo die Frau jetzt lebte und wie sie inzwischen hieß.

Jedoch durfte man das deutsche Meldegesetz nicht unterschätzen. Es dauerte keine zwei Wochen, da ließ ihm die Detektei sowohl die Adresse als auch eine Rechnung über zwölfhundert Dollar zukommen. Direkt in seinem Geburtsort Kempten, einer Stadt im Süden Deutschlands, sei eine Johanna Burger gemeldet, auf welche die in der Urkunde aufgeführten Geburtsdaten passten.

Dort war er dann auch zuerst gewesen, in diesem Kempten. Es lag nah an den Alpen, eine hübsche kleine Stadt. Er fragte sich, ob es 1976 auch schon so ausgesehen hatte und ob es wohl einen Unterschied machte, ob man in einer hübschen oder einer hässlichen Stadt zur Welt kam.

In der Wohnung, deren Adresse er bekommen hatte und an deren Briefkasten unter anderem auch der Name Burger stand, lebte jedoch eine Frau, die höchstens so alt sein konnte wie er selbst. Sie sei die Mieterin, Frau Burger wohne in Italien, sei aber offiziell noch hier gemeldet, es habe irgendetwas mit der Steuer zu tun, erklärte ihm Nicola Schwab, die zum Glück recht gut Englisch sprach.

»Haben Sie die aktuelle Adresse von Frau Burger?«

»Sicher, aber wie käme ich dazu, sie einem Fremden zu geben?«

Michael nahm an, dass es Johanna Burger nicht recht wäre, wenn er ihrer Mieterin gewisse pikante Tatsachen erzählte. Also schwindelte er ein bisschen und behauptete, er sei der Sohn einer Cousine zweiten Grades.

Nicola Schwab, hin- und hergerissen zwischen gesundem Misstrauen und dem Wunsch, dem netten Amerikaner einen

Gefallen zu tun, versuchte, Johanna anzurufen. »Sie wohnt in den Bergen, da gibt es kein Telefon, und das Handy hat nur bei schönem Wetter Empfang.«

Offenbar herrschte jenseits der Alpen gerade schlechtes Wetter, denn es kam keine Verbindung zustande. »Das tut mir wirklich leid«, sagte sie und blickte ihn mit ihren großen blauen Augen ratlos an. Vielleicht wäre sie schon in dem Moment wankelmütig geworden, aber Michael entschied sich für eine andere Strategie und führte die sehr blonde, sehr adrette Nicola in ein italienisches Restaurant in der Innenstadt aus, um ihr bei Pizza und Primitivo zu schwören, weder ein Trickbetrüger noch ein perverser Stalker oder vom Finanzamt zu sein. Derartig weich gekocht, gab sie ihm schließlich die Adresse ihrer Vermieterin in Italien, und der Abend ging noch sehr harmonisch zu Ende. Michael, der es auf einmal gar nicht mehr so eilig hatte, blieb noch ein paar Tage in Kempten im Allgäu und ließ sich seine Geburtsstadt und die Umgebung zeigen.

Vor gut einem Jahr hatte Michael mitbekommen, dass Helen ihn seit über drei Jahren mit einem Kunstmaler betrog, dessen Werke auffallend oft in ihrer Galerie hingen. Seither sah er die Sache mit der ehelichen Treue ebenfalls ziemlich locker. Im Grunde war es zwischen ihm und Helen längst zu Ende, diese Erkenntnis verfestigte sich im Verlauf seiner Reise zusehends. Die Therapie bei Dr. Feldheimer änderte daran nichts. Er hatte sowieso nie verstanden, warum Helen gemeinsam einen Therapeuten aufsuchen wollte. Vielleicht, um sich nicht nachsagen lassen zu müssen, dass sie ihre Ehe kampflos aufgegeben habe. Wahrscheinlich lebten sie nur noch im selben Haus, weil keiner wagte, den ersten Schritt zu machen, und weil Michael noch bis vor Kurzem die Hälfte des Monats in Los Angeles zubrachte. Sein Job als Drehbuchautor im Team der Dauerserie *crazy family* erfordere dies – behauptete Michael. Wozu ausziehen und sich scheiden lassen, wenn man sich einfach aus dem Weg gehen konnte? Michael fühlte sich in dem Apartment in Santa Monica mittlerweile mehr zu Hause als in ihrem gemeinsamen Bungalow in San Antonio.

»Und, Michael? Wie verlief die Begegnung mit Ihrer Mutter?«, drang Dr. Feldheimers Stimme aus dem Laptop. Das braun gebrannte Gesicht mit den markanten Falten von der Adlernase bis zu den Mundwinkeln war jetzt wieder groß auf dem Bildschirm zu sehen.

»Anders, als ich es mir vorgestellt hatte.«

»Solche Dinge laufen nie so, wie man sie sich vorstellt.«

»Sie leugnet, meine Mutter zu sein.«

»Oh!« Dr. Feldheimer zog seine Augenbrauen in die Höhe und blickte ihn nun zum ersten Mal interessiert und konzentriert an. Der Doc schien seinen ersten Kaffee oder was immer er zum Wachwerden brauchte, intus zu haben und kam langsam auf Touren. Seine Augen strahlten im selben Blau wie das Skype-Symbol auf dem Rand des Bildschirms. Mit diesen Augen und den dunklen, buschigen Brauen im Kontrast zu seiner weißen, welligen Mähne verkörperte Dr. Feldheimer das Klischee eines Psychiaters nach bester Hollywood-Manier und hätte glatt als Klon von Sigmund Freud durchgehen können.

»Sie behauptet, sie sei nicht meine Mutter. Die Urkunde, die das beweist, sei nur ein Stück Papier, sagt sie. Aber das stimmt nicht, es ist eine *Urkunde,* etwas Amtliches, von einer *deutschen* Behörde ausgestellt. Das kann sie doch nicht einfach ignorieren!« Michael wurde unwillkürlich etwas laut, aber er saß mittlerweile allein auf der Terrasse. Die Greisin schob gerade ihren Rollator über das grobe Kopfsteinpflaster in Richtung Dorfkern, und die Wirtin werkelte im Inneren der Bar.

»Michael, beruhigen Sie sich. Einatmen! – Eins, zwei, drei – Ausatmen!«

»Okay, sorry. Was glauben Sie, warum tut sie das?« Er nahm einen Schluck von seinem Cappuccino, während er zusah, wie Dr. Feldheimer die grau-weißen Stoppeln seines Dreitagebarts massierte.

»Michael, keine Frau gibt ihr Baby freiwillig weg, nicht wahr?«

Michael schwieg, denn er begriff die Frage als eine rhetorische. Dr. Feldheimer fuhr denn auch sogleich fort: »Es sind immer schwierige Umstände, verbunden mit großem Leid und Schmerz. Wie alt war Ihre Mutter damals, bei Ihrer Geburt, noch gleich?«

»Laut den Daten in der Geburtsurkunde achtzehn.«

»Das Erlebnis dürfte für sie sehr traumatisch gewesen sein, womöglich so sehr, dass sie es aus ihrem Bewusstsein verbannte.«

»Sie meinen, sie hat *vergessen,* dass sie ein Kind zur Welt gebracht und es weggegeben hat?«

»Nicht vergessen. Verdrängt.«

»Aber…«

»Michael, Sie sind jetzt wie alt?«

»Vierundvierzig.«

»Das ist ziemlich viel Zeit. Sie können nicht erwarten, dass Ihnen die Frau sofort um den Hals fällt. Die Reaktion Ihrer Mutter ist durchaus nicht ungewöhnlich.«

»Na ja… Ich weiß nicht«, murmelte Michael.

»Bedenken Sie eines: Im Gegensatz zu Ihnen kam für Ihre Mutter die Begegnung vollkommen unvorbereitet. Vielleicht hat sie einfach einen Schock. Warten Sie ein paar Tage, ehe Sie wieder Kontakt mit ihr aufnehmen.«

»Aber ich wohne doch bei ihr«, wandte Michael ein.

»Sie *wohnen* bei ihr!«, wiederholte Dr. Feldheimer.

»Äh, ja.«

Dr. Feldheimer nickte auf seine langsame, bedeutungsvolle

Art. Michael kannte sonst niemanden, der so beredt und weise nicken konnte wie Dr. Feldheimer.

»Sie hat angeboten, ich könne eine Weile bleiben, solange ich sie nicht Mutter nenne oder sie mit Fragen löchere.«

Dr. Feldheimer nickte erneut bedeutungsvoll, dann lächelte er. »Nun, das ist doch schon einmal ein vielversprechender Anfang.«

»Meinen Sie wirklich?«

»Betrachten Sie es als ein gutes Zeichen. Sie ist an Ihnen interessiert und wird sich Ihnen schon noch erklären. Geben Sie ihr die Zeit, die sie dafür braucht, erzwingen Sie nichts.«

»Ich verstehe. Danke, Dr. Feldheimer! Und entschuldigen Sie die frühe Störung.«

»Schon gut. Ich wünsche Ihnen noch einen schönen Tag, Michael.«

»Ihnen …« Zack, weg war er! »… auch«, seufzte Michael.

Er trank seinen Cappuccino aus und spendierte Mauri den Keks. Besonders traumatisiert wirkte Johanna Burger auf ihn ja nicht. Sie kam ihm, im Gegenteil, ziemlich resolut vor, und sie schien ihr seltsames Leben da oben auf dem Berg gut im Griff zu haben. Ein Mensch, der sich selbst genügte, wie oft gab es das schon? Johannas Lebensweise nötigte Michael eine gewisse Bewunderung ab. Er selbst würde an ihrer Stelle wahrscheinlich nach wenigen Wochen durchdrehen. *Shining* ließ grüßen.

Aber war diese selbst gewählte Einsamkeit nicht andererseits ein Indiz dafür, dass etwas mit ihr nicht stimmte? Welcher halbwegs normale Mensch kapselte sich denn freiwillig von der Menschheit ab und umgab sich lieber mit einem Rudel Hunde? Verdammt, er hätte Dr. Feldheimer von den Hunden berichten sollen. Das nächste Mal durfte er das nicht vergessen.

Michael hätte Johanna gestern am liebsten gefragt, warum

sie so lebte, wie sie lebte, aber aus Furcht, doch noch von ihr hinausgeworfen zu werden, hielt er sich an die Absprache und stellte Johanna keine Fragen mehr, auch keine aus seiner Sicht harmlosen.

Ob er und Helen Kinder hätten, wollte stattdessen Johanna wissen.

»Nein, keine Kinder.«

Eine Zeit lang hatte Michael das bedauert, doch inzwischen nicht mehr. So würden wenigstens keine Unschuldigen unter der Lieblosigkeit der Beziehung zwischen Helen und ihm und der früher oder später unvermeidlichen Trennung leiden müssen.

Zu weiteren persönlichen Fragen ließ Johanna sich nicht herab. Ob seine Adoptiveltern ihn geliebt und gut behandelt hatten, ob seine Kindheit glücklich oder unglücklich verlaufen war, welche Schule, welches College er besucht hatte ... das alles schien sie nicht zu interessieren. Oder wollte sie nur krampfhaft vermeiden, wie eine neugierige Mutter zu wirken? Aus schierem Trotz vermied es auch Michael, über seine Kindheit und Jugend zu sprechen. Instinktiv befolgte er damit Dr. Feldheimers Rat, noch bevor dieser ihn überhaupt erteilt hatte.

November 1975 bis Januar 1976

Johanna

Es war nicht ihre Mutter, die Johanna später zwei belegte Brote und ein Glas Milch vorbeibrachte, sondern Max. Johanna saß, gegen die Bettlade gelehnt, da und starrte zum Fenster hinaus in die Dunkelheit.

»Hab keinen Hunger.«

»Iss es trotzdem. Ihr braucht das jetzt. Du und das Kleine«, sagte Max mit sanfter Stimme. Johanna nickte und murmelte ein Dankeschön. *Das Kleine.* Es hörte sich so zärtlich an. Ein Kind, ein *Butzele,* wie man im Allgäu sagte. Sie würde einen Menschen zur Welt bringen, einen richtigen Menschen, war das nicht irgendwie auch ein Wunder? Zum ersten Mal versuchte Johanna, sich vorzustellen, wie ihr Kind wohl aussehen und wie es sein würde, Mutter zu sein.

»Denkst du auch so über mich wie die Oma?«

Max schüttelte den Kopf, setzte sich neben sie aufs Bett und ergriff ihre Hand. »Nein, Johanna, es steht mir nicht zu, über dich zu richten.«

Sie schniefte.

»Das Fleisch ist schwach, denk nicht, dass ich das nicht wüsste!«

»Danke für die Predigt, Herr Pfarrer.«

»Ein paar Gebete könnten vielleicht wirklich nicht schaden, was meinst du?«

Meinte er das etwa ernst? War er heraufgekommen, um mit ihr zu *beten?*

Natürlich war auch Johanna stolz auf ihren Bruder, den künftigen katholischen Geistlichen. Dennoch war er ihr lieber gewesen, als er noch nicht Theologie studiert hatte. Jetzt wusste sie manchmal gar nicht, ob ihr Bruder mit ihr redete oder bereits der angehende Priester und ob man in seiner Gegenwart überhaupt noch ungehemmt lästern und fluchen durfte. Und jetzt gerade brauchte sie, verdammt noch mal, keinen Theologen, dafür umso mehr ihren großen Bruder.

»Scheiß auf die Gebete, Max!«, brach es aus ihr heraus. »Du bist mein Bruder, mein *einziger* Bruder wohlgemerkt, denn Roland, diese kleine Ratte, existiert für mich nicht mehr. Also, stehst du auf meiner Seite oder nicht?«

Endlich legte Max sein priesterliches Gehabe ab, boxte sie gegen die Schulter und sagte: »Ich bin auf deiner Seite. Einer muss sich ja opfern«, fügte er hinzu. Dabei grinste er schelmisch und strich eine seiner blonden Locken aus dem Gesicht, um die ihn Johanna täglich glühend beneidete. Obwohl sie gerade wirklich andere Sorgen hatte, musste sie wieder einmal feststellen, dass seine Berufswahl für die Frauenwelt ein herber Verlust war. Sie boxte ihn zurück und rang sich ein Lächeln ab.

»Es wird sich schon wieder einrenken, im Moment sind sie halt alle ziemlich durcheinander«, meinte er. »Du weißt ja, sie machen sich immer viele Gedanken darum, was die Leute sagen werden.«

»Keine Sorge, ich werde hier nicht bleiben. Ich werde Emilio finden und zu ihm nach Italien gehen«, erwiderte Johanna mit kindlichem Trotz.

»Was meinst du mit *finden?*«, fragte Max.

Johanna biss sich auf die Lippen, konnte aber nicht verhindern, dass ihr schon wieder die Tränen in die Augen schossen.

Nach dem positiven Testergebnis hatte sie Emilio, wie schon einige Male zuvor, einen Brief an die Adresse des Bootsverleihers geschickt, bei dem er im Sommer gearbeitet hatte. Eine andere Adresse oder Telefonnummer von Emilio kannte sie nicht. Sie wusste nur, aus welcher Stadt er ursprünglich kam. In ihrem Brief versicherte sie ihm, wie sehr sie ihn liebe und sich nach ihm sehne, und wenn sie erst für immer zusammen sein würden, sie beide und später ihr gemeinsames Kind, dann würde alles gut werden. *Bitte schreib mir zurück oder ruf mich zu Hause an!*, schrieb sie, denn bis er ihren Brief bekommen haben würde, so ihre Rechnung, hätte sie es sicher schon ihrer Familie gebeichtet.

Er hatte weder zurückgeschrieben noch angerufen und kam auch nicht – wie sie sich bisweilen vorstellte – wie ein strahlender Ritter mit einem Strauß Blumen zu ihrer Rettung. Vielleicht war ihr letzter Brief auch verloren gegangen. Denn Johanna fiel siedend heiß ein, dass der Bootsverleih außerhalb der Saison wohl geschlossen hatte. Dummerweise hatte sie aus alter Gewohnheit darauf verzichtet, ihre Absenderadresse auf den Umschlag zu schreiben, aus Furcht, der Brief könnte zurückkommen und ihren Eltern in die Hände fallen.

»Er wohnt in Neapel«, sagte sie nun zu Max.

Ihr Bruder tat einen schweren Atemzug. »Neapel. Das ist eine sehr große Stadt«, meinte er, der im Hinblick auf sein Studium in Rom fleißig Italienisch lernte und sich mit der Geografie und den Sitten des Landes vertraut machte.

»Er heißt mit Nachnamen Rossi«, setzte Johanna hinzu.

Emilio Rossi. Allein der Klang seines Namens ließ sie regelmäßig vor Wonne erschaudern. Jetzt aber machte sich in ihr gerade ein ungutes Gefühl breit, als sie Max sagen hörte: »Der

Name ist in Italien so häufig wie bei uns Meier oder Müller. Falls es überhaupt sein richtiger Name ist.«

Insgeheim hoffte Johanna weiter auf ein Lebenszeichen von Emilio, obwohl sie, wenn sie genauer darüber nachdachte, längst wusste, dass es vergeblich war. Sie schmiedete dennoch Pläne und gab sich fantasievollen Zukunftsvisionen hin. Im nächsten Frühjahr, wenn das Kind da sein würde, könnte sie doch diesen Bootsverleih aufsuchen. Vielleicht arbeitete er ja wieder dort. Sie stellte sich vor, wie sie ihm seinen kleinen *figlio* oder seine süße *figlia* präsentieren würde. Seinem eigen Fleisch und Blut würde er sich nicht versperren, ganz gewiss nicht, die Italiener waren doch Familienmenschen. Es würde alles gut werden, redete sie sich ein. Diese Träumereien waren ihr Rettungsanker, die einzigen Lichtblicke in dieser düsteren Zeit.

Denn Johanna durfte ab sofort nicht mehr an den gemeinsamen Mahlzeiten teilnehmen, und selbst zum Gottesdienst nahm man sie nicht mehr mit. Sie ging nach wie vor zur Schule, aber danach musste sie sofort nach Hause kommen und in ihrem Zimmer bleiben. Dort war sie wenigstens keinen Beschimpfungen und abfälligen Bemerkungen ausgesetzt, eine Disziplin, in der sich Großmutter Friedel und Roland immer wieder aufs Neue hervortaten. *Schlampe, Saumensch, Itakerhur'* musste sie sich anhören. Viel mehr als das schmerzte Johanna, dass sie für ihre Eltern neuerdings Luft zu sein schien. Der Einzige, der ihr nach wie vor freundlich begegnete, war Max. Aber der blieb unter der Woche im Priesterseminar in Kempten, und er kam auch nicht an jedem Wochenende heim. Johanna hatte den leisen Verdacht, dass auch er der angespannten Stimmung im Hause Burger lieber aus dem Weg ging, indem er vorgab, lernen zu müssen. Immerhin brachte er seiner Schwester bei seinem nächsten Besuch ein kleines Radio mit Kassettenrekorder vorbei und dazu ein paar Musikkassetten. Denn mit den gemeinsamen Fernsehabenden im Familienkreis war es für Johanna inzwischen auch vorbei.

»Hier, nimm die dazu.« Er gab ihr seine Kopfhörer. »Du weißt ja, die Eltern stehen nicht so auf David Bowie und Alice Cooper.«

»Danke, Max!«

Stundenlang saß Johanna von da an auf dem Bett mit dem zerwühlten hellblauen Steppüberwurf, die Kopfhörer übergestülpt und abgekapselt von der Welt, eine Ausgestoßene.

Jeden Morgen, ehe Johanna zur Schule ging, überprüfte ihre Mutter ihre Erscheinung, und dies blieb oft der einzige Moment des Tages, an dem Charlotte Burger von ihrer Tochter wirklich Notiz nahm. Nein, man sah noch nichts, aber vorsichtshalber wies sie Johanna an, jetzt schon weite Blusen und lange, schlabberige Pullover zu tragen, damit es später nicht so auffallen und ihre Mitschüler denken würden, es wäre ein modischer Spleen. Sie hatte ihrer Tochter dafür ein paar alte Pullover von Max ins Zimmer gelegt, auch ein weites T-Shirt für den Sportunterricht.

Jeden Morgen wurde Johanna außerdem aufs Neue ermahnt, niemandem etwas zu sagen. Auch nicht ihrer Freundin Viola. Zu ihr durfte sie ab sofort auch nicht mehr.

»Es fällt doch auf, wenn ich nicht mehr zu ihr komme«, wandte Johanna ein, die bisher mindestens zwei Nachmittage pro Woche bei Viola verbracht hatte. Selten umgekehrt. Violas Zimmer war winzig, und die Wohnung hatte auch keinen Garten, doch ihre Eltern arbeiteten beide ganztags, und so war niemand da, der die Mädchen kontrollierte. Außerdem trieben sie sich, wenn es das Wetter halbwegs zuließ, ohnehin meistens im Ort herum, wo sie andere Mädchen aus ihrer Clique trafen und natürlich auch ab und zu Jungs.

»Dann lass dir was einfallen. Sag, du hättest Hausarrest.«

»Sie ist meine Freundin, ich will sie nicht anlügen.«

»Du hast *uns* hintergangen, deine Familie, da kannst du jetzt auch Viola anlügen.«

»Ich sage ihr nichts, ich schwöre es dir, Mama.«

»Wie soll ich dir noch vertrauen?«

Manchmal dachte Johanna, dass ihre Mutter nicht härter reagieren könnte, wenn sie jemanden umgebracht hätte. Ja, in Gottes Namen, sie hatte einen schlimmen Fehler gemacht, und jetzt bekam sie ein Kind von einem Italiener, der vermutlich für immer unauffindbar bleiben würde. Aber war das denn im Jahr 1975 wirklich noch so furchtbar? Die Zeiten hatten sich doch geändert, seit die Eltern jung gewesen waren. Spürten sie denn nichts von dem frischen Wind, der seit einigen Jahren durch dieses Land wehte, selbst wenn er hier nur als laues Lüftchen in Erscheinung trat? Es hatte Studentenproteste und eine sexuelle Revolution gegeben, hatten sie denn davon gar nichts mitbekommen? Junge Leute bildeten Kommunen und praktizierten freie Liebe… Okay, vielleicht nicht gerade in Oberstdorf, dort pflegte man nach wie vor die traditionellen Sitten, und die Kirche hatte noch immer bei allem ein gewichtiges Wörtchen mitzureden. Aber der eine oder andere Hippie hatte sich, und wenn auch nur als Tourist, auch schon hierher verirrt, und sogar junge, einheimische Paare lebten inzwischen in »wilder Ehe« zusammen. Manche bekamen mit Absicht zuerst Kinder und heirateten danach. Oder gar nicht. Ein Kind ohne Vater konnte doch heutzutage kein Weltuntergang mehr sein! Johanna würde trotzdem die Schule beenden und in zwei Jahren ihr Abitur machen, sie würde einen Beruf erlernen, genauso wie ihre Mutter es ihr stets eingeschärft hatte. *Du musst dein eigenes Geld verdienen, du darfst dich nie in Abhängigkeit von einem Mann und dessen Familie begeben. Versprich mir, dass du es besser machst als ich.*

Dazu kam: Die Burgers waren keine arme Familie. Sie fuhren zweimal im Jahr in den Urlaub, und wenn Kleidung oder Bücher gebraucht wurden, dann wurden sie angeschafft, und niemand verlor ein Wort über den Preis. Ihre Mutter ließ sich jedes Frühjahr und jeden Herbst zwei oder drei neue Kleider und Kostüme von einer Schneiderin nähen, und das, obwohl sie mit ihrer schlanken Figur auch in jedes Kleid von der Stange gepasst hätte. Max durfte studieren, noch dazu in Rom… Die Schreinerei, ein alteingesessener Familienbetrieb, lief gut, auch wenn bestimmte Leute neuerdings ihre Möbel bei IKEA kauften und *das Glump* selbst zusammenschraubten, wie ihr Vater abfällig bemerkt hatte. Es würde die Familie garantiert nicht ruinieren, ein kleines Kind durchzufüttern, bis Johanna auf eigenen Beinen stehen konnte. Da könnte sich Oma Friedel wenigstens als Kindsmagd nützlich machen, zumindest solange das Kind noch klein war und nicht verstand, was sie den lieben langen Tag daherredete. Und vielleicht geschah ja ein Wunder, und Emilio tauchte auf… Allerdings glaubte Johanna mit jedem Tag, der verging, weniger daran.

Es lag nicht am Geld, zu diesem Schluss gelangte sie schließlich. Es lag an Max. Max, ausgerechnet Max, ihr Vertrauter, ihr Lieblingsbruder, der sich als Einziger um sie sorgte und zu ihr hielt, war fatalerweise gleichzeitig der Grund, weshalb alle Johanna und ihr ungeborenes Kind verdammten, allen voran natürlich Oma Friedel: Was Johanna wohl glaube, was aus seinem Studienplatz am Collegium Germanicum in Rom werden würde, wenn *die Schande* erst einmal in aller Munde wäre? Wahrscheinlich würden sie ihn sofort von der Liste streichen, vielleicht würden sie ihn gar nicht mehr zur Priesterweihe zulassen. »Als Bruder von so einer Hur'«, spie die Großmutter Johanna entgegen.

Johannas Mutter benutzte zwar mildere Worte, aber der

Inhalt der Botschaft war derselbe: Johannas Zustand musste mit allen Mitteln geheim gehalten werden. »Oder willst du deinem Bruder alles verderben, wofür er so hart gearbeitet hat?«

Nein, das wolle sie natürlich nicht.

Sie erzählte ihrer Freundin Viola nichts von ihrer Schwangerschaft und ihren Sorgen, und das war gar nicht leicht, da Johanna doch bis jetzt immer alles mit Viola besprochen hatte und sie außerdem an nichts anderes mehr denken konnte. Wie lächerlich erschienen ihr plötzlich der ganz normale Schulklatsch, das endlose Wer-mit-wem, die Lästereien über andere Schüler und die Lehrer, die Ängste vor Prüfungen. Das war alles Kinderkram, verglichen mit Johannas Problemen.

Natürlich schwärmte sie auch nicht mehr von Emilio. Sie hätten Schluss gemacht, zu große Entfernung, erklärte sie wortkarg, als Viola sie darauf ansprach.

»Bist du deshalb in letzter Zeit oft so komisch?«, fragte Viola.

»Liebeskummer«, meinte Johanna mit einem Achselzucken und lächelte tapfer.

Um wenigstens einmal pro Woche ihre Freundin besuchen zu können, erfand sie einen Kurs in Hauswirtschaftslehre, der angeblich jeden Dienstagnachmittag stattfand. Sie fragte sich jedoch, wie das nach den Weihnachtsferien weitergehen sollte. Das Kind würde im Mai kommen. Spätestens zur Faschingszeit würde kein noch so weiter Pullover mehr helfen, man würde ihren Zustand auf jeden Fall sehen. Und was, wenn das Kind erst einmal auf der Welt war? Sollte es seine ersten Lebenswochen etwa im Haus eingesperrt verbringen, so lange, bis Max im Herbst endlich sein Studium in Rom antrat? Das war doch der helle Wahnsinn! Ein Kind im Haus, das naturgemäß ab und zu schreit, so etwas lässt sich vor der Nachbarschaft doch nicht geheim halten, dachte Johanna.

Weihnachten kam, und das Fest der Liebe schien alle in milde Stimmung zu versetzen. Johanna durfte an Heiligabend und an den Feiertagen mit der Familie essen und den Abend mit ihnen zusammen im Wohnzimmer vor dem großen Kachelofen verbringen. Oma Friedel und Roland verkniffen sich zur Abwechslung ihre Sticheleien, irgendjemand, vermutlich Johannas Mutter, musste ihnen einen Maulkorb verpasst haben. Johanna bekam sogar ein Geschenk, einen weiten, rot karierten Wintermantel mit Fell an der Kapuze. Nicht gerade das, was sich ein Teenager sehnlichst wünschte, außerdem waren gerade Parkas schwer angesagt, aber Johanna nahm es als versöhnliche Geste und dankte ihren Eltern geradezu überschwänglich für den Mantel. Am Baum brannten die Kerzen, und auf einem Tischchen daneben stand die prächtige Krippe mit dem Dach aus winzigen Holzschindeln, die ihr Vater und Roland zusammen gebaut hatten. Eine kleine Glühbirne erleuchtete den Stall mit dem Jesuskind, seinen Eltern und den Tieren, allesamt aus Holz geschnitzt. Es sah sehr heimelig aus. Sie sangen zusammen *Stille Nacht, heilige Nacht* und *O, Tannenbaum,* danach stimmte Charlotte Burger noch andere Weihnachtslieder und klassische Stücke am Klavier an, einige davon spielte sie vierhändig mit Max. Johanna wurde von der rührseligen Stimmung mitgerissen und war auf einmal der festen Überzeugung, dass alles gut werden würde. Wenn erst das kleine Kind im Stubenwagen läge, wie einst der Heiland in der Krippe, dann würde es die Herzen ihrer Eltern und vielleicht sogar das von Großmutter Friedel erweichen. Sie würden es lieben, und es würde ihm und ihr an nichts fehlen…

Erst viel später sollte sie erfahren, dass sie dieses Weihnachten im Familienkreis ihrem Bruder Max verdankte. Der hatte seinen Lieben ganz unchristlich gedroht: Er würde an den Feiertagen im Priesterseminar bleiben, sollten sie nicht alle wenigstens an Weihnachten freundlich und gütig zu Johanna sein.

Am Tag vor Dreikönig kam ihre Mutter morgens in Johannas Zimmer und befahl ihr, ein paar Sachen zum Anziehen und ihr Waschzeug in ihre Sporttasche zu packen.

»Warum?«

»Weil du mit dem dicken Bauch, den du bald haben wirst, nicht hierbleiben kannst«, antwortete die Mutter und trieb ihre Tochter zur Eile an. In einer halben Stunde sei es Zeit zu fahren. Ehe Johanna noch mehr Fragen stellen konnte, ging sie wieder hinaus.

Johanna gehorchte, denn sie hatte so eine Ahnung. Bestimmt bringen sie mich zu Tante Gertrud, dachte sie. Das wäre die einfachste Lösung. Gertrud, die jüngere Schwester ihres Vaters, lebte mit ihrem Mann in Augsburg. Dort wäre Johanna weg vom Schuss, niemand im Ort würde ihre Schwangerschaft mitbekommen. Okay, sie müsste dort auf eine neue Schule gehen, aber dennoch… Augsburg und Tante Gertrud, man konnte es schlimmer antreffen. Gertrud war modern und aufgeschlossen und in ihrem Beruf als Modezeichnerin schon viel herumgekommen. Während seiner Flegeljahre hatte Max sogar einmal gemeint, Tante Gertrud sei *ein echt heißer Feger.* Bei ihr müsste Johanna sich bestimmt keine Demütigungen gefallen lassen oder Beschimpfungen anhören. Eilig packte sie ihre Tasche, und da noch dazu Max am Steuer des Mercedes saß, stieg Johanna voller Zuversicht ein.

Aber sie fuhren nicht zu Tante Gertrud. Diese Erkenntnis dämmerte Johanna, als ihre Mutter Max auf einmal kreuz und quer durch Kempten lotste. Johanna kannte die Innenstadt von Kempten, dorthin fuhren sie ab und zu zum Einkaufen, weil es in den großen Kaufhäusern mehr Auswahl gab als in den Läden von Oberstdorf, aber in diesem Viertel war sie noch nie gewesen. Villen und Bungalows standen zwischen hohen Bäumen, es war offenbar ein gepflegtes Wohnviertel. Was wollten sie hier?

»Da vorn, das ist es, halt an!«, hörte sie ihre Mutter sagen, und Max parkte am Straßenrand vor einem einstöckigen Haus mit weißer, stellenweise schon leicht bröckelnder Rauputzfassade und schwarzen, bauchigen Gittern vor den Fenstern des Erdgeschosses. Er stieg rasch, beinahe hastig, aus und nahm Johannas Tasche aus dem Kofferraum.

»Wo sind wir? Was machen wir hier?«, fragte Johanna ihre Mutter.

»Steig aus, dann wirst du es sehen.«

Johanna folgte ihrer Mutter durch ein schmiedeeisernes Tor, und sie durchquerten einen Garten, der nur aus Rasen, umringt von hohen Sträuchern bestand. Anders als bei ihr zu Hause lagen hier auf dem Rasen nur noch ein paar Flecken schmutzigen Schnees. Dann las sie das Schild neben dem Eingang:

Privates Entbindungsheim Sonnenstrahl
Agatha Grundel, staatl. gepr. Hebamme

Waren sie hier, damit Johanna sich ansehen konnte, wo ihr Kind zur Welt kommen würde? Warum denn aber in einem privaten Entbindungsheim in Kempten und nicht im Krankenhaus in Sonthofen, wo auch Johanna und ihre Brüder zur Welt gekommen waren? Im nächsten Augenblick fiel Johanna ihre vollbepackte Tasche ein, die Max gerade bis zur Tür schleppte.

»Was soll das? Es ist doch noch viel zu früh«, protestierte Johanna.

»Du wirst in diesem Heim bleiben bis zur Niederkunft. Hier bist du gut aufgehoben«, antwortete ihre Mutter und drückte auf den goldenen Klingelknopf unter dem Schild.

»Woher willst du das wissen?«, rief Johanna, die auf einmal eine undefinierbare Angst verspürte.

Die Tür wurde geöffnet, und vor ihnen stand eine dürre Frau um die fünfzig mit einem scharf geschnittenen Gesicht und ledriger Haut. Sie hatte ihre Mutter und Johanna offenbar schon erwartet, denn die Ankommenden wurden mit einem herzlichen »Grüß Gott, Frau Burger« empfangen.

Ihre Mutter erwiderte den Gruß, deutete auf Johanna, die schräg hinter ihr stand, und sagte mit einem Seufzer: »Und das ist die Johanna.«

Agatha Grundel trat einen Schritt zur Seite und maß ihren neuen Schützling mit einem prüfenden Blick. »Wann ist es so weit?« Die Frage war an Charlotte Burger gerichtet.

»Im Mai.«

»Wie alt ist sie?«

»Sie wird im April achtzehn.«

Die Auskunft rief ein Stirnrunzeln hervor. Wahrscheinlich missbilligte diese Frau Grundel junge Schwangere, die keine Väter für ihre Kinder vorweisen konnten. Was hatte ihre Mutter dieser Frau wohl schon alles erzählt?

»Was kann sie?«

»Alles, sie ist klug und geschickt.«

»Klug brauchen wir nicht, bei uns muss man zupacken können.«

»Das kann sie«, versicherte Johannas Mutter, und Johanna fand es demütigend, wie sie dieser Frau angepriesen wurde. Vielleicht hätte es geholfen, wenn sie widersprochen oder sich vollkommen unmöglich benommen hätte, aber Johanna stand reglos da und konnte nicht glauben, was sie sah und hörte.

Während Satz für Satz das Unheil über Johanna hereinbrach, stand Max stumm hinter seiner Schwester, beide Hände um die Griffe von Johannas Tasche gekrallt. Er schaute so unglücklich drein, als wäre er die Ursache allen Übels. Auf eine gewisse Weise war er das ja auch, erkannte Johanna, auch wenn nicht er es gewesen war, der sich in einem Fischerboot am Lago Maggiore vergessen hatte. Nein, Max konnte nichts dafür, genauso wenig wie ihr Vater, der sich stets in der Rolle des Familienoberhauptes wähnte, aber bei wichtigen Dingen nicht die Entscheidungen traf. Auch die geifernde, bigotte Oma Friedel hätte nichts ausrichten können ohne die Zustimmung von Johannas Mutter. Charlotte Burger, das begriff Johanna in diesem Moment, war die treibende Kraft hinter dem, was hier gerade passierte, und sie würde keine Weigerung Johannas akzeptieren. Der Weg zurück in ihr Zuhause war Johanna versperrt, solange dieses Kind in ihr wuchs.

Wirklich verstehen konnte sie es dennoch nicht. Wie konnte sich ein Mensch von einem Tag auf den anderen so ändern? Wie konnte Mama, die immer zu ihr gehalten hatte, der man alles – okay, nicht alles, aber doch ziemlich vieles – erzählen konnte, die Johanna manchmal fast wie eine Freundin behandelte, auf einmal so kalt und unerbittlich sein?

»Dann komm rein, Johanna, ich zeige dir, wo du schlafen wirst«, sagte die Grundel. Es war das erste Mal, dass sie das Wort direkt an Johanna richtete.

»Aber … aber was ist mit der Schule?«, stieß Johanna hervor und blickte ihre Mutter voller Entsetzen an.

»Die Klasse kannst du wiederholen.« Charlotte Burger wandte sich um, nahm Max die Tasche aus der Hand und reichte sie Johanna. »Hier, deine Sachen.«

Automatisch griff Johanna nach der Tasche, die schwer an ihren Armen zog und sie daran hinderte, ihre Mutter zum Abschied zu umarmen. Aber das war anscheinend ohnehin nicht vorgesehen.

»Auf Wiedersehen, Johanna«, sagte ihre Mutter förmlich. »Sei anständig und tu, was man dir sagt, dann wird alles gut, und du bist bald wieder daheim.« Zum ersten Mal seit vielen Wochen lächelte sie Johanna aufmunternd zu. Oder war es nur die Erleichterung, sie endlich los zu sein?

Der Einzige, der Johanna zum Abschied kurz an sich drückte, war Max. »Es tut mir leid, Johanna«, flüsterte er ihr zu. »Ich besuche dich so bald wie möglich.«

Dann drehten Mutter und Sohn sich um und gingen über die Waschbetonplatten auf das Gartentor zu. Mit einem metallischen Klang schlug es hinter ihnen zu. Das Ganze hatte keine zwei Minuten gedauert.

»Was ist, willst du da Wurzeln schlagen?«, fragte die Grundel.

Johanna tat ein paar Schritte in den düsteren Flur mit dem Fußboden aus geflecktem Linoleum. Es roch nach Wirsing und Desinfektionsmittel.

»Marion!«, brüllte die Grundel über ihre Schulter. Prompt kam ein Mädchen mit rosigen Wangen und feisten Oberarmen die Treppe herabgepoltert, so schnell, dass Johanna sicher war, dass sie oben gestanden und gelauscht hatte. »Ja, Frau Grundel?«, fragte sie beflissen.

»Zeig der Neuen, wo unsere Hausschwangeren schlafen und wo sie ihre Sachen hintun kann. Trödelt nicht, in einer Viertelstunde will ich euch in der Waschküche sehen.«

November 2020

Michael

Michael ging in die Bar, bezahlte seinen Cappuccino und erkundigte sich, wann der Laden nebenan aufmachte. Johanna hatte ihm eine Einkaufsliste mitgegeben, aber Michael hätte ohnehin dort vorbeigeschaut.

Um vier Uhr, lautete die Antwort.

Also noch zehn Minuten.

Dass Geschäfte, sogar Lebensmittelläden, nicht den ganzen Tag geöffnet waren, hatte er schon in Deutschland mit einigem Befremden registriert. In Italien schien es noch schlimmer zu sein, hier schlossen sie gleich für den ganzen Nachmittag. Es grenzte an ein Wunder, dass die Bar überhaupt offen war, denn es rührte sich tatsächlich noch nichts im Dorf.

Die Bar war gleichzeitig ein Zeitschriften- und Schreibwarenladen und in gewissem Sinn auch Heimatmuseum. An einer Wand hingen jedenfalls diverse Fotografien. Ein Gruppenbild ehrte die Partisanen des Ortes, auf einem anderen Schwarz-Weiß-Foto sah man den benachbarten Obst- und Gemüseladen mit einem stolzen Paar davor. Damals hatte *vini & alimentari* über dem Eingang gestanden, heute hieß der Laden *Il Giardino,* der Garten. Das Foto stammte, nach Kleidung und Frisur des Paares zu urteilen, vermutlich aus der Nachkriegszeit.

Die Wirtin trat neben ihn, zeigte auf das Foto und erklärte in einem Mischmasch aus Englisch und Italienisch, dass das Paar vor dem Laden ihre Großeltern seien, Marta und Salvatore Ferri, und wenn er sie richtig verstanden hatte, dann war die alte Frau, die vorhin die Bar besucht hatte, die Frau auf dem Foto. »Marta, *mia nonna*«, sagte sie und deutete auf sich. »*Sono Giovanna.*«

Wahrscheinlich, dachte er, ist das Dorf eine einzige Inzucht.

»Michael«, sagte Michael.

Es gab zahlreiche Aufnahmen des Ortes, aus verschiedenen Epochen und zu verschiedenen Anlässen. Er betrachtete Fronleichnamsprozessionen und einen Weihnachtsbaum auf der Piazza. In den Siebzigern und Achtzigern hatte es in Belmonte noch recht trist ausgesehen, doch zwischenzeitlich war der mittelalterliche Ortskern geradezu vorbildlich restauriert worden, und die Bauten mit den dicken Mauern aus hellgelbem Naturstein erstrahlten in neuem Glanz. Die Bewohner schienen das zu schätzen zu wissen, jedenfalls waren die engen Gassen blitzblank gefegt, das hatte er gestern bei einem kleinen Rundgang schon bemerkt. Töpfe mit Blumen standen vor den Eingangsstufen oder hingen in Kästen vor den Fenstern. Noch während er die Fotos betrachtete, knatterte eine feuerrote Ape heran, ein motorisiertes Dreirad. Auf der Ladefläche standen Kisten mit Grünzeug. Eine stinkende Abgaswolke hing bläulich über der Straße, nachdem das Gefährt mit quietschenden Bremsen zum Stehen gekommen war.

»*Mia figlia, my daughter*«, erklärte Giovanna und wies mit einer burlesken Armbewegung auf die junge Frau, die gerade aus dem Gefährt stieg. »*Shop is open.*«

»*Grazie*«, sagte Michael. Er verließ die Bar, während nebenan die Tür aufgeschlossen und kurz darauf der Rollladen hochgezogen wurde.

Er verharrte kurz vor dem Laden, um der Inhaberin Zeit

zu geben, die Dinge zu ordnen, die nach Öffnung des Ladens geordnet werden mussten, wobei er darüber nachdachte, was das sein könnte. Kasse aufschließen, die Schürze anziehen? Er studierte die unter *orario* aufgeführten Öffnungszeiten. Nach der langen Mittagspause war das Geschäft immerhin bis sieben Uhr am Abend geöffnet, jedoch sonntags, montags und mittwochs geschlossen. Er betrachtete die Auslagen im Fenster – Honig, Likör, diverse Kekse. Als er glaubte, dass man drinnen nun bereit sei für den ersten Kundenbesuch dieses Nachmittags, leinte er Mauri vor der Tür an und betrat das Geschäft.

»*Salve.* Und? Wie war's?«, wurde er in einem Mix aus Italienisch und Englisch begrüßt. Sie trug tatsächlich eine grüne Schürze, auf deren Latz in weißer Schrift *Il Giardino* stand, unter einer stilisierten Möhre.

»*Salve*«, wiederholte er. Diesen Gruß hatte er auf der Fahrt mit dem Bus hierher schon gehört, er gefiel ihm. »Genau wie vorausgesagt«, antwortete er.

Sie lächelte und warf einen Blick nach draußen, auf den zottligen Mauri, der sich in den Schatten der Markise gelegt hatte. »Das ist einer von ihren, oder? Dass sie Ihnen den anvertraut…«

»Ich bin eben ein *nice guy*«, grinste Michael.

»Was kann ich für Sie tun, Mr *Nice Guy?*«

»Ich heiße Michael. Michael Doyle.«

»Flavia.«

Das wusste er schon, denn an der Tür des Ladens stand ihr voller Name: Flavia Roselli. Sie war eine Italienerin, wie man sie sich vorstellte, mit dunklem, kräftigem Haar und mandelförmigen braunen Augen mit einem, wie er fand, leicht melancholischen Ausdruck. Nur die Tattoos an ihren Waden, die unter der dreiviertellangen Jeans hervorschauten, passten nicht so ganz ins Hollywoodklischee

Flavia war die erste Bewohnerin des Ortes gewesen, die er kennengelernt hatte, als er gestern gegen ein Uhr mittags vor dem Postamt aus dem Bus stieg, der ihn mit unendlicher Gemächlichkeit und ohne Klimaanlage von der Hafenstadt Senigallia bis hierher geschaukelt hatte.

Dem Verdursten nah ging er in Richtung Ortskern, in der Hoffnung, einen Laden zu finden, eine Bar oder wenigstens einen Brunnen. Wobei … konnte man Wasser aus einem Brunnen hierzulande gefahrlos trinken? Aber ehe man verdurstete …

Die junge Frau, er schätzte sie auf etwa Mitte zwanzig, schloss gerade den Laden für die Mittagspause, aber auf seine Bitte hin sperrte sie die Tür wieder auf, drückte ihm eine Flasche Wasser und eine Papiertüte mit Kirschen in die Hand und beschrieb ihm den Weg zu Johanna Burger. Letzteres allerdings erst, nachdem sie sich vergewissert hatte, ob er sicher sei, dass er dahin wolle.

»Ganz sicher.«

Sie zog ihre Augenbrauen, die die Form von Flügeln hatten, hoch, als würde sie sich ihren Teil denken, und sagte: »Die Straße ist momentan blockiert. Zu Fuß dauert es bestimmt anderthalb Stunden, und es geht zum Schluss steil bergauf durch den Wald.«

Hatte man sich erst einmal an den ausgeprägten italienischen Akzent gewöhnt, konnte man ihr Englisch durchaus verstehen. Er entgegnete ihr, dass ihm ja wohl nichts anderes übrig bliebe. Sie musterte ihn ein paar Sekunden lang. Schwer zu sagen, was dabei in ihr vorging. »*Aspetta. Wait a moment*«, murmelte sie daraufhin, bog mit einem eleganten Hüftschwung um die Ladentheke, tauchte hinter der Kasse ab und kam mit einer angebrochenen Packung gedörrter Fleischstreifen wieder zum Vorschein. »Für die Hunde.«

»Hunde?«

»*Wait and see.*«

»Sie verkaufen also auch Hundefutter?«, bemerkte er amüsiert.

»Nein, aber gelegentlich kommen ein paar Streuner vorbei.« Dabei sah sie ihn an, als gehörte auch er in diese Kategorie. Dann öffnete sie die Tür für ihn, um ihn auf diese Weise höflich hinauszukomplimentieren.

»Ich muss noch bezahlen.«

»Die Kasse ist schon zu, kommen Sie ein andermal vorbei.«

Er freute sich über den Vertrauensbeweis, und während er aus dem Laden in die gleißende Mittagssonne hinausstolperte, fragte sie, ob er schon eine Unterkunft habe.

»Ich hoffe, dass ich bei Johanna Burger wohnen kann.«

Sie hielt mitten in der Bewegung des Türabschließens inne und sah ihn zweifelnd an.

»Ich bin ein Verwandter.«

»Okay«, sagte sie und schloss endlich die Ladentür ab. »Sollte es nicht klappen, kommen Sie wieder, dann besorge ich Ihnen ein B & B. Bei den Morettis dürfte was frei sein.«

»Gut zu wissen.«

»Und falls sie mit einer Schrotflinte auf Sie losgeht, keine Angst. Die ist meistens nicht geladen.«

Oktober 2020

Johanna

Wenn Johanna Burger über das Leben nachdachte, das sie führte, seit sie in Italien lebte, verglich sie es manchmal mit einem Teich. Das Wasser darin war kalt und klar, doch auf dem Grund lagen keine hübschen bunten Kiesel, und falls doch, dann waren sie begraben unter einer tiefen Schicht aus Schlamm, in dem sich alles Vergangene und Vergessene festgesetzt hatte. Ihr Leben verlief an der Oberfläche des Teichs, in ruhigen Bahnen, bestimmt vom Rhythmus der Natur und der Jahreszeiten und den Bedürfnissen ihrer Hunde. Doch sie wusste auch: Die kleinste Störung genügte, um den Dreck aufzuwirbeln und das Wasser zu trüben. Und dieser Amerikaner würde im Schlamm herumstochern und alles Versunkene aufwühlen.

Jetzt war er fort, aber nur für ein paar Stunden, im Dorf, begleitet von Mauri, der offenbar einen Narren an ihm gefressen hatte.

»Der Zottel ist ein bisschen zu dick, ein Spaziergang wird ihm guttun«, hatte Michael gemeint.

»Alles nur Fell«, erwiderte Johanna. »Ich kann mir auch nicht vorstellen, dass er freiwillig mitkommt.«

Michael schnappte sich trotzdem eine Hundeleine und rief

den Hund kurz vor dem Waldweg zu sich. Zögernd schaute Mauri zu seiner Herrin, als wollte er um Erlaubnis fragen. Als diese die Hand bewegte, rannte er Michael freudig hinterher. *So viel zur Treue von Hunden,* dachte Johanna ein bisschen beleidigt.

Warum hatte sie ihn nicht aufgefordert, den Hund dazulassen, seine Sachen mitzunehmen und sich eine andere Unterkunft zu suchen?

Warum stand sie jetzt in der Küche und schälte Äpfel für einen Apfelkuchen? Wie viele Jahre war es her, seit sie zuletzt einen Kuchen gebacken hatte?

Sie redete sich ein, dass es aus Gastfreundschaft geschah, denn abgesehen von dieser unseligen Sohn-Geschichte war es doch auch schön, einen Gast aus einer komplett fremden Welt zu beherbergen und wieder einmal Englisch zu sprechen. Überhaupt mit jemandem zu sprechen, der, anders als ihre Hunde, auch antwortete.

In den Anfangsjahren ihres Berufslebens hatte sie viele Menschen aus den unterschiedlichsten Ländern getroffen und diese Zusammentreffen und das Reisen immer sehr gemocht. Das vermisste sie zuweilen, wie sie sich nun eingestand.

Was er wohl für einen Eindruck von ihr hatte? Sie legte das Messer weg und blickte sich um: die Küche mit den zusammengewürfelten Möbeln, den durchhängenden Regalen und dem angeschlagenen Geschirr, die staubigen Fensterscheiben, die karierten Küchenvorhänge, die längst einmal wieder eine Wäsche vertragen hätten, die Spinnweben überall in den Ecken, den Stapel Kartons, die sie bei Gelegenheit verbrennen musste. Nicht nur der Küche, dem ganzen Haus haftete etwas Abgewohntes, Verbrauchtes an. Im *salotto* war das Sofa durchgelegen und der rote Samt an einer der Armlehnen aufgeplatzt. Im Bücherregal, das überquoll, herrschte ein heilloses Durcheinander. Sie hatte längst ein zweites anschaffen wollen und es immer wieder hinausgeschoben.

»Schön hast du es hier, Johanna Burger«, sagte sie laut zu sich selbst, ehe sie sich ihre vorangegangene Frage selbst beantwortete: eine verschrobene, leicht schlampige Alte, die zusammen mit fünf Hunden in einem abgelegenen Haus in den Bergen zwischen hinfälligem Mobiliar hauste. *Das* würde Michael von ihr denken.

Nicht, dass Johanna ihre Art zu leben peinlich gewesen wäre. Sie hatte sich genau dieses Leben ausgesucht, und sie mochte es. Sie hätte auch in ihrer schicken, viel komfortableren Kemptener Wohnung bleiben können, doch wenn sie am Morgen, nachdem die Sonne über den Grat geklettert war, mit der ersten Tasse Kaffee aus ihrem Haus trat, auf die Landschaft hinabblickte und den Gesängen der Vögel lauschte, dann überkam sie jedes Mal ein Gefühl tiefer Zufriedenheit. *Villa Fortuna.* Der Name stammte nicht von ihr, aber er passte, wenn auch der Begriff *Villa* arg hoch gegriffen war. *Casa* hätte auch gereicht. »Haben wir es nicht wunderbar hier?«, fragte sie dann in die Runde der Vierbeiner, denen die Aussicht schnurzegal war, weil sie schon ungeduldig auf ihr Frühstück warteten.

Im Winter, wenn Stürme ums Haus fegten, heizte sie den Ofen an und genoss zusammen mit den Hunden die Wärme und die gegenseitige Nähe. Sie konnte lange Zeit am Fenster zubringen und den Vögeln zusehen, die die Futterstelle fleißig frequentierten.

»Die fressen uns noch die Haare vom Kopf, oder wie seht ihr das?«

Vielleicht fanden andere Menschen – Michael, Gabriella, ihr Bruder Max – so ein Leben allzu reduziert und primitiv. Der Norm entsprach es nicht, so viel war klar. Doch wo wäre sie heute, und wäre sie zufriedener als jetzt, wenn sie irgendwann doch geheiratet und Kinder bekommen hätte? Es hatte durchaus Kandidaten gegeben, doch es hatte nie ganz gepasst, und der eine, bei dem es aus ihrer Sicht gepasst hätte, war leider nicht mehr zu haben gewesen. Das war lange her und die Wunde längst verheilt. Nur ganz, ganz selten juckte die Narbe noch ein kleines bisschen.

Um sich nach dem unerwarteten Hereinplatzen Michaels in ihr Leben erst einmal ein wenig sammeln zu können, hatte sie sich gestern allzu private Fragen schroff verbeten. Aber wie lange würde er sich daran halten, dieser Fremde, der nach so vielen Jahren hergekommen war, um seine Mutter zu finden?

Sie wusste, dass es im Grunde egal war, wann er sie was fragen würde, denn von dem Moment an, in dem er vor ihr gestanden hatte, war das filigrane Gleichgewicht ihres Teiches schon gestört gewesen. Alles Versunkene würde unweigerlich nach oben kommen.

Die ersten Blasen stiegen bereits auf.

Oktober 2020

Michael

Michael packte den Rucksack mit den Einkäufen aus und stellte alles auf den großen Holztisch. Fünf gierige Augenpaare und Nasen verfolgten jede seiner Bewegungen, und aus Ursulas Maul tropfte es wie aus einem undichten Wasserhahn.

Tomaten, Gurken, Zucchini, Bananen, Pfirsiche… Er hatte viel mehr eingekauft, als sie ihm aufgeschrieben hatte.

»Das ist verrückt«, protestierte Johanna. »Ich habe doch selbst einen Garten und Obstbäume!«

»Die Verkäuferin war so charmant, ich konnte nicht Nein sagen«, meinte er und stellte noch eine Packung dunkler Kekse mit weißen Sternen auf die Arbeitsplatte.

»*Pan di stelle.* Die lieben die Hunde sehr«, meinte Johanna.

»Das hat sie mir verraten.«

»Sie scheint dir so einiges verraten zu haben.«

»Darf ich?« Er deutete auf die Kekse.

Sie nickte, und er öffnete die Packung und gab jedem Hund einen Keks und Ursula zwei.

»Kennst du Flavia näher?«, fragte er.

»In Belmonte kennt jeder jeden, ob man will oder nicht.«

»Ich habe gesagt, ich sei ein Verwandter«, erklärte Michael, der ahnte, was Johanna bewegte. Aus den Tiefen des Rucksacks holte er noch einen kleinen Laib Pecorino hervor und zwei Flaschen Verdicchio di Castelli di Jesi, den Weißwein der Gegend.

»Du hast dich ja abgeschleppt wie ein Muli!«

»Ich wollte noch Aprikosenschnaps mitbringen, aber den wollte sie mir nicht verkaufen. Der scheint für Einheimische reserviert zu sein.«

»So in etwa«, sagte Johanna schmunzelnd.

Er schnupperte. Der Duft eines Apfelkuchens wehte ihn an. »Du hast gebacken?«

»Ja.«

»Extra für mich?«

»Die Äpfel mussten weg.«

Michael grinste in sich hinein. Er fand, dass sie sich ein bisschen benahm wie ihre Segugi: Im einen Moment zutraulich, fast liebevoll, um im nächsten Augenblick mit gesträubtem Nackenfell auf Abstand zu gehen.

Sie brachte den Kuchen nach draußen. »Behalte ihn gut im Auge, bis ich den Kaffee gemacht habe«, wies sie ihn an mit Blick auf die Hundemeute.

Gehorsam ließ sich Michael auf einem der Stühle nieder, legte die Füße auf einem zweiten ab und rollte mit den Schultern, die von der Schlepperei tatsächlich ein wenig schmerzten. Der Apfelkuchenduft hatte Erinnerungen wachgerufen, die er rasch niederrang. Dafür war jetzt nicht der richtige Zeitpunkt.

Johanna brachte den Kaffee. Ihr Haar sah frisch gewaschen aus, es glänzte in den Sonnenstrahlen, die durch das sich bereits lichtende und bräunlich verfärbende Blätterdach des Walnussbaums fielen.

Sie schnitt den Kuchen an. Er war am Rand sehr dunkelbraun und in der Mitte noch etwas teigig. Michael lobte ihn trotzdem.

»Das ist nett von dir, aber ich weiß, dass er misslungen ist. Der alte Gasherd hält die Temperatur nicht richtig. Abgesehen davon war Backen noch nie meine Stärke.«

»Meine Mutter konnte sehr gut backen. Meine Adoptivmutter«, korrigierte er sich.

»Du solltest sie ruhig deine Mutter nennen«, antwortete Johanna. »Das hat sie verdient. Sie hat dich schließlich großgezogen.«

»Meine *Mutter* konnte sehr gut backen«, wiederholte er wie ein artiger Schüler.

»Bestimmt besser als ich«, seufzte Johanna und lud ihm trotzdem noch ein zweites Stück auf den Teller. »Was konnte sie noch?«

»Singen. Im Kirchenchor. Und sie hat mir deutsche Märchen vorgelesen. Sie ist vor einem Jahr gestorben, mein Vater schon fünf Jahre früher.«

»Das tut mir leid.«

Es klang aufrichtig. Überhaupt schien Johanna heute in einer milden Stimmung zu sein, denn nachdem sie eine Weile geschwiegen und Kuchen gegessen hatten, sagte sie: »Erzähl mir von ihnen – wenn du willst.«

Er zog sein Telefon aus der hinteren Tasche seiner Jeans und zeigte ihr ein Foto seiner Eltern von Thanksgiving 1997. Mary und Margot, die Schwestern seines Vaters, waren mit ihren Ehemännern und den Kindern angereist, es gab natürlich Truthahn. Er selbst hatte an diesem Tag mit einer Spiegelreflexkamera fotografiert, sie war ein Geschenk von Onkel Russell, Tante Marys Mann. Er mochte dieses Foto. Es zeigte seinen Vater Christopher Doyle, groß, breitschultrig, mit dem Gesicht eines Menschen, der sich viel draußen aufhielt, und neben ihm Michaels Mutter, aufrecht, schlank und feingliedrig, mit einer hohen Stirn, großen Augen und einer kleinen Nase. Sie war ein gutes Stück kleiner als ihr Mann und reckte ihm das Kinn entgegen, wobei sie verhalten lächelte. Sie trug keinen Schmuck, ihr Kleid war gerade geschnitten, und der Ausschnitt ließ ihre Schlüsselbeine sehen. Sein Vater, der sich trotz des Feiertags nicht in einen Anzug werfen wollte, trug ein helles Hemd und seine übliche braune Cordhose mit Hosenträgern, aber keinen Stetson. Die traditionelle texanische Kopfbedeckung war nie sein Fall gewesen. Wobei ihm der Hut womöglich zum Vorteil gereicht hätte, denn er war im selben Frühjahr sechzig geworden, und sein angegrautes Haar hatte sich bereits ziemlich weit aus seinem Gesicht zurückgezogen.

»Ein sympathischer Mann. Und sie erinnert mich an meine Mutter«, sagte Johanna, nachdem sie das Foto eingehend betrachtet hatte.

»Wirklich?«

»Es ist ihre Haltung. Ich wette, dass sie eine dieser Frauen war, die noch im letzten Fetzen einen Hauch von *Grandezza* versprühen. Nicht, dass das Kleid da ein Fetzen wäre, um Gottes willen...«, korrigierte sie sich und wurde dabei sogar ein bisschen rot.

Michael musste lachen. »Ja, sie besaß dieses gewisse Etwas, das hat mein Vater auch immer gesagt.«

Grandezza. Was für ein Wort. Unnahbarkeit wäre richtiger, dachte er.

»Wie war ihr Name?«

»Monika. Ihr Geburtsname lautete Jakobi. Sie stammte aus Augsburg, dort haben wir bis zu meinem fünften Lebensjahr gewohnt. Sie arbeitete für die Army als Übersetzerin, so haben sie sich kennengelernt.«

»Übersetzerin? Tatsächlich?«

»Ja. Findest du das seltsam?«, erwiderte er.

»Nein, es ist nur... Ich war, Quatsch, ich bin auch Übersetzerin. Übersetzerin und Dolmetscherin für Englisch, Französisch und Spanisch. Italienisch habe ich mir selbst beigebracht. Ich übersetze noch immer ab und zu Manuskripte für verschiedene Jugendbuchverlage.« Sie hielt inne. »Entschuldige, ich habe dich unterbrochen. Erzähl weiter von deinen Eltern.«

»Sie haben Mitte der Sechzigerjahre geheiratet. Meine Mutter ist 1941 geboren worden, mein Vater war Jahrgang '33, er hatte sich in den Fünfzigern bei der Army verpflichtet, und dann haben sie ihn nach Augsburg versetzt.«

»Er war ein GI?«

Michael legte die Hand an die Stirn und salutierte. »Major Christopher Doyle aus San Antonio, Texas.«

»Doyle klingt irisch.«

»Seine Vorfahren kamen aus Clonmel, aber schon seine Großeltern sind nach Texas ausgewandert und Farmer geworden. Als sein Vater starb, schied er aus dem Dienst aus und übernahm die Farm. Sein älterer Bruder, der das eigentlich hätte tun sollen, war im Krieg gefallen, und die beiden Schwestern hatten geheiratet. Sie lebten in Houston und in San Antonio, und ihre Männer wollten nicht Farmer werden.«

»Wollte dein Vater denn Farmer werden?«, fragte sie.

Michael hob die Schultern. »Danach hat wohl keiner gefragt.«

»Und deine Mutter? Ist sie gern mit ihm nach Texas ausgewandert?«

Wieder konnte er nur mit den Achseln zucken. »Ich war damals fünf«, gab er zu bedenken. »Ich habe die beiden nicht nach ihren Lebensträumen gefragt. Mir haben sie dieses Amerika jedenfalls in den buntesten Farben geschildert. Die Cowboys und all das. Umso größer war dann der Schock.«

»Wart ihr danach noch einmal in Deutschland, bei der Familie deiner Mutter?«

»Nein. Ich bin in dem Glauben aufgewachsen, sie wären

alle gestorben. Erst viel später hat sie mir gestanden, dass das eine Metapher gewesen sei. Sie nannte sie *eine Bande abgeseifter Nazis,* mit denen sie nichts mehr zu tun haben wolle. Sie haben sie als Amiflittchen beschimpft und aus dem Haus gejagt, nachdem bekannt wurde, dass sie sich in einen Angehörigen der Besatzungsmacht verliebt hatte.«

Johanna rührte nachdenklich in ihrer Tasse, obwohl sie weder Zucker noch Milch hineingetan hatte. »Hast du noch Geschwister?«, fragte sie dann.

»Nein.«

»Woran ist deine Mutter gestorben?«

»An Krebs, letztes Jahr, mit achtundsiebzig. Bei meinem Vater war es ein Unfall, vor acht Jahren, im Sommer 2012. Er wurde von einer Kuh gegen den Kopf getreten.« Michael lächelte schief und meinte, das komme davon, wenn man mit fast achtzig noch den Cowboy spielen müsse. »Er war nicht gleich tot, er hat eine Woche im Krankenhaus gelegen, bevor er starb.«

»Wie schrecklich.«

»Vielleicht war es ein Segen. Er hatte schwere Hirnverletzungen.«

Zur Zeit des Unfalls befand sich Michael gerade in L.A. Schon acht Jahre vorher, mit achtundzwanzig, war er endgültig von zu Hause ausgezogen. Es lief in diesen Jahren sehr gut in seinem Job, und er wohnte abwechselnd in San Antonio und in Los Angeles. Damals steckte er noch voller Energie, Ideen und Enthusiasmus. Seine Frau Helen hatte im Jahr davor ihren ungeliebten Job in der Marketingabteilung der Telefongesellschaft AT&T gekündigt und eine Kunstgalerie direkt am River Walk eröffnet, die zwar immer noch rote Zahlen schrieb, sich aber, laut Helen, im Aufschwung befand.

Natürlich fuhr Michael sofort nach Hause, um seiner Mutter beizustehen, obwohl er eigentlich gar nicht wusste, wobei, denn was konnte er schon groß tun? Außerdem war sie nicht der Typ, der sich einem weinend in die Arme warf. Womöglich fiel er ihr nur lästig? Der Anruf der Klinik wurde daher von beiden gleichermaßen befürchtet und herbeigesehnt. Besonders Michael befand sich in einem Dilemma. Er konnte schließlich nicht ewig hierbleiben, wollte aber auch seine Mutter nicht alleine lassen. Zudem wussten beide, dass sein Vater nie mehr ganz gesund werden würde.

Am fünften Tag seines Aufenthalts in seinem Elternhaus, er und seine Mutter saßen gerade beim Abendessen – Rippchen mit Krautsalat, daran erinnerte er sich noch –, läutete das Telefon. Es war ein schrilles, lautes, das Haus bis in den letzten Winkel durchdringendes Läuten. Seine Eltern hatten inzwischen längst Mobiltelefone, aber noch immer besaßen sie auch das *normale* Telefon, wie seine Mutter zu sagen pflegte; ein großer, altertümlicher Apparat mit Tasten und einem Hörer so groß und schwer wie der Oberschenkelknochen eines Texas-Longhorns. Es hing immer noch an einer geringelten Schnur in *the hall,* so nannte Monika Doyle den weitläufigen Flur des Farmhauses, ein Holzbau im typischen Stil alter Südstaatenhäuser.

Michael sprang beim ersten Läuten vom Stuhl, eilte in die Halle und nahm den Anruf der Klinik entgegen. Wieder im Esszimmer, musste er gar nichts sagen, seine Mutter wusste es auch so. Er verspürte den Impuls, sie zu umarmen, aber da er stand und sie noch immer auf ihrem Stuhl saß, hätte eine Umarmung womöglich nur in einer linkischen Verrenkung geendet, also ließ er es sein und setzte sich wieder zu ihr an den Tisch.

Sie legte ohnehin nicht viel Wert auf Körperkontakt. Wenn die Frauen des Ortes mit einem übertriebenen Ausdruck der Freude die Münder aufrissen und zähnebleckend aufeinander zustürzten, um sich mit Umarmungen, Gekreische und angedeuteten Küssen zu begrüßen, wich sie immer einen Schritt zurück und streckte ihnen steif die Hand zum Gruß hin, als zöge sie ein Messer. Vielleicht war das der Grund, warum *die Deutsche* bei den Farmersfrauen und den maßgeblichen Damen des Ortes als ein wenig arrogant galt.

»Wie steht es mit deinen Cowboy-Qualitäten?« Johanna blickte ihn, leicht spöttisch lächelnd, von der Seite an, ein Gesichtsausdruck, den er zu mögen begann.

»Hey, ich kann reiten und schießen! Nur nicht gleichzeitig.«

»Ich bin beeindruckt. Kannst du auch Rinder mit dem Lasso einfangen?«

»Bei allem Respekt, *Ma'am,* ich bin kein Viehtreiber«, antwortete er mit gespielter Blasiertheit.

»Ich bitte vielmals um Entschuldigung, *Sir.*«

»Mein Vater sagte immer: Wer auf einer Farm in Texas aufwächst und nicht reiten kann, ist ein *whimp.* Jedenfalls kein richtiger Kerl.«

Er hatte sich buchstäblich hochgearbeitet, mit einem Pony angefangen und nach und nach immer größere Pferde ausgewählt. Bei seinem ersten Ausritt mit dem Pony musste er anhalten und sich übergeben. Sein Vater sagte nichts dazu, er runzelte nur die Stirn, aber Michael schämte sich in Grund und Boden. Auch später noch wurde ihm beim Reiten oft übel. Er konnte nichts dagegen tun, die Erschütterungen, besonders wenn das Pferd in den Trab fiel, schlugen ihm unweigerlich auf den Magen. Womöglich, dachte er heute, bin ich gar nicht der einzige Mensch, dem auf einem Pferd übel wird. Ganz bestimmt aber der einzige Texaner.

»Ich verstehe«, sagte Johanna. »Das wäre wie eine Italienerin, die keine Spaghetti kochen kann.«

»So in etwa.«

»Solltest du nicht die Farm übernehmen?«

»Meinem Vater hätte es gefallen. Aber ich wusste früh, dass ich nicht Farmer werden wollte, und das war eine gute Entscheidung, denn nach der Jahrtausendwende ging es mit den kleineren Farmen immer rasanter bergab. Und wenn ich *klein* sage, dann spreche ich immerhin von fünfhundert Rindern und einer Pferdezucht. Als mein Vater den Besitz geerbt hat, gab es vierzehn Farmen in unserem County, und als er vor acht Jahren starb und meine Mutter die Farm verkaufte, waren wir die Vorletzten. Die anderen hatten alle schon aufgegeben und an die Großkonzerne verkauft, und es wäre auch bei uns nicht mehr lange gut gegangen. Vaters Pensionszahlungen von der Army hielten die beiden einigermaßen über Wasser, die Farm war seit Jahren ein Verlustgeschäft, besonders die Rinderzucht.«

»Wenigstens musste dein Vater den endgültigen Niedergang nicht mehr erleben«, meinte Johanna.

»Das hat meine Mutter auch gesagt.«

Schon einige Jahre vor dem Tod seines Vaters hatte Michael seiner Mutter regelmäßig Geld zukommen lassen. Heimlich, um den Stolz seines Vaters nicht zu verletzen. Der gönnte seinem Sohn zwar den Erfolg, konnte es jedoch zeit seines Lebens nur schwer verwinden, dass man mit dem Schreiben von Dialogen für eine seichte Vorabendserie mehr Geld verdiente als durch harte Arbeit auf der Ranch. *Ehrliche Arbeit,* wie er es immer nannte, und Michael kam sich dabei stets vor wie ein windiger Betrüger, dessen Machenschaften irgendwann auffliegen und ihn in den Abgrund reißen würden. Zwischenzeitlich war Michael zu dem Schluss gekommen, dass sein Vater von den Zuwendungen gewusst haben musste. Er hatte schließlich immer gut rechnen können.

Sie schwiegen, beide in ihre Gedanken versunken, und eine Zeit lang hörte man nur Vogelgezwitscher, das aufgeregte Gackern eines Huhnes, das Zirpen der Zikaden und den hechelnden Atem von Ursula, die darauf wartete, dass Michael auch den Rand seines zweiten Kuchenstücks an sie verfütterte.

Nach dem Anruf vom Krankenhaus war Michaels Mutter einfach am Tisch sitzen geblieben, den Blick starr nach draußen gerichtet; auf die Veranda mit der verschnörkelten Eisenbank, den sattgrünen Rasen, der jeden Abend gesprengt wurde, auf das kleine Rosenbeet, die verwaiste Hundehütte, den weiß gestrichenen Zaun und auf das dürre, leere Land dahinter. Die schnurgerade Straße, über deren Asphalt die Hitze flimmerte, die Stromleitung, den Wasserturm, die trockenen Viehweiden. Schließlich verkündete sie, sie werde die Farm verkaufen und nach San Antonio ziehen. »Ich habe das alles hier noch nie gemocht.«

»Was *alles?*«, entgegnete Michael, der insgeheim befürchtete, dass *alles* auch seinen Vater und ihn einschloss. Ausgerechnet in diesem Moment fiel ihm ein, dass er sie nie gefragt hatte, wer eigentlich die treibende Kraft bei seiner Adoption gewesen war. Sie jetzt darauf anzusprechen, schien ihm jedoch nicht günstig.

Später passte es allerdings auch nie.

An jenem Abend vollführte sie eine ausholende Armbewegung, ehe es aus ihr herausbrach: »Na, alles eben. Diese eintönige Landschaft, den endlosen Himmel, den nackten Horizont und dass in diesem Land alles, einfach alles, *big* ist. Die Rinder, die Steaks, die Autos, die Städte, die Entfernungen … und nicht zuletzt dieses lächerliche Haus hier, das aussieht wie aus *Vom Winde verweht.*«

Noch während Michael mit seiner Betroffenheit über ihren Ausbruch rang, stand sie auf und ging hinaus in die Halle. Langsam nahm sie den großen Hörer des *normalen* Telefons ab, denn sie vertrat die Ansicht, dass ein Mobiltelefon einem Gespräch die Ernsthaftigkeit nahm. Sie rief den Makler an, den Bestatter und ihre Schwägerinnen, in dieser Reihenfolge. Danach kam sie zurück und fragte ihren Sohn, ob er sie mitnehmen könne nach San Antonio. »Keine Angst, ich werde nicht bei dir und deiner Frau wohnen.«

Helen und seine Mutter machten beide keinen Hehl aus ihrer Abneigung für die jeweils andere. Helen sei die falsche Frau für ihn, hatte seine Mutter schon nach der ersten Begegnung mit ihrer künftigen Schwiegertochter gesagt. Er hätte besser auf sie hören sollen. Mütter behielten in solchen Dingen leider immer recht. Johanna würde Helen auch nicht mögen, darauf war er bereit, jeden Betrag zu wetten.

»Ich ziehe in ein Hotel oder zu deiner Tante Mary, und dann suche ich mir ein Altenheim.«

»Ein Altenheim?«, wiederholte Michael voller Entsetzen. »Du bist erst siebzig und viel zu... zu fit für ein Altenheim.«

»Es gibt hübsche Anlagen mit Apartments für fitte Alte«, entgegnete sie. Offenbar hatte sie sich schon eingehend mit dem Thema beschäftigt. Er schwieg, denn er wusste, sie würde sich von ihm nicht von ihrem Entschluss abbringen lassen. Vermutlich war es eine kluge Entscheidung, denn was wollte sie allein hier draußen auf einer Farm, der, finanziell gesehen, das Wasser bis zum Hals stand?

»Du hast vorhin von einem Kulturschock gesprochen, als du nach Texas gekommen bist«, hakte Johanna nach.

Schock, hatte er gesagt, nicht *Kulturschock.* Typisch Europäer, registrierte Michael, halb belustigt, halb beleidigt. Hielten alle anderen für Neandertaler, besonders die Amerikaner. Besonders seit Trump. Er behielt diese Überlegungen für sich und erklärte stattdessen: »Es ist mir als Stadtkind nicht leichtgefallen, auf einmal auf einer Farm zu leben. Ich fürchtete mich vor sämtlichen Tieren dort, und ich musste die katholische Sonntagsschule besuchen. Nicht weil meine Eltern besonders gläubig gewesen wären, aber sie meinten, dass ich dadurch Anschluss bekommen und Freunde finden würde.«

»Und? Hast du Freunde gefunden?«

»Nein. Sie machten sich über mein schlechtes Englisch lustig, und die Lehrerin war auch keine Hilfe, im Gegenteil, sie hat mich gerne einmal vor der Klasse bloßgestellt.«

»Die Sorte gibt es anscheinend überall«, bemerkte Johanna.

»Es wurde besser, als ich einen eigenen Hund bekam. Einen jungen Schäferhund-Mischling. Sie hieß Tinker, das ist das irische Wort für Zigeuner. Ich denke, sie hat mich gerettet.«

Er trug ganz bewusst ein bisschen dick auf. Tinker war einfach nur der erste Hund gewesen, dessen Anblick ihn nicht in panische Angst versetzte. Aber er dachte, nicht ganz ohne Berechnung, dass Johanna so eine Vorstellung sicher gefallen würde: ein einsamer kleiner Junge in einem fremden Land, der in einem Hund einen Freund und Seelentröster findet. Außerdem wollte er ihr kein schlechtes Gewissen machen, indem er ihr etwas vorjammerte. Er verschwieg ihr auch, dass er seine Kindheit überwiegend vor dem Fernseher verbracht hatte. Disney-Channel sendete praktisch rund um die Uhr Zeichentrickfilme, und kein Mensch dachte sich Anfang der Achtziger in den Staaten etwas dabei, wenn der Nachwuchs Stunde um Stunde vor dem Fernseher herumhing. Ob ihm das geschadet hatte? Er fand nicht, aber was wusste er schon. Womöglich war es gar nicht der Hund Tinker gewesen, der ihn aus seiner Einsamkeit erlöst hatte, sondern Donald Duck, Kater Karlo und Pluto.

»Ja, das können Hunde«, nickte Johanna voller Überzeugung.

»Später, als ich in die Schule kam und den Slang allmählich verstand, wurde ich akzeptiert«, fuhr Michael fort. »Ich durfte mitmachen, wenn wir uns nach der Sonntagsschule mit den Jungs von der *Southern Baptist Convention* prügelten. Das war sozusagen der Ritterschlag.«

»Vermutlich kann man froh sein, dass ihr nicht aufeinander geschossen habt.«

»Sagt die Frau, die mich mit der Schrotflinte im Anschlag begrüßt hat.«

»Touché«, räumte Johanna ein.

»In unserem Haus waren Waffen verboten.«

»Sehr vernünftig«, lobte Johanna.

»Mein Vater bewahrte sie in einem Stahlschrank in der Scheune auf«, grinste Michael.

Johanna lachte und verdrehte die Augen. Dann wurde sie von einem Augenblick zum anderen wieder ernst und fragte: »Also ging es dir gut?«

Eine seltsame Formulierung, fand Michael. Als wollte sie die eigentliche Frage, ob er als Kind geliebt wurde und glücklich war, umgehen. Vielleicht hatte sie Probleme mit den Themen Liebe und Glück.

»Ja«, sagte er.

»Wann haben sie dir gesagt, dass du adoptiert worden bist?«

»Ich habe es eigentlich immer gewusst, sie müssen es mir von Anfang an gesagt haben. Oder jedenfalls den Teil davon, den ein kleines Kind schon verstehen kann.«

»Wie war das für dich?«

»Es hat mich damals nicht übermäßig beschäftigt.«

»Warum suchst du dann jetzt nach deiner leiblichen Mutter?«, fragte Johanna.

»Dr. Feldheimer hat mich dazu gedrängt.«

»Wer?«

»Mein Therapeut.«

»Ah, das erklärt manches.«

»Wie meinst du das?«

»Bei den Therapeuten geht es doch immer den Müttern an den Kragen, oder etwa nicht?«

Er mochte ihren Humor. »Es ist eine lange Geschichte«, meinte er.

»Okay«, sagte Johanna.

Was sollte das nun wieder heißen? *Okay, erzähl sie, ich habe Zeit* oder *Okay, ich muss die nicht hören?*

Michael fand, dass er jetzt genug über sich geredet hatte. Wäre nicht allmählich einmal sie an der Reihe, den einen oder anderen Schleier zu lüften?

Februar 1976

Johanna

»Und das alles auf nüchternen Magen!« Johanna atmete schwer.

»Geht's wieder?«, fragte Marion.

Johanna nickte. Die zwei Mädchen saßen, bibbernd vor Kälte, auf dem schmalen Bänkchen neben dem Hauseingang. Johannas Bauch zeichnete sich schon deutlich unter ihrem Kittel ab, bei Marion sah man noch nicht viel, was daran liegen mochte, dass sie ohnehin nicht gerade die Schlankste war. Die Sonne hatte sich endlich durch den Morgennebel gekämpft, aber sie hatte Anfang Februar noch wenig Kraft und wärmte nicht. Marion schaute sich nach allen Seiten um, zog dann ein Feuerzeug und eine einzelne Zigarette aus der Tasche ihres Arbeitskittels und zündete sie an. Dieses Mal war es eine Marlboro. Marion klaute die Zigaretten, und zwar nicht nur aus herumliegenden Packungen, sondern sogar aus Mantel- und Handtaschen von Personal und Patientinnen.

»Auch mal?«

Johanna schüttelte den Kopf. Für gewöhnlich nahm sie schon ab und an einmal einen Zug von Marions Zigarette. Natürlich durfte man sich dabei nicht von Agatha Grundel, dem Habicht, wie die beiden Hausschwangeren sie nannten, erwischen lassen, sonst bekam man ganz schön etwas zu hören. Jetzt gerade wollte Johanna aber wirklich nicht rauchen. Ihr war immer noch flatterig im Magen. Gerade hatte sie ihre erste Geburt miterlebt.

»War's schlimm?«, fragte Marion zwischen zwei Zügen. »Ist was schiefgegangen?«

»Der Habicht hat gemeint, es sei eine leichte Sache gewesen, aber ich... Es war einfach scheußlich!« Johanna schüttelte sich.

»Bei mir war's auch kein Zuckerschlecken«, berichtete Marion. »Die Schnepfe hat zuerst das ganze Haus zusammengeschrien, und dann wollte sie unbedingt in die Badewanne.«

»In die Badewanne?«

»Ja, wenn ich es dir sage. Die hat glatt ihr Kind in der Wanne gekriegt, wie ein Seehund, und ich war hinterher nass von oben bis unten. Da gibt's nichts zu lachen!« Aber dann musste sie doch ein wenig mit Johanna mitkichern, die sich über den Seehundvergleich amüsierte. Viel zu lachen hatten die beiden sowieso nicht.

»Ich weiß gar nicht, ob Seehunde ihre Jungen wirklich im Wasser kriegen«, meinte Johanna, nachdem sie genug gekichert hatten.

»Ist ja auch wurscht«, brachte Marion ihren Standardspruch an, mit dem sie jedes Thema abzuschließen pflegte. Sie nahm einen tiefen Zug.

Johanna wedelte den Rauch von sich weg und sog die feuchtkalte Winterluft in ihre Lunge. Die Übelkeit ließ langsam nach, sie merkte, dass sie Hunger hatte. Sie war noch nicht zum Frühstücken gekommen.

Gut drei Wochen war es her, dass man sie hier abgeladen hatte. Ja, *abgeladen.* Wie eine Last, von der man die Familie befreien musste. Niemand hatte sie seither besucht. Als wäre Johanna für die Burgers gestorben.

Seither half Johanna in der Küche, teilte Essen aus, sammelte Geschirr ein, putzte Böden, zog Betten ab und bezog sie frisch, stopfte Wäsche in die Maschinen, hängte Wäsche auf und mangelte sie. Heute Morgen jedoch hatte es einen personellen Engpass gegeben, und ausgerechnet da war es bei zwei Frauen nahezu gleichzeitig losgegangen. Also holte man Johanna und Marion aus den Betten.

»Das wird schnell gehen bei der Frau Haggenmüller, die ist ja schon geübt«, hatte die Grundel zu Johanna gesagt und ihr befohlen, ihr zu folgen.

Die andere Frau, *die Schnepfe,* wurde von einer freien Hebamme betreut, welcher Marion zur Hand gehen musste. Diese Schwangere lag wegen vorzeitiger Wehen schon seit zehn Tagen in einem der besseren Zimmer des Entbindungsheims Sonnenstrahl. Laut dem Rat ihrer Hebamme sollte sie möglichst wenig aufstehen und herumlaufen. Wie alle anderen schien auch diese Frau rasch begriffen zu haben, dass die Hausschwangeren so etwas wie Parias waren, und dementsprechend scheuchte sie Marion und Johanna nach Lust und Laune herum. Verlangte nach Tee, einer Wärmflasche, Obst, Keksen, Wadenwickeln … Und das in einem Ton, als wäre sie im Grandhotel und die Mädchen ihre Lakaien. Vorgestern klingelte sie nach Johanna, weil ihr ihr Buch heruntergefallen war, und wollte, dass Johanna es für sie aufhob. Da platzte Johanna der Kragen, und sie wies die anstrengende Patientin darauf hin, dass sie nicht ihr Dienstmädchen sei.

Mit einem Ausdruck tiefer Verachtung antwortete die Schnepfe, dass sie an Johannas Stelle lieber nicht so frech wäre. Sie könne froh sein, dass sie als gefallenes Mädchen hier gelandet sei und nicht auf der Straße.

Bebend vor Zorn war Johanna aus dem Zimmer gegangen.

Ein *gefallenes Mädchen.* Das also sahen die anderen in ihr. Ihre Familie wohl ebenfalls.

Am Abend bekam Johanna einen mordsmäßigen Anpfiff von Agatha Grundel. »Die Frau Beyerling ist eine anständige, verheiratete Frau, die für ihren Aufenthalt gutes Geld bezahlt, im Gegensatz zu euch zwei verkommenen Ludern. Also halt gefälligst deine vorlaute Goschn, und tu, was sie von dir verlangt!«, putzte sie Johanna herunter.

Das private Entbindungsheim verfügte über vier Zimmer mit je zwei Betten und ein größeres Zimmer, in dem vier Betten standen. Das Vierbettzimmer wurde das *Notzimmer* genannt. Agatha Grundel hatte sich nämlich verpflichtet, bestimmte Notfälle aufzunehmen, dafür bekam sie einen jährlichen Zuschuss von der Stadt. Das Notzimmer war nur mit dem Allernötigsten ausgestattet: vier Betten, vier Nachttische, ein Schrank, ein Christuskreuz an der Wand. Die Toilette befand sich auf dem Gang. Dagegen wirkten die Zweibettzimmer mit Bildern, Gardinen, einem kleinen Bücherregal und Sesseln für Besucher nahezu heimelig, und den Frauen standen zwei Bäder mit Duschen und Badewannen zur Verfügung.

Johanna wusste nicht genau, welche Kriterien man erfüllen musste, um im Notzimmer zu landen, aber die Schwangeren, die es belegten, waren in der Regel ärmlich gekleidet und sehr oft Ausländerinnen. Die zwölf Betten des Heims waren zum Glück nicht immer alle belegt, aber es gab auch so genug zu tun.

Marion hatte schon bei mehreren Geburten assistiert und Johanna vorher noch gewarnt: »Das ist voll eklig, das kann ich dir sagen.«

Das stimmte. Aber was hätte Johanna machen sollen? Niemand verweigerte der Grundel den Gehorsam, dazu war sie gegenüber ihrem Personal viel zu Furcht einflößend. Zu den anständigen, zahlenden Ehefrauen konnte sie dagegen sehr freundlich sein, ja geradezu zuckersüß.

Johanna fühlte sich trotz der Warnung noch immer ganz

zitterig. Sie wusste, dass Kinderkriegen schmerzhaft war, in einigen Nächten musste sie sich sogar Watte in die Ohren stopfen, um überhaupt schlafen zu können bei all dem Schreien und Stöhnen. Doch sie hatte nicht erwartet, dass es eine solche Sauerei war. Ein anderes Wort dafür fiel ihr beim besten Willen nicht ein.

Agatha Grundel hatte Johanna herumkommandiert wie ein General, der im Gefecht stand. *Hände desinfizieren – Los, Wasser in die Wanne – Temperatur messen – Leg die Handtücher daneben – Knie dich hinter sie und halte sie fest! – Ja, natürlich musst du dazu aufs Bett steigen, du dumme Nuss! Los jetzt, bevor die nächste Presswehe kommt.*

Das war das Schlimmste gewesen: diese verschwitzte, korpulente Frau festhalten zu müssen und dann auch noch unter den Achseln. Der animalische Geruch, der im Zimmer herrschte, setzte Johanna ohnehin schon schwer zu. Ihr wurde zusehends übel. Wenn das noch lange so ginge, würde sie der Frau womöglich noch ins Genick speien, befürchtete sie, doch da flutschte das Kind aus dem Körper der Frau heraus, und Johanna stieg vom Bett herunter und erbrach sich in den Putzeimer.

Die Grundel schnitt derweil die Nabelschnur durch, und das Kind, ein Mädchen, stieß seinen ersten wütenden Schrei aus, nachdem es von der Grundel an den Füßen hochgehoben worden war und einen klatschenden Schlag auf den Hintern erhalten hatte.

»Jetzt hast du gesehen, was auf dich zukommt«, sagte die Hebamme mit einem bösen Lächeln zu Johanna und befahl ihr, das Kind zu baden.

Davor grauste es Johanna erneut. Der winzige Körper war von Blut und einem weißlichen Schleim bedeckt, die Haut schrumpelig und rot, und das schwarze Haar klebte auf dem Kopf, der irgendwie verbeult aussah. Es bedurfte einiger mahnender Worte von Agatha Grundel, ehe Johanna den zappelnden Körper vorsichtig in die Wanne hob.

Und das alles würde, wie die Grundel schon so weise bemerkt hatte, in wenigen Monaten auch ihr blühen.

»Hoffentlich erwisch ich die Hebamme oder eine von den Krankenschwestern, wenn es bei mir so weit ist.« Johanna sandte einen flehenden Blick in den Winterhimmel, der bläulich weiß war wie verdünnte Milch.

»Wieso? Wenn die Grundel eins kann, dann Kinder auf die Welt bringen«, verteidigte Marion überraschenderweise den Habicht.

»Kann sein«, entgegnete Johanna. »Aber ich frage mich, ob das Kind nicht einen Schaden fürs Leben weghaben wird, wenn das Gesicht der Grundel das Erste ist, was es auf dieser Welt zu sehen kriegt. Besonders, wenn sie es dabei auch noch an den Füßen hält und ihm auf den Hintern haut.«

Marion grinste, stieß eine Rauchwolke aus und meinte dann: »Tja, sei froh, dass du nicht mitkriegen wirst, wenn seine künftigen Eltern einen mordsmäßigen Stress mit ihm haben, weil es ein Serienkiller wird.«

Johanna schaute Marion irritiert an.

»Hey, das war'n Witz«, sagte Marion.

»Was meinst du mit: *künftige Eltern?*«

»Die Leute halt, die es adoptieren.«

Marion hatte neulich eher beiläufig erwähnt, dass sie ihr Kind nach der Geburt zur Adoption freigeben werde. Johanna hatte darauf erst einmal nicht geantwortet. Später tat ihr Marion leid. Bestimmt wusste sie nicht, wie sie sich und ihr Kind durchbringen sollte. Marions Aufenthalt hier, so viel hatte Johanna bereits begriffen, sollte nicht ihre Familie vor Schande bewahren, sondern es ging um Geld. Marions Mutter, eine Witwe, ging putzen, und sie lebten zu zweit in einer sehr kleinen Wohnung. Marion besaß kein eigenes Zimmer, und wenn Johanna ein paar Andeutungen von Marion richtig interpretierte, dann war die Mutter wohl eine Quartalssäuferin. Marion besaß einen Hauptschulabschluss, fand aber wegen schlechter Noten angeblich keine Lehrstelle. Ihre Mutter hatte Marion wohl unmissverständlich zu verstehen gegeben, dass sie auf keinen Fall Marion und das Kind durchfüttern könne. Dann erzählte ihnen jemand von der Möglichkeit, hierherzukommen, als *Hausschwangere*, und gegen Mithilfe Unterkunft und Verpflegung zu erhalten.

»Mein Kind wird niemand adoptieren, wie kommst du denn darauf?«, fragte Johanna jetzt.

»Weil das doch immer so ist bei den Hausschwangeren.«

»Wer sagt das?«

»Das ... das ist so.«

Was für einen Unsinn redet sie bloß wieder daher?, dachte Johanna. Marion war ein nettes, gutmütiges Mädchen, praktisch veranlagt und in vielen Dingen wesentlich geschickter als Johanna. Aber sie konnte auch nicht alles wissen, nur weil sie zwei Wochen länger hier wohnte als Johanna. Woher nahm Marion bitte schön die Erkenntnis, dass das *immer* so gehandhabt wurde bei den Hausschwangeren? Wie viele von denen hatte sie denn schon getroffen? Es konnte der Grundel doch egal sein, was die Mädchen nach der Geburt mit ihren Kindern machten, warum sollte das eine etwas mit dem anderen zu tun haben?

»Da hat man dir was Falsches gesagt. Ich werde meins behalten«, erklärte Johanna mit fester Stimme.

»Okay«, entgegnete Marion, machte wieder ihre wegwerfende Handbewegung und meinte: »Ist ja auch wurscht.«

Aber Johanna konnte sich nicht so einfach von dem Thema lösen: »Tut es dir nicht leid, dass du deins hergeben musst?«

Marion trat ihre Zigarette aus und warf den Stummel mit

einer heftigen Bewegung in die Büsche. »Was soll ich denn mit einem Kind?«

Johanna wusste nicht, was sie darauf antworten sollte. Sie selbst konnte ein Kind genauso wenig brauchen wie Marion, und man hörte hier öfter einmal Frauen sagen, das Kind, das sie gerade geboren hatten oder erwarteten, passe eigentlich gar nicht in ihr Leben. Gründe dafür gab es genug: Geld zu knapp, Wohnung zu klein, der Mann arbeitslos oder gar nicht der Vater ... Aber jede von ihnen hatte ihr Neugeborenes schließlich lieb gehabt und mit nach Hause genommen.

»Dem Kind wird es bei seinen neuen Eltern besser gehen als bei mir, und ich kann noch was aus mir machen, wenn das hier überstanden ist«, schob Marion trotzig hinterher.

Der Satz klang wie auswendig gelernt, und Johanna wusste nicht, was sie darauf antworten sollte. Sie wollte nicht, dass Marion dachte, sie verurteile sie für ihre Entscheidung. Sie brauchte Marion, ihre einzige Verbündete in der Verbannung. Unter normalen Umständen, das hatte Johanna sich längst eingestanden, hätte sie sich mit einem Mädchen wie Marion wohl nicht angefreundet, denn nach allem, was Marion in ihrer offenherzigen Art von sich und ihrer Mutter erzählte, gehörten sie ganz offensichtlich einer gesellschaftlichen Schicht an, die ihr Vater und Oma Friedel für gewöhnlich als *Krattler* bezeichneten. Ihre Mutter hätte so einen Ausdruck freilich nicht verwendet, sondern höchstens *Pack* gesagt, wäre aber über den Umgang ihrer Tochter mit einer wie Marion bestimmt auch nicht erbaut gewesen. Doch im Moment bestand zwischen Johanna und Marion eine Schicksalsgemeinschaft, eine Art Komplizenschaft, ähnlich wie unter Gefängnisinsassen. Nein, es wäre nicht hilfreich, sich mit Marion zu streiten. Sie brauchten einander. Sie konnten sich gar nicht aus dem Weg gehen, selbst wenn sie es wollten. Manchmal schliefen sie sogar im selben Bett unter ihren zwei

Decken, weil es in der Dachkammer keine Heizung gab. Bis jetzt wohnten sie allein in der Dachkammer, doch es standen noch zwei leere Betten bereit – für die Ankunft der nächsten gefallenen Mädchen.

»Was macht ihr beide denn bei der Kälte da draußen? Ihr habt doch nicht etwa geraucht?«

Sie fuhren herum. Zum Glück war es nicht die Grundel, die durch den Garten auf sie zukam, sondern die Schwester der Tagschicht, Veronika, Vroni genannt, die wohl gerade ihren Dienst antrat. Sie trug einen weißen, gesteppten Mantel, und ihre Füße steckten in silberfarbenen Moonboots.

»Nein«, antworteten Marion und Johanna im Chor, und es klang schon deshalb wie eine Lüge.

»Geht lieber rein, bevor ihr Ärger kriegt.«

Schwester Vroni war etwa Mitte zwanzig, rothaarig und viel netter als Inge, die deutlich ältere und sehr wortkarge Nachtschwester.

»Spendierst du uns eine Zigarette für später?«, fragte Marion frech.

Vroni schüttelte den Kopf. »Ihr wisst genau, dass Rauchen euren Kindern schadet.«

»Bitte, nur eine!«, flehte Marion. »Wir teilen sie uns.«

Zu Johannas Erstaunen klopfte Vroni eine Stuyvesant aus der Packung und reichte sie Marion. »Von mir habt ihr die aber nicht!«

In der Küche tranken sie eine Tasse Tee und verschlangen heißhungrig eine Wurstsemmel. Die Küchenhilfe, eine Türkin, die kaum Deutsch konnte, hatte die Frühstückstabletts schon hergerichtet, und Marion und Johanna begannen, sie an die Patientinnen zu verteilen. Vor dem Zimmer der Schnepfe verharrten sie für eine Runde Schnick-Schnack-Schnuck. Johanna verlor.

Die Schnepfe saß aufrecht in den Kissen und hatte ihr Neugeborenes auf dem Arm.

Johanna wünschte einen guten Morgen und stellte das Tablett auf den Nachttisch, aber die Frau beachtete sie kaum, so versunken war sie in den Anblick des Säuglings.

»Was ist es denn?«, fragte Johanna.

»Ein Junge. Ich werde ihn Peter nennen.« Die Schnepfe strich dem Baby über den Kopf. »Wie ein Pfirsich. Willst du ihn mal anfassen?«

Johanna strich dem Baby vorsichtig über den Kopf. Es war unerwartet warm und fühlte sich tatsächlich an wie ein Pfirsich. Auf die Berührung hin ruderte es mit den Ärmchen, und als Johanna seine Hand berührte, krampften sich die winzigen Finger um ihren herum.

Die Schnepfe lächelte verzückt.

»Ich wollte dir und dem anderen Mädchen noch danken. Ihr zwei habt mir in den letzten Tagen sehr geholfen, und ich fürchte, ich war manchmal ein bisschen... schwierig.«

»Hauptsache, es ist alles gut gegangen«, meinte Johanna. Sie war überrascht, dass die Schnepfe sich gewissermaßen bei ihr entschuldigte. Überhaupt war sie mit einem Mal so nett, als hätte sie zusammen mit dem Kind auch die ganze Launenhaftigkeit und Boshaftigkeit aus sich herausgepresst.

»Das wirst du ja auch bald erleben, nicht wahr? Wenn man es erst einmal im Arm hält, sind sämtliche Schmerzen und alles, was davor war, vergessen. Es ist wirklich ein Wunder.«

Johanna hatte diesbezüglich schon anderes von den Müttern gehört, aber sie nickte und verließ eilig das Zimmer, denn aus unerfindlichen Gründen schossen ihr plötzlich Tränen in die Augen.

Es gab an diesem Tag reichlich zu tun, und so verging wenigstens die Zeit. Doch zwischen Wäschemangel und Wischmopp gab es immer wieder Momente, in denen sie unweigerlich ins Grübeln geriet.

Der Satz, den ihre Mutter ihr zum Abschied gesagt hatte, kam ihr wieder und wieder in den Sinn: *Tu, was man dir sagt, dann wird alles gut, und du bist bald wieder daheim.*

Du, hatte sie gesagt. Nicht *du und dein Kind.*

Ihre Mutter hatte sie, ohne zu fragen, hierhergebracht. Woher sollte Johanna wissen, ob ihre Mutter nicht einen weiteren Kuhhandel mit der Grundel abgeschlossen hatte? Alles in ihr sträubte sich gegen diesen Gedanken. Nein, so grausam konnte sie einfach nicht sein.

Abgesehen davon gab es einen entscheidenden Unterschied zwischen ihr und Marion: Marion war gerade erst siebzehn geworden, während Johanna am neunten April achtzehn werden würde. Der Geburtstermin war Mitte Mai, wenn man der Frauenärztin glauben durfte, zu der die Grundel Johanna letzte Woche zur Untersuchung geschickt hatte. Sie würde volljährig sein, wenn das Kind zur Welt kam. Sie allein und niemand sonst bestimmte demnach über ihr Kind, und sie würde den Teufel tun und es an wildfremde Leute weggeben.

Oktober 2020 – Vergangenheit

Michael

Michael hatte gelogen, als er Johanna gegenüber behauptete, es habe ihn wenig beschäftigt, ein Adoptivkind zu sein. Es hatte ihm sehr wohl zu schaffen gemacht, wenn auch auf wechselnde Weise und mit unterschiedlich starker Intensität. Es gab Zeiten, da schob er es beiseite, verleugnete es beinahe schon, dann wieder nagte es an ihm, denn er mochte seine Eltern sehr, und ihn störte der Gedanke, dass sie nicht seine *richtigen* Eltern sein sollten. Dadurch fühlte sich sein ganzes Dasein falsch an. Als würde er das Leben eines anderen leben, eines, das ihm gar nicht zustand.

Er fragte sich, was seine leiblichen Eltern wohl für Leute sein mochten und was an ihm nicht richtig, nicht liebenswert gewesen war, dass sie ihn nicht haben wollten. Nicht einmal seine Mutter, die Frau, die ihn geboren hatte. Er verfluchte diese Frau in Gedanken oft, aber ebenso oft verspürte er den Wunsch, sie kennenzulernen, und sei es nur, um sie mit Verachtung zu strafen. Zuweilen starrte er minutenlang in den Spiegel, als wartete er darauf, dass ihr Bildnis aus seinem Spiegelbild hervorspross.

All dies hatte er streng für sich behalten, so wie er überhaupt ein stilles, schweigsames Kind gewesen war. *Ein ausge-*

sprochen braver Junge, lobten ihn sowohl seine Mutter als auch die Lehrerinnen. Seinem Vater, ahnte Michael, wäre wahrscheinlich ein draufgängerischer Rabauke statt eines *braven Jungen* lieber gewesen.

Seine Eltern hatten ihm nie verboten, über seine Adoption zu sprechen, doch begriff Michael instinktiv, dass weder die Nachbarn noch die anderen Familienmitglieder Bescheid wussten. Das war ganz in Michaels Sinn, denn er wollte auf keinen Fall, dass seine Freunde und Schulkameraden von seinem falschen Leben erfuhren. Es war ein Geheimnis, das eigentlich keines war, denn im Nachhinein war er überzeugt, dass seine Eltern nicht gelogen hätten, wenn sie von jemandem danach gefragt worden wären. Aber das hatte keiner je getan, warum auch, und so schwieg auch Michael. Er wollte ein echter Doyle sein. Teils freute er sich, wenn seine Tanten ihn auf die eine oder andere angeblich ererbte Eigenschaft hinwiesen, teils kam er sich vor wie ein Scharlatan. So stammte Michaels störrisches Haar angeblich von Großvater Doyle, die Form der Nase von seiner Großmutter und sein Schreibtalent vom älteren Bruder seines Vaters, der ein wahrer Poet gewesen sei. *Vor allem, wenn er sternhagelvoll aus der Bar gestolpert kam,* fügte Tante Margot dann jedes Mal hinzu.

Erst viele Jahre später hatte Helen, der es öfter einmal an Takt und Instinkt mangelte, das Geheimnis, das keines war, vor dem versammelten Doyle-Clan ausgeplaudert. An den Zusammenhang konnte sich Michael bis heute nicht erinnern, wahrscheinlich ging es wieder einmal um Familienähnlichkeiten. Michaels Vater war zwei oder drei Jahre zuvor gestorben, die Farm verkauft, und seine Mutter lebte in einer betreuten Seniorensiedlung. Die Familie fand sich zu Thanksgiving in San Antonio ein, im Haus von Tante Margot und deren Ehemann Clark. Deren drei Kinder waren ebenfalls gekommen und hatten wiederum ihre vier Kinder dabei, und ähnlich verhielt es sich mit Mary und Russell und deren Nachwuchs.

Er gab Helen nicht die Schuld. Aus irgendeinem Grund – vielleicht um ihren bohrenden Fragen auszuweichen – hatte Michael es versäumt, ihr zu sagen, dass die anderen nichts von seiner Adoption wussten. Noch heute erinnerte er sich an die erstaunten Blicke, mit denen die *echten* Doyles ihn und seine Mutter anstarrten. Monika Doyle stand daraufhin langsam vom Tisch auf und schleuderte einen Blick voller Hass und Wut auf Helen, welcher gerade erst bewusst geworden war, dass sie unabsichtlich einen Fauxpas begangen hatte. Mit dem Hinweis, sie sei müde, verließ seine Mutter das Zimmer und rief ein Taxi, das sie zurück in ihre Seniorenresidenz brachte.

Sämtliche Verwandten versicherten Michael hinterher, dass diese Neuigkeit nichts an ihrem Verhältnis zueinander ändern würde, und das gelte selbstverständlich auch für Monika. Aber Michael wusste, dass dies fromme Lügen waren. Blut war nun einmal dicker als Wasser, und in ihren Augen galten er und seine Mutter ab sofort als eine Art von Betrüger. Es war das letzte Thanksgiving mit der ganzen Familie gewesen. Danach feierte jeder für sich, oder man fuhr zu anderen, angeheirateten Verwandten.

Februar bis März 1976

Johanna

An einem Sonntag Mitte Februar kam Max zu Besuch. Der Grundel schien das gar nicht zu passen, sie versuchte, ihn mit dem Hinweis abzuwimmeln, sie hätten alle Hände voll zu tun, aber Max ließ sich davon nicht beeindrucken. »Man hat mir am Telefon gesagt, dass am Nachmittag von drei bis fünf Uhr Besuchszeit ist.«

»Das gilt doch nicht für die Hausschwangeren!«, rief die Grundel so entrüstet, als wäre das ein völlig absurdes Ansinnen.

»Ein paar Minuten werden Sie schon auf sie verzichten können«, sagte er. Max konnte mittlerweile recht bestimmt sein, fiel Johanna auf. Als künftiger Pfarrer musste er wohl auch eine gewisse Autorität ausstrahlen, damit ihm die Sünder nicht auf der Nase herumtanzten. Johanna hatte oben auf der Treppe gestanden und die Szene beobachtet. Mit Genugtuung registrierte sie, dass die Grundel nachgab.

»Lass uns rausgehen«, sagte Johanna, nachdem sie ihren Bruder zur Begrüßung umarmt hatte. »Ich hol schnell meinen Mantel.«

»Nimm das hier gleich mit.« Er reichte ihr eine Plastiktüte, in der sich Bücher befanden.

»Endlich wieder Lesestoff«, freute sich Johanna.

»Und ein paar neue Kassetten. Den Rekorder hast du noch, oder?«

»Ja, klar.« Mit Marion Musik hören war ihre Feierabendbeschäftigung. Im Aufenthaltsraum gab es zwar einen Fernseher, aber die Grundel sah es nicht so gern, wenn die Hausschwangeren abends dort *herumlungerten.* Überhaupt gefiel es ihr nicht, wenn Marion und Johanna zu viel Kontakt mit den ehrbaren Ehefrauen pflegten – eine Gefahr, die allerdings gering war. Die meisten Frauen blieben nur wenige Tage, und selbst in dieser kurzen Zeit schienen sie zu begreifen, dass die Hausschwangeren zu einer geächteten Spezies gehörten.

Ein Hauch von Frühling lag in der Luft. Max war zu Fuß gekommen. Offenbar verbrachte er das Wochenende in Kempten im Priesterseminar.

Sie spazierten durch die Straßen. Johanna hatte gehofft, es würde irgendwo ein Café geben, in das Max sie einladen könnte, aber weder Max noch Johanna kannten sich in dem Viertel aus. Trotzdem freute Johanna sich über alle Maßen, mal wieder rauszukommen. Es war den Hausschwangeren nicht explizit verboten, nach draußen zu gehen, doch die Grundel wusste die Mädchen stets gut zu beschäftigen, sodass kaum Freizeit blieb. Wohin hätte Johanna denn auch gehen sollen? Sie kannte niemanden in Kempten. Ein Einkaufsbummel? Ihr Taschengeld wollte sie lieber sparen. Vielleicht brauchte sie es noch für Babysachen.

Der rot karierte Mantel, den sie zu Weihnachten bekommen hatte, spannte schon ein wenig um den Bauch herum, aber er ging noch zu.

Max fragte, wie es ihr gehe, und sie sagte: »Ganz gut.« Sie war plötzlich sehr verlegen. Was sollte sie ihm schon erzählen? Von den Arbeiten, die sie zu verrichten hatte, den Geburten oder den Schwangeren und deren Launen und Wehwehchen?

Alles keine Themen, die man mit einem angehenden Priester erörterte. Sollte sie klagen, dass sie das Heimweh quälte? Das konnte er sich bestimmt denken. Also fragte sie schließlich: »Wie läuft es zu Hause?«

»Wie immer«, murmelte Max.

»Was reden sie über mich?«

»Ich weiß es nicht. Ich war selber nicht mehr so oft da in letzter Zeit.«

Johanna empfand eine boshafte Freude, als sie das hörte.

»Was sagt denn Papa zu dem Ganzen?«, wollte sie wissen.

Max seufzte. »Nicht viel, du kennst ihn ja.«

»Ich wette, ganz Oberstdorf zerreißt sich das Maul über mich.«

»Ich weiß es nicht«, antwortete Max erneut.

Johanna hakte sich bei ihm unter, denn es folgte ein schattiges Stück Gehweg, auf dem noch gefrorene Schneereste lagen.

»Diese Frau Grundel ist wohl ein rechter Drachen, was?«, versuchte Max sie abzulenken.

Johanna zuckte mit den Achseln. »Stimmt. Aber wenn man mit Oma Friedel aufgewachsen ist, können einen andere Drachen nicht mehr groß einschüchtern.«

Max musste lachen, und jetzt lächelte auch Johanna.

»Ich fürchte, sie haben das nur wegen mir getan.« Von einer Sekunde auf die andere war Max ernst geworden. »Dich in diesem Entbindungsheim unterzubringen, meine ich«, fügte er zerknirscht hinzu. »Und es ist mir ein Rätsel, warum Mama sich dir gegenüber so kaltherzig verhält.«

»Haben sie denn mal was gesagt, ich meine, wie das sein wird, wenn ich mit dem Kind zurückkomme?«

»Nein, nicht dass ich wüsste.«

»Meinst du, sie werden mich wegjagen?«

Er blieb stehen und drehte sich zu ihr um. »Aber, Johanna!

Nein, das werden sie sicher nicht, das… das wäre ja…« Er schüttelte den Kopf. Dann legte er seine kräftigen Hände auf ihre Schultern und sah sie an. »Das werde ich nicht zulassen, hörst du?« Er schüttelte sie ganz sachte. »Eher werde ich auf mein Stipendium und auf die Priesterweihe verzichten.«

»Was? Nein, das darfst du nicht!«, rief Johanna.

»Wieso nicht? Gib es zu, kleine Ketzerin, meine Berufswahl war dir doch immer suspekt. Wer weiß, vielleicht hast du recht, vielleicht befinde ich mich ja tatsächlich auf dem Holzweg.«

Unter anderen Voraussetzungen hätten Johanna solche Worte von ihrem Bruder gefreut, doch jetzt sagte sie zu Max: »Wenn du das tust, dann hätte ich auch noch deine Karriere auf dem Gewissen, und sie würden mich noch mehr hassen als jetzt schon.«

»Johanna, du Dummerle, was denkst du nur, sie hassen dich doch nicht.« Max lächelte seiner Schwester aufmunternd zu und wischte eine Träne, die sich selbstständig gemacht hatte, von ihrer Wange.

»Doch, das tun sie«, flüsterte sie, mehr zu sich selbst. Bis vor Kurzem hatte sie geglaubt, Elternliebe sei bedingungslos und nicht abhängig vom Wohlverhalten der Kinder. Offenbar hatte sie sich da geirrt.

»Weißt du, Johanna, es ist nicht so, dass ich nicht auch hin und wieder meine Zweifel hätte.«

»Ach, wirklich?«

»Ja, ich meine… jetzt, wo es ernst wird, mit dem Stipendium in Rom und alldem. Das ist schon ein ziemlich endgültiger Schritt.«

Johanna blickte ihn erstaunt an. »Es ist gut, dass du noch einmal gründlich darüber nachdenkst, Max«, sagte sie. Ein Funken Hoffnung glomm auf. War er endlich zur Vernunft gekommen, hatten sich die Weihrauchschwaden aus seinem

Hirn verzogen und klarem Denken Platz gemacht? Dann musste sie plötzlich auflachen.

»Was ist?«

»Ich musste gerade an Oma Friedel denken. Sie würde sich glatt den Strick nehmen, wenn du jetzt einen Rückzieher machst. Zwei Fliegen mit einer Klappe.«

»Johanna!«

»Was? Hast du gar keinen Humor mehr?« Johanna wurde wieder ernst. »Egal, was du tust, versprich mir, dass es nichts mit mir zu tun haben wird.«

»Das kann ich dir guten Gewissens versprechen.« Max wirkte auf einmal bedrückt. Er schüttelte den Kopf, als wollte er damit die Zweifel, die darin kreisten, vertreiben, und sagte: »Aber ich will dich nicht mit meinen Sorgen belasten, du hast im Moment sicher genug eigene.«

Wohl wahr, dachte Johanna. Sie setzten sich wieder in Bewegung. Nach einer Weile sagte Johanna: »Marion, die andere Hausschwangere, gibt ihres nach der Geburt weg.«

»Wie weg?«, fragte Max begriffsstutzig.

»Zur Adoption. Sie hat kein Geld, keinen Job und weiß nicht, wohin damit.«

»Dann ist das wahrscheinlich ein vernünftiger Entschluss von dieser Marion.«

»Findest du?«

»Sie will sicher nur das Beste für ihr Kind. Sie scheint ein tapferes Mädchen zu sein.«

Aus irgendeinem Grund ärgerte sich Johanna über die Worte ihres Bruders, der Marion die Stange hielt, ohne sie zu kennen. »Meinst du, dass ich das auch tun sollte?«, platzte sie heraus. »Hat Mama dich hergeschickt, damit du mir das schmackhaft machst?« Sie blickte ihren Bruder voller Argwohn an.

»Was? Aber nein!«, protestierte Max verwirrt. »Niemand

hat mich hergeschickt. Du selbst hast doch damit angefangen, schon vergessen?«

Johanna achtete nicht auf seinen Einwand. »Das werde ich nämlich nicht zulassen, das kannst du ihr ausrichten!«, stieß sie hervor. Sie war erneut stehen geblieben und sah ihn zornig an.

»Johanna, beruhige dich. Ich glaube, du hast dich da in etwas hineingesteigert.« Er ging einen Schritt auf sie zu, drückte sie an sich und strich ihr über den Rücken. Eine Weile blieben sie so aneinandergelehnt stehen. Dann ließ er sie wieder los, legte sachte eine Hand unter ihr Kinn und sagte: »Kopf hoch, Johanna! Das wird schon wieder.«

»Ach ja? Ich wüsste nicht, wie.«

»Du musst nur fest daran glauben und darfst deine Zuversicht und dein Gottvertrauen nicht verlieren.«

»Ihr habt gut reden, du und dein lieber Gott«, entgegnete Johanna enttäuscht, weil Max wieder in seinen Pfaffen-Modus fiel. Salbungsvolle Ratschläge waren das Letzte, was sie hören wollte.

Beim Abschied vor dem Gartentor sagte Johanna, die sich tatsächlich wieder einigermaßen beruhigt hatte: »Kannst du Mama ausrichten, dass ich sie dringend sprechen muss, machst du das bitte?«

»Ich sage es ihr, versprochen.«

Der Besuch ihres Bruders hatte Johanna dennoch aufgemuntert. Wenigstens er stand noch zu ihr. Sie packte die Bücher aus und musste lächeln, denn der Stapel enthielt etliche Schmonzetten, was eigentlich gar nicht zu Max, dem Verfechter anspruchsvoller Literatur, passen wollte. Sogar der im Burgerschen Haushalt geächtete Roman *Bonjour tristesse* kam zum Vorschein. Nun gut, Max konnte ja nicht wissen, dass Johanna sich das Buch schon vor Monaten von Viola ausgeliehen hatte.

Viola... Bisweilen spielte Johanna mit dem Gedanken, sie anzurufen oder ihr zu schreiben. Aber sie wagte es dann doch nie. Sie wüsste auch gar nicht, wie und womit sie anfangen sollte.

Am Abend saßen Johanna und Marion zusammen in der Dachkammer unter ihren Bettdecken und hörten die Kassetten, die Max ihr gebracht hatte. Seine Hinwendung zum Glauben schien sich zum Glück nicht auf seinen recht progressiven Musikgeschmack auszuwirken. Die Kassetten enthielten fast nur Hits aus den US-Charts. Sehr zu Marions Leidwesen, die auf Schnulzen und deutsche Schlager stand.

»Ich mag's nicht, wenn ich keinen Text versteh.«

»Die meisten Schlagertexte sind Mist, besonders die deutschen«, antwortete Johanna. Dann übersetzte sie zum Spaß für Marion ein paar englische Songtexte, jedenfalls so gut es ging, und die Mädchen kicherten viel, als sie entdeckten, dass auch manche der englischen Texte ziemlich dämlich waren oder aber frivol.

»Woher kannst du so gut Englisch?«, wollte Marion wissen.

»Von der Schule halt. Wenn ich was Englisches höre oder lese, dann will ich auch wissen, was es heißt. Unsere Nachbarn haben immer Feriengäste aus Manchester, die lassen ihre Taschenbücher zurück, wenn sie abreisen, und die krieg dann ich«, erklärte Johanna der staunenden Marion. Es stimmte. Sprachen hatten Johanna schon immer interessiert, sie lernte sie schnell und leicht.

Johanna war an diesem Abend trotz der neuen Kassetten nicht so recht bei der Sache. Sie grübelte darüber nach, was sie im Ernstfall tun sollte, falls man sie und das Kind zu Hause nicht haben wollte. Musste sie dann zum Sozialamt gehen oder zum Jugendamt? Wo sollte sie wohnen? Gab es Hilfe für junge Mütter, die von ihrer Familie verstoßen wurden?

Sie dachte an den Kommentar ihres Bruders zu Marions

Entscheidung, ihr Kind adoptieren zu lassen. Er hatte sie geradezu wie eine schmerzensreiche Heldin aussehen lassen. Nun ja, Max kannte Marion eben nicht. Womöglich empfand diese ihr Kind einfach nur als lästig und wollte es so schnell wie möglich loswerden, um, weiß der Teufel was, danach zu machen. Max, dachte sie, ist einfach zu naiv, er sieht immer nur das Gute im Menschen.

Während unter der Bettdecke *The Sweet* ihren Hit *Ballroom Blitz* röhrten, zog Johanna Resümee: Als Schülerin der elften Klasse des Gymnasiums hatte sie automatisch die mittlere Reife erlangt. Sie könnte eine Lehre beginnen. Aber was wollte sie werden, und wer würde ihr überhaupt eine Stelle geben, mit einem Kind? Und von einem Lehrlingsgehalt allein konnte man nicht leben.

»War das dein Kindsvater?«, platzte Marions Stimme in ihre Gedanken. »Der Hübsche von heute Nachmittag?«

»Was? Nein! Das war mein Bruder.«

»Der sieht aber fesch aus mit seinen blonden Locken! Kannst du mir den beim nächsten Mal vielleicht vorstellen?«

»Gern. Dann kannst du gleich deine vielen Sünden bei ihm beichten.«

»Hä?«

»Er wird katholischer Priester«, meinte Johanna grinsend.

»Echt? Das ist ja die pure Verschwendung!«

»Meine Rede«, seufzte Johanna.

»Ist er vielleicht schwul?«, fragte Marion, die wie immer kein Blatt vor den Mund nahm und aussprach, was ihr gerade durch den Kopf ging.

»Was? Nein!«

»Viele Schwule werden Pfarrer oder Mönch, weil die warmen Brüder dann unter sich sein können«, fuhr Marion fort.

»Woher weißt du das denn so genau?«

»Das weiß doch jeder.«

»So ein Blödsinn. Max ist nicht schwul«, wiederholte Johanna. »Er hatte in der Schule oft Freundinnen.«

Das stimmte. Die hübschesten Mädchen hatte er angeschleppt, ehe er dann mit siebzehn plötzlich *Gottes Weg* einschlug.

»Ist ja auch wurscht«, meinte Marion.

Ein paar Minuten lang lauschten sie nur der Musik, doch schließlich fing Marion, die Schweigen nicht gut aushielt, wieder an: »Vom wem ist deins eigentlich?«

Dieses Thema hatten bisher beide vermieden.

»Er heißt Emilio«, antwortete Johanna widerstrebend.

»Ein Itaker?«

»Ein Italiener«, korrigierte Johanna, die ihre Offenheit sofort bereute, in schroffem Ton.

»Okay, meinetwegen.«

»Und bei dir?«, lenkte Johanna ab.

Marion zuckte mit den Schultern. »Ach, irgendwer.«

Johanna, immer noch ein wenig sauer wegen des *Itakers,* sagte schnippisch: »Natürlich muss es *irgendwer* gewesen sein, eine Windbestäubung war's ja wohl nicht.«

»Eine was?«, fragte Marion.

»Vergiss es«, sagte Johanna, der der Vater von Marions Kind im Grunde gleichgültig war. Vielleicht wusste sie es ja selbst nicht genau.

»Es ist mein Onkel.«

Johanna richtete sich mit einem Ruck auf. »Dein Onkel?«

»Er hat mich… du weißt schon, und dann hat er mir Geld gegeben, damit ich nichts sage. Danach ist er immer öfter gekommen, bis meine Mutter es rausgekriegt hat. Sie hat ein Mordstheater gemacht, dass sie ihn anzeigen wird und so.«

»Ja, und? Habt ihr ihn angezeigt?«

Marion schüttelte den Kopf.

»Wieso nicht?«

»Na ja, er ist halt ihr Bruder. Und ich … Ach, ist ja wurscht.«

Der Meinung war Johanna zwar überhaupt nicht, aber sie sagte nur: »Es tut mir so leid, Marion, wirklich, ich wollte nicht …«

»Hey, das ist *Lady Marmalade!* Auf den Song steh ich total!« Begeistert drehte Marion den Rekorder lauter.

»Pscht! Spinnst du, gleich steht der Habicht auf der Matte!« Johanna drosselte die Lautstärke und beobachtete nachdenklich Marion, die im Rhythmus des Songs auf der Matratze wippte und mit den Hüften hin und her wackelte. Dieses Mädchen, dämmerte es ihr, schien in einer Welt aufgewachsen zu sein, von der Johanna keine Ahnung hatte und in der vollkommen andere Werte galten als in ihrem bis vor Kurzem noch behüteten Zuhause. Immerhin verstand Johanna jetzt, warum Marion ihr Kind hergeben wollte.

»Kannst du den Text übersetzen?«, fragte Marion. »Bitte, bitte, bitte!«

»Okay, ich versuch's«, seufzte Johanna.

»Du hast das wirklich gut drauf mit dem Englisch, Johanna«, stellte Marion sachlich fest. »Du solltest vielleicht Dolmetscherin werden.«

Es wurde März, ehe Charlotte Burger erstmals in das Entbindungsheim Sonnenstrahl kam, um ihre Tochter zu besuchen. Obwohl der Tag mild war und im Garten die ersten Schneeglöckchen und Krokusse zwischen den Schneeresten hervorschauten, hatte sie den langen, schwarzen Mantel mit dem Pelzkragen an, den sie im Winter auch zu den Kirchgängen trug. Ihr Haar, vom selben Haselnussbraun wie das von Johanna, war frisch gefärbt und zu einem strengen, glänzenden Knoten zusammengefasst. Die Begrüßung zwischen Mutter und Tochter fiel steif und verkrampft aus. Charlotte Burger wirkte nicht wie eine Frau, die ihre Tochter schmerzlich vermisst hatte. Johanna fand es unheimlich, wie fremd sie sich binnen weniger Wochen geworden waren. Dennoch kannte Johanna ihre Mutter noch gut genug und wusste sofort, warum sie gekommen war. Etwas Unechtes lag im Lächeln der Mutter und die förmliche Frage nach ihrem Befinden und ob es ihr hier gut gehe bestätigte Johannas dunkle Ahnungen. Davon abgesehen: Wie sollte es ihr hier schon gehen, und was würde es nützen, wenn sie sich beklagte?

Agatha Grundel begrüßte die Besucherin mit ausgesuchter Höflichkeit und jenem herzlichen Tonfall, den sie sonst für die zahlende Klientel reserviert hatte. Sie bat Mutter und Tochter in den kleinen Aufenthaltsraum, in dem sich ein abgewetztes rotes Plüschsofa und zwei unterschiedliche Sessel um einen Fernseher gruppierten. Es war später Nachmittag und der Raum leer. Johanna wäre lieber spazieren gegangen, so wie mit Max, aber sie widersprach nicht und setzte sich auf das Sofa, und ihre Mutter wählte den grünen Sessel.

Nach einigen Belanglosigkeiten über das Leben zu Hause, das angeblich seinen gewohnten Gang ging, rückte sie mit ihrem Anliegen heraus: »Johanna, ich möchte, dass du darüber nachdenkst, was nach der Geburt mit deinem Kind geschehen soll.«

»Ich werde es auf jeden Fall stillen. Das soll besser sein als die Flasche, habe ich mir sagen lassen, und billiger ist es auch.« Johanna, die sich absichtlich dumm stellte, beobachtete mit grimmiger Genugtuung, wie ihre Mutter, die aufrecht wie ein Lineal dasaß, ein klein wenig in sich zusammensackte.

»Das meine ich nicht, Johanna.«

»Was denn dann?«, fragte sie, absichtlich naiv und kulleräugig.

»Hast du schon einmal über die Möglichkeit einer Adoption nachgedacht?«

»Nein.«

»Es gibt viele ungewollt kinderlose Paare, die sich nichts sehnlicher wünschen, als ein Baby großzuziehen und zu lieben. Es sind anständige, gut situierte Leute, Menschen, die sich ein Kind wirklich wünschen und nicht nur aus Unachtsamkeit eines in die Welt setzen. Es wäre zum Besten für dein Ungeborenes und vor allen Dingen für dich.«

Charlotte Burger rutschte auf dem Sessel nach vorn und blickte ihre Tochter auffordernd an.

Johanna hatte automatisch ihre rechte Hand schützend um ihren Bauch gelegt. »Es bewegt sich gerade. Willst du mal fühlen?«

Ihre Mutter verdrehte die Augen. »Ach, Johanna! Das sind die Hormone, die mit dir durchgehen. Wieder einmal. Verdirb dir doch nicht dein ganzes Leben durch diesen einen Fehltritt. Wenn du es zur Adoption freigibst, dann kannst du wieder nach Hause kommen, du kannst das elfte Schuljahr nachholen, dein Abitur machen und studieren, was immer du willst. Du bist frei, die Welt steht dir offen.«

»Und wenn ich gar nicht studieren will?«

»Was willst du denn dann?«

»Ich könnte das Kind behalten und arbeiten gehen.«

Ein mürrischer Zug kräuselte die Lippen der Mutter, und Johanna fielen zum ersten Mal die vielen kleinen Falten auf, die den Mund aussehen ließen wie einen zugezogenen Turnbeutel.

»Arbeiten? Das kannst du natürlich. Es gibt immer freie Stellen für Ungelernte, in der Gastronomie und in den Hotels. Du könntest Küchenhilfe werden oder Zimmermädchen oder Kassiererin im Supermarkt. Aber wo willst du wohnen? Wo willst du das Kind lassen, wenn du arbeitest? Sag jetzt nicht, bei mir. Ich bin fünfundfünfzig und mit der Kindererziehung durch. Ich habe mein Soll erfüllt. Halte mich meinetwegen für egoistisch, aber ich bin ausgelaugt und müde. Meine ganze Kraft und Energie habe ich in eure Erziehung gesteckt, an jedem einzelnen Tag. Das hat offenbar nicht gereicht, wie man deutlich sieht. Doch ich bin nicht bereit, für deinen Leichtsinn geradezustehen, und das über viele Jahre hinweg.«

»Oma Friedel könnte es doch nehmen, wenigstens am Anfang«, wandte Johanna ein. Die Rede ihrer Mutter hatte sie eingeschüchtert, die Worte kamen leise und kleinlaut aus ihrem Mund und klangen so resigniert, als wüsste sie bereits, dass sie sich den Atem dafür hätte sparen können.

»Deine Großmutter wird einen Teufel tun und auf dein italienisches Mitbringsel aufpassen. Außerdem kann man diesem… *Weib* kein Kind überlassen, das wäre verantwortungslos. Schlimm genug, dass ich es tun musste, weil dein Vater meine Hilfe im Betrieb gebraucht hat. Nein, Johanna, das da…«, bei diesen Worten deutete sie auf Johannas Bauch, »…ist allein dein Problem. Das du dir selbst eingebrockt hast, wohlgemerkt. Es ist ja nicht so, dass du ahnungslos gewesen wärst, so wie wir damals. Ich habe dir beizeiten erklärt, was passieren kann, wenn man sich mit Jungs einlässt, ihr hattet Aufklärungsunterricht in der Schule, du hast also gewusst, was du tust. Oder etwa nicht?«

Johanna schluckte und zog es vor zu schweigen.

»Ich kann dich zu nichts zwingen, Johanna, aber mein Rat ist: Du tätest gut daran, die Hilfe anzunehmen, die sich dir mit diesem Aufenthalt hier bietet.«

»Was meinst du damit?«

Ihre Mutter griff nach Johannas Hand, und dabei schaute sie ihrer Tochter in die Augen und lächelte. Johanna glaubte, eine Spur der alten, so lange vermissten Vertrautheit in ihrem Blick zu entdecken. Vielleicht auch nur, weil sie es sich so sehr wünschte.

»Agatha Grundel hat gute Kontakte zu den Behörden. Sie werden die richtigen Eltern für dein Kind finden, und dein

Leben kann weitergehen. Du brauchst deswegen kein schlechtes Gewissen zu haben, ganz im Gegenteil. Du tust das Beste für dein Kind und für dich, und alles wird wieder so sein wie früher.«

Wie früher. Die Zeit zurückdrehen. Wie schön das wäre. Doch es würde mit oder ohne Kind nie wieder so werden wie früher, so naiv, an die Worte ihrer Mutter zu glauben, war Johanna auch wieder nicht.

Und doch arbeitete der Satz in ihr, entfaltete eine magische Wirkung, setzte sich in ihrem Kopf fest wie ein Mantra, das, noch lange nachdem ihre Mutter schon wieder gegangen war, in ihrem Kopf herumkreiste. *Alles wird wieder so sein wie früher.* Nichts wünschte sie sich mehr als das.

Oktober 2020

Michael

Michael fuhr aus dem Schlaf. Er hatte von Helen geträumt und von seiner Mutter, fürchterliches, wirres Zeug, und er war froh, sich aus dem Traumgespinst lösen zu können.

Jemand schoss! Davon war er wach geworden. Jetzt wieder! Jemand ballerte ganz in der Nähe des Hauses herum. Unten hörte er die Hunde bellen und jaulen. Michael sprang aus dem Bett, fuhr in die Klamotten und polterte die Treppe hinunter.

»Johanna?«

Keine Antwort. Bella und Lani pendelten mit schaurigem Geheul zwischen der Küche und dem Zimmer, das Johanna *salotto* nannte, hin und her, Otto und Mauri standen vor der Haustür und bellten und knurrten, nur Ursula saß stoisch vor den noch leeren Futternäpfen und schien die ganze Aufregung nicht zu begreifen. Michael hatte den Verdacht, dass der Hund nicht nur schlecht hörte, sondern komplett taub war. Auf der Küchenuhr war es halb acht, es dämmerte gerade erst. Von Johanna war nichts zu sehen. Er ging nach draußen, wobei er sorgfältig darauf achtete, dass keiner der Hunde entwischte.

Sie stand am Waldrand, dort, wo der Weg anfing, und feuerte kurz nacheinander zwei Salven Schrot in die Luft.

»*What the fuck…?*«, rief Michael zwischen zwei Schrotsalven.

Sie wandte sich um. Er hob in Wildwest-Manier die Hände, grinste und fragte: »Ist Krieg?«

»Ich verscheuche das Wild«, erklärte Johanna, lud nach und schoss gleich noch zweimal. Es roch nach Pulver, ein Geruch, der Michael an seine Kindheit erinnerte. In dem Sommer, in dem sein Vater ihm das Tontaubenschießen beibrachte, war er wochenlang mit blauen Flecken herumgelaufen, weil er immer wieder vergaß, die Flinte ordentlich zu sich heranzuziehen, und ihn der Rückstoß an Schlüsselbein oder Wangenknochen erwischte. Dennoch übte er verbissen, weil er instinktiv spürte, dass er seinen Vater nicht auch noch in dieser Disziplin enttäuschen durfte, wenn es schon mit dem Reiten nicht so besonders gut klappte. Am Ende wurde aus ihm tatsächlich ein recht ordentlicher Schütze. Aber er hatte es immer gehasst.

Mit der abgeknickten Schrotflinte über dem Arm kam sie zurück und meinte: »Das dürfte reichen fürs Erste. Die Hunde dürfen heute nicht raus, nur angeleint.«

»Was ist los?«

»Ich habe was läuten hören von einer Treibjagd.«

Neulich schon hatte Johanna sich bitter über die viel zu laschen italienischen Jagdgesetze beschwert. Sie sehe ja ein, dass man zum Beispiel Wildschweine dezimieren müsse. Aber dann doch bitte geregelt, so wie in Deutschland. Hier jedoch, so hatte sie geklagt, könne praktisch jeder schießwütige Idiot, und davon gebe es eine Menge, im Herbst marodierend durch die Wälder ziehen und alles abknallen, was ihm vor die Flinte lief.

»Aber denen werde ich die Tour vermasseln«, drohte sie nun. »Dies hier ist mein Revier, und wenn ich einen von denen sehe, dann fängt er sich eine Ladung Schrot ein!«

Sie war in Rage, ihre Wangen waren gerötet, und ihr Atem ging rasch.

»Vielleicht sollten wir erst mal frühstücken«, meinte Michael.

Sie nickte und lehnte die Flinte neben die Haustür, ehe sie sie vorsichtig öffnete.

Drinnen beruhigte sie ihre Hunde und hängte die Weste, die sie stets bei der Arbeit trug, über eine Stuhllehne. Die Taschen quollen über vor Schrotpatronen.

»Tut mir leid. Aber bei dem Thema gehen mir die Gäule durch.«

»Das sehe ich. Ich werde dir in deinem Kampf voll und ganz zur Seite stehen und später auch noch ein bisschen herumballern.« Er hob die Hand wie zum Schwur und grinste.

»Jetzt hältst du mich für ein Flintenweib, gib es zu.«

»Das tue ich schon seit unserer ersten Begegnung«, erinnerte sie Michael. »War die Flinte da eigentlich geladen?«

Sie funkelte ihn an und zuckte mit den Achseln. »Kann sein, kann auch nicht sein.«

Aus einer Plastiktonne schaufelte sie Trockenfutter in die Näpfe, und die Hunde stürzten sich darauf. Michael setzte derweil Kaffee auf. Nach einer Woche fand er sich schon recht gut in ihrem Haushalt zurecht. Er hatte sich sogar schon nützlich gemacht und den Wasserhahn am Spülbecken, aus dem nur noch ein Rinnsal geflossen war, abmontiert, entkalkt und die Dichtungen erneuert, sodass das Wasser nun wieder in einem festen Strahl herausfloss. Und erst gestern hatte er die zerbrochenen Schamottesteine im Kaminofen durch neue ersetzt. Seine handwerklichen Fähigkeiten verdankte er seinem Vater, der ihn stets zu solchen Arbeiten herangezogen hatte. Ein Mann müsse die wichtigen Dinge in seinem Haus reparieren können, lautete sein Argument. Damals fand Michael das ziemlich nervig, aber mittlerweile war er ihm dankbar.

»Ich möchte, dass wir ab sofort nur noch Italienisch sprechen«, sagte er in sehr holprigem Italienisch, als sie zusammen am Frühstückstisch saßen.

Dank der Lehrbücher und CDs aus Johannas Bibliothek wähnte er sich inzwischen in der Lage, eine einfache Unterhaltung auf Italienisch zu führen. Auf der *high school* war Spanisch unterrichtet worden, darum kannte er den Aufbau einer romanischen Sprache grundsätzlich. Doch die richtige Aussprache fiel ihm schwer, besonders das Weiche, Melodische, das das Italienische vom Spanischen unterschied, und immer wieder fehlten ihm schlichtweg die Worte.

»Aha«, erwiderte sie, vielsagend lächelnd, und fügte hinzu: »Aber Flavia spricht doch ganz gut Englisch.«

Michael fühlte sich durchschaut. Er wurde verlegen und zuckte nur mit den Schultern, während Johanna auf Italienisch sagte: »Es ist eine gute Idee, und es schadet grundsätzlich nie, wenn man eine Fremdsprache beherrscht.«

»*Cosa?*«

»Das wird anstrengend«, seufzte Johanna – auf Deutsch. Dann wechselte sie plötzlich doch wieder ins Englische und sagte: »Weiß sie, dass du verheiratet bist?«

»Wieso interessiert dich das?«, fragte Michael lauernd.

»Ich lebe hier, ich muss mit den Leuten auskommen. Wenn in so einem kleinen Dorf einer mit einem Mädchen flirtet, wird sofort geredet. Das solltest du bedenken.«

»Ja, Mama.«

Michael stand auf. Mit dem Hinweis, er würde es den Feinden da draußen jetzt mal so richtig zeigen, schnappte er sich ein paar Schrotpatronen und die Flinte und ging hinaus.

April 1976

Johanna

Am Morgen des 9. April – Johannas achtzehntem Geburtstag – bot sich den zwei Hausschwangeren ein eigenartiger Anblick. Sie hatten gerade das Frühstück serviert und wollten, wie immer um diese Zeit, ihr Raucherbänkchen aufsuchen, was sie, einer Gewohnheit folgend, selbst dann taten, wenn es Marion einmal nicht gelungen war, eine Zigarette zu ergattern. Heute hatte Marion sogar zwei. »Zur Feier des Tages.«

Im Garten, mitten auf dem Rasen saß eine junge Frau im weit fortgeschrittenen Stadium der Schwangerschaft. Sie verharrte reglos im Schneidersitz, ihre Augen waren geschlossen, sie hatte das Gesicht der Sonne zugewandt, die Handrücken lagen auf den Schenkeln, Daumen und Zeigefinger bildeten einen Kreis. Ihr sehr langes, blondes Haar war in der Mitte gescheitelt und umgab sie wie ein Schleier, der fast bis zum Boden reichte. Sie trug ein weites Gewand aus einem hellen, leinenartigen Stoff und geschnürte Sandalen.

Die zwei Hausschwangeren nahmen auf der Bank Platz. Vor lauter Faszination und unterdrücktem Kichern vergaßen sie, ihre Zigaretten anzuzünden.

»Lieber Himmel, wo haben sie die denn rausgelassen?«, wisperte Johanna nach einer Weile.

»Vielleicht gehört die zu dieser indischen Sekte«, flüsterte Marion.

»Du meinst diese Hare-Krishna-Typen?«

»Kann doch sein, oder? Guck dir nur diese Jesuslatschen an!«

Ihre Unterhaltung wurde unterbrochen, als die Sitzende unvermittelt einen hochstimmigen Singsang in einer Sprache anstimmte, die Johanna vollkommen unbekannt war. Die junge Frau hatte inzwischen die Augen geöffnet und blickte ihre beiden Beobachterinnen während des Singens freundlich an.

Die beiden rempelten sich erneut an, und irgendwann prustete Marion einfach los. Die Blonde hörte auf zu singen und winkte die beiden zu sich heran. Marion und Johanna waren viel zu neugierig, um dieser Aufforderung nicht nachzukommen.

Die seltsame junge Frau legte die Handflächen aneinander, als würde sie beten, dazu neigte sie kurz den Kopf und sagte: »Ich grüße euch.« Sie wies mit einer großzügigen Geste auf den Rasen. »Setzt euch und spürt, wie euch die Kräfte der Erde und der Sonne durchströmen.«

»Danke, ich steh lieber«, sagte Johanna. »Grasflecken gehen so schlecht raus.«

»Wie heißt ihr?«

»Ich bin Marion, das ist Johanna. Wir sind die Hausschwangeren.«

»Die *Hausschwangeren*? Wirklich?« Das seltsame Wesen brach in ein helles Gelächter aus, das sich anhörte wie ein Silberglöckchen.

»Man könnte auch sagen: Sklavinnen und Dienstmädchen für alles«, erklärte Johanna offenherzig, denn die Fremde sah nicht aus, als wäre sie eine der ehrbaren Ehefrauen. Dennoch hatte man sie nicht im Notzimmer untergebracht. »Bist du die

Neue aus Zimmer zwei? Dein Frühstück steht oben. Der Kaffee ist jetzt wahrscheinlich kalt«, fügte Johanna hinzu.

»Ich trinke keinen Kaffee. Fleisch esse ich übrigens auch keines.«

»Es gibt eh nur Butterbrezen«, sagte Marion.

»Ich bin gestern Nacht hergekommen, ich hatte vorzeitige Wehen. Aber jetzt sind sie wieder weg«, erklärte sie. »Mein Name ist übrigens Durga.«

»Was ist denn das für ein Name?«, fragte Marion naserümpfend.

»Durga ist eine Hindu-Göttin«, erklärte Johanna.

»Stimmt genau«, bestätigte Durga erfreut. »Meine Wahlverwandten haben mich nach ihr benannt.«

»Deine *Wahlverwandten?*«, wiederholte Marion.

»Dort oben warten sie auf mich und den neuen Erdenbewohner.« Durga zeigte mit ausgestrecktem Arm nach Westen.

Marion hatte einen Geistesblitz. »Ha, jetzt weiß ich es!«, rief sie. »Du gehörst zu dieser spinnerten Sekte, die in dem alten Hof am Mariaberg haust. Aua!« Sie schaute Johanna vorwurfsvoll an, die ihr den Ellbogen in die Seite gerammt hatte, und murmelte: »Stimmt doch. Von denen hat sogar neulich was in der Zeitung gestanden.«

»Wir sind keine Sekte«, erklärte Durga. »Wir sind nur eine spirituelle Wohngemeinschaft, die das Schicksal zusammengeführt hat. Ihr könnt mich später gerne dort besuchen.«

»Warum nicht?«, meinte Johanna vergnügt. »Ein bisschen Erleuchtung hat noch keinem geschadet.«

»Sabine Mahrenholz!«, schallte eine wohlbekannte Stimme durch den Garten, und schon stapfte der Habicht in Stützstrümpfen und Gesundheitsschuhen über den Rasen. »Um Himmels willen, Fräulein Mahrenholz, stehen Sie sofort auf! Wollen Sie sich auf dem kalten Boden eine Blasenentzündung einfangen?«

»Agatha! Ich überbringe dir den Gruß der Morgengöttin«, strahlte Durga und breitete die Arme aus.

Die Grundel, die in ihrem Reich prinzipiell von niemandem geduzt wurde, war so baff, dass es ihr für einen Moment die Sprache verschlug, während Johanna und Marion vor unterdrücktem Lachen beinahe platzten.

»Keine Sorge, Agatha, ich bin gerade fertig mit meiner Meditation«, versicherte das Fräulein Sabine Malnenholz alias Durga, wobei sie lächelnd die Hand von Johanna ergriff, die der Hochschwangeren beim Aufstehen half.

Die Grundel wandte sich an Marion und Johanna: »Und ihr zwei nichtsnutzigen Luder – an die Arbeit mit euch, aber zackig!«

Alle vier bewegten sich über den Rasen in Richtung Haus.

»Johanna«, sagte Durga vor der Tür. »Ich wünsche mir, dass du bei der Geburt dabei bist. Du hast eine sonnige Aura.«

»Das wird man dann sehen«, meinte der Habicht verkniffen.

Johanna nickte Durga heimlich zu und lächelte. *Sonnige Aura.* Das hatte noch niemand zu ihr gesagt.

In den folgenden drei Tagen verbrachte Johanna, so oft es ging, Zeit mit Durga. Sie war, abgesehen von Marion, die erste und einzige Schwangere, mit der Johanna sich anfreundete. Durga war einundzwanzig und ohne Zweifel ein bisschen verrückt, aber nicht dumm, ganz im Gegenteil. Nach den eher schlichten Unterhaltungen mit Marion waren die Gespräche mit Durga eine willkommene Abwechslung. Sie hatte sich ihre eigene Religion und Weltanschauung zusammengestrickt, wobei sie sich großzügig bei fernöstlichen Weltreligionen bedient und alles munter zusammengewürfelt hatte. Von Johanna darauf angesprochen, meinte sie fröhlich, sie sei eben eine Suchende. »Manche bleiben das ihr

Leben lang, ist das nicht ein wunderbarer Gedanke? *Der Weg ist das Ziel,* sagt Konfuzius.«

Außerdem sagte sie noch: »Agatha hat ein ganz mieses Karma, vor der musst du dich in Acht nehmen.«

»Was du nicht sagst«, erwiderte Johanna. Sie fragte Durga nach dem Leben auf diesem Hof, den sie *unseren Ashram* nannte. Wenn man Durgas Schilderungen glauben durfte, war es das Paradies auf Erden. »Wir teilen alles, wir arbeiten zusammen, jeder kann sich nach seinen Fähigkeiten entfalten, wir helfen einander, unsere Spiritualität zu entdecken und zu leben. Keinem wird vorgeschrieben, was er zu glauben hat. Das unterscheidet uns nämlich von einer Sekte.«

»Und wovon lebt ihr?«

»Von dem, was das Land uns schenkt. Außerdem stellt jeder das, was er besitzt, der Gemeinschaft zur Verfügung.«

»Also ist das ein Ashram für Reiche«, schlussfolgerte Johanna. Beinahe hätte sie in Anlehnung an Marions Bemerkung *spinnerte Reiche* gesagt.

»Aber nein!«, entgegnete Durga. »Es kommt hauptsächlich auf deine inneren Reichtümer an.«

»Was sagen deine Eltern dazu, dass du dort lebst?«

»Sie glauben, es sei nur eine Phase, die vorbeigeht. Mein Vater ist Landtagsabgeordneter, der ist so gut wie nie zu Hause, und wenn doch, dann schließt er sich in seinem Arbeitszimmer ein und telefoniert mit seinen Spezln oder seiner Geliebten in München. Ich bin von unserer Haushälterin und diversen Au-pair-Mädchen großgezogen worden. Was sicher besser war, als es meiner Mutter zu überlassen. Ich glaube, sie sind froh, dass sie mich los sind. Sie schicken mir regelmäßig Geld, weil sie denken, dass ich immer noch Psychologie studiere.«

»Wissen Sie, dass du schwanger bist?«

»Nein, ich war schon ein Jahr nicht mehr zu Hause. Ich werde es ihnen irgendwann sagen. Oder auch nicht.«

»Und wer ist der Vater?«, fragte Johanna, auf Durgas Bauch deutend.

Sie lächelte, hob Hände und Augen in Richtung Zimmerdecke und sagte: »Die Götter, Johanna. Es ist ein Kind der Götter.«

Das Götterkind kam eine Woche später zur Welt, und Johanna war, wie versprochen, dabei. Während der Wehen lief Durga im Zimmer auf und ab und schmetterte lauthals Gesänge in dieser eigenartigen Sprache. Das schien ihr zu helfen. Der Grundel ging das gegen den Strich, das merkte Johanna ihr an, aber sie behandelte *das Fräulein Mahrenholz* dennoch mit Respekt und wie ein rohes Ei. Obrigkeitshörig, wie sie war, wollte sie auf keinen Fall riskieren, dass die Tochter eines Landtagsabgeordneten sich beim Herrn Papa über ihre Einrichtung beschwerte oder gar deren Kind hier zu Schaden kam.

Während der Presswehen schrie Durga das ganze Haus zusammen, aber kaum war es vorbei und sie und ihr Kind, ein Mädchen, versorgt, meinte sie voller Euphorie zu Johanna, dass diese Geburt das Wunderbarste gewesen sei, was ihr je passiert sei. »Es ist so archaisch, so ursprünglich, es ist unbeschreiblich!«

Vielleicht, spekulierte Johanna skeptisch, hatte diese Begeisterung aber auch mit den Schmerzmitteln zu tun, die man ihr gleich nach der Geburt verabreicht hatte, damit man ihren Dammriss nähen konnte.

Vier Tage danach wurden Durga und ihre kleine Tochter Anjali – was angeblich auf Indisch *Gottesgeschenk* hieß – abgeholt. Es waren zwei langhaarige junge Männer, von denen einer irritierend gut aussah, und eine Frau in den Dreißigern, die ein ähnliches Gewand trug wie Durga. Sie verfrachteten Mutter und Kind in einen bunt bemalten VW-Bus, der unzählige Aufkleber trug. Als sie abfuhren, hupten sie ein paarmal fröhlich.

Johanna dagegen war traurig, dass Durga nicht mehr da war. Aber sie hatte Johanna zumindest die Adresse ihres Ashrams dagelassen. »Du musst mich unbedingt mit deinem Sohn besuchen«, sagte sie zum Abschied. Denn dass Johanna einen Sohn zur Welt bringen würde, verrieten ihr die Bewegungen eines gefleckten Steins an einer Schnur, den sie über Johannas Bauch hatte kreisen lassen. »Wir werden für ihn eine universelle Segenszeremonie abhalten.«

September 2020

Johanna

»Wer ist der Mann auf dem Foto?«

Michael stand im *salotto,* dem kleinen Wohnzimmer, das sich direkt an die Küche anschloss. Um dem Untergeschoss etwas Großzügigkeit zu verleihen, hatte Johanna die Wand zwischen Wohnzimmer und Küche einreißen lassen und – nach den Erfahrungen ihres ersten Winters in der Villa Fortuna – einen ordentlichen Kaminofen für den *salotto* angeschafft. Das gerahmte Foto, das Michael betrachtete, hing zwischen Ofen und Bücherregal.

»Das ist mein Bruder Max.«

Michael trat noch einen Schritt heran. »Trägt er eine Kutte, oder was ist das?«

»Er ist katholischer Priester. Sogar so eine Art Bischof.«

Im Jahr 2005 war Max zum Titularbischof geweiht worden, so nannte man, grob gesagt, einen Bischof ohne eigene Diözese, der innerhalb der katholischen Kirche andere Aufgaben als die Betreuung eines Bistums wahrnahm. Im Fall von Max waren dies Forschung und Lehre. Weil aber traditionsgemäß ein Bischof ein Bistum haben musste, wurde ihm, wie auch allen anderen Titularbischöfen, eine historische Diözese zugeteilt, die heute gar nicht mehr existierte. Die Diözese von Max lag irgendwo in Südamerika. Johanna fand dies zwar eigenartig, wunderte sich aber andererseits schon lange nicht mehr über kirchliche Bräuche.

»Wow! Das… das hätte ich nicht gedacht.«

»Wieso nicht?«

Er geriet in Verlegenheit. »Na ja, weil du… ich habe nicht den Eindruck, dass du viel von Religion hältst.«

»*Ich* bin ja auch nicht Geistlicher geworden, sondern er«, versetzte Johanna.

Nachdem Max sich immer inniger dem katholischen Glauben zugewandt und zu Hause auf Teufel komm raus mit Bibelzitaten um sich geschmissen hatte, verspürte auch Johanna den Drang, sich mit dem Thema Religion zu befassen. Sie lieh sich in der Bibliothek Bücher über die verschiedenen Weltreligionen, um danach ihrem Bruder provokante Fragen zu stellen: Woher nahmen die Katholiken die Überzeugung, den einzig wahren Glauben zu besitzen, wo doch andere Religionen genau dasselbe für sich beanspruchten? Warum durfte ein katholischer Priester keine Familie haben, ein Mann, zu dessen Pflichten es gehörte, andere Leute in Ehe- und Familienangelegenheiten zu beraten? Es hatten sich interessante und manchmal sogar hitzige Streitgespräche ergeben. Doch bald erkannte Johanna, dass Max in ihr, seiner *kleinen Ketzerin,* wie er sie nannte, lediglich eine Sparringspartnerin in Sachen Argumentation und Rhetorik sah. Es gelang ihr nicht annähernd, ihren Bruder an seinem Vorhaben zweifeln zu lassen. Immer wieder fragte sich Johanna, woher diese tiefe Hinwendung zur Religion kam. Gut, das ganze Allgäu war mehr oder weniger katholisch, aber ihre Familie war auch nicht christlicher gewesen als andere, und es gab weit und breit keinen Pfarrer in der Ahnenreihe. Oma Friedel war auf eine scheinheilige Art bigott und eher dazu geeignet, einem den Glauben auszutreiben. Ihr Vater pflegte einen naiven Kinderglauben, der sich in Tischgebeten, Gottesdienstbesuchen und dem Schnitzen von Krippen und Krippenfiguren manifestierte. Ihre Mutter ging zwar jeden Sonntag zur Kirche, betete vor den Mahlzeiten und pflegte die Bräuche an den christlichen Feiertagen, aber wirklich religiös aus Überzeugung war sie nicht, im Gegenteil. Einmal war Charlotte Burger sogar herausgerutscht, dass sie sich frage, wie man nach Hitler und dem Holocaust überhaupt noch an einen Gott glauben könne.

Als Max zum ersten Mal äußerte, er wolle Priester werden, hatte Charlotte Burger noch spöttisch gelächelt. Mit der Zeit jedoch begriff sie, dass er es ernst meinte, und ihr wurde bewusst, was für ein Ansehen dies der Familie einbrachte. Prompt legte sie eine Wende um hundertachtzig Grad hin und tat alles, um ihrem Ältesten den Weg zu ebnen – bis hin zur Verbannung ihrer schwangeren Tochter.

»Ich habe es bis heute auch nicht wirklich verstanden«, seufzte Johanna. »Ich habe ihn einige Male gefragt, ob es irgendein Erweckungserlebnis gegeben hat …«

»Zum Beispiel das Gesicht der Jungfrau Maria auf einem Toastbrot«, warf Michael ein.

Johanna zwinkerte ihm schelmisch zu. »Genau, so etwas in der Art. Aber anscheinend gab es das nicht.«

Gott habe ihm den Weg gezeigt, Priester zu werden sei plötzlich essenziell für ihn gewesen, er habe an nichts anderes mehr denken können, lautete Max' Erklärung. Vielleicht, hatte Johanna gedacht, war er einfach zu lange Ministrant gewesen.

»Das Foto ist ein Jahr nach seiner Priesterweihe entstanden, als ich ihn in Rom besucht habe«, erklärte sie. »Seither war ich fast jedes Jahr dort. Er lebt im Vatikan und unterrichtet und forscht am Collegium Germanicum, wo er seinerzeit ein Stipendium hatte. Wir verstehen uns recht gut, trotz unserer unterschiedlichen Weltanschauung.«

Das stimmte im Grunde. Allerdings hatte es zwischendurch immer wieder einmal ein paar Misstöne gegeben. So nahm Max es ihr seinerzeit übel, dass sie im Jahr 1981 nicht zu seiner Priesterweihe kam, welche auf den innigen Wunsch seiner Familie in der katholischen Kirche St. Johannes Baptist in Oberstdorf stattgefunden hatte.

»Man kann auch mal über seinen Schatten springen und eine Kirche betreten, sogar dann, wenn man an nichts glaubt«, beschwerte Max sich bei seiner Schwester ein paar Wochen danach in einem bitteren Brief, den er aus Rom an sie absandte.

Daraufhin blieb Johanna nichts anderes übrig, als ihm eine Kopie des einzigen Briefes zu schicken, den sie jemals von ihrer Mutter erhalten hatte. Darin bat Charlotte Burger ihre Tochter Johanna in knappen Worten, sie möge doch aus Rücksicht auf den Ruf der Familie der Priesterweihe von Max fernbleiben.

»Ich hätte trotzdem kommen sollen«, sagte Johanna damals zu ihm. »Aber denk nicht, dass ich nicht stolz auf dich wäre.«

Max entschuldigte sich bei Johanna und lud sie ein, ihn so bald wie möglich in Rom zu besuchen. Johanna wäre am liebsten sofort losgefahren, doch sie hatte gerade ihre erste feste Stelle angetreten. Nach der Probezeit nahm sie ein paar Tage Urlaub und fuhr mit dem Zug zu Max. Es war die erste Auslandsreise, die sie allein unternahm. Sie spürte förmlich, wie sich mit jedem Kilometer ihr Hochgefühl steigerte. Dieses Gefühl, wenn auch in etwas abgemilderter Form, hatte sie lange Zeit nicht verlassen. Das Reisen, das Sich-Entfernen vom angestammten Platz, schien Kummer und Probleme zu verkleinern oder zumindest zu relativieren.

Gleich beim ersten Besuch in Rom verliebte sie sich auf Anhieb in die Stadt. Paradoxerweise liebte sie am meisten den Petersdom, obwohl er doch, wie kein anderes Bauwerk, die

Macht des Klerus verkörperte. Bis heute konnte sie sich dem Zauber dieses Ortes nicht entziehen.

Ein andermal, viele Jahre später, stritten sie und ihr Bruder sich wegen einer Lappalie, aber wieder ging es um ihre Mutter.

»Hast du eine Ahnung, woher unsere Mutter Russisch kann«, fragte Johanna Max bei einem ihrer Rom-Aufenthalte. Sie hatten in einem Restaurant an der Piazza Navona gegessen und waren vor einem lärmenden Pulk neureicher Russen geflüchtet, in eine ruhigere Bar zwei Straßen weiter. »Denn das konnte sie, ich habe sie mal mit einem Hausierer reden hören, aber als ich sie darauf angesprochen habe, stritt sie es ab.«

»Sie erwähnte mal, dass während des Krieges osteuropäische Fremdarbeiter auf ihrem Gut beschäftigt waren. Von denen habe sie es gelernt«, antwortete Max.

»Zwangsarbeiter also«, brachte es Johanna auf den Punkt.

»Zugewiesen von der Gauleitung. Jedes Gut und jeder Betrieb beschäftigte damals Zwangsarbeiter.«

»Sicher haben sie die gern genommen.«

Johanna hatte es als Jugendliche versäumt, ihre Mutter nach ihrer politischen Gesinnung vor dem Krieg zu fragen, und Max wusste angeblich auch nichts darüber.

»Ich glaube, sie war als junges Mädchen eine ganz schön verwöhnte Prinzessin«, meinte Johanna an jenem Abend. »Die schöne Tochter des Gutsherrn… bestimmt haben die Verehrer Schlange gestanden. Wer weiß, was ohne Krieg und Vertreibung aus ihr geworden wäre. Wahrscheinlich eine hochnäsige Landadelige.«

»Es ist müßig, darüber zu spekulieren«, erwiderte Max und wirkte dabei etwas genervt.

»Hat sie… ich meine… ist sie vielleicht auf der Flucht von den Russen… du weißt schon…«

»Nein, davon weiß ich nichts«, wehrte Max mit Bestimmtheit, um nicht zu sagen Vehemenz, ab und fragte: »Johanna, was soll das? Wieso denkst du auf einmal an so fürchterliche Sachen, nur weil unsere Mutter ein paar Brocken Russisch kann?«

Johanna ignorierte seinen Unmut, rührte nachdenklich in ihrem Campari-Soda und sagte schließlich: »Weil das Trauma einer Vergewaltigung die Härte und Unerbittlichkeit ihres Charakters erklären würde.«

Max gefiel diese Theorie gar nicht, das sah sie seinem finsteren Gesicht an, noch ehe er erwiderte: »Und was ist dann mit dir? Du bist genauso hart und unerbittlich wie sie. Seit Jahren weigerst du dich, einen Schritt auf sie zuzugehen...«

An dieser Stelle sprang Johanna vom Barhocker auf, schnappte sich ihre Handtasche, stürmte aus der Bar und irrte durch das Gassengewirr auf der Suche nach ihrem Hotel.

Kein Wunder, dass er mich nicht versteht. Mamas Liebling hat ihre Hartherzigkeit ja nie zu spüren bekommen.

Am nächsten Tag entschuldigten sich beide für ihr Benehmen. Keiner von beiden schnitt das Thema jemals wieder an, aber ab diesem Zeitpunkt hörte Max endlich damit auf, Johanna zu bedrängen, Kontakt zu ihrer Mutter aufzunehmen.

»Was ist mit deinen Eltern?«, fragte Michael.

»Was soll mit ihnen sein? Sie sind tot.«

»Warum hängt nirgendwo ein Foto von ihnen?«

»Ich mag es nicht, wenn Wände mit Familienfotos bepflastert sind.«

»Verstehe«, sagte Michael, und Johanna dachte: *Nein, Junge, du verstehst gar nichts.*

Mai 1976

Johanna

Am Vormittag des 11. Mai verspürte Johanna die ersten Wehen. Sie zogen sich über den ganzen Tag und den Abend hin. Sie wünschte, sie wäre ebenfalls in der Lage, exotische Gesänge von sich zu geben, um gegen den Schmerz anzusingen, der in ihr wütete. Sie erwog, es mit Abba-Songs oder Kirchenliedern zu probieren, verwarf den Gedanken jedoch wieder. So hemmungslos wie Durga war sie nun einmal nicht.

Johanna rechnete fest damit, ihr Kind im Notzimmer zur Welt bringen zu müssen, aber die Grundel zeigte sich überraschend großzügig und stellte ihr ein freies Zweibettzimmer zur Verfügung. Überhaupt hatte sie Johanna in der letzten Zeit ausgesprochen freundlich behandelt, ihr nur leichte körperliche Arbeiten aufgetragen und sie des Öfteren sogar ermahnt, sich für ein Stündchen zurückzuziehen und die Beine hochzulegen. Täglich tastete sie Johannas Bauch ab und kontrollierte die Herztöne des Ungeborenen.

Nebenan, im Notzimmer, ging eine weitere Geburt vonstatten. Die Frau musste am Abend angekommen sein, und jetzt konnte Johanna sie durch die Wände klagen hören. Es klang Italienisch. Was für eine Ironie des Schicksals, dachte Johanna, dass ich mir ausgerechnet jetzt Wehklagen auf Italienisch anhören muss. Zwischen zwei heftigen Wehen verfluchte sie Emilio und ihren Leichtsinn.

Marion, die treue Seele, war die meiste Zeit bei ihr. Immer wenn Johanna glaubte, es wäre so weit, sie steuere auf die Endphase zu, weil es ihrer Meinung nach nicht mehr schlimmer werden könnte, lief Marion los und holte die Grundel.

»Das dauert noch«, hieß es jedoch jedes Mal.

»Ich will sterben«, jammerte Johanna. »Drück mir ein Kissen aufs Gesicht!«

»Du willst nicht sterben. Halt durch, du schaffst das«, ermunterte sie Marion.

Kurz nach Mitternacht wurde es dann plötzlich hektisch. Die Grundel kommandierte sowohl Marion als auch Johanna wild herum: *Pressen, pressen, nein, nicht pressen, sofort aufhören, aufhören, sag ich! Atmen, atmen!* Irgendwann spürte Johanna, wie das Kind ihrem Körper entrissen wurde. Sie hatte es überstanden! Gleich würde man ihr ihr gebadetes Kind in den Arm legen. Erschöpft wie noch nie zuvor, schloss sie für einen Moment die Augen. Möglicherweise war sie kurz eingeschlafen, doch als sie wieder zu sich kam, horchte sie. Sie hörte – nichts. Nur ein leises Getuschel irgendwo im Raum. Irgendetwas stimmte nicht.

»Was ist los, warum schreit es nicht?«, keuchte Johanna.

Die Grundel antwortete nicht. Johanna sah, wie sie eine Spritze aufzog.

»Was ist das?«

»Das ist für deinen Kreislauf«, sagte die Grundel, und schon spürte Johanna einen Druck am Oberarm und sah die Nadel, die in ihr Fleisch eindrang.

»Was ist passiert, wo ist mein Kind?«

»Du musst dich ausruhen.« Die Stimme der Grundel klang, als wäre sie weit weg. Auch die Schmerzen waren auf einmal weit weg. Eben noch fühlte sich ihr Körper an, als hätte man ihn durch den Fleischwolf gedreht, jetzt spürte sie ihn gar nicht mehr. Alles schien auf einmal leicht und hell und schön.

Johanna erwachte aus wirren Träumen, als neben ihr etwas klapperte. Marion hatte das Frühstückstablett auf ihren Nachttisch gestellt. Die Sonne schien durch die Jalousie und blendete sie.

»Guten Morgen, Johanna! Wie geht es dir?«, fragte Marion ungewohnt förmlich.

Johanna richtete sich auf und trank gierig einen Schluck von dem faden Tee, der sich auf dem Tablett befand. Sie schaute sich im Zimmer um. Nirgendwo stand eines dieser kleinen, rollbaren Betten, in denen für gewöhnlich die Babys lagen, gleich neben den Betten ihrer Mütter. Mit der Rückkehr der Erinnerung an die Nacht kam die Panik.

»Was ist mit meinem Kind?«

»Es ist ein Junge«, sagte Marion.

»Wo ist er? Ist er tot? Sag's mir, Marion. Ich weiß, dass da was nicht stimmt, er hat nicht geschrien.«

Johanna war im Begriff, aus dem Bett zu springen.

»Bleib liegen, sonst haut es dich um«, sagte Marion. »Ich hol ihn dir.«

Johanna sank zurück in die Kissen. Ein Junge. Er lebte. Es ging ihm gut. Oder? Ja, doch. Sonst hätte Marion ihr das gesagt.

Sie hatte einen Bärenhunger und verschlang die zwei Semmeln mit Erdbeermarmelade bis auf den letzten Krümel. Dann wartete sie voller Angst und Ungeduld auf Marion. Endlich, nach fast einer Stunde, ging die Tür auf, und sie erschien mit dem Säugling auf dem Arm und legte ihn vor Johanna auf die Bettdecke.

Er war winzig. Sogar für ein Neugeborenes. Ein dunkler

Flaum bedeckte das Köpfchen, seine Haut war rot, und die Augen waren zugeschwollen. Johanna hatte oft beobachten können, wie die Mütter beim ersten Anblick ihres Neugeborenen reagierten: *Wie wunderschön es ist! Was für ein hübsches Mädchen!*

Sie fand, dass ihr Kind genauso aussah wie die anderen Neugeborenen, die sie hier zu Gesicht bekommen hatte: zerknautscht und fleckig und im Grunde nicht besonders schön. Trotzdem überkam sie ein warmes Gefühl. Mein Sohn. Dieses Geschöpf ist in mir gewachsen, es atmet, es ist alles dran, Finger, Zehen, Ohren...

»Es ist doch alles dran?«, fragte sie Marion, denn der Kleine trug eine dicke Stoffwindel und darüber eine Windelhose aus Plastik und ein winziges, weißes Hemdchen. Sie hob es hoch. Über dem Nabel klebte ein Pflaster.

»Ja, ist es«, sagte Marion.

Johanna fand Marions Benehmen seltsam. Sie, die immer gut gelaunt und geschwätzig wie ein Wellensittich war, wirkte bedrückt und kein bisschen so, als würde sie sich für Johanna freuen. Vielleicht dachte sie daran, dass sie ihr eigenes Kind bald weggeben musste. Trotzdem könnte sie Johanna wenigstens gratulieren. Bei Durga und ihrem kleinen Mädchen hatte sie das doch auch geradezu überschwänglich getan.

Die Tür wurde geöffnet, Agatha Grundel fegte herein. »Was macht ihr da?«, herrschte sie Marion und Johanna an.

»Ich... ich wollte ihr bloß mal das Kind...«, stotterte Marion.

Ehe Johanna reagieren konnte, hatte die Grundel das Kind hochgehoben und es Marion in die Arme gedrückt.

»Bring es zurück ins Säuglingszimmer, aber dalli!«

Marion kuschte wie ein Hund, doch Johanna protestierte: »Nein, er bleibt. Ich will, dass er hier schläft, bei mir.«

»Es ist besser, du gewöhnst dich gar nicht erst daran«, sagte die Grundel. »Seine Eltern werden ihn morgen abholen, bis dahin wird er von uns gut versorgt.«

»Welche Eltern? Das ist ein Irrtum«, rief Johanna erschrocken.

Die Grundel kam näher. Aufrecht stand sie vor Johannas Bett und blickte mit ihrem Habichtgesicht finster auf diese hinab. »Alle Hausschwangeren geben ihre Kinder ab, das ist Teil der Abmachung. Hat dir deine Mutter das nicht erzählt? Was glaubst du wohl, warum ich euch monatelang durchfüttere?«

Johanna kämpfte ihre wachsende Erregung nieder. Sie holte tief Luft und sagte, so ruhig sie konnte: »Ich werde ihn nicht adoptieren lassen, ich behalte ihn. Ich bin volljährig, meine Mutter hat da gar nichts zu bestimmen.«

Die Grundel verzog die Mundwinkel. »Gut, wenn du es behalten willst, dann musst du zahlen. Die Entbindung kostet dreitausend Mark, dazu kommen Kost und Logis für vier Monate, das wären dann fünftausend.«

Johanna stockte der Atem. »Was? Wieso? Das kann nicht sein! Ich habe doch die ganze Zeit hier gearbeitet! Und die Entbindung zahlt doch die Krankenkasse.«

»Das hier ist ein *privates* Entbindungsheim«, versetzte die Grundel blasiert. »Mit dem Kassensatz ist es da nicht getan. Wenn du bis morgen das Geld auf den Tisch legst, sage ich den Leuten ab. Sonst nicht.«

»So viel habe ich nicht! Ich kann Ihnen vierhundert Mark geben, die habe ich für den Führerschein gespart, den Rest könnte ich später…«

»*Später* gibt's bei mir nicht. Was glaubst du, was ich bin, eine Bank?«, blaffte die Grundel. Etwas sanfter fuhr sie fort: »Die Leute, die morgen kommen, sind ein nettes Paar, das sich schon sehr auf das Baby freut. Das Kind wird es bei ihnen gut haben. Wo willst du denn überhaupt hin mit einem Kind?

Deine Familie nimmt dich doch sowieso nur ohne Anhang wieder auf, habe ich recht?«

Johanna blieb die Antwort schuldig, und so drehte sich die Grundel um und rauschte hinaus.

Jetzt wurde Johanna so manches klar. Wie dumm war sie gewesen! Die Grundel nahm die gefallenen Mädchen auf, weil sie doppelt an ihnen verdiente: Sie waren monatelang billige Arbeitskräfte, und obendrein verkaufte sie deren Kinder. *Das* waren die fünftausend Mark, die die Grundel nun von ihr verlangte. Ihr wurde vor Aufregung ganz heiß. Sie sprang aus dem Bett und machte ein paar Schritte auf die Tür zu. Als sie merkte, wie ihr schwindelig wurde, wankte sie zurück, um sich einen Moment auszuruhen, aber ihre Beine klappten einfach unter ihr weg, und sie landete zwischen Schrank und Nachttisch.

Johanna erwachte in ihrem Bett. Es roch nach Kaffee, und binnen Sekunden brach die Erinnerung über sie herein: Das winzige Kind, die Grundel, die es verkaufen wollte... Sie musste vorhin, beim Versuch, aufzustehen und es zu suchen, ohnmächtig geworden sein. Irgendwer, vermutlich Marion, hatte sie wieder ins Bett verfrachtet. Ihre Armbanduhr zeigte Viertel vor drei. Wertvolle Zeit war vergangen. Panik überkam Johanna. Am Ende war ihr Kind schon längst fort? Vielleicht hatte die Grundel gelogen, als sie sagte, das Paar – die Käufer! – würden morgen erst kommen. Sie musste unbedingt nachsehen!

Dieses Mal machte sie nicht mehr denselben Fehler, sondern nahm Rücksicht auf ihren geschundenen Körper und den geschwächten Kreislauf. Sie setzte sich erst einmal langsam auf. Auf ihrem Nachttisch stand eine Tasse Kaffee, aber Johanna beschloss, nichts mehr zu trinken, was man ihr hier servierte. Wer weiß, was im Tee von heute früh gewesen war. Sie stellte die Beine auf den Boden, erhob sich langsam und ging ein paar Schritte bis zur Tür und wieder zurück. Das klappte schon ganz gut, auch wenn ihre Knie dabei zitterten. Sie zog ihren Morgenmantel an und schlich hinaus auf den Flur. Nicht alle Mütter wollten ihre Babys ständig neben sich haben, einige zogen es vor, sich in Ruhe von der Geburt zu erholen. Besonders die Mütter mehrerer Kinder sahen das Ganze pragmatischer. Diese Babys brachte man im Erdgeschoss im Säuglingszimmer unter. Es lag hinter dem Schwesternzimmer, sodass niemand vom Flur aus direkt dort hineinkam. Das Schwesternzimmer verfügte über eine kleine Teeküche und eine Liege, auf der es sich die Nachtschwester bequem machte, wenn es für ein paar Stunden ruhig war. Tagsüber dagegen stand der Raum oft leer.

Johanna öffnete vorsichtig die Tür. Pech gehabt. Vroni, die Tagschwester, kniete vor dem metallenen Spind und sortierte die Medikamente. Über dem Schrank hing eine Pinnwand mit Fotos von glücklichen Müttern mit ihren Babys. Es waren so viele, dass sie sich schon überlappten.

»Johanna, was willst du hier?«

»Mein Kind sehen. Ist es noch da?«

Vroni richtete sich auf und seufzte gequält. »Tut mir leid, ich habe Anweisung von der Grundel…«

»Bitte. Ich will es nur ganz kurz sehen, sonst nichts«, flehte Johanna.

»Mach die Tür zu«, murmelte Vroni.

Johanna kam der Aufforderung nach. Vroni öffnete die Zwischentür zum Babyzimmer. Zwei Betten standen darin. Eines war komplett abgedeckt, im anderen schlummerte ein Neugeborenes auf dem Bauch. Es trug ein Mützchen, man sah nur eine rote Wange, die Nase und eine filigrane Hand vor dem Gesicht. Er war so klein und schutzbedürftig!

»Ist er das?«, fragte Johanna vorsichtshalber.

»Das ist er. Der kleine Michael.«

»Michael?«, fragte Johanna. »Wer hat ihn so genannt?«

»Ich weiß es nicht«, sagte Vroni. »Vielleicht seine künftigen Eltern.«

»Wann wollen die kommen?«, fragte Johanna betont beiläufig.

»Morgen, soviel ich weiß.«

Die Auskunft beruhigte Johanna einigermaßen. Vroni würde sie nicht anlügen.

Die Türklingel schrillte.

»Das wird der Bestatter sein. Ich muss ihm die Tür aufmachen, geh bitte wieder in dein Zimmer.«

»Der Bestatter?«

»Heute Nacht ist eines gestorben. Hast du es noch nicht gehört?«

Sie schüttelte den Kopf. »Ich kann doch hier warten.«

»Johanna, bitte, geh wieder rauf.« Vroni schaute sie flehend an. »Ich kriege einen mordsmäßigen Ärger, wenn die Grundel dich sieht.«

»Schon gut.« Johanna ließ sich von Vroni aus dem Büro bugsieren und stieg schnurstracks hinauf in die Dachkammer, ohne unterwegs jemandem zu begegnen. Oben angekommen, musste sie sich erst einmal für zwei Minuten hinsetzen. Diese vielen Stufen! Wieder zu Kräften gekommen, packte sie ihre Sachen in die Sporttasche, und als sie fertig war, blieb sie in der Tür stehen und horchte. Die Grundel war im Erdgeschoss, Johanna hörte ihre keifende Stimme: »Beeilen Sie sich ein bisschen, es ist nicht gerade eine gute Reklame für mich, wenn der Leichenwagen vor meiner Tür steht!«

Johanna schleppte die Tasche hinab in das Zimmer im ersten Stock, in dem sie seit gestern untergebracht war, und schob sie in den Kleiderschrank. Danach musste sie sich hinlegen, weil ein neuer Schwindelanfall drohte. Sie sah ein, dass sie wirklich noch ganz schön schwach war, sei es von der Anstrengung der Geburt oder von den Mitteln, die ihr die Grundel verabreicht hatte. Aber das Herumliegen würde sie nur noch schlapper machen, überlegte sie. Also stand sie zehn Minuten später wieder auf, wanderte im Nachthemd zwischen Bett und Fenster auf und ab und hielt erst inne, als sie draußen im Garten eine Bewegung wahrnahm. Ein grauhaariger, schwarz gekleideter Mann ging gerade durch den Garten und zum Tor hinaus. Er trug eine längliche, hölzerne Kiste unter dem Arm und strebte auf den Leichenwagen zu. Die Kiste war anscheinend so leicht, dass er sie nicht einmal abstellen musste, als er mit der freien Hand eine der beiden Hecktüren öffnete, deren Fenster mit grauen, dicht gefältelten Gardinen verhangen waren. Er schob die Kiste vorsichtig ins Wageninnere, schloss die Tür und setzte sich ans Steuer. Johanna durchfuhr ein Schauder. Sie wollte sich schon wieder abwenden, da bemerkte sie die Frau, die dem Mann mit der Kiste gefolgt sein musste. Sie war klein, der Saum ihres rosaroten Morgenmantels reichte fast bis zum Boden. Ein dicker, dunkler, in Auflösung begriffener Zopf hing ihr über den Rücken. Das musste die Italienerin sein, die heute Nacht im Zimmer nebenan in den Wehen gelegen hatte, und es war ihr Kind, das der Bestatter gerade mit sich nahm. Die Frau stieß die Gartenpforte auf, blieb dann aber auf dem Gehweg stehen und schaute dem sich entfernenden Wagen nach. Als er um die Ecke gebogen war, schlug sie die Hände vors Gesicht. Sie ging in die Knie, und ihr Körper krümmte sich zusammen. So kauerte sie auf dem Trottoir, ein Häuflein Elend in einem rosa Morgenmantel. Johanna hörte ein Schluchzen und merkte, dass es von ihr gekommen war. O Gott, diese arme Frau! Die war noch schlimmer dran als sie. Sie, Johanna, konnte noch um ihr Kind kämpfen, diese Frau hatte es endgültig verloren.

Jetzt eilte die Grundel herbei, bückte sich und legte den

Arm um die Schultern der Frau. Sie redete auf sie ein, aber durch das geschlossene Fenster konnte Johanna nichts verstehen. Was sagte man einer Frau in dieser Lage? Gab es da überhaupt einen Trost?

Die Grundel zwang die Frau wieder in die Senkrechte und führte sie zurück zum Haus. Johanna trat vom Fenster weg. Sie wollte der Frau lieber nicht ins Gesicht sehen. Es kam ihr ohnehin schon vor, als hätte sie etwas Unrechtes getan, indem sie sie heimlich beobachtet hatte.

Sie legte sich aufs Bett, schloss die Augen und verdrängte den Gedanken an das tote Kind und seine verzweifelte Mutter. Ihre Brüste spannten. Die Grundel würde ihr sicher nicht erlauben, ihr Kind zu stillen, sie bräuchte also eine Milchpumpe. Aber sie konnte sich nicht aufraffen, etwas zu unternehmen. Trotz der Schmerzen wollte sie lieber allein sein und nachdenken. Heute Nacht musste es passieren. Sie musste fliehen, mit ihrem Kind. Aber wohin? Nach Hause konnte sie nicht. Ihre Mutter würde ihr am Ende noch das Kind wegnehmen und es der Grundel zurückbringen. Max? Eine Frau mit Baby im Priesterseminar – das konnte man vergessen, so viel Flexibilität und Barmherzigkeit durfte man dort nicht erwarten. Aber sie könnte vielleicht zu Durga gehen, auf diesen Hof am Mariaberg. Durga war zwar etwas eigenartig gewesen, aber sie hatte wie ein guter, mitfühlender Mensch gewirkt. Wenn sie erst von den finsteren Plänen der Grundel und Johannas eigener Mutter erfuhr, würde sie ihr bestimmt helfen, sich und ihr Kind eine Weile lang dort zu verstecken. *Verstecken.* Wie eine Kriminelle, dachte Johanna. Doch es schien ihr durchaus möglich, dass die Grundel die Polizei holte und Johanna anzeigte, weil diese ihr angeblich Geld schuldete. Wenn es ums Geld ging, das hatte Johanna inzwischen begriffen, verstand die Grundel überhaupt keinen Spaß.

Wenn sie und ihr Sohn… Michael… wollte sie ihn wirklich

so nennen? Egal, das war jetzt nicht so wichtig. Wenn sie und der Kleine erst einmal in Sicherheit wären, würde es schon irgendwie weitergehen. Wie hatte Max gesagt: Sie solle ihr Gottvertrauen nicht verlieren. Mit diesem tröstlichen Gedanken döste Johanna ein.

Juni 2006

Johanna

Im Sommer 2006 ging es dem Ende zu. Seit zwei Wochen lag Charlotte Burger, inzwischen fünfundachtzig, im Stadtkrankenhaus in Kempten. Ihr Sohn Roland, dessen Frau und die zwei Enkelinnen kümmerten sich täglich um die Kranke, brachten ihr Obst, das sie nicht aß, Säfte, die sie nicht trank, und Blumen, die auf der Fensterbank vor sich hin welkten. Max war schon letzte Woche aus Rom angereist. Seither bedrängte er Johanna immer wieder, ihre Mutter zu besuchen.

»Glaub mir, Johanna, du wirst es bereuen, wenn du es nicht tust. Rede mit ihr, verzeihe ihr, wenn du kannst. Es wird auch deinem Seelenfrieden dienen.«

»Mit meinem Seelenfrieden ist alles bestens.«

Schließlich gab sie doch nach und begleitete Max in die Klinik. Nur, um es sich nicht mit Max zu verderben, redete sie sich ein.

Max hatte seine Schwester vorgewarnt, aber dennoch erschrak Johanna beim Anblick ihrer Mutter. Zwei Jahre Lungenkrebs und mehrere Chemotherapien hatten selbst diesem zähen Menschen arg zugesetzt. Der Körper unter dem Plumeau war auf Kindergröße geschrumpft, die Wangen eingefallen, und der beinahe haarlose Kopf auf dem dünnen, faltigen Hals erinnerte Johanna an ein nacktes Vogeljunges.

Mutter und Tochter begrüßten sich förmlich, indem Johanna ihr die Hand reichte, wobei sie ihren Widerwillen unterdrücken musste. Der Händedruck war kaum zu spüren.

»Ah, die Johanna, welche Ehre.« Die früher so volle, dunkle Stimme klang wie das Knacken von dürrem Holz, und falls Charlotte Burger über den Besuch ihrer Tochter erfreut war, wusste sie das gut zu verbergen. Bestimmt war es der Mutter, die ihr Leben lang eitel und sehr auf ihr Aussehen bedacht gewesen war, höchst unangenehm, sich ihrer Tochter in diesem erbärmlichen Zustand zu präsentieren. Ihr wäre es anstelle ihrer Mutter auf jeden Fall so gegangen. Hatte Max das denn nicht bedacht? Nein, offenbar nicht. Überhaupt fehlte es dem Herrn Seelsorger öfter einmal an Einfühlungsvermögen, dachte Johanna. Kein Wunder, wenn man tagaus, tagein nur über Büchern sitzt und mit anderen Pfaffen verkehrt. Die Kranke tat Johanna leid, so wie ihr jeder Mensch in ihrer Situation leidgetan hätte. Viel mehr war allerdings nicht zu spüren, sosehr sie auch in sich hineinhorchte.

»Du bist alt geworden«, krächzte Charlotte Burger.

Nette Begrüßung!

»Hast du einen Mann?«

»Du weißt, dass ich keinen habe«, sagte Johanna. Die nächsten fünf Minuten brachte sie damit zu, eine Vase aufzutreiben und den Blumenstrauß, den sie mitgebracht hatte, darin zu arrangieren. Das kreischende Rot der Tulpen wirkte deplatziert in dem fahlen Krankenzimmer.

Max versuchte krampfhaft, eine Unterhaltung zwischen Mutter und Tochter in Gang zu bringen, doch nach einer Weile ertrug es Johanna einfach nicht mehr. Mit einem kurzen Gruß und dem Versprechen, morgen wiederzukommen, verabschiedete sie sich und floh unter den anklagenden Blicken von Max aus dem Zimmer.

Zu Hause schaltete sie ihr Handy aus, zog das Telefonkabel aus der Anschlussdose und betrank sich.

Am nächsten Tag kam Johanna tatsächlich wieder. Sie hatte Herzklopfen und feuchte Hände. Sogar in ihrer desolaten Verfassung strahlte ihre Mutter noch etwas Einschüchterndes aus. Die Schärfe in ihrem Wesen hatte sich im Alter noch verstärkt, und den Tod vor Augen sah Charlotte Burger offenbar gar keinen Anlass mehr, ein Blatt vor den Mund zu nehmen.

»Du traust dich tatsächlich allein her, ohne deinen großen Bruder?«

»Wie du siehst«, antwortete Johanna.

»Du musst mich nicht besuchen, nur weil ich bald sterbe. Es reicht, wenn du zur Beerdigung erscheinst.«

»Das weiß ich«, sagte Johanna. Nein, sie fühlte sich zu nichts verpflichtet. Sie lächelte.

»Was ist so lustig?«, kam es misstrauisch.

»Wenigstens hat dir die Chemo die Haare auf den Zähnen gelassen.«

War das ein Lächeln auf den farblosen Lippen?

»Warum bist du hier, was willst du?«, fragte Charlotte Burger und sah ihre Tochter misstrauisch an. Ihre Augen waren graublaue Splitter zwischen wimpernlosen Lidern.

Richtig, Johanna wollte etwas: Antworten. Vielleicht sogar eine Entschuldigung. Sie stellte den Stuhl neben das Krankenbett, setzte sich hin und fragte ohne Umschweife: »Warum hast du es getan?«

Ihre Mutter schwieg.

Johanna setzte nach: »Und erzähl mir nicht, dass du nur das Beste für mich und mein Kind wolltest, das kaufe ich dir nicht ab.«

Ihre Mutter fing an zu husten. Johanna, die nicht sicher war, ob sie den Anfall nur vortäuschte, füllte ihr ein Glas mit Wasser und wartete. Kaum konnte die Kranke wieder sprechen, ging sie auch schon zum Angriff über. »Was beschwerst du dich eigentlich, Johanna? Du hast doch ein gutes Leben, wie ich höre. Hast den Beruf, den du wolltest, kommst viel in der Welt herum. Für dein Pech mit Männern kannst du mich nicht auch noch verantwortlich machen.«

»Du lenkst ab«, erkannte Johanna.

Die Kranke stemmte sich mit ihren steckendünnen Armen mühsam hoch, sodass sie nun beinahe aufrecht saß. Nach diesem Kraftakt dauerte es eine Weile, bis sie wieder zu Atem kam und sagte: »Du spielst die beleidigte Leberwurst, nach all den Jahren? Merkst du nicht, wie lächerlich das ist? Genauso lächerlich wie deine dramatischen Auftritte bei den Beerdigungen von Friedel und deinem Vater.« Sie verzog den Mund zu einer verächtlichen Grimasse.

Im Winter 1986 war Friedel Burger, die Nemesis ihrer Mutter, im Familiengrab auf dem Oberstdorfer Friedhof beigesetzt worden. Johanna kam zur Beerdigung, hauptsächlich, um ihrem Vater zu kondolieren und sich zu vergewissern, dass Friedel nun wirklich für immer den Mund hielt. Zum Leichenschmaus blieb sie nicht, und mit ihrer Mutter sprach sie weder vor noch nach der Andacht ein Wort. Genauso handhabte sie es fünfzehn Jahre später, im Jahr 2001, bei der Beerdigung ihres Vaters. Damals, vor fünf Jahren, hatte Johanna ihre Mutter zuletzt gesehen. Aufrecht, schlank und düster wie die Zypressen auf dem Friedhof, stand sie am Grab ihres Mannes. Eine respektable Erscheinung, von der die Leute sagten, sie habe sich *gut gehalten*.

Ansonsten herrschte zwischen Mutter und Tochter Funkstille, dreißig Jahre lang. Wenn Charlotte Burger nach Kempten fuhr, um sich neu einzukleiden, rief sie ihre Tochter nicht an, und wenn Max seine Eltern in Oberstdorf besuchte, trafen sich Johanna und er in einem Café, oder er kam nach Kempten in ihre Wohnung.

Ihrem Vater schrieb Johanna regelmäßig zu Weihnachten Briefe oder Karten aus exotischen Orten – karibische Inseln, Thailand, Sri Lanka, Namibia oder wenigstens Gran Canaria. Sie waren an *Korbinian Burger* adressiert, begannen mit *Lieber Papa* und endeten mit *Deine Tochter Johanna.* Niemals fügte sie Grüße an irgendwen hinzu. Den Grund, weshalb sie ihm – und damit indirekt auch ihrer Mutter – jedes Jahr schrieb, kannte Johanna selbst nicht genau. Wollte sie ihnen demonstrieren, dass sie ein interessantes Leben führte, das Leben einer selbstständigen, modernen Frau, einer Kosmopolitin? Wollte sie der immer wiederkehrende Stachel in ihrem Fleisch sein und setzte deshalb diese kleinen, weihnachtlichen Nadelstiche einer Ausgestoßenen?

Jedenfalls kam nie eine Antwort. Ihr Vater ließ lediglich über seinen Sohn Max Grüße an die verlorene Tochter ausrichten. Es sei denn, Max hätte die Grüße nur erfunden, um seine Schwester zu erfreuen. Wobei ein Mann Gottes ja eigentlich nicht lügen sollte.

»Alles muss sich immer nur um dich drehen«, fuhr Johannas Mutter fort. »Hast du eigentlich ein einziges Mal daran gedacht, was dein folgenschweres Sommernachtsabenteuer für mich bedeutet hat?«

Johanna, die dies für eine rhetorische Frage hielt, schwieg. Sie merkte, wie ihre halbherzig gefassten guten Vorsätze zerbröckelten und der alte Groll in ihr hochstieg. Sie wünschte, sie hätte ihre Mutter zur Rede gestellt, als diese noch gesund war und eine ebenbürtige Gegnerin. Sich mit einer Todkranken anzulegen, widerstrebte ihr. Noch dazu mit einer, die selbst auf dem Sterbebett keinerlei Einsicht oder gar Reue erkennen ließ. Zwecklos, dieser Besuch, erkannte sie. Sie hätte sich das ersparen sollen. Sie griff nach ihrer Handtasche und machte Anstalten, aufzustehen und zu gehen, als ihre Mutter hervorstieß: »Du hast mir alles genommen, was ich in meinem Leben erreicht habe, Johanna.«

»Was? Was meinst du?«, fragte Johanna verdutzt.

Charlotte Burger trank einen Schluck Wasser und begann leise und immer wieder von kleinen Hustern unterbrochen zu sprechen: »Weißt du, Johanna, ich war nicht immer nur eure Mutter. Es hat ein Leben vor dir und deinem Vater und deinen Geschwistern gegeben. Ich hatte ein gutes Leben auf unserem Gut in Pommern, meine Familie galt etwas, und wenn der Krieg nicht gekommen wäre, wer weiß, was aus mir geworden wäre. Keine Sorge, ich mache dich nicht für die Taten von Hitler und Konsorten verantwortlich.«

»Immerhin«, warf Johanna ein.

»Als wir hier ankamen, meine Mutter, meine Tante und ich, waren wir verlaust und zerlumpt und hatten nicht viel mehr als das, was wir am Leib getragen haben. Sie haben uns zwangseingewiesen in einen Bauernhof in Fischen. Die Bäuerin hat sich mit Händen und Füßen dagegen gewehrt. Sie wollte uns nur im Stall schlafen lassen, die Polizei und der Bürgermeister mussten kommen, damit sie uns wenigstens ein Zimmer gab, ein winziges mit drei Feldbetten. Sie behandelten ihr Vieh besser als uns. Ohne unsere Lebensmittelmarken wären wir verhungert, und selbst die neideten sie uns noch. Dann lernte ich deinen Vater kennen. Er hat auf dem Hof den Dachstuhl der Scheune repariert und sich dabei in mich verguckt. Du hast keine Vorstellung, Johanna, wie das nach dem Krieg war. Es fehlte an allem, wirklich an allem, nur an einem nicht: Frauen. All die tapferen Frauen, die während des Krieges die Stellung gehalten hatten, auf den Höfen, in den Fabriken, die waren auf einmal nur noch der *Frauenüberschuss.* Ständig wurde einem subtil vermittelt, wie froh man doch sein musste, überhaupt einen Göttergatten abzukriegen.«

Ihre Mutter rang nach Atem und trank dann einen Schluck Wasser. Johanna kannte diese Geschichte bereits, aber sie wartete geduldig ab, bis ihre Mutter weiterreden konnte. Vielleicht hatte das Ganze ja eine Pointe, die neu war. Oder es war der Sterbenden ein Bedürfnis, ihrer Tochter noch einmal die Tragödie ihres Lebens nahezubringen.

»Als Frau und Flüchtling war man sozusagen doppelt überzählig. Dein Vater als einziger Sohn und Erbe eines alteingesessenen Handwerksbetriebs hätte an jedem Finger fünf Hoferbinnen oder Töchter von Handwerkermeistern haben können. Noch dazu war er gesund, sah nicht schlecht aus und hatte noch sämtliche Glieder am Leib. Aber er wählte mich, *das dahergelaufene Flüchtlingsmensch aus Pommern,* wie deine Großmutter Friedel stets so liebenswürdig bemerkte. Ich habe natürlich zugegriffen, alles andere wäre Irrsinn gewesen. Über unsere Heirat hat sich ganz Oberstdorf das Maul zerrissen. Das *pommersche Aschenputtel* haben sie mich genannt und mir bei jeder Gelegenheit zu verstehen gegeben, dass ich nicht dazugehöre. Damals nicht und bis zum heutigen Tag nicht.«

Sie griff erneut nach dem Wasser. Knotige blaue Adern zogen sich über ihren Handrücken. Sie stellte das Glas weg, dann blickte sie Johanna an und verzog die farblosen Lippen zu einem grimassenhaften Lächeln. »Jetzt willst du sicher wissen, ob ich ihn auch geliebt habe, deinen Vater. Aber Liebe war ein Luxus, den ich mir nicht leisten konnte. Für mich ging es ums Überleben. Doch ja, ich habe ihn geliebt, später, auf meine Art, aber vor allen Dingen habe ich deinen Vater respektiert und ihm nie vergessen, dass er sich gegen alle Widerstände für mich entschieden hat. Ich wollte ihm und seiner Mutter, diesem bösen alten Weib, beweisen, dass er die richtige Wahl getroffen hat. Ich war eine gute Ehefrau, ich habe mir nie etwas zuschulden kommen lassen und alles für die Familie getan und für den Betrieb. Friedels Schandmaul kam erst zur Ruhe, als ihr größer wurdet und jeder sehen konnte, dass ihr alle drei wohlgeraten und gut erzogen wart. Niemand konnte mehr irgendetwas Schlechtes über unsere Familie sagen, und das war mein Verdienst, darauf konnte ich stolz sein. Dass Max dann auch noch Priester werden wollte, war sozusagen das i-Tüpfelchen.«

»Und dann wurde ich schwanger«, sagte Johanna.

»Und dann wurdest du schwanger«, nickte sie. »Und wieder musste ich mir Friedels Beleidigungen anhören und dass ich mit meiner liberalen Erziehung versagt hätte. Alles Hässliche und Gemeine, was sie zu dir sagte, war in Wirklichkeit auf mich gemünzt.«

»Warum hast du sie nicht einfach geifern lassen?«, erwiderte Johanna. »Wie kann es ein, dass du dein Selbstwertgefühl von der Meinung dieser alten, boshaften Schachtel abhängig gemacht hast? Unser Vater hat dich geachtet und geliebt und große Stücke auf dich gehalten. *Das* sollte doch zählen. Stattdessen hast du mich und mein Kind deinem Prestigedenken und deinem Dünkel geopfert.«

»Dünkel, ja?«, wiederholte die Mutter. Ihre Augen funkelten Johanna böse an. »Du hast leicht reden. Dir mag es egal sein, was man über dich denkt. Aber ich hatte nach dem Krieg alles verloren: meine Familie, meine Heimat, meine Zukunft. Ich hatte nichts anderes mehr als meinen guten Ruf. Das mag dir heutzutage absurd und altmodisch erscheinen, aber damals war das so.«

»Aber doch nicht um jeden Preis!«, rief Johanna außer sich. »Hast du auch nur ein einziges Mal daran gedacht, wie es für mich war, zusehen zu müssen, wie sie mein Kind forttragen, dieser fremde Mann und die fremde Frau, und dann auf Nimmerwiedersehen wegfahren?« Johanna unterbrach sich, weil ihr die Stimme versagte. Sie kämpfte gegen die aufsteigenden Tränen an. »Du willst immer alles für die Familie getan haben? Was war dann mit mir? Was hast du für *mich* getan? Ja, du hast uns gut erzogen, du hast mich mit Klavierunterricht traktiert und mich bei den Hausaufgaben getriezt, damit ich gute Noten schreibe und kein Schatten auf dich als Mutter fällt. Deshalb war ich auch die Klassenstreberin und hatte nur eine Freundin, Viola, aber die war dir auch nie gut genug. Doch das einzige Mal, als es wirklich darauf ankam, warst du nicht für mich da. Ein Fehltritt, und ich habe nicht mehr zur Familie gehört. Und das nennst du eine gute Mutter?«

Charlotte Burger seufzte, hustete, trank Wasser, das volle Programm.

»Was wirfst du mir eigentlich vor, Johanna? *Du* hast diese Adoptionsurkunde unterschrieben, nicht ich. Habe ich dich etwa dazu gezwungen?«

Fassungslos über so viel Ignoranz antwortete Johanna: »Ich war jung und schwach und allein! Und die Grundel hat mir eingeredet, ich hätte Schulden bei ihr, für die Entbindung. Sie hat mir mit der Polizei gedroht, sollte ich nicht unterschreiben.«

»Ach, Johanna«, seufzte ihre Mutter. »Wenn du damals schon nicht in der Lage warst, es mit der Grundel aufzunehmen, wie hättest du dann jahrelang für ein Kind sorgen können?«

»Das werden wir leider nie erfahren«, antwortete Johanna. »Und schieb es bloß nicht auf mich. Es war von Anfang an dein Plan. Du wolltest schlicht und einfach nicht, dass ich mit einem ledigen Kind nach Hause zurückkomme, und mit der Grundel hattest du eine willige Komplizin gefunden.«

»Das ist nicht wahr. Ich habe nur gesagt, dass ich dein Kind nicht aufziehen werde, und dir einen Ausweg gezeigt. Den du dann ja auch bereitwillig gewählt hast.«

Johanna versuchte, ruhig zu bleiben, indem sie sich ermahnte, dass sie eine todkranke alte Frau vor sich hatte. Es gelang ihr nicht. Sie sprang vom Stuhl auf und rief: »Ja glaubst du denn, ich habe mein Kind gerne hergegeben?«

Charlotte Burger ließ sich davon nicht beeindrucken und fuhr ungerührt fort: »Du machst mich zum Sündenbock. Gut, meinetwegen, wenn es dir damit besser geht. Doch letztendlich war es deine Entscheidung, ganz allein deine. Und du hast richtig gehandelt. Du hast das Beste für dein Kind getan. Das ist es doch, was dich die ganze Zeit quält, nicht wahr? Und jetzt geh, Johanna, ich bin sterbenskrank und müde.«

Johanna ignorierte die Aufforderung und sagte: »Ich habe neulich einen Ratgeber gelesen, und darin hieß es, anderen zu vergeben würde einen selbst befreien. Max sagt das natürlich auch, und wahrscheinlich haben sie recht, Max, der liebe Gott und der Ratgeber. Deshalb dachte ich, ich komme her und verzeihe dir. Aber selbst wenn du mich darum bitten würdest – was ich nicht erwarte, schließlich kenne ich dich lange genug –, ich kann es nicht. Es tut mir aufrichtig leid, dass es dir schlecht geht, aber trotzdem: Manche Dinge kann man einfach nicht verzeihen.«

»Das weiß ich doch, Johanna«, sagte ihre Mutter unerwartet sanft. »Deswegen werde ich dich auch gar nicht erst um Verzeihung bitten.«

»Wenigstens sind wir uns darin einig«, stellte Johanna fest und stand abrupt auf. »Ich komme in ein paar Tagen wieder.«

»Vielleicht bin ich da schon tot.«

»Glaube ich nicht. Du bist ein harter Knochen.«

»Das sind die Burger-Frauen alle. Du auch, Johanna.«

Kaum aus dem Zimmer, war es um Johannas Selbstbeherrschung geschehen. Sie lehnte sich gegen die Wand, rutschte hinab in die Hocke und ließ den Tränen freien Lauf, ohne zu wissen, wen oder was genau sie beweinte. Sie blickte erst auf, als jemand vor ihr stehen blieb. Durch den Tränenschleier erkannte sie eine Hand mit wulstigen Fingern, die ihr ein Papiertaschentuch vor die Nase hielt. Am Ringfinger saß ein goldener Ehering so tief im Fleisch, dass er bestimmt nie wieder abging. Johanna nahm das Tuch, schnäuzte sich und wischte die Tränen ab. Jetzt sah sie, dass die Hand zu einer dicken Krankenschwester gehörte, die sich nun besorgt erkundigte, ob alles in Ordnung sei.

»Es geht schon wieder«, sagte Johanna und richtete sich auf.

»Das mit deiner Mutter tut mir leid, Johanna.«

Seit wann, dachte Johanna verdutzt, wurde man hier geduzt? Und woher kannte diese Frau ihren Vornamen?

»Gell, du erkennst mich nicht mehr?« Die Schwester lächelte Johanna an. Sie war ungefähr im selben Alter, Ende vierzig, vielleicht ein bisschen jünger.

»Doch, irgendwoher ...«, begann Johanna.

»Ich bin die Marion. Du weißt schon ... die andere Hausschwangere.«

»Marion!« Die hatte ihr gerade noch gefehlt, ausgerechnet heute.

»Ich habe dich gestern schon von Weitem gesehen, aber ich war mir nicht sicher, ob du es bist.«

»Ja, dreißig Jahre können einem Gesicht schon zusetzen.« Johanna bemerkte ihren Fauxpas und fügte rasch hinzu: »Aber du siehst gut aus, du hast dich nicht groß verändert.« *Miss Piggy mit ein paar Falten.*

»Du auch nicht sehr. Sonst hätte ich dich ja nicht erkannt«, sagte Marion. »Du siehst elegant aus, wie eine Dame aus der Großstadt.«

Sie hatte noch immer diese unverblümte Art, erkannte Johanna und antwortete: »Ich wohne aber ganz provinziell in Kempten.«

»Komisch, dass wir uns noch nie über den Weg gelaufen sind.«

»Durch meinen Job bin ich sehr viel unterwegs. Ich muss los, wir sehen uns sicher, wenn ich wieder …« Sie deutete auf die Tür, hinter der ihre Mutter lag, als ihr ein Gedanke kam. Sie kramte in ihrer Handtasche nach einer Visitenkarte und reichte sie Marion. »Würdest du mich anrufen, wenn etwas ist … ich meine …«

»Ich weiß, was du meinst«, sagte Marion, den Blick noch immer auf die Karte gerichtet. »Du bist tatsächlich Dolmetscherin geworden!«, stellte sie erfreut fest. »Genau wie ich es dir geraten habe.«

Daran erinnerte sich Johanna zwar nicht mehr, aber sie nickte und rang sich ein Lächeln ab. »Wiedersehen, Marion!«

1976

Johanna

Inge, die etwas füllige Nachtschwester mit dem blondierten Haar, weckte Johanna und brachte ihr das Abendessen, wortkarg, wie es ihre Art war. Wieso kam Inge, wieso nicht Marion? Wo war die überhaupt? Seit sie heute Morgen von der Grundel hinausgeschickt worden war, hatte Johanna sie nicht mehr gesehen. Die maulfaule Inge danach zu fragen konnte man sich sparen, und im Grunde war es Johanna auch egal. Ihre kleine Schicksalsgemeinschaft würde heute Nacht sowieso zu Ende gehen.

Es gab Haferbrei mit Dosenpfirsichen. Johannas Hunger brachte sie dazu, ihr Misstrauen beiseitezuschieben und die Portion restlos aufzuessen. Kaum war das geschehen, holte Inge das Tablett wieder ab und stellte eine Thermoskanne mit Tee auf den Nachttisch.

Nein, Grundel, den kannst du selbst trinken. Noch einmal gehe ich dir nicht auf den Leim.

Johanna ging zum Schrank, zog ihre Tasche heraus und kleidete sich an. Ihre Jeans – so vertraut und doch aus einem ganz anderen Leben stammend – ging noch nicht wieder ganz zu, aber das machte nichts, sie würde den langen Pullover von Max darüber tragen. Max. Was würde er wohl zu alldem sagen? War er eingeweiht gewesen in die Pläne ihrer Mutter, war er Teil des Komplotts? Oder hatte sie ihn auch angelogen und über ihre Absichten im Dunkeln gelassen, so wie Johanna monatelang? Sie entschied sich, an Letzteres zu glauben, denn anderenfalls hätte sie gar niemanden mehr auf der Welt, dem sie trauen konnte.

Angespannt lauschte sie auf die Geräusche im Haus. Aus dem Nachbarzimmer drang kein Laut. War die Italienerin überhaupt noch da? Wie ihr wohl zumute war? Johanna schob den Gedanken beiseite, sie musste sich auf das, was vor ihr lag, konzentrieren. Sie würde nur eine Chance bekommen.

Die Wohnung der Grundel lag unterm Dach, gleich neben dem Zimmer der Hausschwangeren. Wenn keine Entbindung unmittelbar bevorstand, ging sie meistens gegen sieben Uhr hinauf, und dann war nur noch Schwester Inge für die Schwangeren da. Johanna wollte abwarten, bis Inge ihren Kontroll-Rundgang antrat, um ungehindert ins Säuglingszimmer zu gelangen.

Kurz nach neun klingelte es an der Haustür, und eine neue Schwangere wurde eingeliefert. Gut so, dachte Johanna. Die hält Schwester Inge auf Trab. Im nächsten Moment aber hörte sie Schritte auf dem Flur, direkt vor ihrer Tür, und ein eisiger Schrecken durchfuhr sie. Was, wenn sie die Frau zu ihr ins Zimmer legten? Wie sollte sie sich davonstehlen, wenn die ganze Zeit Schwester Inge und die Grundel hier ein und aus gingen?

Die Frau wurde von Nachtschwester Inge in das Zimmer eine Tür weiter gebracht. Das war gut, so konnte Johanna hören, was los und wann Inge beschäftigt war. Sie durfte nur nicht so lange warten, bis Inge die Grundel holte.

Mit dem Mantel über den Schultern und der Tasche zu ihren Füßen saß Johanna auf dem Bett und horchte auf die Laute von nebenan; das Hecheln und Wimmern der Schwangeren und hin und wieder ein sparsames Wort von Schwester Inge. Als ihr der Augenblick günstig erschien, öffnete sie leise die Tür, hastete über den Flur und die Treppe hinunter. Das Schwesternzimmer war nicht abgeschlossen, und Johanna schlüpfte hinein. Sie machte kein Licht, sondern tastete sich vorwärts. Leise öffnete sie die Tür, die zum Säuglingszimmer führte. Sie stellte die Tasche ab und ging auf Zehenspitzen zum Kinderbett. Er war noch da! Er schlief und bewegte die kleinen Finger. Atemlos blickte Johanna auf das Neugeborene hinab. Durch die transparenten Vorhänge fiel der Schein der Straßenlaterne herein und erleuchtete schemenhaft die Gesichtszüge des Säuglings. Hoffentlich wurde der Kleine nicht wach und schrie, wenn sie ihn hochnahm.

Na, los jetzt!, ermunterte sich Johanna. Jeden Moment konnte Schwester Inge auftauchen oder gar die Grundel höchstpersönlich.

Immer wieder hatte sie sich die Szene ausgemalt: wie sie sich den Kleinen schnappen und mit ihm davonlaufen würde, durch den Garten, die Straße entlang und dann irgendwohin, vielleicht in einen Park, wo sie den Morgen abwarten und dann den Hof von Durgas Lebensgemeinschaft suchen würde.

Nun stand Johanna wie eingefroren vor dem Bett und spürte, wie der Mut sie verließ. Plötzlich kam ihr dieses Wesen so fremd vor. Wo war die magische Verbindung zwischen ihr und diesem winzigen Menschen, der neun Monate lang in ihrem Körper herangewachsen war und der ihr höllische Schmerzen bereitet hatte, um außerhalb ihres Körpers leben und atmen zu können? Wo blieb ihr Mutterinstinkt? Jedes Tier verteidigte sein Junges bis aufs Blut, warum also zögerte sie, wo sie nur noch den letzten Schritt tun musste? Was war los mit ihr?

Doch alles, was Johanna empfand, war eine stetig wachsende Angst. Eine abgrundtiefe Existenzangst, wie sie sie noch nie zuvor gespürt hatte, eine Angst, die ihr den Magen umdrehte und ihre Zähne aufeinanderschlagen ließ. Angst vor der Ungewissheit, Angst, zu versagen, Angst vor der Zukunft, Angst vor der Verantwortung für dieses abhängige, hilflose Wesen, dieses kleine Bündel Mensch, das da vor ihr lag und ab und zu im Schlaf zuckte.

Ich kann das nicht! Es wäre falsch.

Sie sah ihre Mutter lächeln und hörte sie sagen: *Du tust das Beste für dein Kind und für dich, und alles wird wieder so sein wie früher.*

Wie früher. Das war doch ein Versprechen gewesen, etwas, an das sie sich klammern konnte.

Plötzlich sehnte Johanna sich heftig danach, wieder Kind zu sein, anstatt ein Kind zu haben.

Sie drehte sich um, nahm ihre Tasche und schlich wieder hinauf in ihr Zimmer. Dort zog sie sich aus, legte sich hin und starrte ins Nichts.

Juni 2006

Johanna

Am Abend des 15. Juni 2006 starb Charlotte Burger. Johanna erfuhr es nicht von Marion, sondern von Max, der um neun Uhr abends bei ihr klingelte. Er trug Jeans und ein dunkelblaues Leinenhemd, in der Hand hielt er den burgunderroten Handkoffer, den Johanna zuletzt im Schrankfach des Krankenzimmers ihrer Mutter gesehen hatte.

»Ist sie gestorben?«

Max nickte, und Johanna umarmte ihren Bruder und versuchte dabei zu ergründen, was sie empfand. Allenfalls ein vages Gefühl von Erleichterung. Sie hatte ihre Mutter schon vor langer Zeit verloren.

Der Sommerabend war für hiesige Breiten lau. Johanna holte eine Flasche Weißwein aus dem Kühlschrank, sie setzten sich auf die Terrasse und sahen zu, wie sich die Schatten ausdehnten. Vor zehn Jahren hatte Johanna die großzügig geschnittene Dreizimmer-Maisonettewohnung mit Dachterrasse im Haubenschloss, einer der besten Wohngegenden Kemptens, gekauft. Mit der endgültigen Trennung von John war auch der Traum von einem gemeinsamen Leben in England geplatzt. Es verlangte sie nach einem Rückzugsort, einem Nest, in dem sie ihre Wunden lecken und sesshaft werden konnte.

Es stimmte, was Johanna zu Marion gesagt hatte, sie kam viel herum, aber nicht alle ihre Reisen unternahm sie in ihrer Eigenschaft als Dolmetscherin für die Maschinenbaufirma, für die sie arbeitete. Sehr oft war sie unterwegs gewesen, um John zu treffen. John, der im diplomatischen Dienst arbeitete und der, wenn er nicht reiste, in London lebte. Mit seiner Frau Margaret. Angeblich befand sich die Ehe von John und Margaret im Stadium der Auflösung. Doch da diese unglückliche Ehe auch nach zwölf Jahren Beziehung zwischen John und Johanna nach wie vor bestand, sah Johanna irgendwann ein, dass sie wohl vergeblich auf John wartete, und zog einen Schlussstrich.

Es sei gegen Ende dann doch alles sehr schnell gegangen, berichtete Max. Ihre Lunge habe versagt, und noch während des Transports auf die Intensivstation sei sie gestorben. Eine Gnade Gottes, fand Max, denn alles andere hätte ihr Leiden hier auf dieser Welt nur unnötig verlängert. »Jetzt ruht sie in Frieden, jetzt ist sie beim Herrn.«

Johanna sagte nichts dazu. Glaubte Max wirklich allen Ernstes daran, dass Charlotte Burger nun *beim Herrn* war? Er sah mitgenommen aus, hatte Schatten unter den Augen, aber davon abgesehen, war er mit über fünfzig noch immer ein gut aussehender Mann, trotz eines kleinen Bäuchleins und einiger grauer Strähnen im Haar.

»Habt ihr euch noch aussprechen können?«, fragte Max.

»Mehr oder weniger.«

»Dann ist es gut«, meinte Max. »Dein Groll auf sie hat sie sehr belastet all die Jahre.«

»Ach, wirklich?«, brach es aus Johanna heraus. »Wenn es sie so sehr belastet hat, hätte sie sich mal entschuldigen können. Dadurch wäre ihr wahrlich kein Zacken aus der Krone gebrochen.«

»Gott weiß, ich habe es immer wieder versucht, aber ihr

wart beide so stur«, erinnerte Max seine Schwester an seine ebenso unermüdlichen wie vergeblichen Vermittlungsversuche.

»Lassen wir das. Über Tote nichts Schlechtes.« Johanna hob ihr Glas und nahm einen ordentlichen Schluck.

»Es dauert eine Weile, bis man begreift, was *endgültig* wirklich bedeutet«, meinte Max, und Johanna nahm sehr wohl den sanften Tadel in seiner Stimme wahr. Offenbar wirkte sie auf ihn nicht traurig genug. Hatte er denn ernsthaft erwartet, dass sie ihm Verzweiflung und tiefe Trauer vorspielte?

»Die Schwestern haben mir ihre Sachen mitgegeben.«

»Ich will sie nicht, was soll ich damit?«, wehrte Johanna ab.

Max stand trotzdem auf und holte den kleinen Koffer, den er vorhin im Flur abgestellt hatte. Er öffnete ihn. Johanna erhaschte einen Blick auf Kleidung und Kulturbeutel. Einem Impuls gehorchend stand sie auf und ging in die Küche, wo sie erst einmal tief durchatmete. Es stand ihr nicht zu, diese sehr persönlichen Dinge ihrer Mutter zu sehen. Es war ein zu intimer Einblick, den sie sich ersparen wollte und der ihrer Mutter bestimmt auch nicht recht gewesen wäre.

Sie setzte sich erst wieder auf die Terrasse, als sie hörte, wie Max den Reißverschluss des Koffers zumachte und rief: »Da ist etwas für dich.«

Er hielt zwei Umschläge in der Hand. Auf dem DIN-A4 großen aus Pappe stand *Für Johanna* in der schwungvollen Handschrift, um die Johanna ihre Mutter immer beneidet und die sie vergeblich nachzuahmen versucht hatte.

»Was ist das?«, fragte Johanna.

»Weiß ich nicht«, sagte Max und legte den Umschlag auf den freien Stuhl.

Das andere Kuvert war bereits offen und an niemanden adressiert. Das Weiß war vergilbt. Max griff hinein, und es kam ein Packen Briefe, zusammengehalten von einem blauen

Geschenkband, zum Vorschein. »Die hier habe ich vorhin schon kurz durchgesehen«, erklärte er. »Es sind Feldpostbriefe.«

»Sie müssen ihr viel bedeutet haben, wenn sie sie bis jetzt aufgehoben und sogar mit ins Krankenhaus genommen hat«, meinte Johanna.

Max seufzte nur.

»Was? Wer war ihre heimliche, verflossene Liebe, sag schon.«

Max seufzte erneut. »Nun, da hätten wir einen gewissen Gustav von Kamprath.«

»Gustav von Kamprath...« Johanna ließ sich den Namen auf der Zunge zergehen. »Bestimmt ein fescher Landjunker. Der hätte wahrscheinlich gut zu ihr gepasst. Pech für sie, dass es am Ende nur ein Schreinermeister geworden ist.«

»... und ein gewisser Wolfgang, ohne Nachnamen.«

»Wie? Zwei?«

»Allerdings«, antwortete Max. »Mit dem feschen Landjunker hatte sie definitiv ein Liebesverhältnis, seine Schilderung ihres Treffens bei seinem Fronturlaub ist sehr... eindeutig. Er macht ihr sogar einen schriftlichen Heiratsantrag. Dieser andere, Wolfgang, ergeht sich mehr in blumige Schwärmereien, aber er beschreibt ebenfalls sehr anschaulich gewisse körperliche Vorzüge.«

»*Mon dieu,* sie hat es mit zwei Kerlen getrieben?«

»Johanna, bitte!«

»Was denn? Bist du jetzt *echauffiert,* Hochwürden?«

»Ein bisschen schon«, räumte Max ein.

»Ich weiß, du hast immer geglaubt, sie wäre ein Heilige. Aber sieh einer an: Unsere Eiskönigin war auch nur eine stinknormale Sünderin wie wir alle. Du natürlich ausgenommen«, setzte Johanna hinzu und dachte: *Umso weniger verstehe ich, wie sie mich so unerbittlich verurteilen konnte.*

»Ich bin bei Weitem nicht frei von Sünden«, stieß Max hervor.

»Ich glaube dir kein Wort.«

Er stand auf. Sein Weinglas hatte er nicht einmal angerührt.

»Willst du nicht hierbleiben?«, fragte Johanna. »Wir könnten uns eine Pizza bestellen, uns betrinken, unsere Mutter beweinen und über alte Zeiten reden.«

»Ein andermal. Ich muss mich morgen um einiges kümmern.«

»Darf ich mir die Briefe ausleihen?«, fragte sie.

Er zögerte.

»Wenn sie sie hätte geheim halten wollen, dann hätte sie sie vernichtet, spätestens als sie wusste, wie krank sie war.«

»Gut, aber sag Roland nichts davon.«

»Ganz bestimmt nicht.« Johanna und ihr jüngerer Bruder hatten sich seit Jahren nichts zu sagen. »Wir wollen sein schlichtes Gemüt doch nicht überfordern.«

»Johanna! Sei bitte nicht so biestig!«

»Komm schon, ich weiß, dass du genauso über Roland denkst, du hüllst dich nur in priesterliches Schweigen.«

Max verdrehte die Augen, widersprach aber nicht, und Johanna brachte ihn zur Tür.

Als er fort war, trank sie sein Glas zur Hälfte aus und nahm den zweiten Umschlag in die Hand. Was verbarg er? Briefe von ihrer Mutter an sie, Briefe, die sie nie abgeschickt hatte? Sie holte das Brotmesser und schlitzte das Papier vorsichtig auf.

Er enthielt Fotos. Fotos und ein paar bunte Zeichnungen, die eindeutig von einem Kind stammten. Auf einem Foto war ein Paar mit einem Baby zu sehen. Das Baby saß auf dem Arm der Frau und starrte kulleräugig die Kerzenlichter eines

Christbaums an. Andere Aufnahmen zeigten einen kleinen, dunkelhaarigen Jungen in verschiedenen Situationen: im Kinderwagen sitzend, auf einer Kirmes mit Zuckerwatte in der einen und einem Luftballon in der anderen Hand, auf einem Klettergerüst, beim Spielen mit Knetmasse, wobei er anscheinend so konzentriert war, dass er sich mit der Zunge über die Oberlippe fuhr. Das Bild auf dem Klettergerüst schien in einem Kindergarten aufgenommen worden zu sein, denn im Hintergrund waren noch andere Kinder zu sehen. Er durfte etwa vier gewesen sein, schätzte Johanna. Auf einem anderen Foto saß der Junge an einem Tisch vor einem Kuchen mit sechs brennenden Kerzen, die er wohl gerade auszupusten versuchte. Rechts hinter ihm befand sich ein Gasherd, links ein riesiger Kühlschrank der Marke Whirlpool, an den Notizzettel, Reklamesendungen, Fotos und Zeichnungen gepinnt waren. Johanna ging zu ihrem Schreibtisch und holte eine Lupe. Auf einem der Prospekte stand *Butler's Grocery Store.* Auf dem nächsten Bild trug der Junge einen scharfen Seitenscheitel und eine Schuluniform. Der Name der Schule wurde von einem Schatten verdeckt, aber man konnte einen Teil des unteren Schriftzugs lesen: *...mentary.* Elementary, die Grundschule. Johanna suchte in den Zügen des Kindes nach Ähnlichkeiten mit sich selbst. Die Augen? Vielleicht. Oder doch der Mund? Ja, vielleicht der Mund. Auf einem Schnappschuss saß der Junge mit Cowboyhut und verkrampftem Lächeln auf einem gefleckten Pony. Ein Hund flitzte durchs Bild, und im Hintergrund sah man ein Haus aus weiß getünchtem Holz, mit Sprossenfenstern und einer Veranda. Es schien recht groß zu sein und erinnerte an die Südstaatenhäuser in alten Filmen.

Das Haus war auch auf einigen der Kinderzeichnungen abgebildet. Es schien eine Farm zu sein, denn es gab gezeichnete Kühe, Hühner, Pferde und auch einen Hund mit langen Ohren. Eine Zeichnung zeigte die Familie: Vater, Mutter, Kind, vor einer umzäunten Wiese mit Kühen, darüber eine lachende Sonne. Unter den Personen stand in krakeliger Schrift: *Mum, Dad, Michael.*

Johanna hatte am ganzen Körper zu zittern begonnen.

Was, zum Teufel, hatte das zu bedeuten?

Sie durchwühlte fieberhaft die Fotos und die Blätter mit den Zeichnungen, schüttelte den Umschlag aus, auf der Suche nach einem Brief, irgendetwas Schriftlichem, einer Erklärung. Aber da war nichts.

Manche Fotos hatten auf der Rückseite ein aufgedrucktes Datum. Das mit dem Pony war am 11.12.1984 entwickelt worden, das mit dem Kinderwagen am 10.02.1977. Auf der Rückseite des Fotos mit dem Christbaum stand in einer zarten Schrift mit Bleistift: Augsburg 1976.

Johanna schlug das Herz bis zum Hals. Augsburg. Dort war sie ab dem Herbst 1976 drei Jahre lang zur Dolmetscherschule gegangen. So nah! Sie hätte ihm begegnen können. Wer weiß, vielleicht war die Frau mit Michael im Kinderwagen irgendwann einmal an ihr vorbeigefahren? Vielleicht hatte der Junge an der Hand seiner Adoptivmutter neben ihr an einer Ampel gestanden, vielleicht war sie jeden Tag an seinem Kindergarten vorbeigeradelt, ohne zu ahnen, dass ihr Sohn dort spielte.

Aber die späteren Fotos stammten nicht mehr aus Augsburg. Das weiße Farmhaus, der Whirlpool-Kühlschrank, die Schuluniform … definitiv Amerika, irgendwo auf dem platten Land. Ihr Junge war auf einer Farm in den USA aufgewachsen. Ob er heute wohl als Farmer lebte oder einen anderen Beruf ergriffen hatte?

Beim erneuten Ansehen der Bilder fiel ihr auf, dass der Junge auf keinem einzigen davon lächelte.

Das muss nichts heißen. Kinder lachen gar nicht so oft, wie man denkt.

Wie kam ihre Mutter an diese Fotos, wo die Grundel doch behauptet hatte, die Adoptionen seien grundsätzlich anonym, und zwar nach beiden Seiten? Man wolle den Adoptiveltern nicht zumuten, dass die Kindsmutter womöglich eines Tages vor der Tür stünde und der neuen Familie Probleme bereitete. Andererseits, überlegte Johanna, war die Grundel geldgierig. Vielleicht hatte sie, gegen einen Obolus, die Adresse von Johanna in Oberstdorf herausgerückt. Aber warum hatte die Frau – aus irgendeinem Grund nahm Johanna an, dass es die Frau gewesen war – ihre Adresse haben wollen? Aus Mitleid für das Mädchen, das ihr Kind abgeben musste? Wollte sie sich ein Hintertürchen offen halten, falls sie mit dem Kind nicht zurechtkäme?

Sie schaute das Christbaumfoto noch einmal genauer an, dieses Mal die Eltern. Der Mann war groß, breitschultrig, und sein Gesicht zeigte ein gutmütiges Lächeln. Die Frau hatte dichtes, braunes Haar. Ihr Pagenschnitt, eigentlich eine Frisur aus den Sechzigern, betonte den schlanken Hals und die gerade Kinnlinie. Offenbar hatte sie Stil und wusste, unabhängig von der angesagten Mode, was ihr stand. Sie war nicht groß und sehr schlank in ihrer Schlaghose und dem engen Pullover. Trotz des Babys auf ihrer Hüfte wirkte sie elegant. Johanna empfand spontan Sympathie für sie. Wann hatte sie das erste Bild geschickt? Noch aus Augsburg oder erst, als die Familie in den USA gewesen war, quasi aus sicherer Entfernung?

Johanna fragte sich, wo die Umschläge geblieben waren. Hatte darauf der Absender gestanden? Womöglich gab es noch mehr Briefe, Berichte über das Leben von Michael ... Die Zeichnungen! Johanna überlief es siedend heiß. Hatte der kleine Junge gewusst, wohin sie geschickt wurden? Falls ja, wie mochte er sich gefühlt haben, als von ihr nie eine Antwort kam? Zurückgestoßen, aufs Neue. Was dachten diese Menschen über sie, Johanna, was dachte dieser Junge … nein, dieser heute dreißigjährige Mann über seine biologische Mutter, die ihm nicht auf seine Briefe geantwortet hatte?

Johanna hatte das Gefühl, als würde ein Messer in ihr Herz fahren.

»Ich hoffe, du schmorst in der Hölle, Charlotte Burger«, hörte sie sich flüstern, obwohl sie an solche Dinge ja eigentlich gar nicht glaubte.

Oktober 2020

Johanna

Die Segugi verhielten sich schon den ganzen Vormittag unruhig. Schuld daran war das anhaltende Geräusch der Motorsäge, das von der *strada bianca* zu ihnen heraufdrang. Michael hatte sich heute Morgen mit der Säge bewaffnet, um die Bäume zu beseitigen, die nach wie vor auf der Straße nach Belmonte lagen.

Johanna tigerte ebenfalls nervös herum. Zuerst fürchtete sie um Michael und ihr Auto, denn es gab auf dem Weg durch den Wald ein paar kritische Stellen, an denen man abstürzen konnte, wenn man ins Rutschen geriet. Und was, wenn er sich festfuhr, wer würde dann ihren Wagen wieder herausziehen? Konnte er überhaupt Autos mit Gangschaltung und Allradantrieb fahren? Sie wusste, dass er ihr einen Gefallen tun wollte, deshalb hatte sie es nicht fertiggebracht, ihm den Zugriff auf Säge und Auto zu verweigern. Mindestens fünfmal beschrieb sie ihm die Wegstellen, an denen er höllisch aufpassen musste. Erst als er die wiederholte Mahnung, aufzupassen, mit »Ja, Mama« quittierte, verstummte sie, und Michael lud die Säge und noch etliche andere Gerätschaften ins Auto.

»Ruf an, wenn du dir ins Bein gesägt hast«, meinte sie bemüht scherzhaft.

Mit aufheulendem Motor, durchdrehenden Reifen und einem teuflischen Grinsen im Gesicht fuhr er los.

Endlich, nach einer Ewigkeit, hörte sie das Aufjaulen der Säge. Er war also heil unten an der Straße angekommen. Die Erleichterung währte jedoch nicht lange. Kaum verstummte die Säge, stockte ihr der Atem, und sie musste sich eisern beherrschen, um nicht zu ihrem Handy zu greifen und ihn zu fragen, ob alles in Ordnung sei.

Anders als ihre Mieterin Nicola Schwab glaubte, stand es um den Handyempfang in Johannas Anwesen gar nicht so schlecht. Schon vor Jahren hatte die Telefongesellschaft einen neuen Mast in die Berge gesetzt, und mit dem richtigen Anbieter funktionierte alles leidlich zuverlässig. Da Johanna aber ungern wegen tropfender Wasserhähne und dergleichen behelligt wurde, ging sie grundsätzlich zuerst einmal nicht ran, wenn ihre Mieterin anrief. Die allermeisten Probleme, so ihre Erfahrung, erledigten sich dadurch von selbst.

Führ dich nicht auf wie eine Glucke, ermahnte sie sich, als sie merkte, dass sie nur ziellos herumlief und auf die Geräusche aus dem Tal horchte, anstatt sich um Haus und Hof zu kümmern. Es mussten Äpfel gedörrt und Hundekekse gebacken und die Destille wieder auf Vordermann gebracht werden.

»*Wow, this is great!*«, hatte Michael gerufen, als er ihre kleine Schnapsbrennerei im Schuppen entdeckte. »Ist das denn erlaubt?«

»Ein paar Flaschen an die richtigen Leute verteilt, dann fragt keiner mehr nach.«

»Deshalb wollte Flavia diesen Aprikosenschnaps nicht an mich verkaufen!«

»Das wäre ja auch noch schöner gewesen, meinen eigenen Schnaps.«

Flavia Roselli schien es ihm angetan zu haben. In den vergangenen vierzehn Tagen – kaum zu glauben, wohnte er wirklich schon so lange bei ihr? – war er schon mindestens viermal hinunter ins Dorf gewandert, um in ihrem Laden einzukaufen.

Das Handy klingelte, Johanna zuckte zusammen. Keine Sägelaute von unten!

»Michael? Ist dir …?«

»Nein, ich bin's. Giovanna! *Salve,* Jo'anna.« Wie die meisten der Bewohner Belmontes verschluckte auch Giovanna das H in ihrem Namen.

»Giovanna, *salve*«, antwortete Johanna erleichtert. »Was gibt es denn?«

»Ich wollte nur sagen, es ist Post für dich da.«

Normalerweise pflegte Giovanna die Post nicht telefonisch anzukündigen, es sei denn, es war ein Paket, das ihr in der kleinen Bar im Weg stand. Etliche Bewohner abgelegener Häuser, die das Postauto nicht anfuhr, ließen sich ihre Post in die Bar schicken, denn die hatte deutlich längere Öffnungszeiten als das Postamt, das nur noch an drei halben Tagen in der Woche geöffnet war.

»Was Besonderes?«, fragte Johanna.

»Nein, nein, nur ein paar Rechnungen und Reklame. Ach, und eine Postkarte aus Schottland, von Gabriella. Sie hat eine weitere Enkelin, sie heißt Emma. Und Anna Maria geht es gut, obwohl sie einen Kaiserschnitt machen mussten. Gabriella bleibt wohl noch etwas länger, damit ihre Tochter sich gründlich erholen kann.«

Dass Giovanna damit unumwunden zugab, die Karte gelesen zu haben, ließ Johanna schmunzeln.

»Stimmt, Gabriella ist ja in Schottland«, murmelte sie. Ihre Freundin wollte ihrer Tochter Anna Maria, die in Schottland mit ihrem Ehemann ein Restaurant betrieb und Ende September ihr erstes Kind erwartete, beistehen. Deshalb hatte Johanna während der vergangenen Woche nichts von Gabriella gehört.

»Ich wollte nur fragen, ob ich die Post das nächste Mal deinem amerikanischen Gast mitgeben soll. Ich meine… ich weiß ja nicht, wie du zu ihm stehst«, hörte sie Giovanna sagen.

Die Lächerlichkeit dieser Frage ließ sich geradezu mit Händen greifen. »Aber sicher«, antwortete Johanna, die ahnte, was Giovanna wirklich wissen wollte. Sie tat ihr den Gefallen und erklärte: »Er ist ein Verwandter, um fünf Ecken herum. Er ist absolut vertrauenswürdig, du kannst ihm die Post also ruhig mitgeben.«

»*Va bene.* Ich habe mir schon gedacht, dass du nicht unter die Zimmervermieter gegangen bist.«

»Nein, das habe ich nicht vor.«

Damit hätte man das Gespräch beenden können, aber Giovanna schien in Plauderstimmung zu sein. Oder auf einer Mission.

»Dein Verwandter scheint sich recht wohlzufühlen bei uns… ich meine, bei dir. Bleibt er denn länger?«, fuhr sie fort.

»Das weiß er selbst noch nicht.«

»Muss er denn nicht arbeiten?«

»Er ist Drehbuchautor. Die können überall arbeiten«, behauptete Johanna.

»Oh!«, machte Giovanna erstaunt. »Davon kann man leben, ja?«

»Offensichtlich.«

»Jedenfalls kauft er sehr häufig in Flavias Laden ein«, stellte Giovanna fest.

»Das ist doch schön für sie«, sagte Johanna.

»Wie alt ist er eigentlich?«

»Vierundvierzig.«

Eine Pause entstand. Johanna konnte Giovanna Rosellis Gedanken lesen, als stünden sie in fetten Lettern auf dem Display des Telefons: ein Amerikaner, der obendrein fast zwanzig Jahre älter war als ihre Tochter Flavia. Wo sollte das hinführen?

»Ist er denn nicht verheiratet?«, erkundigte sich Giovanna.

Johanna seufzte innerlich. Sie wusste, dass sie jetzt nicht lügen durfte, das würde Giovanna ihr nie verzeihen, also sagte sie: »Ich fürchte, er und seine Frau wollen sich scheiden lassen. Deshalb ist er wohl auch in Europa, um Abstand zu gewinnen.«

»Ah.«

Erstaunlich, wie viel Missbilligung man in eine so kleine Silbe packen konnte.

»Er ist ein netter Kerl«, hörte sich Johanna sagen.

»Mag sein«, antwortete Giovanna säuerlich. Dann fragte sie: »Bist du sicher, dass er mit einer *Frau* verheiratet ist?«

»Was, um Himmels willen, meinst du?«

»*Beh,* nun, er kommt ja immer vor oder nach dem Einkauf zu mir auf einen Cappuccino, und dann klappt er seinen Laptop auf und redet über Skype. Mit einem *Mann*«, fügte Giovanna bedeutungsvoll hinzu

»Ja, und?«, fragte Johanna verwirrt. Dann dämmerte es ihr, und sie wehrte entschieden ab. »Es ist bestimmt nicht so, wie du denkst. Würde er sonst mit deiner Tochter flirten?«

»Man weiß ja nie.«

Manchmal, fand Johanna, waren die Gedankengänge ihrer Mitmenschen wirklich nur schwer nachvollziehbar. Wo blieb denn da die Logik? Aber vielleicht dachten besorgte Mütter einfach nicht logisch.

»Er ist auf jeden Fall mit einer *Frau* verheiratet. Sie heißt Helen.«

Als Antwort kam lediglich ein Grunzen. Im Hintergrund lärmte der Kaffeeautomat. Entweder hatte Giovanna Kundschaft, oder sie brauchte selbst einen *caffè,* um dieses Gespräch zu verdauen.

»Der Mann auf dem Bildschirm sieht aus wie ein alter Indianer«, berichtete Giovanna. »Ich glaube, es ist ein *dottore,* ich habe Michael das jedenfalls mal sagen hören: *doctor.* Sonst habe ich nichts verstanden.«

Obwohl du dir sicher große Mühe gegeben hast, ergänzte Johanna im Geiste und erklärte: »Ich vermute, dieser Mann ist sein Therapeut.«

»Was? Wozu braucht er einen *dottore,* hat er keine *mamma?*«

»Äh, nein«, sagte Johanna, und ehe Giovanna dieses Thema vertiefen konnte, ergänzte sie rasch: »Es ist bestimmt wegen der Trennung von seiner Frau.«

»Gut. Jedem das Seine«, meinte Giovanna.

»Andere Länder, andere Sitten«, bekräftigte Johanna.

»Manchmal sieht er tatsächlich ein bisschen traurig aus«, räumte Giovanna ein.

»Behalte das mit dem *dottore* bitte für dich«, bat Johanna, wohl wissend, dass sie sich die Worte hätte sparen können.

»Natürlich, Jo'anna, du kennst mich. Ich möchte nur nicht, dass meine Tochter Schaden nimmt.«

»Ist sie denn nicht mehr mit diesem Tätowierten zusammen, der immer im Laden rumgelungert hat?«, erkundigte sich Johanna.

»Das ist vorbei, *grazie a dio!* Dieser Windhund, der konnte einfach seinen *spaghetto* nicht in der Hose behalten, wenn du verstehst, was ich meine.«

»Absolut.«

Sie lachten.

»Da kommen Gäste, ich muss aufhören. *Salve,* Jo'anna, *a presto,* auf bald!«

»Ciao, Giovanna«, murmelte Johanna und schüttelte den Kopf. Nicht über Giovanna. Die wollte einfach nur mehr über den Fremdling erfahren, der ihrer Tochter den Hof machte. Nein, Johanna fragte sich, was mit ihr los war, wieso sie Michael verteidigt und nach Erklärungen gesucht hatte, als wäre sie – seine Mutter. Das musste sofort aufhören! Und

Michael musste erfahren, was damals geschehen war. Warum nur schob sie dieses Gespräch von einem Tag auf den anderen vor sich her? Weil er dann gehen würde und sie nicht wollte, dass er ging? Warum nicht, was hatte sie denn mit ihm zu schaffen? Im Grunde gar nichts, und je länger sie wartete, desto mehr würde er ihr ihr Schweigen verübeln. Und nicht nur er ...

Die Wahrheit kam immer irgendwie ans Licht, dachte Johanna. Manchmal dauerte es Jahre, aber sie kam ans Licht.

Die Säge war nun schon recht lange stumm, und Johanna hielt es nicht länger aus. Am Ende verblutete er gerade.

Reiß dich gefälligst zusammen!

Sie könnte ihm aber doch einen Happen zum Essen vorbeibringen. Das verlangte schon allein die Höflichkeit und die Dankbarkeit für die schwere Arbeit, die er für sie verrichtete.

Rasch packte sie etwas Brot, Salami, Käse und zwei Äpfel in den kleinen Wanderrucksack, befahl der alten Ursula, vor dem Eingang Wache zu halten, pfiff den anderen vier Hunden und ging auf dem Waldweg bergab. Unterwegs bemerkte sie, dass er auch hier schon gewirkt und mit der Astschere das gröbste Dickicht am Rand dezimiert hatte. Das war auch wirklich nötig gewesen, man hatte nicht mehr mit herabgelassenen Fenstern hier durchfahren können, ohne zu riskieren, von dornigen Ranken verletzt zu werden. Unabhängig von dieser leidigen Mutter-Sohn-Sache war es tatsächlich nicht übel, einen Mann im Haus zu haben, besonders wenn dieser den Drang verspürte, sich nützlich zu machen, das musste Johanna zugeben.

Nutze ich ihn etwa als Arbeitskraft aus, während er glaubt, ich sei seine Mutter?

Sie zuckte zusammen. Etwas Großes, Schwarzes, Zotteliges stürmte auf ihre vorausgehende Hundemeute zu. Das Ungeheuer wurde nach einer kurzen Schrecksekunde nach

Hundeart begrüßt. Johanna kannte den Besitzer. Der *americano,* wie Adriano Prisco in Belmonte genannt wurde, war ein Spross des vor langer Zeit an die amerikanische Ostküste ausgewanderten Zweigs der Familie Prisco. Ja, es war Prisco, sie erkannte seine sanfte, angeraute Stimme, und nach der nächsten Biegung sah sie seinen Geländewagen am Straßenrand stehen und die zwei Männer, die auf einem Stück Baumstamm saßen und sich unterhielten. Wie sehr sich doch Adriano Priscos eleganter, leicht versnobter Ostküstenjargon vom breiten, texanischen Slang Michaels abhob. Ein Wunder, dass die zwei sich überhaupt verständigen konnten. Die beiden müssten in etwa gleich alt sein, überlegte Johanna, doch darüber hinaus hatten sie wahrscheinlich wenig gemeinsam. Adriano Prisco umgab etwas Düsteres, Schmerzvolles, als würde ihn etwas von innen auffressen. Michael dagegen strahlte Offenheit und Freundlichkeit aus, um nicht zu sagen: Harmlosigkeit. Er war wie ein Golden Retriever, während Adriano Prisco seinem Hund Asso auch äußerlich nicht ganz unähnlich war. Sein ungekämmtes, pechschwarzes Haar hing ihm tief in die Stirn, er besaß scharfe, markante Züge, und um die vollen Lippen spross ein mehrere Tage alter Bart.

Am Straßenrand lagen die meterlangen Abschnitte der Stämme, daneben das grobe Geäst aus den Baumkronen. Die Straße war wieder frei passierbar.

»Ich bringe euch was zu essen«, verkündete Johanna.

»Das wird auch Zeit. Dieser Texaner hat geschuftet wie ein Bär!«, sagte Adriano.

»Das sehe ich«, rief Johanna begeistert. »Das ist großartig, danke, Michael!«

»Hat Spaß gemacht«, versicherte Michael. »Aber ich fürchte, ich habe ein paar fette Blasen an den Händen.«

»Dafür habe ich eine Kräutersalbe«, meinte Johanna. Sie und der *americano* nickten sich zu.

»Was machst du mit dem Holz?«, fragte Adriano Johanna.

»Nun ja. Streng genommen gehört es der Gemeinde …«

»*Bullshit!*«, knurrte er. »Dafür, dass sie sich wochenlang um nichts gekümmert haben, sollen sie es jetzt auch noch auf dem Silbertablett serviert kriegen?«

»Du kannst es haben«, meinte Johanna. »Ich habe noch genug Holz vom letzten Sturm.«

»Ein Vorschlag: Ich karre die Stämme zu mir, säge sie klein, jage sie durch den Holzspalter, und dann bring ich dir die Hälfte davon als ofenfertige Scheite zurück.«

»Das geht in Ordnung«, erwiderte Johanna nickend.

»Ich habe gerade ein paar Kanister Olivenöl aus der Toskana bekommen, bist du interessiert?«

»Natürlich, immer her damit. Brauchst du Äpfel?«

»Ein paar Kilo gehen immer. Ich sag dir dann Bescheid, wenn die Maronen so weit sind.«

»Ich fühle mich gerade, als wäre ich auf einem Basar«, mischte sich Michael in das Gespräch.

»So läuft das hier eben«, meinte Adriano. »Johannas Selbstgebrannter gegen eine Kiste Wein oder andere Naturalien. Auf diese Weise bleibt das Finanzamt außen vor, was sämtlichen Beteiligten nur recht sein kann.«

»Italien eben«, erklärte Johanna achselzuckend. »Übrigens, bald gibt's auch wieder Birnenschnaps.«

»Das ist gut!«

»Wann wird denn der Schnaps gebrannt?«, fragte Michael.

»Diese Woche noch«, antwortete Johanna.

»Da will ich unbedingt dabei sein!«, rief Michael und sagte zu Adriano Prisco: »So lange muss ich unser Arrangement noch verschieben.«

»Verstehe ich, Schnapsbrennen geht auf jeden Fall vor.«

Johanna schnitt die Wurst und den Käse in Stücke. »Hier, bedient euch.«

Beobachtet von fünf Hunden verputzten sie den kleinen Lunch binnen weniger Minuten. Dann deutete Adriano auf die benachbarte Anhöhe und sagte zu Michael: »Da drüben, siehst du den Weinberg, der am Hang liegt?«

»Unterhalb von diesem Steinbruch?«

»Ja. Ein Stück weiter oben wohne ich. Man kann das Haus nicht sehen, die Bäume sind zu hoch.«

»Apropos, wie geht es deinem Weinberg?«, fragte Johanna.

Adriano reckte den Daumen. »Ich konnte dieses Jahr zum ersten Mal eine größere Menge ernten. Wir werden also bald meinen eigenen Wein verkosten können.«

»Ich bin gespannt«, meinte Johanna mit unverhohlener Skepsis.

»Egal, wie er schmeckt, der Hauch der Geschichte wird uns anwehen, wenn wir am Feuer sitzen und diesen Wein trinken«, verkündete Adriano in elegischem Tonfall.

Er schien heute außergewöhnlich gut gelaunt zu sein und obendrein für seine Begriffe geradezu von manischer Gesprächigkeit. Johanna kannte ihn ganz anders, muffelig und maulfaul und oft auch recht zynisch. Nachdem er sich lange Zeit allein auf dem riesigen Gut verkrochen hatte, als fürchtete er sich vor dem Leben da draußen, durften seit dem letzten Herbst auch Gäste dorthin kommen. Es waren hauptsächlich amerikanische Schriftsteller, die, von der Landschaft der Marken inspiriert, in dem alten, maroden Palazzo an ihren jeweiligen Projekten arbeiteten. Die Gesellschaft dieser Leute hatte Adriano offenbar ein wenig auftauen lassen.

»Was für eine Geschichte?«, biss Michael sofort an.

»Da gibt es einige«, meinte Adriano. »Zum Beispiel hat der Bauer vom Farina-Hof, der liegt unterhalb des Weinbergs, seine Tochter an die Morettis verschachert, damit sie deren Sohn heiratet, und dafür hat er den Weinberg bekommen.«

»War das im Mittelalter?«, fragte Michael.

»Nein, direkt nach dem Zweiten Weltkrieg.«

»Raue Sitten«, meinte Michael.

»Die Wand, die man über dem Weinberg erkennen kann, ist kein künstlicher Steinbruch, sondern ein Felsabsturz«, fuhr Adriano fort. »Früher war oberhalb des Abbruchs der Garten des Klosters *Santa Maria delle Stelle.* Die Mauern stehen noch. Im Jahr 1997 gab es ein schweres Erdbeben. Das Zentrum lag bei Assisi, in Umbrien, aber in den Marken hat es auch ganz ordentlich gerumpelt.«

»Was war mit dem Kloster?«, fragte Michael, gespannt wie ein kleiner Junge, der eine Gutenachtgeschichte erzählt bekommt.

»Das Kloster war zu dieser Zeit schon verlassen. Es gab wohl nicht genug Nonnen, und der Orden hatte kein Geld für den Unterhalt des Gebäudes. Es muss seinerzeit ein wunderbarer Garten gewesen sein, er war jedenfalls sehr groß, und wie üblich gehörte auch ein Friedhof dazu, auf dem Generationen von Nonnen bestattet worden sind. Der Nonnenfriedhof lag im hinteren Teil des Gartens, über einer steilen Felsnase. Die ist durch das Erdbeben abgerutscht und hinabgestürzt auf den Weinberg, der direkt darunter lag. Es muss ein apokalyptischer Anblick gewesen sein. Denn da lagen nicht nur Bäume und Felsbrocken zwischen den Reben, sondern auch Särge, Grabkreuze, Grabsteine und natürlich auch der eine oder andere Knochen.«

»O nein!«, rief Michael begeistert.

»Im Dorf hieß es dann, die Toten seien zurückgekommen, das sei ein ganz böses Omen«, beendete Adriano seine Erzählung.

»Und?«, fragte Michael fasziniert. »Ist danach irgendwas Schlimmes passiert?«

»Meines Wissens nicht«, antwortete Adriano. »Aber es gibt

bestimmt Leute im Dorf, die keinen Wein von diesem Weinberg trinken würden.«

»Der Aberglaube ist einfach nicht auszurotten«, stellte Johanna fest.

»Was ist mit den Gebeinen der Nonnen passiert?«, wollte Michael wissen.

»Die hat man nach einigem Hin und Her in ein Sammelgrab gelegt und auf dem Dorffriedhof von Belmonte bestattet. Die Namen der Ordensfrauen stehen jetzt auf einem großen Felsbrocken.«

»Den werde ich mir ansehen«, sagte Michael.

Adriano bedankte sich für das Essen, erhob sich und rief nach seinem Hund. »Asso! *Andiamo.*« Er stieg in seinen Jeep, wendete und brauste in einer Staubwolke davon.

»Ein netter Kerl, dieser Yankee«, sagte Michael mit extrabreitem Akzent. »Und dieses Gut gehört ihm?«

»Das Gut hat schon immer den Priscos gehört und früher wohl die ganzen Felder rund um Belmonte. Adrianos Großvater Cesare ist hier aufgewachsen, aber nach dem Krieg wanderte er als junger Mann in die USA aus. Sein älterer Bruder Basilio hat das Gut übernommen, wie es halt so üblich ist. Dessen Nachfahren haben dort gewohnt bis zu dem besagten Erdbeben. Danach sind sie in den Norden gezogen. Das Gebäude war einsturzgefährdet, es hat zwanzig Jahre leer gestanden, bis Adriano es gekauft hat. Er wollte eine seltene Schafrasse züchten, aber das ging schief. Ich habe ihn kennengelernt, weil sein Hund eines Tages bei mir aufgetaucht ist. Seit diesem Frühjahr betreibt er diese … ich weiß gar nicht, wie ich es nennen soll …«

»Künstlerkolonie mit wechselnden Gästen«, schlug Michael vor. »Er hat mir davon erzählt. Allerdings haben es wegen der Pandemie wohl nur eine Handvoll Autoren bis nach Europa und auf das Gut geschafft.«

»Er ist Schriftsteller, hat er das erwähnt? Oder vielmehr, er war einer, ziemlich erfolgreich sogar, in den Staaten. Aber er schreibt nicht mehr.«

»Warum nicht?«

»Wenn man dem Dorfklatsch glauben darf, sind seine Frau und sein kleiner Sohn bei einem Autounfall ums Leben gekommen, und er gibt sich die Schuld daran. Seither kann oder will er nicht mehr schreiben.«

»Also ist er vor seiner Schuld hierher geflohen?«, fragte Michael.

»Ich würde es zwar weniger küchenpsychologisch formulieren«, meinte Johanna, »aber so ähnlich war es wohl. Vielleicht wollte er sein altes Leben hinter sich lassen und eine neue Aufgabe haben. Die hat er mit der Renovierung dieses alten Kastens wohl auch gefunden, eine Lebensaufgabe, würde ich sagen.«

»Ist er gefahren? Bei dem Unfall, meine ich.«

»Keine Ahnung, das musst du ihn selbst fragen. Oder besser nicht«, ruderte Johanna zurück. »Man sollte nicht aus Neugierde in den Wunden anderer Leute herumstochern.« Johanna merkte, wie Michael bei diesen Worten den Blick senkte. Offenbar fühlte er sich angesprochen, deshalb setzte sie hinzu: »Ich dachte nur, das solltest du wissen, damit du nicht aus Versehen in ein Fettnäpfchen trittst.«

Sie packten Ausrüstung und Hunde in den Suzuki und holperten den Waldweg hinauf. Auf halber Strecke fragte Johanna, die wieder selbst am Steuer saß: »Was meinte Adriano vorhin mit *eurem Arrangement*?«

»Er hat gefragt, ob ich vielleicht im nächsten Jahr für seine Gäste ein Seminar übers Drehbuchschreiben geben möchte. Er hat mir angeboten, ein paar Tage auf dem Gut zu wohnen, damit ich sehen kann, wie es dort läuft und ob es mir gefällt.«

»Ah.« Johanna wusste nicht recht, was sie davon halten

sollte. Fand Adriano etwa, dass ihr Haus nicht gut genug war für einen Gast? Oder hatte Michael sich über seine Unterkunft beklagt? Viel mehr Komfort würde er auf dem Gut auch nicht haben, dachte Johanna.

Wie dem auch sei, vielleicht war es ganz gut so, wenn Michael für ein paar Tage woanders wohnte. Das verschaffte ihr eine Pause, um über die nächsten Schritte nachzudenken.

Juni 2006

Johanna

Das ehemals schmutzige Weiß des Gebäudes war zartgelb übertüncht worden, es besaß neue Fenster mit Kunststoffrahmen, und im Garten stand eine grellbunte Kinderschaukel mit einer Rutsche neben ein paar weiteren Scheußlichkeiten, die der Baumarkt in Sachen Gartengestaltung aufzubieten hatte. Die Gitter vor den Fenstern des Erdgeschosses waren verschwunden, ebenso das Schild neben der Tür, das Agatha Grundel als *staatlich geprüfte Hebamme* ausgewiesen hatte. Im hintersten Zimmer schien wieder ein Kind zu leben, jedenfalls klebten bunte Schmetterlinge an der Scheibe. Beim Anblick dieses Fensters merkte Johanna, wie ihr unter ihrem Leinenblazer der Schweiß ausbrach. Dort war das Säuglingszimmer gewesen. Dort hatte ihr Sohn gelegen, ahnungslos, schlafend.

Nein, ich kann da nicht hineingehen, es geht nicht!

Sie fächelte sich mit der Hand Luft zu und befahl sich, sich zusammenzureißen. *Du hast ihn damals im Stich gelassen, und jetzt willst du schon wieder kneifen?*

Ein Klingelbrett, das ebenfalls neu war, verriet, dass das ehemalige Entbindungsheim Sonnenstrahl inzwischen in vier Wohnungen aufgeteilt worden war. Der oberste Name lautete: *A. Grundel.* Johanna hatte im Grunde gar nicht damit gerechnet, dass die Grundel überhaupt noch lebte. Sie war ihr damals schon alt vorgekommen. Aber einer Achtzehnjährigen kam jeder über vierzig alt vor. In Wahrheit dürfte Agatha Grundel seinerzeit Mitte fünfzig gewesen sein, ungefähr so alt, wie Johannas Mutter gewesen war.

Johanna fasste sich ein Herz und drückte auf die Klingel. Sie hatte weder einen Schlachtplan, noch wusste sie, was sie tun würde, sollte ihr die Grundel tatsächlich die Adresse von Michaels Eltern geben. Sie hatte einfach keine Ruhe mehr gefunden, seit sie vor zwei Tagen die Fotos ihres inzwischen erwachsenen Sohnes gesehen hatte. Irgendetwas musste sie doch unternehmen! Sie konnte diese Bilder doch nicht einfach zu den Akten legen, abhaken, vergessen.

Johanna zuckte zusammen, als aus der Sprechanlage ein Knacken und Rauschen drang und eine Stimme krächzte: »Ja?«

War das die Grundel? Unmöglich zu sagen.

»Hier ist Johanna Burger, ich möchte zu Frau Grundel.«

»Geht nicht, ist schlafen.«

Eindeutig eine jüngere Stimme mit einem osteuropäischen Akzent. Vielleicht eine Putzfrau?

»Bitte, ich muss kurz mit ihr reden, es ist wichtig«, sagte Johanna.

Das Knacken und Rauschen hörte auf, sie wartete auf den Summton des Türöffners, doch es tat sich nichts. Sie klingelte erneut. Niemand reagierte.

Doch jetzt war ihr Kampfgeist geweckt. Sie drückte auf einen der unteren Klingelknöpfe und wurde von einer jungen Frau hereingelassen, bei der Johanna sich entschuldigte. »Ich wollte zu Frau Grundel, vielleicht hat sie die Klingel überhört.«

»Kann sein, die hört nicht mehr so gut«, meinte die junge Frau. »Aber eigentlich müsste diese Rumänin bei ihr sein, diese Pflegerin oder Haushaltshilfe oder was immer die da macht.«

»Vielleicht ist die Pflegerin gerade beim Einkaufen«, sagte Johanna.

»Kann sein. Obwohl... das macht sie sonst immer schon gegen Mittag.«

Die Frau schien keinerlei Misstrauen gegen die fremde Besucherin zu hegen. Johanna wunderte das nicht, sie wusste, dass sie einen sehr soliden Eindruck auf ihre Mitmenschen machte, wenn sie ihre Business-Kleidung trug, Make-up aufgelegt und das Haar zu einem braven Bob geföhnt hatte.

Jetzt war es drei Uhr nachmittags. Eigentlich hätte Johanna diese Woche arbeiten müssen, doch nachdem man in der Firma vom Tod ihrer Mutter erfahren hatte, hatte man ihr angeboten, sich den Rest der Woche freizunehmen.

»Ich versuche es oben noch mal, vielen Dank«, sagte Johanna zu der Frau, die sie hereingelassen hatte, und klapperte in ihren Prada-Pumps die Treppen hinauf. Sie klingelte und klopfte so lange, bis endlich die Tür geöffnet wurde.

Die Pflegerin war klein und stämmig, trug lila Leggins und ein viel zu enges T-Shirt. Sie roch nach Schweiß und einem billigen Parfum.

»Danke, dass Sie mich reinlassen«, sagte Johanna, und ehe die Frau etwas erwidern konnte, hatte Johanna sich schon an ihr vorbeigequetscht.

»Kommen Besuch!«, rief die Frau mit ihrer blechernen Stimme, während sie Johanna rasch durch den Flur hinterhereilte. Die trat bereits durch die Tür mit der geriffelten Glasscheibe, die nur angelehnt gewesen war.

Johanna kannte diese Tür, und sie kannte auch den Raum, der dahinterlag. Es war beklemmend, das alles wiederzusehen. Das Zimmer war geräumig, und seinerzeit hatte es gleichermaßen als Wohnzimmer und Büro gedient. In ihrer Funktion als Hausschwangere musste sie ab und zu ein Tablett mit Essen hierherbringen.

Hier hinauf, in ihr Reich, hatte die Grundel Johanna auch am letzten Tag ihres Aufenthaltes im Entbindungsheim Sonnenstrahl gebeten. Hinter dem Schreibtisch saß damals ein älterer Herr, ein Notar, wie Agatha Grundel Johanna erklärte. Und als ob sich ein Kreis schließen würde, gab sie sich genauso fürsorglich und freundlich wie am Tag von Johannas Ankunft in Gegenwart von Charlotte Burger und Max. Dabei hätte sie sich dieses Mal das scheinheilige Getue sparen können, denn Johannas Widerstand war längst gebrochen. Auch der Notar versicherte ihr noch einmal, dass sie verantwortungsvoll handle und das Beste für ihr Kind tue. Johanna unterschrieb sämtliche Papiere, die man ihr vorlegte, und nur wenige Stunden später kam das fremde Paar und nahm das Baby mit. Kurz danach fuhr Johannas Mutter vor, um ihre Tochter abzuholen.

Alles wird wieder so sein wie früher.

Zu dem Zeitpunkt hatte Johanna noch daran geglaubt.

Die Erinnerung an diesen Tag brach wie eine Lawine über Johanna herein, aber nun, da sie erneut in diesem Zimmer stand und es kein Zurück mehr gab, war sie nicht mehr die kleine, dumme Johanna, die man nur allzu leicht manipulieren konnte.

Sie drückte das Kreuz durch und schaute sich um.

Die hohen Regale mit den Akten und den Schreibtisch gab es nicht mehr. Anstelle des Regals stand jetzt eine Glasvitrine mit allerhand Kitschporzellan darin. Agatha Grundel saß neben dem Couchtisch in ihrem verstellbaren Fernsehsessel. Sowohl ihre Gestalt als auch ihr Gesicht waren zusammengeschrumpft. Ihr Haar, früher mausbraun, jetzt gelblich weiß, klebte strähnig an ihrem Kopf, dessen Haut rosa hindurchschimmerte. Sie trug trotz der fortgeschrittenen Nachmittagsstunde einen Morgenmantel, eine gehäkelte Decke lag über ihren Beinen und darauf eine Zeitschrift mit einem größtenteils gelösten Kreuzworträtsel. Demnach schien sie noch halbwegs bei Verstand zu sein, schlussfolgerte Johanna, die dem Bedürfnis widerstand, sich die Hand vor Mund und Nase zu halten, denn im Zimmer hing der erdrückende Geruch von Urin und altem, ungewaschenem Körper. Was immer diese Pflegerin hier tat, sie tat es wohl nicht besonders gründlich.

Die Grundel hob den Kopf und legte den Kugelschreiber, den sie in der Hand gehalten hatte, auf die Zeitschrift. »Wer sind Sie, was wollen Sie?«, blaffte sie Johanna an. Ihren Feldwebelton beherrschte sie also noch immer.

Johanna ließ sich und ihr ein, zwei Sekunden Zeit, ehe sie mit bemühter Freundlichkeit laut, langsam und deutlich sagte: »Ich bin Johanna Burger, Sie erinnern sich bestimmt an mich. Sie haben mein Kind an ein Paar aus Augsburg verkauft, das später in die USA ausgewandert ist. Die Leute haben meiner Mutter Fotos geschickt, ich möchte mich dafür bedanken. Deshalb hätte ich gern die Namen des Paares und die damalige Adresse.«

Die Augen der Grundel verengten sich zu Schlitzen, in denen es böse glitzerte. Kein Zweifel, die alte Hebamme hatte ihren Schützling von einst erkannt. Als Nächstes riss sie Augen und Mund weit auf und begann zu kreischen. »Gehen Sie weg! Ich kenne Sie nicht, gehen Sie, gehen Sie weg, fort mit Ihnen!«

»Natürlich kennen Sie mich«, herrschte Johanna die alte Hebamme an.

»Fort, fort!« Die Häkeldecke samt Zeitschrift und Kuli waren ihr vom Schoß gerutscht, der Morgenmantel klaffte auf und gab die Ruine ihres Körpers preis. Sie fuchtelte mit ihren dürren Armen in der Luft herum, als müsste sie einen Hornissenschwarm abwehren, und giftete ihre Pflegerin an: »Wen hast du da reingelassen, du dummes Luder, schaff sie raus, schaff sie sofort raus!«

»Du jetzt gehen«, sagte die Pflegerin entschlossen und griff nach Johannas Oberarm.

Diese machte sich mit einem Ruck los. »Nicht anfassen!«, zischte sie.

»Raus, raus, raus!«, kreischte die Grundel, inzwischen derart schrill, dass Johanna nicht mehr sicher war, ob sie immer noch Theater spielte oder sich nicht vielleicht tatsächlich in einen hysterischen Anfall hineingesteigert hatte. Johanna sah ein, dass sie momentan nichts ausrichten konnte. Die Grundel war, genau wie Johannas Mutter, ein harter Knochen. Grußlos verließ sie die Wohnung.

Draußen holte sie erst einmal tief Luft, um den Mief wieder aus der Lunge zu vertreiben. Sie bemerkte ihre zitternden Knie und ärgerte sich darüber. Offenbar übte die Grundel immer noch eine einschüchternde Wirkung auf sie aus. Oder es war nur diese absurde Situation gewesen, das irre Geschrei, das man bestimmt im ganzen Haus gehört hatte, so wie seinerzeit die Schreie der Gebärenden.

Im Garten war jetzt ein Mädchen, vielleicht sechs oder sieben. Sie trug eine Turnhose und übte den Handstand. Gegen die Hauswand gelehnt, sah Johanna der Kleinen zu, während sie darauf wartete, dass das Nervenflattern wieder aufhörte. Sie hätte jetzt gerne eine Zigarette geraucht. Doch sie hatte sich das Rauchen abgewöhnt, als sie in ihre neue Wohnung gezogen war. Im Grunde war es hauptsächlich John gewesen, der sie immer wieder zum Rauchen seiner Selbstgedrehten verführt hatte. Kein John mehr, kein Tabak mehr, ganz einfach. Sie hätte sonst bei jeder Zigarette an ihn denken müssen, und das galt es zu vermeiden.

Die Kleine hatte es geschafft, fünf Sekunden lang im Handstand stehen zu bleiben. Johanna applaudierte. Das Kind schaute verlegen woanders hin, konnte aber dann doch nicht widerstehen, die unerwartete Aufmerksamkeit auszukosten, und schlug ein paar Purzelbäume im Gras. Johanna musste unwillkürlich an Durga denken, wie sie damals mitten auf dem Rasen gesessen hatte, wie ein Wesen von einem anderen Stern.

Die Kleine brachte sie auf einen Gedanken. Johanna verließ den Garten, holte im Weitergehen ihr Handy aus der Tasche und rief eine eingespeicherte Nummer an.

»Johanna!«

»Hallo, Durga.«

Ein glucksendes Lachen war zu hören, und allein dieses Lachen bewirkte, dass es Johanna gleich ein bisschen besser ging.

Durga – inzwischen längst wieder Sabine – lebte mit Ehemann Herbert Sander und einem Labrador in Wildpoldsried, einem Vorort von Kempten. Seit ihrer Heirat hieß sie Sander-Mahrenholz. Nach ihrer Erstgeborenen Anjali, dem Gottesgeschenk, bekam sie in den Achtzigern noch zwei weitere Töchter von ihrem Ehemann Herbert. Inzwischen waren alle drei Kinder flügge geworden und studierten oder arbeiteten in verschiedenen Ländern. Ihre Mutter widmete sich neuen Aufgaben: Sie engagierte sich bei den Grünen, sehr zum Ärger ihres Herrn Papa, des Ex-Landtagsabgeordneten.

»Du bist wirklich der einzige Mensch, der mich so nennt. Ewig nichts gehört von dir, was treibst du?«

»Ich hatte gerade eine Begegnung der dritten Art«, sagte Johanna.

»Jetzt bin ich neugierig. Komm her und erzähl es mir, ich setze schon mal einen ayurvedischen Tee auf.«

»Hast du auch was zu rauchen?«

»Oha! Dann werde ich mal ins Gewächshaus gehen.«

Johanna lächelte. Auf Durga war Verlass. Sie war vor dreißig Jahren für sie da gewesen, und sie war es bis heute.

Eine halbe Stunde später saßen sie, Tee trinkend, auf der Terrasse eines der schmucken Vorstadthäuschen mit Blick in den Garten, den Durga absichtlich verwildern ließ – jedenfalls im Vergleich zu den langweiligen, gepflegten Nachbargärten. Johanna hatte ihr ihr Herz ausgeschüttet.

»Ich hasse sie! Die Grundel und meine Mutter, alle beide!«

»Immerhin weißt du jetzt, dass es ihm gut gegangen ist«, meinte Durga, während sie mit geübten Bewegungen einen Joint baute. Ein weites, gelbes Kleid mit großen, aufgestickten Blumen umgab ihre noch immer dünne Gestalt, und bis auf ein paar Falten und graue Strähnen im langen Haar sah sie noch genauso aus wie früher. Johannas Business-Outfit hatte sie mit einem erstaunten Blick registriert.

»Aber das hätte ich gern früher gewusst! Warum nur hat sie mir die Briefe nicht gegeben?«

»Hast du nicht gesagt, ihr hättet all die Jahre keinen Kontakt gehabt?«

»Meine Mutter wusste, wo ich wohne. Sie hätte sie einfach an mich weiterschicken können.«

»Vielleicht wollte sie dich schonen und keine alten Wunden aufreißen.«

»Vielleicht war sie einfach nur bösartig! Weißt du, als ich sie vor ein paar Tagen so elend im Krankenhaus liegen sah, da hat sie mir richtig leidgetan, und ich habe ihr innerlich schon fast verziehen, ich habe es ihr nur nicht sagen können. Doch ehe ich es konnte, ist sie gestorben, und ich habe mir gewünscht, ich hätte es getan. Aber jetzt bin ich froh darüber, denn seit ich diese Fotos gefunden habe... Nein, sie hat keine Absolution verdient.«

»Du musst loslassen«, sagte Durga und griff nach Johannas Hand. »Deine Mutter ist tot. Sie kann deinen Hass nicht mehr spüren, er schadet nur dir selbst. Er hängt dir seit Jahren wie ein Mühlstein um den Hals. Ich sehe doch, wie er dich auffrisst. Wirf ihn endlich weg und sei frei, Johanna.«

»Ich werde es versuchen«, meinte Johanna halbherzig. *Frei sein.* Das hörte sich so schön an, aber wer war das schon wirklich?

»Und die Grundel«, fuhr Durga fort, »die ist sich selbst Strafe genug.«

»Da hast recht. Danke, Durga, dass ich mich bei dir auskotzen durfte.«

»Gern geschehen«, lächelte Durga und reichte ihr den frisch gerollten Joint. »Hier, was zur Entspannung.«

Danach plauderten sie, wie so oft bei ihren Treffen, über alte Zeiten, was in Kombination mit Durgas Ernte dazu führte, dass sie bald anfingen, haltlos zu kichern, und es nur noch einzelne Stichworte brauchte, damit sie sich lachend auf ihren Stühlen krümmten.

»Weißt du noch, Tommy und der Fuchs ...«

Erst spät am Abend kam Johanna wieder nach Hause. Sie war noch zum Essen geblieben, hauptsächlich, damit die Wirkung des Joints nachlassen konnte, ehe sie sich wieder ans Steuer setzte.

Nun saß sie, in eine Decke gewickelt, auf der Dachterrasse und betrachtete den Mond. Es ging ihr noch immer nicht sonderlich gut, aber besser als vor Stunden, als sie das Haus der Grundel verlassen hatte. Sie sollte wirklich Durgas Rat beherzigen und nach vorn blicken.

Nur bot der Blick nach vorn im Moment auch keine allzu rosige Perspektive ... Ihr Beruf hatte Johanna fast immer Freude und Abwechslung gebracht, doch seit ein paar Monaten gab es ein Problem: Jörg Besler, der neue Chef der Exportabteilung. Johanna vermutete, dass er sie am liebsten loswerden würde. Angestrengt versuchte sie, ihn respektvoll zu behandeln und sich nicht anmerken zu lassen, dass sie einen Chef, der gerade einmal zweiunddreißig Lenze zählte, einfach nicht ganz für voll nehmen konnte. Wobei – am Alter allein lag es nicht. Die Chemie zwischen ihnen stimmte von Anfang an nicht, denn Johanna erkannte in Besler sofort den Opportunisten, einen eitlen Fatzke und, trotz seiner jungen Jahre, glühenden Anhänger des Altherrenwitzes. Aber das eigentliche Problem reichte tiefer. Übersetzerinnen und Dolmetscherinnen der gängigen europäischen Sprachen waren kaum noch gefragt. Die Maschinen zur Metallverarbeitung, die der Betrieb herstellte, wurden inzwischen überwiegend nach Russland und China exportiert. Dazu kam, dass die neue Generation von Führungskräften selbst einigermaßen gut Englisch konnte. Besler schrieb seine E-Mails selbst, und bevor er Johanna um Rat fragte, bemühte er lieber ein Übersetzungsprogramm aus dem Internet. Im Januar hatte er eine junge Deutschrussin für die Korrespondenz mit der Partnerfirma in Kiew eingestellt.

Ich bin achtundvierzig und zu alt, um noch Russisch zu lernen, dachte Johanna. Ganz zu schweigen von Chinesisch. Zu alt...

Sie schauderte, als ihr plötzlich das ausgemergelte Gesicht ihrer Mutter im Krankenbett und die Grundel in ihrer düsteren Höhle vor Augen standen.

Nein, sie war nicht alt! Wenngleich ihr Grünschnabel-Chef vielleicht anders darüber dachte.

Aber sie brauchte eine neue Perspektive. Sie musste ihrem Leben eine neue Wendung geben. Nur welche?

Mai 1976

Johanna

»Wir müssen über deine Zukunft sprechen«, sagte ihre Mutter.

Johanna schwante nichts Gutes. Knappe drei Wochen waren seit ihrer Rückkehr aus dem Entbindungsheim Sonnenstrahl vergangen. Sie und ihre Mutter schnitten in der Küche Bohnen für den Eintopf, den es am Abend geben sollte. Johanna half viel im Haushalt, es gab ja sonst nicht viel für sie zu tun. Das Schuljahr ging zwar erst in zwei Monaten zu Ende, aber da Johanna die Klasse ohnehin wiederholen musste, lohnte es sich nicht, jetzt noch hinzugehen. Darüber war sie einerseits ganz froh, so blieb ihr wenigstens das Spießrutenlaufen dort erspart, aber es verstärkte ihre Isolation und ließ ihr noch mehr Zeit zum Grübeln.

»Es wird dir bestimmt sehr unangenehm sein, wenn du nächstes Schuljahr die Klasse wiederholen musst, oder?«, fuhr ihre Mutter fort. »Fühlt sich bestimmt komisch an, wenn alle deine Freundinnen schon eine Klasse weiter sind.«

Johanna zuckte mit den Achseln.

Welche Freundinnen?

Kurz nach ihrer Rückkehr war Johanna zu dem Wohnblock am Friedhof gefahren, in dem Viola wohnte. Sie wollte ihr alles sagen und sie wegen ihres langen Schweigens und ihres plötzlichen Verschwindens um Verzeihung bitten. Sie brauchte endlich wieder jemanden, der sie verstand, mit dem sie sich aussprechen und vielleicht sogar wieder einmal über irgendeinen Blödsinn lachen konnte. Violas Fahrrad stand im Fahrradständer neben dem Eingang, aber niemand öffnete auf Johannas wiederholtes Klingeln. Schließlich gab sie es auf und überquerte die Straße vor dem Haus. Einer Eingebung folgend, wandte sie sich noch einmal abrupt um. An Violas Fenster im ersten Stock war ein Schatten zu sehen, der rasch ins Zimmer zurückwich.

»Ich könnte auf ein anderes Gymnasium gehen«, schlug Johanna vor.

»Oder eine Lehre machen«, hörte sie ihre Mutter sagen.

»Eine Lehre?«

»Was schaust du so entsetzt? Es muss nicht jeder studieren, es gibt sehr viele interessante Berufe, die man ohne Abitur und Studium ergreifen kann.«

»Welche denn, zum Beispiel?«, fragte Johanna lauernd.

»Bei der Sparkasse in Sonthofen wäre eine Lehrstelle frei, ich habe mit dem Filialleiter gesprochen. Du könntest im August anfangen.«

»Hast du nicht immer gesagt, ich soll unbedingt das Beste aus mir herausholen, damit ich später einmal unabhängig bin?«, hielt Johanna dagegen.

Ihre Mutter legte das Bündel Bohnen, das sie in der Hand hielt, zurück in das Sieb, blickte ihre Tochter an und sagte: »Eine Banklehre ist nicht schlecht. Hast du eine Ahnung, wie viele sich danach die Finger ablecken würden? Das ist ein solider, anständiger Beruf mit Zukunft. Den Banken wird es immer gut gehen.«

Wie sie daherredete! Wie ein Vertreter, der einem eine Versicherung aufschwatzen wollte.

»Ich will aber keine Banklehre machen«, erwiderte Johanna, völlig überrumpelt von diesem Vorschlag.

»Weißt du überhaupt, was du willst?«

»Ich möchte Dolmetscherin werden«, brach es aus Johanna heraus.

»Dolmetscherin?«

»Ich bin gut in Sprachen. In Augsburg gibt es eine Schule dafür. Ich könnte bei Tante Gertrud wohnen.«

»Na, die wird begeistert sein. Was ist das überhaupt für eine Schule?«

»Eine... eine Schule halt. Eine private«, sagte Johanna zögernd. Sie erinnerte sich daran, dass die Frau bei der Berufsberatung letztes Jahr davon gesprochen hatte. »Sie dauert drei Jahre, man bekommt ein Diplom.«

»Hast du zufällig auch eine Ahnung, was diese Schule kostet?«, kam es sarkastisch.

»Nein«, gestand Johanna.

»Die Dinge haben sich verändert, Johanna. Die Schreinerei läuft nicht mehr so gut wie in den letzten Jahren, wir schwimmen nicht gerade im Geld.«

»Hauptsache für Max und sein Studium in Rom reicht es noch!«, erwiderte Johanna erbost.

Charlotte Burger gab sich seit Johannas Rückkehr Mühe, ihrer Tochter freundlich und verbindlich gegenüberzutreten, und Johanna wiederum hatte sich in den letzten zwei Wochen geradezu vorbildlich benommen. Doch hinter der Fassade lauerte auf beiden Seiten unterdrückter Groll. Die alte Verbundenheit wollte sich partout nicht wieder einstellen, keine traute der anderen. Vielleicht hätte es geholfen, sich zu streiten, aber sie hatten ihre Enttäuschung unter Alltagsgesprächen begraben oder totgeschwiegen.

Nun aber reagierte Charlotte Burger zum ersten Mal mit ungefilterter Entrüstung: »Sei nicht ungerecht, Johanna! Erstens bekommt Max ein Stipendium, und zweitens hat er mich nicht zum Gespött des Dorfes gemacht, sondern du.«

Die ganze Heimlichtuerei um Johannas Schwangerschaft war, wie nicht anders zu erwarten, völlig umsonst gewesen. Wenn ein junges Mädchen plötzlich von der Bildfläche verschwand, gab es unweigerlich Gerede, und die Tatsache, dass niemand genau wusste, was tatsächlich hinter dem monatelangen Verschwinden der kleinen Burger steckte, führte nur zu noch mehr Spekulationen. War sie denn jetzt wirklich schwanger gewesen? Wo war dann das Kind? Gestorben? Hatte sie es weggegeben? Johanna hegte den Verdacht, dass Oma Friedel, und sei es nur um ihrer verhassten Schwiegertochter Charlotte zu schaden, die Gerüchte zusätzlich anheizte, indem sie da und dort eine aufschlussreiche Bemerkung fallen ließ. Vielleicht konnte auch Roland in der Schule seinen Mund nicht halten. Wann immer Johanna einen Laden betrat, hörten die Leute auf zu reden, und sie spürte die Blicke in ihrem Rücken, sodass sie inzwischen kaum noch aus dem Haus ging.

»Wie kommst du nur dazu, solche Forderungen zu stellen?«, brach es aus ihrer Mutter heraus. »Privatschule! Nach allem, was du uns angetan hast?«

»Ach so«, begriff Johanna. »Die Banklehre soll eine Strafe sein. Sag das doch gleich.«

»Das ist Unsinn«, protestierte ihre Mutter, aber an ihrer zornigen Stimme erkannte Johanna, dass sie nicht völlig falschlag. Sie warf die Bohnen und das Messer hin und rannte nach oben, in ihr Zimmer.

Auf dem Bett liegend, starrte sie durch einen Tränenschleier an die Decke und dachte, wie so oft in den letzten Wochen, an das Baby. Fragte sich, wie es ihm wohl ging, was es schon konnte, ob seine neue Mutter lieb zu ihm war und wo es jetzt lebte. Sie stellte sich sein Kinderzimmer vor: eine blaue Tapete, ein Mobile über der Wiege, ein Regal mit Stofftieren, vielleicht schon ein paar Bauklötze, die darauf warteten, dass das Kind herumkrabbelte und mit ihnen spielte. Solche Gedanken halfen ihr, ihrer eigenen Situation weniger Beachtung zu schenken. Jetzt aber wollte das Ablenkungsmanöver nicht gelingen.

Was war mit dem Versprechen ihrer Mutter, alles würde werden wie früher, wenn Johanna nur ihr Kind weggab? Von wegen! Dieses Versprechen hatte sich nur im Negativen bewahrheitet. Großmutter Friedel, ja, die benahm sich genau wie früher: Sie warf mit bösen Blicken und frommen Sprüchen um sich und hielt Johanna deren Verfehlung bei jeder passenden und unpassenden Gelegenheit unter die Nase. Auch Roland, mitten im Fegefeuer der Pubertät und hoch auf dem moralischen Ross, glaubte, auf seiner Schwester herumhacken und sie nach Herzenslust beleidigen zu dürfen. Weinerlich warf er seiner Schwester vor, ihretwegen in der Schule gehänselt worden zu sein. »Du hast uns nur Schande gemacht, am besten wär's, wenn du wieder abhaust.«

»Sei still, Pickelfresse«, schoss Johanna zielgenau zurück.

Ihr Vater wiederum versuchte, so zu tun, als wäre nichts gewesen. Dazu verkroch er sich die meiste Zeit in seiner Werkstatt. Nur noch bei Tisch bekam sie ihn zu sehen, und obwohl er sich nach außen ruhig und so wie immer gab, bemerkte Johanna sehr wohl die Veränderung an ihm. Seine Bewegungen wirkten abgehackt, und manchmal ballte er, ohne es zu merken, die Fäuste. Johanna, seine einzige Tochter, war immer sein heimlicher Liebling gewesen. Jetzt schaffte er es kaum noch, sie anzusehen.

Einzig Max behandelte sie nicht wie eine Aussätzige. Aber im Grunde konnte sie Max abhaken, denn der stand bereits mit einem Bein in Rom, und mit dem Kopf schien er schon vollends dort zu sein. Jedenfalls wirkte er fahrig und geistig abwesend, wenn er zu Besuch kam, was seit Johannas Rückkehr ohnehin erst ein Mal der Fall gewesen war. Nach Pfingsten wäre er dann ganz fort.

Johanna hatte plötzlich das Gefühl, in diesem Haus keine Luft mehr zu bekommen. Sie sprang vom Bett auf und stopfte ein paar Kleidungsstücke und Schuhe in ihre Sporttasche. Zuletzt kramte sie ihr Sparbuch aus der Schublade des Schreibtisches hervor und steckte es ein.

Obwohl sie sich nicht die Mühe machte, leise zu sein, bemerkte niemand, wie sie den Flur durchquerte und durch die Haustür ins Freie trat. Nein, dies war kein Zuhause mehr für sie, sie hatte hier nichts mehr verloren.

Mai bis August 1976

Johanna

Die Tür des Bauernhofs war abgeschliffen und noch nicht wieder lackiert worden. Auf dem rohen Holz stand in roten, verschlungenen Buchstaben *Gemeinschaft des universellen Glücks,* darunter in Violett das Wort *Ashram,* in Blau *Reservat,* in Ocker und einer Art Runenschrift *Walhalla* und zuletzt als grauer Schriftzug *Refugium.*

Ja, was denn jetzt?!, dachte Johanna, die müde und abgekämpft davorstand. Sie betätigte den eisernen Türklopfer, der zwischen *Ashram* und *Reservat* angebracht war. Mittlerweile war es halb acht, die Sonne stand tief und rot über dem Stallgebäude, das sich an das Wohnhaus anschloss wie das kurze Ende eines L. *Sie werden es erkennen, wenn Sie da sind,* hatte eine Spaziergängerin schmunzelnd gemeint, und so war es auch. Der bemalte und beklebte VW-Bus parkte in der Einfahrt. Vom Dachfirst hingen bunte Fähnchen an einer Schnur – Gebetsfahnen, wie sie noch lernen sollte –, im Hof befand sich jede Menge Gerümpel, einiges mit erkennbarem Nutzen wie zum Beispiel eine Egge, eine Tränke für Kühe, ein alter Wohnwagen und ein Stapel Winterreifen, anderes war schwer zu deuten und daher vermutlich Kunst. Zumindest war es angemalt.

Die Tür ging auf.

»Ich habe dich erwartet«, sagte Durga. Ihr strahlendes Lächeln wirkte auf Johanna wie eine Wärmelampe. Sie trug eine weite Pumphose, ein Shirt mit Spaghettiträgern und darüber eine knallbunte Stola aus einem durchsichtigen Stoff. Jetzt, da Schwangerschaft und Entbindung schon einige Wochen zurücklagen, konnte Johanna sehen, wie zierlich Durga war. Und wie hübsch, mit ihrem blonden Zopf, den hellen blauen Augen und der kecken Nase.

»Du hast mich erwartet? Wie kann das sein?«

»Ich habe immer gewusst, dass wir uns noch einmal sehen werden«, sagte Durga. »Wir essen gerade. Es gibt Naan-Brot und Salat und selbst gemachten Käse. Hast du Hunger?«

»Ja, und wie«, sagte Johanna, deren Magen schon seit Stunden knurrte. Der Weg vom Kemptener Bahnhof bis zum Mariaberg war allein schon ein ordentlicher Fußmarsch, und dann musste sie sich bei Spaziergängern und Anwohnern über eine Stunde lang durchfragen, um hierherzufinden. In zwei Häusern hatte man ihr die Tür vor der Nase zugeknallt, nachdem man begriff, dass sie zu *dieser Sekte* wollte.

Johanna wurde von einem warmen Gefühl durchflutet. Sie hatte keinen Plan B gehabt, falls man sie abweisen würde, doch Durgas Lächeln und ihre Umarmung bewirkten, dass sie in Tränen ausbrach. Durga nahm Johanna in die Arme und meinte erschrocken: »Oje! Was haben sie denn mit dir gemacht?«

Die Runde, die sich um den großen, rechteckigen Küchentisch zum Essen versammelt hatte, bestand aus fünf Frauen, Durga mitgezählt, und vier Männern. Johanna wurde neugierig betrachtet und lächelnd begrüßt. Durga nannte reihum die Namen der Anwesenden, die Johanna sich nicht alle merken konnte. Jemand holte einen Stuhl und einen Teller für sie, und dann widmeten sich alle erst einmal dem Essen. Das

Brot mit dem seltsamen Namen sah aus wie ein angebrannter Pfannkuchen, und ein eigenartiges Gewürz konnte sie vorschmecken, aber es war gar nicht schlecht, wenn man sich erst einmal daran gewöhnt hatte. Der Käse war bröselig und salzig und der Salat leider schon alle. Johanna aß sich dennoch erst einmal satt.

»Wir müssen aber schon darüber abstimmen, ob sie länger hierbleiben kann.« Der Hinweis kam nach dem Essen von einer drallen Frau mit weißblonden Haaren. Sie gehörte zu denen, die Durga mit dem bunten VW-Bus abgeholt hatten, erinnerte sich Johanna.

»Sicher, Gudrun, aber das eilt ja nicht. Außerdem können wir das sowieso erst tun, wenn Tommy wieder rausgekommen ist«, erwiderte Durga.

Alle waren am Tisch sitzen geblieben. Durga stillte ihre Tochter Anjali, das Gotteskind, das beim Trinken ab und zu laut schmatzte, was ihrer Mutter jedes Mal ein Kichern entlockte. Es roch nach Milch und nach Baby, und Johanna hatte auf einmal das Gefühl, als wüchse ein Kaktus hinter ihrem Brustbein.

»Es ist nur für ein paar Tage«, wisperte Johanna. »Ich kann mich nützlich machen, ich will niemandem zur Last fallen.«

»Mach dir keine Sorgen«, beschwichtigte Durga sie und funkelte Gudrun dabei mit ihren Saphiraugen an, ehe sie, an die anderen gewandt, sagte: »Johanna hat mir geholfen, unsere Anjali zur Welt zu bringen, ohne ihren Beistand hätte ich das niemals geschafft. Wir alle stehen in ihrer Schuld.«

Ein paar nickten. Johanna hielt den Kopf gesenkt und betrachtete eingehend den dicken Porzellanteller, der vor ihr stand und sicher schon zig Jahre auf dem Buckel hatte, genau wie das Besteck.

»Wollen wir Tommy nicht mal was zu essen bringen?«, fragte eine Frau mit blonden Zöpfen und braunen Rehaugen.

»Nein, Nani, er hat ausdrücklich gesagt, dass er nichts will«, antwortete ein schmächtiger Typ mit wilder, dunkler Lockenmähne. Er erinnerte Johanna an Emilio. Sie dachte inzwischen nur noch selten an Emilio, und wenn doch, dann mit einem schalen Gefühl, gerade so, als hätte man sie zusammen mit seinem Kind auch von der Liebe zu ihm entbunden. Es gab Wichtigeres, als diesem italienischen Hallodri hinterherzuschmachten, und wenn sie doch einmal an ihn dachte, dann nur im Zusammenhang mit dem Wunsch, die Zeit zurückdrehen zu können und nicht mit ihm in dieses verdammte Ruderboot gestiegen zu sein.

»Das war vor zwei Tagen«, entgegnete Nani-Rehauge.

»Wo ist denn dieser Tommy?«, fragte Johanna neugierig.

»Im Schuppen«, erklärte einer, der groß und dünn war wie ein Grashalm und den Durga mit dem Namen Peace vorgestellt hatte. »Er hat sich dort mit einem Fuchs eingeschlossen.«

»Wieso das denn?«

»Er ist ein Schamane«, erklärte Peace. »Er versucht, mit dem Tier in einen Dialog zu treten.«

»Kriegt der Fuchs auch nichts zu essen?«, wollte Johanna wissen.

Peace zuckte mit den Achseln.

Alle bis auf Durga, die immer noch ihr Kind stillte, standen auf und brachten das Geschirr hinüber zu einem großen, altertümlichen Spülstein. Das ganze Haus war ziemlich altertümlich, um nicht zu sagen: gammelig. Der Holzboden knarzte bei jedem Schritt, von den Wänden und den Fensterrahmen blätterte die Farbe, und es herrschte ein leicht muffiger Geruch. Garantiert blühten in der einen oder anderen Ecke Schimmel und Hausschwamm, spekulierte Johanna. Aber es war ein Zufluchtsort, und sie konnte schließlich nicht wählerisch sein.

Johanna bot an, den Abwasch zu übernehmen, aber Nora, eine kleine, etwas mürrisch dreinblickende Frau mit einer Frisur wie ein Wischmopp, hielt sie davon ab. »Du bist unser Gast. Gautam und ich sind an der Reihe, aber erst nach dem Abendsingen. Du kannst mitmachen, wenn du magst.«

Johanna nickte und folgte den anderen, zusammen mit Durga, die ihre Tochter in einem Tragetuch vor der Brust bei sich trug.

Etwa hundert Meter vom Haus entfernt stand mitten in einer Viehweide ein Findling. Der Iller-Gletscher hatte während der sogenannten Würm-Eiszeit vor zwanzigtausend Jahren eine große Anzahl solcher Nagelfluh-Findlinge, wie die Gesteinskonglomerate genannt wurden, praktisch huckepack genommen und über das gesamte Allgäu verteilt. Der größte davon, der Dengelstein, stand im Kemptener Wald und war ein beliebtes Ziel für Schulausflüge. Johanna fand die Steine nicht besonders bedeutsam und erst recht nicht schön, denn ihr Aussehen erinnerte sie ein wenig an Waschbeton. Dieser hier ragte gut zwei Meter hoch aus dem Gras wie der schiefe Zahn eines Riesen. Auf der Wetterseite war das Gestein leicht abgeschliffen, auf der geschützten Seite wuchsen dunkles Moos und graue Flechten.

Der Findling sei ein Kraftort, erklärte ihr Mark, ein muskulöser Typ mit kräftigen Händen und kurz geschorenen, rötlichen Haaren, dessen Bewegungen rechtwinklig und abgehackt wirkten wie bei einem Roboter.

»Das ist gut. Ich kann ein bisschen Energie gut brauchen«, meinte Johanna.

Sie scharten sich um den Stein, setzten sich ins Gras, und Janna, eine große, dunkelhäutige Frau mit langen Dreadlocks, begann in dieser fremden Sprache zu singen, in der auch Durga im Entbindungsheim gegen den Wehenschmerz angesungen hatte. Janna besaß eine raue, volle Stimme. Sie legte jeweils eine Strophe vor, und die anderen stimmten ein oder sangen nur den Refrain.

Johanna summte zuerst leise mit, doch nach einer Weile sang sie inbrünstig, denn dieses Singen wirkte tatsächlich befreiend. Erstaunlicherweise konnte sie die vollkommen fremdartigen Worte schon sehr bald wiederholen, so eingängig waren sie.

»Das ist Sanskrit. Die Ursprache«, flüsterte Durga, die ihr Kind, das friedlich schlummerte, vor sich auf das Tragetuch gelegt hatte.

Nach einer halben Stunde war die Sonne untergegangen, es wurde kühl, und das Gras begann feucht zu werden. Johanna fragte sich gerade, wie lange das mit dem Singen wohl noch dauern würde, als drüben beim Haus etwas rumpelte und jemand schrie. Der Gesang verstummte schlagartig, und alle wandten die Köpfe. Ein großer Kerl stürmte aus dem Schuppen auf die Haustür zu, sein Haar und die langen Fransen einer braunen Lederweste wehten hinter ihm her. Er hielt sich eine Hand vors Gesicht und brüllte vor Schmerz. Hinter ihm stob ein Schatten von der Größe einer Katze davon und verschwand in einem Gebüsch.

»Scheiße, der Fuchs hat Tommy gebissen!«, rief Mark. Alle waren aufgesprungen und rannten über die Wiese in Richtung Haus. Nur Johanna blieb ein bisschen zurück, denn sie konnte nicht anders, sie musste einfach lachen.

Der zweite Tag begann früh. Johanna hatte in Durgas Zimmer auf einer Isomatte geschlafen, aber schon um sechs Uhr wurde sie wach. Im Haus rührte sich bereits einiges, sie hörte Schritte, Stimmen, Geschirrklappern und das Rauschen von Wasserleitungen. Sicher mussten die ersten in den Stall zum Melken, fiel Johanna ein. Etliche ihrer früheren Schulkameraden hatten zu Hause eine Landwirtschaft, daher kannte Johanna die

Materie zumindest vom Hörensagen. Auch Durga war schon wach und stillte Anjali. Danach nahm sie Johanna mit zu Yogaübungen und Meditation auf der Wiese neben dem Findling. Zum Frühstück um acht Uhr gab es Tee und Cornflakes mit kuhwarmer Milch, und hinterher führte Durga Johanna über das Gelände, zeigte ihr den Gemüsegarten, die Hühner, die Obstbäume, die zwei Kühe, das Kalb und die vier Ziegen, die auf einer Wiese hinter dem Stall grasten.

»Wovon lebt ihr eigentlich?«, wollte Johanna wissen.

Durga zögerte, dann aber erklärte sie: »Von dem, was das Land und der Garten hergeben. Wir haben eine gemeinsame Haushaltskasse. Über größere Anschaffungen stimmen wir ab. Die meisten von uns haben entweder ein paar Ersparnisse oder arbeiten. Peace zum Beispiel hat eine halbe Stelle als Kunstlehrer, Gudrun arbeitet als Aushilfe in einer Gärtnerei, Janna singt in einer Band ...«

»Und was machst du?«

»Jetzt bin ich erst mal für Anjali da, und ich helfe natürlich im Haus und im Gemüsegarten. Eigentlich würde ich gerne wieder studieren, vielleicht Landwirtschaft. Aber ich möchte hier nicht weg. Wenn du bei uns bleibst, musst du dir auch überlegen, was du beisteuern kannst.«

»Okay«, sagte Johanna, die sich insgeheim fragte, was Durga dabei vorschwebte. Fürs Erste könnte sie etwas zur Haushaltskasse beisteuern. »Was ist in dem Gewächshaus?« Johanna deutete auf ein Gebilde, das aus alten Fenstern zusammengesetzt war und in dem sich ein Dschungel auszubreiten schien.

»Magische Kräuter«, sagte Durga. »Darum kümmern sich Peace und Tommy, also geh lieber nicht da rein. Vermisst du dein Kind eigentlich sehr?«

»Ich weiß es nicht«, gestand Johanna, verwirrt über den ziemlich abrupten Themenwechsel. Dennoch versuchte sie, ihre Gefühlslage in Worte zu fassen: »Wie kann man etwas vermissen, das man nie hatte? Hauptsächlich fühle ich mich schuldig, weil ich nicht mehr darum gekämpft habe, es zu behalten.«

»Mach dir keine Vorwürfe. Das Schicksal hat dein Kind auf den Platz geführt, der ihm bestimmt ist.«

»Und wenn das kein guter Platz ist?«

»Selbst dann kannst du es nicht ändern. Versuch loszulassen, Johanna! Das Schicksal brachte auch dich hierher, glaub mir, das ist nicht *einfach so* passiert. Mach etwas daraus!«

In der Schule waren Johanna und ihre Mitschüler mehrmals und fächerübergreifend darüber aufgeklärt worden, was die Merkmale einer Sekte waren, gefolgt von eindringlichen Warnungen. Manche kämen zuerst ganz harmlos daher, aber früher oder später sei man darin gefangen, würde mit Drogen vollgepumpt, Gehirnwäschen unterzogen und sowohl finanziell als auch sexuell ausgebeutet. Derart indoktriniert, war Johanna also in den folgenden Tagen auf der Hut. Doch sie konnte beim besten Willen nichts Sektenartiges an dieser Gemeinschaft entdecken. Jeder konnte kommen und gehen, wie er wollte, und vor allen Dingen fehlte das, was eine Sekte oder eine Religion ausmachte: eine gemeinsame Lehre oder Botschaft. Hier dagegen schien sich jeder seinen eigenen Glauben zusammenzubasteln. Die meisten sympathisierten mit dem Hinduismus und dem Buddhismus, wobei sie die beiden Religionen fröhlich durcheinandermischten. Dabei interessierte sich jeder für den Glauben und die Erkenntnisse der anderen und war bereit, Grenzen zu überschreiten und sich Neuem zu öffnen.

Gudrun nannte sich eine Heidin und verehrte Thor und Odin, fand aber auch, dass der Schamanismus seinen Reiz besaß. Janna, die Sängerin, übte sich in Voodoo und Hexerei, Peace bezeichnete sich als *spirituellen Atheisten* und verfolgte jede Woche einen anderen esoterischen Spleen.

Tommy, der informelle Chef der Gruppe, praktizierte angeblich den indianischen Schamanismus. Dass ihm der Fuchs ein paar Narben an Stirn und Nase zugefügt hatte, tat seinem Eifer keinen Abbruch und seiner Schönheit ebenso wenig. Er besaß langes, schwarzes Haar, ein strenges Profil und glatte Haut, lediglich zwei tiefe Furchen zogen sich von der Nase bis zu den Mundwinkeln. Tatsächlich, fand Johanna, sah er damit aus wie ein Indianer. Natürlich waren sämtliche Frauen in ihn verschossen und obendrein auch noch Gautam, der wie Emilio aussah, aber im Gegensatz zu diesem auf Männer stand. Neben seinen Versuchen, mit Tieren zu sprechen, suchte Tommy Erleuchtung, indem er mit Drogen und Pilzen experimentierte. Damit war er nicht der Einzige, denn schließlich suchten sie alle nach Bewusstseinserweiterung, und der Zweck heiligte die Mittel.

Wenn es überhaupt etwas wie eine gemeinsame Doktrin gab, dann war es die Gruppenzusammengehörigkeit. *Wir gegen den Rest der Welt.*

»Wir sind eine Familie, jedoch ohne dass bei uns jemand heiraten muss. Denn die traditionelle Ehe ist etwas Furchtbares, sie besteht aus lauter Zwängen«, dozierte Tommy an einem Sonntagmorgen beim Frühstück.

»Stimmt. Die Ehe meiner Eltern ist ein Witz«, meinte Durga. »Leuten wie ihnen sollte verboten werden, Kinder in die Welt zu setzen.«

»Meine Mutter war eine hinterhältige Hexe und mein Vater ein Schwächling«, bekannte Gudrun.

»Entschuldige, Gudrun, es verletzt mich, wenn du den Begriff Hexe als Schimpfwort gebrauchst«, intervenierte Janna.

»Tut mir leid, Janna, das wollte ich nicht«, lächelte Gudrun.

Janna lächelte zurück, und sie reichten sich über die Schale mit der leicht ranzigen Butter hinweg die Hände.

Tommy deutete auf Johanna: »Johanna, wie ist die Ehe deiner Eltern?«

»Äh… ich weiß nicht. Normal, glaube ich«, antwortete Johanna. Sie errötete, nicht wegen der Frage, sondern weil Tommy sie ansah und angesprochen hatte.

»Wirken sie denn glücklich?«

»Nein«, sagte Johanna – weil es stimmte und weil es die anderen vermutlich gerne hören wollten.

»Seht ihr«, bestätigte Tommy denn auch. »Wir alle sind in diesen Zwängen aufgewachsen. Unsere Eltern wurden unter den Nazis erzogen, die glaubten, man müsse den Willen seiner Kinder brechen, damit sie sich nicht zu triebhaften Geschöpfen, sondern zu braven Untertanen entwickeln. Dieses Gedankengut wirkt bei ihnen noch immer nach, und sie haben auch uns zum größten Teil so erzogen, ob sie es wollten oder nicht.«

»Das ist wahr! Meine Mutter hat ihre Hunde besser versorgt als mich, deswegen bin ich im Heim aufgewachsen«, berichtete Mark.

»Da seht ihr es«, meinte Tommy und fuhr fort: »Ein Kind, angewiesen auf die Liebe seiner Eltern, ordnet sich unter, indem es gehorcht und bis zur Selbstaufgabe versucht, ihrem Ideal zu entsprechen. Und das tun die meisten aus unserer Generation immer noch. Am Ende ist von der eigenen Persönlichkeit des Kindes nichts mehr übrig, außer der Überzeugung, schlecht und minderwertig zu sein. Ist es nicht so?«

Alle murmelten zustimmend und nickten, auch Johanna. An dem, was Tommy sagte, war etwas Wahres dran, fand sie. Vor allem, wenn sie an Oma Friedel dachte.

»Wir werden die Leere, die jeder von uns verspürt, ersetzen durch die Liebe zwischen uns allen.«

Dass diese *Liebe zwischen allen* auch die körperliche Liebe einschloss, war Johanna bereits aufgegangen. Sie selbst hielt sich diesbezüglich zurück. Die Geburt war erst wenige Wochen her, ihr Körper fühlte sich noch immer nicht so an wie früher. Außerdem fürchtete sie, erneut schwanger zu werden. Vor allen Dingen aber hatte sie – rückständig und spießig, wie sie war – ein Problem mit der *Liebe zwischen allen.* Sie wünschte sich, Schande über sie, einen, der nur sie allein liebte. Derlei Gedanken behielt sie aber lieber für sich.

Alle halfen mit, als Tommy aus Zweigen einer gefällten Weide eine zeltartige Schwitzhütte baute. Sie sammelten Brennholz für das Feuer und schleppten Steine heran, die sich in den Flammen aufheizten und dann mit einer Eisenzange hochgehoben und in die Schwitzhütte gebracht wurden. Gautam und Viola hüteten draußen das *heilige Feuer,* die anderen wollten mit in die Hütte, auch Johanna.

»Ihr müsst still und andächtig sein, das ist eine heilige Handlung, keine Sauna!«, ermahnte Tommy die anderen.

Für Johanna fühlte es sich seltsam an, nackt zwischen den anderen im Kreis zu sitzen. Tommy fiel in einen heulenden, auf- und abschwellenden Wolfsgesang. Dabei warf er immer wieder Blätter und Kräuter auf die Steine und goss Flüssigkeit aus einem Tonkrug hinterher. Die aufsteigenden Dampfschwaden verbreiteten einen beißenden Geruch, und der Dampf kondensierte auf der Haut. Bald glänzten sie alle.

An den Rest des Abends erinnerte sich Johanna später nur noch sehr nebelhaft, aber sie hatte noch nie so intensive Träume gehabt, wobei es sich nicht anfühlte, als träumte sie, es war vielmehr ein Zustand zwischen Schlaf und Wachsein. Diese Zwischenwelt bestand aus sehr intensiven Farben, wie man sie im wahren Leben eigentlich nie sah, und Johanna fühlte sich leicht und schwerelos und, zum ersten Mal seit Langem, glücklich.

Als sie wieder aufwachte – wie, zum Teufel, war sie auf ihre Matratze gekommen? –, litt sie unter Kopfschmerzen und

Übelkeit, doch sie trug es mit Fassung. Sie war in neue Welten vorgedrungen, hatte ihr bis dahin unbekannte Dinge gesehen. Was bedeutete dagegen schon ein bisschen Kopfweh?

»Es wird ein neues Zeitalter anbrechen«, prophezeite Peace, der sich ähnlich wie Tommy ebenfalls gern predigen hörte, am Tag der Sommersonnenwende, die die ganze Nacht am Feuer durchgefeiert wurde. »Es wird eine Welle entstehen, die das Alte, Hergebrachte verschlingen wird, und wir sind ganz oben auf dieser Welle, dort, wo die Schaumkronen sind.«

Solche Sätze gefielen Johanna, auch wenn sie sich nicht so recht vorstellen konnte, was genau diese neue Welle bringen würde. Nun, das würde sie dann schon sehen.

Wie in jeder Gruppe gab es auch hier Animositäten und bisweilen auch Auseinandersetzungen. Rehauge Nani erlitt eine Fehlgeburt. Johanna hatte von der Schwangerschaft gar nichts mitbekommen, aber Nani war ja auch nur bis zur neunten Woche gekommen. Zuerst war Nani todtraurig, und alle versuchten, sie nach Kräften zu trösten. Dann brach plötzlich ein Streit zwischen Nani und Janna aus. Nani beschuldigte Janna, sie habe sie mit einem Schadenszauber belegt. Janna wies das empört von sich. Außerdem habe Nani über Voodoo und Hexerei doch immer nur die Nase gerümpft, und jetzt sollte sie, Janna, plötzlich die Macht haben, eine Fehlgeburt herbeizuführen?

»Du hast ein Huhn getötet und dich mit dem Blut bespritzt, ich habe es gesehen.«

»Das Ritual hatte absolut nichts mit dir zu tun. Für wen hältst du dich eigentlich, du hysterische Kuh? Und das Huhn brauchten wir sowieso für die Suppe.«

»Du konntest es nicht ertragen, dass ich schwanger war und du nicht, du schwarzes Miststück!«

»Rassistin!«

Am Abend wurden die Streithennen vor die Gemeinschaft

zitiert für eine Aussprache. Es ging eine Weile hin und her, man kam vom Hölzchen aufs Stöckchen, und Johanna hatte den Eindruck, dass die beiden sich schlichtweg nicht leiden konnten, so etwas gab es ja. Außerdem schien es eine Rolle zu spielen, dass beide in Tommy verknallt waren.

Schließlich verziehen und umarmten sie sich vor den Augen der anderen und versicherten einander, dass sie die jeweils andere nach wie vor lieb hätten. Johanna glaubte ihnen kein Wort.

Trotz solcher kleinen Vorkommnisse empfand Johanna die Zeit auf diesem Hof und in dieser Gemeinschaft als beglückend. Es gab ein paar simple Regeln des Zusammenlebens, aber ansonsten weder Denkverbote noch wurde ihr ständig vorgeschrieben, wie sie sich zu verhalten hatte. Einzutauchen in diese vollkommen andere Lebensweise lenkte Johanna ab von ihrer Traurigkeit und den Selbstvorwürfen. Vieles von dem, was auf dem Hof vor sich ging, war kurios und experimentell und manches, wie sich herausstellen sollte, auch illegal. Doch niemand wies sie in Grenzen, niemand machte sie runter oder warf ihr Beleidigungen an den Kopf. Johanna fühlte sich zum ersten Mal erwachsen und akzeptiert. Sie entwickelte ein neues Selbstwertgefühl und erkannte, dass das ihrige schon vor ihrer Schwangerschaft nicht besonders ausgeprägt gewesen war. Sie genoss es, sich keine Gedanken machen zu müssen, was andere über sie dachten, denn die Verrücktheiten ihrer Mitbewohner übertrafen ohnehin alles, was Johanna bis dahin gekannt hatte. Zum ersten Mal hatte sie das Gefühl, dass es in Ordnung war, sich hauptsächlich mit sich selbst zu beschäftigen. Und gleichzeitig erwarb sie praktische Kenntnisse, welche sich viele Jahre später als nützlich erweisen sollten: den Yoga-Sonnengruß, wie man einen Gemüsegarten bewirtschaftete, eine Kuh molk, Käse machte, Marihuanablüten konservierte und Schnaps brannte.

Sie fühlte sich frei und doch geborgen und wollte nie wieder woanders leben als hier.

Es war ein lauer Abend im August, als Tommy und Durga Johanna zu einem Gespräch baten. Sie saßen in dem kleinen, aus Dach- und Zaunlatten gezimmerten Pavillon, der, von einer Rose überrankt, am längsten von der Abendsonne beschienen wurde.

»Johanna, wir alle lieben dich, wir wünschen uns, dass du für immer in unserer Gemeinschaft bleibst«, begann Tommy.

Johanna errötete, und ihr wurde ganz warm ums Herz. Sie war jetzt zwei Monate hier. Falls je darüber abgestimmt worden war, ob sie bleiben durfte oder nicht, hatte sie nichts davon mitbekommen. Durga, die durch ihre Mutterschaft eine Sonderstellung genoss, verzichtete Johanna zuliebe auf den Luxus eines eigenen Schlafzimmers für sich und ihr Kind, und von da an gehörte Johanna einfach dazu.

»Durga hat mir gesagt, dass du dir Gedanken machst, wie du unserer Gemeinschaft auf Dauer nützlich sein kannst«, fuhr Tommy fort.

Johanna nickte. Sie hatte die vierhundert Mark, die eigentlich für ihren Führerschein gedacht waren, von ihrem Sparbuch abgehoben und das meiste davon schon in die Haushaltskasse eingezahlt. Es schmerzte, zu sehen, wie ihr kleines Finanzpolster dahinschmolz, doch so brauchte sie sich wenigstens nicht wie eine Schmarotzerin zu fühlen. Eine Dauerlösung konnte das freilich nicht sein. Früher oder später würde sie irgendeinen Aushilfsjob in der Stadt annehmen müssen. Oder wussten die beiden vielleicht eine andere Lösung? Erwartungsvoll fragte Johanna: »Was kann ich tun?«

»Wir brauchen Nachwuchs«, meinte Tommy.

»Was?«

»Es darf nicht sein, dass sich nur die Spießer vermehren«,

ergänzte Durga. »Du könntest noch mal schwanger werden. Nicht gleich natürlich. Erst wenn du bereit dazu bist.«

Johanna sah Durga an, fassungslos, wie sie ihr so etwas vorschlagen konnte.

»Du könntest dir aussuchen, wer der Vater sein soll«, fuhr Tommy fort, und ihr war, als würde er sie dabei besonders intensiv ansehen. »Oder du machst es so wie Durga. Dann kann zumindest keiner von uns Männern Anspruch auf die Vaterschaft erheben, denn es soll ja unser aller Kind sein.«

Johanna starrte die beiden noch immer wortlos an. Meinten die das ernst? Oder war das ein dummer Witz?

Durga besaß feine Antennen, sie schien Johannas Entsetzen zu spüren. »Vielleicht ist es noch ein bisschen zu früh«, sagte sie zu Tommy. »Ihr Hormonhaushalt hat sich bestimmt noch gar nicht umgestellt.«

»Sicher, sorry«, ruderte Tommy zurück. »Nimm dir alle Zeit der Welt.«

»Wir zwingen dich zu nichts, Johanna, das weißt du. Es war einfach nur eine Frage«, lächelte Durga.

»Würdest du vielleicht trotzdem darüber nachdenken?«, fragte Tommy mit seiner sanften Stimme, und Johanna spürte wie immer, wenn sie ihn ansah oder er sie, dieses verdächtige Ziehen im Unterleib. Tommy war definitiv der schönste Mann der Welt, und es wäre scheinheilig von ihr, zu leugnen, dass sie sich nicht schon ab und zu vorgestellt hatte, wie es wäre, ihn zu küssen, zu berühren und Sex mit ihm zu haben. Aber das …

Schlagartig wurde Johanna traurig. *Nichts im Leben ist umsonst,* lautete eine von Oma Friedels Lebensweisheiten, und Johanna musste erkennen, dass das leider stimmte. Dies war also der geforderte Preis für das Glück der vergangenen Wochen und der Zukunft. Warum, fragte sich Johanna, konnte sich denn nicht einer in sie verlieben, bedingungslos, auf normale, romantische Art, so wie es in all den Büchern und Filmen vorkam? Okay, sie war vielleicht keine ausgemachte Schönheit, sondern eher Durchschnitt, aber, verdammt noch mal, warum legten es alle darauf an, sie auszunutzen? Emilio, das wusste sie heute, war es nur um Sex gegangen, den er von den Mädchen in Neapel bestimmt nicht so leicht bekommen hätte wie von ihr, der dummen Touristengans. Aber das hier sprengte sämtliche Maßstäbe. Tommy ging es nicht um Sex, geschweige denn um Liebe, der wollte ihr einfach nur ein Kind machen! Als wäre sie eine … eine Zuchtstute!

»Johanna?«, insistierte Tommy und berührte sie leicht an der Schulter. Sie zuckte zusammen, als hätte er sie verbrannt.

»Was?«

»Überlegst du es dir?«

Sie konnte nur nicken. Dann sprang sie auf und lief davon.

»Was hat er gemeint mit *du machst es wie Durga?*«, fragte Johanna später, als sie und Durga im Gemüsegarten Tomaten ernteten.

»Was wohl? Ich habe einfach mit jedem von ihnen geschlafen«, meinte Durga fröhlich. Vor Tagen noch hätte Johanna vielleicht darüber gelacht, aber nicht heute. Sie war nicht nur entsetzt über Tommy, sie war auch enttäuscht von Durga. Wie konnte sie nur zulassen, dass er ihr diesen Vorschlag machte, nach allem, was sie über Johanna und ihr Kind wusste? Oder … oder hatte sie von vornherein geplant, sie dazu zu bringen, der Gemeinschaft ein Kind zu schenken? Man musste Durga jedoch zugutehalten, dass sie nichts Schlimmes dabei fand, ganz im Gegenteil. Sie hatte es ja selbst getan und war glücklich damit, und wahrscheinlich dachte sie, dass es auch Johanna glücklich machen würde. Und im Grunde war die kleine Anjali ja auch etwas Gutes, hielt sich Johanna vor

Augen. Nein, Durga wollte ihr nichts Böses, sie dachte und fühlte nur ganz anders als Johanna. Oder umgekehrt: Sie, Johanna, musste einfach noch sehr an sich arbeiten, um reif zu sein für eine Lebensgemeinschaft wie diese. Sie steckte noch viel zu sehr in ihrem alten Denken fest, in der strengen Erziehung und den ehernen Grundsätzen, die ihre Mutter und Oma Friedel ihr jahrelang eingeimpft hatten. Dazu kam der moralische Überbau der katholischen Kirche. Nein, sie, Johanna, war noch nicht frei. Nach außen hin vielleicht, aber nicht tief im Inneren...

»Du musst das nicht tun«, platzte Durga in ihre Gedanken. »Wirklich nicht. Vergiss es einfach.«

Und doch tat sie Tommy den Gefallen und dachte in den nächsten paar Tagen und vor allem in den Nächten über sein Ansinnen nach. War es nicht das, was sie gewollt hatte? Für immer hierzubleiben, im Schoß dieser Gemeinschaft? Als Mutter eines Kindes würde sie dasselbe Ansehen genießen wie Durga, sie wäre praktisch unantastbar. War dies nicht der ideale Platz für ein Kind, der beste auf der ganzen Welt? Man brauchte doch nur zu sehen, wie alle die kleine Anjali liebten und verhätschelten. Ein Quäker von ihr, und jemand stürzte herbei und schaukelte sie auf den Armen. Es hatte ein Abendessen gegeben, an dem ausschließlich darüber diskutiert worden war, ob ihr Stuhlgang zu fest war und zu unregelmäßig kam, woran das liegen mochte und was man dagegen tun könnte.

Dennoch, sosehr Johanna auch in sich hineinhorchte und ihre Gefühle auslotete, Tommys Vorschlag verlor nichts von seiner Monstrosität. Alles in ihr sträubte sich gegen eine neue Schwangerschaft, und schon beim Gedanken daran und an die Tortur der Geburt schnürte es ihr die Luft ab.

Tief im Herzen wusste sie, dass ihre Tage hier gezählt waren, denn sie würden ihr nicht wirklich verzeihen, wenn sie nicht wenigstens einen Versuch unternahm, schwanger zu werden. Und das, zu diesem Schluss kam sie immer wieder, wollte sie auf gar keinen Fall.

Verzweifelt überlegte sie, wie es danach weitergehen würde. Wo sollte sie hin? Auf keinen Fall nach Hause. Sie hatte keine Ahnung, ob ihre Eltern nach ihr gesucht hatten oder letztendlich froh waren, sie losgeworden zu sein. Aber eins wusste Johanna ganz bestimmt: Sie würden ihr ihr Verschwinden ohne ein Wort der Erklärung vorwerfen und ihr die Tür weisen. Diesen Triumph wollte sie ihnen nicht gönnen. Also würde sie allein zurechtkommen müssen. Bei diesem Gedanken überkam sie eine tiefe existenzielle Furcht.

Und wenn sie vielleicht doch Tommys Vorschlag in Erwägung zog? Und schon biss sich die Schlange wieder in den Schwanz, und das ging so jede Nacht. Die Gedanken zogen in Endlosschleifen durch ihren Kopf und hinderten sie am Schlafen.

Deshalb war sie auch die Erste, die die Lichter sah. Zuckende, blaue Lichter, die immer näher kamen und immer mehr wurden. Dann das Knirschen von Reifen auf Kies, Männerstimmen.

Sie sprang auf und schaute aus dem Fenster. Im ersten Moment dachte sie, dass sie wegen ihr hier wären. Ihre Eltern hatten sie suchen lassen, und nun hatten sie sie gefunden. Wo könnte sie sich bloß verstecken? Auf dem Speicher?

»Durga, wach auf!«, rief Johanna erschrocken. »Draußen ist die Polizei!«

Durga blickte sie zuerst verschlafen an, dann schnellte sie in die Höhe, ging zum Kleiderschrank, wühlte darin herum und nahm etwas heraus. Sie eilte zu Anjalis Wiege, öffnete die Windel und steckte das Etwas dort hinein. Danach nahm sie das schlafende Kind vorsichtig heraus, setzte sich auf ihr Bett und hielt es vor ihre entblößte Brust.

»Du solltest dich vielleicht besser anziehen«, sagte sie zu Johanna.

Unten wurde wüst an die Tür gehämmert. »Polizei. Aufmachen!«

Hunde bellten. Johanna schaute erneut aus dem Fenster. Zwei Schäferhunde sprangen aus einem Transporter.

»Was wollen die?«, fragte sie.

»Die suchen nach Drogen«, sagte Durga. »Wir sind echt am Arsch.«

Die Stunden in Polizeigewahrsam gehörten bis heute nicht zu Johannas Lieblingserinnerungen. Das Wissen um das Gewächshaus voller Hanfpflanzen hatte sie schlecht abstreiten können, aber sie versicherte treuherzig, sie habe gedacht, das rauchten sie alle nach und nach selbst. Dass der Großteil der Ernte von einzelnen Mitgliedern der Gemeinschaft verkauft wurde, war ihr tatsächlich nicht klar gewesen. Jedenfalls nicht in dem Ausmaß, in dem der Handel offenbar erfolgt war, wenn man den Schilderungen des Polizisten glauben durfte. Und nein, mit LSD habe sie niemals etwas zu tun gehabt, das schwor Johanna hoch und heilig und dachte dabei an den Abend in der Schwitzhütte. Was sie wirklich nicht gewusst hatte, war außerdem die Tatsache, dass der Hof nicht gepachtet, sondern besetzt worden war.

Sie musste eine endlose Stunde warten, dann ein Protokoll unterschreiben, danach durfte sie gehen. Mit hochrotem Kopf stolperte sie aus dem Vernehmungszimmer – und stand vor ihrer Mutter.

Johanna wäre am liebsten im Boden versunken oder auf der Stelle gestorben. Alles wäre besser gewesen, als dem vernichtenden Blick ausgesetzt zu sein, den Charlotte Burger ihrer Tochter zuwarf, während sie sie ohne Begrüßung am Arm packte und den Flur entlang nach draußen zerrte.

Mit gesenktem Blick saß Johanna auf dem Beifahrersitz des Mercedes und wagte kaum, aufzublicken. Sie ahnte, was es für die Burgers bedeutet haben musste, einen Anruf von der Polizei zu bekommen, ihre Tochter sei zusammen mit einer Gruppe von Drogenhändlern und Hausbesetzern verhaftet worden. Sie fragte sich, ob sich ihre Eltern in der Zwischenzeit Sorgen um sie gemacht und sie vermisst gemeldet hatten. Anscheinend nicht. Ihre Personalien waren auf der Wache überprüft worden, und das hätte ihr der Polizist bei der Vernehmung doch bestimmt gesagt. Wieso nur musste dieser übereifrige Mensch dann ihre Eltern anrufen? Durfte er das überhaupt? Sie war doch volljährig und für sich selbst verantwortlich.

Ihre Mutter verharrte reglos hinter dem Lenkrad, das sie so fest umklammert hielt, dass ihre Handknöchel weiß wurden. Warum fuhr sie nicht los?

Schließlich wandte sie ruckartig den Kopf zu ihrer Tochter und fragte: »Bist du rauschgiftsüchtig?«

Trotz allem musste Johanna sich in diesem Moment arg zusammennehmen, um nicht loszulachen. Wie oft hatten sie und ihre Mitschüler sich schon darüber lustig gemacht, wenn Eltern und Lehrer in unheilverkündendem Tonfall über *Rauschgift* redeten, als wäre allein das Aussprechen des Wortes gefährlich. Da wurde nicht unterschieden zwischen Gras oder Heroin, nein, es war alles *Rauschgift* und damit Teufelszeug, und wer ab und an einen Joint rauchte, war ebenso dem Untergang geweiht wie einer, der an der Nadel hing.

»Nein«, versicherte Johanna, um Ernsthaftigkeit bemüht, und wagte zum ersten Mal, ihrer Mutter in die Augen zu schauen. »Wirklich nicht«, setzte sie hinzu.

Charlotte Burger schien ihr zu glauben. »Was hast du jetzt vor?«, fragte sie.

Johanna zuckte mit den Achseln. Sie wusste weder ein noch

aus, sie war nicht einmal sicher, ob sie noch ein Zuhause hatte. »Weiß Papa, dass ich…?«, begann sie vorsichtig.

»Natürlich weiß er es, er war ja am Telefon, als die Polizei angerufen hat. Du kannst dir denken, wie enttäuscht und wütend er ist.«

Johanna senkte erneut den Blick.

Den Hof konnte sie vermutlich vergessen. Bestimmt waren Tommy und Peace verhaftet worden, es würde sich alles auflösen. Was geschah wohl mit Durga? Hatte sie auch Drogen verkauft? Aber sie würden eine junge Mutter doch nicht einsperren?

»Ist diese Dolmetscherschule in Augsburg noch aktuell?«, hörte sie ihre Mutter fragen.

»Ja, schon. Aber ich müsste mich dort erst mal bewerben«, antwortete Johanna überrascht.

Ihre Mutter holte tief Atem, dann sagte sie: »Also gut, Johanna, wir werden dir diese Schule bezahlen.«

»Was? Wirklich?« Johanna traute ihren Ohren nicht. Aber dann begann sie zu begreifen, dass dies eine Art Wiedergutmachung ihrer Familie war. Ihre Eltern würden nie im Leben zugeben, dass sie im Umgang mit ihrer Tochter womöglich auch ein paar Fehler gemacht hatten. Ein offenes Eingeständnis von Versäumnissen, eine Entschuldigung gar – undenkbar. Dies hätte ihre vermeintliche Autorität untergraben, an die sie sich in diesen bewegten Zeiten verzweifelt klammerten. Die Bereitschaft, ihr die Schule zu bezahlen, kam jedoch einem Schuldeingeständnis ziemlich nahe, das wusste Johanna. Natürlich hütete sie sich, dies anzusprechen.

»Ich rede mit Tante Gertrud, damit du fürs Erste bei ihr wohnen kannst«, fuhr Charlotte Burger fort, und als müsste sie ihr Einlenken sofort wieder neutralisieren, fügte sie in drohendem Tonfall hinzu: »Falls du dir auch nur die allergeringste Kleinigkeit zuschulden kommen lässt, ist es vorbei. Das ist deine letzte und einzige Chance.«

Johanna nickte.

»Deine Tante Gertrud darf natürlich von alldem nichts erfahren.«

Was meinte sie mit *alldem*? Das Kind, die Festnahme, das *Rauschgift*? War das nicht letztendlich egal? Johanna atmete auf. Sie sah wieder einen Lichtstreifen am Horizont.

Juni 2006

Johanna

Charlotte Burger war seit zwei Wochen tot, und Johanna ging wieder zur Arbeit. Sie versuchte, sich an Durgas Ratschlag zu halten, loszulassen und ihr inneres Gleichgewicht wiederzufinden. Was aber gar nicht so einfach war. Durch die Fotos ihres Sohnes war dieser von einer abstrakten Größe in ihrem Leben zu einer realen Person geworden, und der Gedanke ließ sie nicht los, dass sie ihm zumindest eine Erklärung schuldete. Nur, was konnte sie schon tun? Nichts, sah sie ein, und das machte sie rasend. Im Grunde wusste sie, dass es für alles zu spät war, aber sie wollte es einfach noch nicht akzeptieren.

An einem dieser Abende, den sie vor dem Fernseher verbrachte, ohne wirklich wahrzunehmen, was dort lief, klingelte es an der Tür.

Es war Marion. Johanna war überrascht und nicht sonderlich erfreut über den Besuch. Hätte sie nicht wenigstens vorher anrufen können? Wer platzte denn heutzutage noch einfach bei irgendwem unangekündigt herein? Sie unterdrückte den Impuls, Marion mit einer Ausrede abzuweisen, und bat sie in die Wohnung. Marion ließ sich das nicht zweimal sagen und schaute sich mit unverhohlener Neugierde um. Ihre Anwesenheit verursachte Johanna ein ungutes Gefühl.

»Kann ich dir vielleicht eine Tasse Tee anbieten?«, fragte sie. Sie selbst war bereits beim Rotwein angekommen, aber sie fand, dass eine Tasse Tee unverbindlicher klang und den Besuch darüber hinaus zeitlich begrenzte. Falls Marion für solche Nuancen überhaupt empfänglich war, was Johanna bezweifelte.

Marion nickte. »Es tut mir leid, das mit deiner Mutter«, sagte sie.

»Danke«, erwiderte Johanna. Sie ging in die Küche und goss eine kleine Kanne Roibuschtee auf. Den Tee hatte sie geschenkt bekommen und mochte ihn nicht. Sie stellte die Kanne zusammen mit einer Tasse vor Marion hin. Deren Körper füllte den Sessel komplett aus. Unter dem geblümten Rock zeichneten sich ihre feisten Schenkel ab. Ein schwacher Schweißgeruch hatte sich im Raum ausgebreitet.

»Nett hast du es hier«, stellte Marion fest.

»Danke«, sagte Johanna erneut. Der Wohnung sah man deutlich an, dass darin kein Mann lebte, und Johanna fragte sich, ob Marion dies wohl als Manko betrachtete, womöglich mit heimlicher Genugtuung. Was wollte sie überhaupt hier? Johanna verspürte nicht die geringste Lust, diese uralte Bekanntschaft aufzufrischen. Marion mochte im Kern ein guter Charakter sein, aber Johanna gestand sich soeben ein, dass sie sie im Grunde nicht mochte. Vielleicht, weil die ehemalige Hausschwangere sie an zu viel Schmerzliches erinnerte. Anders als mit Durga hatte es zwischen ihr und Marion nie eine gemeinsame Wellenlänge gegeben.

»Johanna, ich muss dir was sagen, was mir schon lange auf der Seele liegt«, begann Marion, nachdem sie den Tee probiert und ein bisschen den Mund verzogen hatte.

Johanna fragte sich, was das wohl sein könnte. Etwas mit ihrer Mutter? Nein, sie hatte *lange* gesagt. Also war es etwas von *damals*. Etwas in ihr verkrampfte sich.

»Du erinnerst dich sicher noch an die Geburt deines Sohnes«, begann Marion.

Johanna, die allein schon diese ungelenke Frage unmöglich fand und außerdem gerade jetzt nicht gern daran erinnert wurde, zog lediglich ihre Augenbrauen in die Höhe.

»Weißt du auch noch, dass er gar nicht geschrien hat?«

»Ja, ich glaube schon«, antwortete Johanna widerstrebend. »Obwohl ich ziemlich erschöpft und benebelt war.« Was sollte das, wieso musste Marion hierherkommen und in alten Wunden herumstochern?

»Die Grundel hat dir ein Betäubungsmittel gegeben, gleich hinterher.«

In Johannas Magen begann etwas unruhig zu flattern. Sie nahm Marion scharf ins Visier. »Was willst du mir damit sagen?«

»Nun, das Kind… dein Sohn… er hat nicht geschrien, weil er gar nicht gelebt hat. Es war eine Totgeburt, ich hab's mit eigenen Augen gesehen.«

»Was redest du da? Du selbst hast ihn mir doch am nächsten Morgen vorbeigebracht, weißt du das nicht mehr?«

Johanna hatte die Situation deutlich vor Augen. Dieses winzige Bündel, das Marion vor sie hinlegte, ehe die Grundel hereinplatzte und die Hausschwangere samt Kind verscheuchte.

»Das war nicht dein Kind«, sagte Marion. »Sondern das von der Italienerin.«

»Welche Italienerin?«

»Die, die im Notzimmer ihr Kind gekriegt hat.«

»Ja, und?«

»Sie war als Notfall da, das Kind kam zu früh, und da hat die Grundel die Gelegenheit ergriffen und beschlossen, die Kinder einfach auszutauschen.«

»Auszutauschen?«, wiederholte Johanna begriffsstutzig.

»Das tote gegen das lebendige.«

Johannas Verstand wollte nicht begreifen, was sie hörte. Ihr wurde schwindelig. Gut, dass sie schon saß.

»Marion, was redest du da? Warum sollte sie so etwas tun?«

»Ja, verstehst du das denn nicht?«, rief Marion und riss ihre stark hellblau geschminkten Augen weit auf. »Dein Kind war für die Grundel wertvoll. Denkst du, sie hat die Hausschwangeren aus Barmherzigkeit aufgenommen? Wir waren billige Arbeitskräfte, und unsere Kinder waren bares Geld für sie. Aber an einem toten Kind hätte sie nichts verdient.«

Johanna schwirrte der Kopf, aber sie begriff, dass Marion nicht log. Das alles ergab in seiner ganzen Perversität einen Sinn. Und warum sollte Marion lügen, schließlich war ihre Rolle bei der ganzen Sache alles andere als heldenhaft. Johanna fiel nun wieder Marions seltsam zurückhaltendes Benehmen am Tag nach der Geburt ein. All dies erklärte auch, warum das Kind so klein gewesen war, obwohl die Frauenärztin Johanna noch zwei Wochen zuvor ein normales Wachstum ihres Kindes bescheinigt hatte.

»Und du? Du hast das gewusst?«, stieß Johanna hervor.

Marion senkte den Kopf. »Die Grundel hat mir mit weiß Gott was gedroht, wenn ich nicht den Mund halte. Du weißt, wie die sein konnte. Sie hat mir fünfhundert Mark angeboten, wenn ich bei dem Schwindel mitmache. Das war für mich damals viel Geld. Du kannst mich gern dafür verachten, ich tu es ja selbst...«

Ein altes, lange verdrängtes Bild schob sich vor ihr inneres Auge: der Wagen des Bestattungsinstituts vor dem Haus und der Mann, der sich diese kleine Kiste unter den Arm geklemmt hatte. Hätte sie damals nicht *spüren* müssen, dass es ihr totes Kind war, das er gerade durch den Garten davontrug?

Johanna rang nach Atem.

»Das war jetzt bestimmt ein Schock für dich«, stellte

Marion, ganz die Krankenschwester, fest. Sie wirkte zwar ein bisschen verlegen, aber auch wie eine, der man eine schwere Last von den Schultern genommen hat. »Es hat mir all die Jahre auf der Seele gelegen«, wiederholte sie mit treuherzigem Augenaufschlag. »Ich hätte damals reden sollen, das weiß ich heute. Aber ich war…« Marion ließ offen, was sie gewesen war.

Johanna wollte, dass Marion ging, es war höchste Zeit, sie sollte gehen, und zwar auf der Stelle.

»Es war nicht deine Schuld«, sagte sie. »Du warst sehr jung. Es ist allein die Grundel, die das zu verantworten hat.«

»Da bin ich aber froh, dass du das so siehst«, brach es aus Marion heraus.

»Marion, mir geht es nicht gut, ich muss allein sein, das verstehst du, oder?«, presste Johanna mit letzter Kraft hervor.

»Oh! Ja, natürlich!« Marion stemmte sich aus dem Sessel. »Wenn ich etwas für dich tun kann…«

»Nein, nichts!«, sagte Johanna schroff und fügte im Geist hinzu: *Geh einfach, geh, und komm nie wieder!*

Sie brachte Marion zur Tür, und als sie gegangen war, riss sie die Terrassentür auf und sog den Sauerstoff tief in ihre Lunge. Dann wankte sie zurück auf ihr Sofa.

Sie saß da wie betäubt, ein dunkler, dumpfer Klumpen Verzweiflung. Allmählich sickerte die Erkenntnis in ihr Bewusstsein: Ich habe dreißig Jahre lang an ein Phantom geglaubt.

Sie hatte dieses Kind stets als etwas betrachtet, das zu ihr gehörte. Johanna Burger, Mutter eines Sohnes, dessen Aufenthaltsort sie zwar nicht kannte, von dessen Leben sie nichts wusste, der aber zweifellos existierte. Ein Mensch, der ihre Gene trug, der ihr sein Leben verdankte. Die Gewissheit, dass es da noch irgendwo einen Teil von ihr gab, war ein fester Bestandteil ihrer Identität und ihres Lebens gewesen.

Jetzt, nach Marions Geständnis, war da nur noch eine völlige Leere. Es hatte ihr den Boden unter den Füßen weggezogen. Wie gut sie doch auf ihre Situation passte, diese abgedroschene Metapher.

Und die Fotos? Was war mit denen? Die bewiesen doch … Nein, die bewiesen gar nichts. Als die Adoptiveltern die Grundel um die Adresse gebeten hatten, musste diese ihnen konsequenterweise die Adresse von Johanna Burger in Oberstdorf nennen, der Frau, die als Mutter in der Adoptionsurkunde stand. Es war einerseits der Gipfel des Perfiden, aber andererseits nur die logische Fortsetzung des Betrugs. Diese alte Teufelin hatte alle hinters Licht geführt: die Adoptiveltern, Johanna, aber vor allen Dingen diese bedauernswerte Italienerin, der sie ihr Kind gestohlen hatte.

Ein anderer Gedanke brach sich Bahn: Wo war *ihr* Kind, das Totgeborene? Wohin hatte dieser Bestatter es gebracht? War es nach Italien überführt worden? Gab es irgendwo ein Grab, das sie besuchen konnte?

Johanna fragte sich, ob ihr Leben anders verlaufen wäre, wenn sie das alles von Anfang an gewusst hätte. Ja, ganz bestimmt. Sie hätte um ihr totes Kind getrauert, natürlich, aber sie hätte nie darüber nachdenken müssen, was aus ihm geworden war, ob es ihm gut ging, ob sie damals richtig gehandelt hatte. All diese Fragen und Gewissensqualen – für nichts!

Alles wäre anders gewesen.

Sie hatte also kein Kind. Niemand trug ihre Gene weiter. Sie konnte aufhören, sich das Leben *ihres* Kindes auszumalen, denn *ihr* Kind gab es nicht. Es gab nur das Kind dieser Italienerin, ein Mensch, der sie rein gar nichts anging. Sie war allein. Eine bleischwere Traurigkeit senkte sich auf sie herab, sie konnte das Gewicht in ihrem Brustkorb spüren, und sie fragte sich: Wer bin ich überhaupt ohne die Vorstellung von diesem Kind?

Juli 2006

Johanna

Dieses Mal ging Johanna schlauer vor. Am Samstag wartete sie ab elf Uhr in der Nähe des ehemaligen Entbindungsheims Sonnenstrahl, und ihre Geduld wurde belohnt: Gegen Mittag kam die Pflegerin mit einer Einkaufstasche heraus, durchquerte den Garten und zündete sich auf dem Gehweg erst einmal eine Zigarette an, ehe sie weiterschlenderte.

Johanna klingelte sich ins Haus, ging nach oben und läutete an der Tür. Sie brauchte nicht lange zu warten. Schlurfende Schritte näherten sich schon nach dem ersten Klingeln, und Johanna hörte die Hausherrin durch die geschlossene Tür schimpfen: »Hast du schon wieder den Schlüssel vergessen?«

Die alte Hebamme fuhr zurück, als sie Johanna sah. Als Nächstes wollte sie die Tür zuschlagen, aber Johanna war schneller, stellte ihren Fuß dazwischen und drängte die schmächtige Alte zurück in den Flur.

»Was willst du denn? Geh! Geh fort, oder ich rufe die Polizei!«

»Nur zu. Denen könnte ich dann gleich so einiges erzählen«, fauchte Johanna.

»Was? Was redest du da?« Die Grundel hatte sich, bedrängt

von Johanna, bis ins Wohnzimmer geflüchtet. »Lass mich endlich in Ruhe, ich bin eine alte, kranke Frau!«

Tatsächlich bot die Grundel einen erbärmlichen Anblick. Sie trug eine ausgeleierte Trainingshose und einen grauen Pullover, an dem etwas klebte, das wie Eigelb aussah. Dennoch hielt sich Johannas Mitgefühl in Grenzen.

»Ich weiß, was Sie getan haben. Sie sind eine skrupellose Kinderhändlerin!«

»Die Adoptionen waren alle legal, das Jugendamt hat mir die Leute geschickt, was fällt dir ein, mich zu beschuldigen? Ich habe euch verkommenen Ludern doch nur einen Gefallen getan und den Kindern erst recht! Und das ist jetzt der Dank!«

»Und das Geld für die verkauften Kinder haben Sie sicher für Witwen und Waisen gespendet!«, höhnte Johanna.

Die Grundel hatte sich hinter ihrem Fernsehsessel verschanzt und krallte sich an dessen Lehne fest. »Ich war angewiesen auf das Geld für die Vermittlung der Adoptionen. Die geburtenstarken Jahrgänge waren vorbei, ab den Siebzigern ging es rapide zurück, weil auf einmal alle die Pille genommen haben. Du hast doch selbst gesehen, dass die Hälfte der Betten die meiste Zeit leer waren. Aber ich hatte Fixkosten! Ohne die Adoptionen hätte ich das Heim zumachen müssen! Wovon hätte ich dann bitte schön leben sollen? Für die Rente war es noch ein bisschen früh! Aber über so etwas macht ihr euch ja keine Gedanken! Ihr seid eine verweichlichte Generation, euch fehlt der Krieg und die Not danach, euch haben sie immer nur Zucker in den Arsch geblasen.«

Wut schoss in Johanna auf, als ihr klar wurde, dass diese jämmerliche Alte Roulette mit dem Leben junger Frauen und deren Kindern gespielt hatte, um ihre Rechnungen zu bezahlen. »Schluss jetzt!«, fuhr sie die Grundel an. »Wie hieß diese Italienerin, die in derselben Nacht wie ich ihr Kind bekommen hat?«

»Was für eine Italienerin?«

»Sie wissen genau, wovon ich rede«, sagte Johanna. »Sie haben einer ahnungslosen Frau, die Ihre Hilfe gesucht hat, ihr Kind weggenommen und es verkauft, weil meines tot zur Welt gekommen ist und Ihnen sonst das Geld durch die Lappen gegangen wäre. War's nicht so? Sie sind eine Kriminelle, das sind Sie!«

Die ehemalige Hebamme wechselte die Taktik und verlegte sich aufs Jammern: »Das ist alles so lange her, ich weiß nichts mehr, ich bin alt, ich vergesse alles.«

»Es muss doch Unterlagen geben«, sagte Johanna. »Die könnten Ihrem Gedächtnis auf die Sprünge helfen.«

Ein hämisches Grinsen ließ ein viel zu weißes, viel zu gerades Gebiss sehen. »Siehst du hier welche?«, fragte die Grundel.

Johanna hätte die Grundel am liebsten geschüttelt, bis ihr das Grinsen vergangen wäre. Stattdessen beherrschte sie sich und ging zu einer Vitrine aus Kirschholz, die vollgestopft war mit Nippes. »Tja, vielleicht sind sie da drin?« Sie öffnete die Glastür und fegte mit einer einzigen Armbewegung die Porzellanfiguren aus dem obersten Fach zu Boden. Ein paar erwiesen sich als erstaunlich widerstandsfähig, andere zerschellten sofort.

»Um Himmels willen, was tust du da?«, kreischte die Grundel und blickte fassungslos auf die Splitter ihrer Figuren.

»Die Unterlagen aus dem Jahr 1976. Wo sind sie?«

Ihr Gegenüber schüttelte den Kopf. »Es gibt keine.«

Ein Hirtenpärchen samt Lamm zerschellte an der Wand.

»Meine Hummelfiguren! Bist du wahnsinnig? Weißt du, was die wert sind?«

»Die Unterlagen«, beharrte Johanna und schaute in den Schrank, auf der Suche nach der nächsten Scheußlichkeit, mit deren Zerstörung sie ihrer Bitte Nachdruck verleihen konnte.

»Im Keller!«, schrie die Grundel. Sie hatte sich schützend vor die Vitrine gestellt und machte scheuchende Bewegungen.

»Wo, hier im Haus?«

»Ja, wo denn sonst?«, erwiderte die Grundel hasserfüllt. »Hinterste Tür.«

»Der Schlüssel?«

»Hängt im Flur.«

Um zu verhindern, dass die Grundel in der Zwischenzeit womöglich die Polizei rief, steckte Johanna das Mobilteil des Telefons ein, das neben der Tür auf einem Telefontischchen stand. Sie nahm den Schlüssel mit dem Anhänger *Keller* vom Brett. »Wenn ich einen Ton höre, komm ich wieder rauf und werfe Sie die Treppe runter!«, drohte Johanna, ehe sie ging.

»Das wirst du bereuen!« Die alte Frau lehnte an der Wand des Flurs, und ihre farblosen Lippen bebten vor Wut. »Ich werde dich anzeigen. Du hast mich bedroht, ich werde dir die Hölle heiß machen, du Miststück! Ich habe von Anfang an gewusst, dass du nichts taugst!«

»Wer so viel Dreck am Stecken hat, sollte anderen besser nicht mit der Polizei drohen.« Damit ließ Johanna die Grundel stehen und eilte die Treppe hinunter.

Ein feucht-modriger Geruch schlug ihr auf der Kellertreppe entgegen. Im Kellergeschoss hatte sich einiges verändert. Die einstige Waschküche mit der Wäschemangel war jetzt ein Fahrradkeller, und in der Putzkammer hingen Sicherungskästen. Der ehemalige große Vorratsraum mit den Kühltruhen und den Regalen für Konservendosen und medizinische Hilfsmittel war mit Gipskartonwänden in einzelne Parzellen abgeteilt worden. Johanna sperrte das Vorhängeschloss an der hintersten Tür auf, das an einem Lattenverschlag hing. Eine Neonröhre flackerte auf, als Johanna den Lichtschalter umdrehte. Auf beiden Seiten des rechteckigen Raums und an der Stirnseite lagerten Kartons in metallenen Regalen. Sie waren unterschiedlich groß, und manche sahen schon ziemlich zerfleddert aus, doch alle waren mit dickem, schwarzem Filzschreiber mit Jahreszahlen versehen.

»Es geht doch nichts über die sprichwörtliche deutsche Ordnung«, murmelte Johanna, nachdem sie den Karton mit der Aufschrift *1. Halbj. 1976* entdeckt hatte. Eine Staubwolke rieselte auf sie herab, als sie ihn vom Regal herunterzog.

Ihr Wagen stand um die Ecke. Sie stellte den Karton in den Kofferraum. Erst jetzt bemerkte sie, wie sehr ihr Herz klopfte.

Es war ein Gefühl, als würde sie Diebesgut in Sicherheit bringen. So empfand es Johanna jedenfalls, als sie den Karton in ihre Wohnung trug und öffnete. Der Kellergeruch hatte sich in den Papieren festgesetzt, und Johanna musste, während sie durch die Akten blätterte, ein paarmal zum Fenster gehen und tief durchatmen. In ihrer Vorstellung stand dieser Geruch für all die bösen Dinge, die die Akten in dem Karton dokumentierten. Vielleicht war es aber auch nur die nachträgliche Aufregung über ihren Auftritt bei der Grundel. Im Rückblick konnte Johanna selbst kaum glauben, wie sie mit der Alten umgesprungen war, und sie musste sich einige Male ins Gedächtnis rufen, dass die Grundel zwar alt und schwach, aber dennoch eine Verbrecherin war, die im Gefängnis sitzen müsste, wenn es auf dieser Welt auch nur halbwegs gerecht zuginge.

Was die Adoption betraf, wurde Johanna enttäuscht. Keine Urkunde, keine Namen und Adressen der Eltern. Na ja, wen wunderte das? Die Adoptionen mochten legal gewesen sein, die Zahlungen der *Vermittlungsgebühr* ganz sicher nicht. Da hinterließ man besser keine Beweise.

Sie fand ihre Akte, in der die Grundel genau dokumentiert hatte, wann und in welcher Schwangerschaftswoche man Johanna im Entbindungsheim Sonnenstrahl aufgenommen hatte. Sogar der Befund der Frauenärztin lag dabei. Es schien alles normal gewesen zu sein, und sie erinnerte sich nun auch wieder, bis kurz vor der Geburt Kindsbewegungen gespürt zu haben.

Erwartungsgemäß enthielt ihre Akte keinen Vermerk über eine Totgeburt. Da standen nur das Datum und die Uhrzeit, 2:45 Uhr am Morgen des 12. Mai 1976. *Ausführende Hebamme: Agatha Grundel. Mutter leichte Kreislaufschwäche, Kind, männlich, wohlauf, Geburtsgewicht 3200 Gramm.*

Johanna versuchte, sich nicht schon wieder in ihre Wut auf die Grundel hineinzusteigern. Nie im Leben hatte der Säugling, den man ihr gezeigt hatte, 3200 Gramm gewogen.

Schließlich fand sie die Akte der Italienerin. Sie war am Abend des 11. Mai als Notfall aufgenommen worden. *Schwangerschaftswoche 36, Steißlage, vorzeitige Wehen, Risikogeburt* stand da in der kleinen, pedantischen Handschrift der Grundel und darüber hinaus alle Angaben über die Frau, vermutlich aus ihrem Pass: *Name: Gabriella Falcone, geborene Moretti, Geburtsdatum: 03.02.1954. Geburtsort: Arcevia, Frazione Belmonte, Italien, Provinz Marche. Krankenversicherung: AOK. Adresse in Deutschland: Kempten, Dornierstraße…* Die Hausnummer verdeckte ein Schimmelfleck. Es konnte eine Vier, eine Sieben oder auch eine Neun sein.

»Gabriella Falcone.« Johanna murmelte den Namen leise vor sich hin, als wollte sie einen Geist beschwören. Sie war, wenn die Aufzeichnungen stimmten, zweiundzwanzig gewesen, vier Jahre älter als Johanna. Vermutlich die Ehefrau eines Gastarbeiters. An einen Mann konnte sich Johanna jedoch nicht erinnern. Hatte die Grundel ihn weggeschickt? Gut möglich, die alte Hebamme hielt nicht viel von der Anwesenheit von Männern bei Geburten und lehnte diese neue *Mode*, wie sie es nannte, in Bausch und Bogen ab. *Wenn ihr das wollt, dann müsst ihr ins Stadtkrankenhaus gehen, ich kann mich nicht auch noch mit Mannsbildern beschäftigen, die nur im Weg herumstehen und lamentieren und womöglich noch umkippen.*

Der letzte Eintrag in Frau Falcones Akte lautete: *Kind, männlich, nicht lebensfähig, keine selbstständige Atmung, verstorben um 02.10 Uhr am 12. Mai.*

Das alles schwarz auf weiß zu lesen bewirkte, dass Johanna kurzzeitig Zweifel an Marions Bericht kamen. Was, wenn diese sich den angeblichen Kindertausch aus den Fingern gesogen hatte? Aber warum sollte sie das tun? Um sich wichtigzumachen? Vielleicht war sie irre? Oder hatte sie etwas falsch interpretiert? Die Hellste war sie ja nie gewesen. Allerdings stimmte es: Johannas Kind hatte nicht geschrien. Sie erinnerte sich nun wieder an die hektischen Kommandos der Grundel, an die unheimliche Stille unmittelbar nach der Geburt, an das Flüstern im Hintergrund und die Spritze, die die Grundel ihr verpasste. Von wegen Kreislaufschwäche!

Instinktiv wusste Johanna, dass Marion die Wahrheit sagte, auch wenn diese Berichte der Grundel plausibel klangen und niemand irgendeinen Verdacht schöpfen würde. Wie hieß es doch immer so schön? Papier ist geduldig.

Marions Besuch lag drei Tage zurück, und seither war Johanna in ihrer Wut auf die Grundel gefangen. Wütend zu sein fiel ihr leichter, als sich mit dem Tod ihres Kindes auseinanderzusetzen und sich das Ausmaß ihres Verlustes zu vergegenwärtigen. Jetzt, beim Durchblättern dieser Akte, holte sie der Schmerz mit Wucht ein. Sie gab einen undefinierbaren Laut von sich, ein Weinkrampf schüttelte sie, als sie daran dachte, wie sich diese eisige Leere in ihr ausgebreitet hatte, nachdem sie das Paar mit dem Baby hatte wegfahren sehen. Sie wollte toben, schreien, irgendetwas zerstören. Am Ende schluchzte sie nur in eines ihrer Sofakissen.

September 1974

Gabriella

Die Nachmittagssonne schien in Streifen durch die Fensterläden und tauchte den Raum in ein goldenes Schummerlicht. Gabriella drehte sich vor dem großen Spiegel, der an der Innenseite der Zimmertür angebracht war. Sie strahlte. Normalerweise hatte sie immer etwas an sich auszusetzen, aber heute war sie mit sich im Reinen, denn sie sah sich mit den Augen von Vittorio Falcone. Sie sei das hübscheste Mädchen weit und breit, hatte er gesagt. Das wollte etwas heißen, denn Vittorio war mit seinen achtundzwanzig Jahren schon viel herumgekommen. Womöglich hatte er ein bisschen übertrieben, aber wer wollte schon Komplimente auf die Goldwaage legen? Nachdem er das gesagt hatte, hatte er sie geküsst. Es war nicht das erste Mal, dass sie sich küssten, es ging schon den ganzen Sommer so, wann immer sie sich unbeobachtet wähnten. Aber dieser Kuss war so intensiv gewesen, so drängend und fiebrig, dass ihr schwindelig geworden war und sie einen Moment lang befürchtet hatte, ohnmächtig zu werden. Und dann hätte sie das bisher wichtigste Ereignis ihres Lebens verpasst: den Moment, als Vittorio in die Hosentasche griff, die kleine Schachtel herausnahm und ihr den schmalen, silbernen Ring entgegenhielt, der in einem kleinen Seidenkissen steckte.

»Gabriella Moretti, willst du meine Frau werden?«, hatte er mit einem schelmischen Lächeln gefragt.

Im Nachhinein fand Gabriella, dass er ruhig vor ihr hätte auf die Knie gehen können, wo sie doch sowieso schon auf einem Strohballen gesessen hatte, und überhaupt hätte er einen schöneren Ort wählen können als die Scheune. Und war sein Lächeln nicht allzu siegesgewiss gewesen? Sie hätte ihn vielleicht doch noch ein bisschen zappeln lassen sollen. Allein, ihr fehlten für so etwas die Nerven. Sie war es nicht gewohnt, von jungen Männern Komplimente oder gar Heiratsanträge zu bekommen, sie wusste nicht, wie man dieses Spiel spielte. Sie dachte vielmehr praktisch: Jetzt war September, und wenn die letzte Heuernte eingefahren war, würde ihr Vater Vittorio entlassen, denn im Winter gab es auf dem Hof weniger zu tun. Er hatte ohnehin ständig etwas an ihm auszusetzen. Wer weiß, wo Vittorio dann hingehen und ob er sie nicht recht schnell vergessen würde. Er hatte keine Familie, nichts hielt ihn in der Gegend. Er war wie ein Blatt im Wind, das mal hierhin, mal dorthin trieb.

Andere Mütter hatten auch schöne Töchter, die meisten sogar schönere, sagte sich Gabriella. Nein, einen solchen Mann durfte man nicht unnötig hinhalten oder davonziehen lassen. Nicht, wenn man ein zwanzig Jahre altes Bauernmädchen aus Belmonte war, das die Figur seiner Mutter geerbt hatte.

Denn eines war klar: Sollte sie keinen Mann zum Heiraten finden, wäre sie irgendwann auf dem elterlichen Hof nur noch geduldet. Das würde schon bald so sein. Nächstes Frühjahr wollte Tommaso seine schöne blonde Silvia heiraten, und von da an würde diese hier als künftige Hofherrin herumstolzieren und Gabriella, der Tochter des Hauses, den Rang ablaufen. Es gab auf den Höfen rund um Belmonte etliche dieser unverheirateten Tanten, die gut genug waren zum Kinderhüten und zur Hilfe in Haus und Hof, die aber, sobald ihre Arbeitskraft nicht mehr gefragt war, unweigerlich zu einer ganz und gar überflüssigen Existenz wurden. Dieses Schreckensszenario stand Gabriella deutlich vor Augen, und deswegen hatte sie Vittorios Antrag mit Freuden angenommen, ohne sich lange zu zieren.

Ehe sie mit Vittorio Falcone vor den Altar treten konnte, war allerdings noch eine gewaltige Hürde zu nehmen: ihr Vater, Ennio Moretti. Gabriella hatte Vittorio dringend gebeten, auch bei ihm um ihre Hand anzuhalten.

Vor dem Vater seiner Auserwählten zu Kreuze zu kriechen sei wohl nicht mehr ganz zeitgemäß, hatte Vittorio spöttisch gemeint. Außerdem wisse Gabriella doch genau, dass ihr Vater ihn nicht leiden könne. »Er kann keinen leiden, nicht mal sich selbst.«

Doch Gabriella hatte darauf bestanden. »Er wird bestimmt erst mal dagegen sein, aber ich werde ihn schon überzeugen. Wenn du ihn nicht fragst, wird das seinen Stolz verletzen, und er wird niemals Ja sagen und uns unser Lebtag lang mit seinem Groll verfolgen«, hatte Gabriella düster prophezeit. Das war keine Übertreibung gewesen. Sie wusste, wie unerbittlich und hart ihr Vater sein konnte.

»Ich fürchte, wir werden sowieso durchbrennen und gegen seinen Willen heiraten müssen«, hatte Vittorio entgegnet, sich aber schließlich doch von Gabriella das Versprechen abringen lassen, bei ihrem Vater vorzusprechen.

Nein, *durchbrennen* kam für Gabriella nicht infrage. Sie wollte vor aller Augen in der Kirche von Belmonte heiraten oder gar nicht.

Sie hatte Vittorio noch geraten, es gleich heute hinter sich zu bringen. »Versuche es nach dem *aperitivo,* um die Zeit ist er meistens einigermaßen... umgänglich.«

Gut gelaunt hatte sie zuerst sagen wollen, doch, genau

genommen, hatte sie ihren Vater noch nie gut gelaunt erlebt, nur manchmal weniger schlecht als sonst.

Vorhin hatte sie ihre Aussteuertruhe geöffnet und den cremefarbenen Seidenstoff herausgenommen, der von ihrer Großmutter stammte und aus dem einmal ihr Brautkleid geschneidert werden sollte. Sie hatte den Stoff um ihre Schultern drapiert und um ihre Taille gewunden, und nun drehte sie sich nach allen Seiten vor dem Spiegel. Das Wunder geschah: Der Stoff brachte ihre Haut und ihre Augen zum Leuchten. Vittorio würde dahinschmelzen, wenn er sie in ihrem Brautkleid, mit einem langen, duftigen Schleier am Altar sah. Sieh an, würden die Bewohner von Belmonte sagen, die kleine Moretti. Was für ein hübsches Ding aus ihr geworden ist.

»Gabriella?« Die Stimme ihrer Mutter ließ sie aus ihren Tagträumen hochschrecken. »Wo bleibst du? Wir wollten Pflaumen einkochen, schon vergessen?«

»Ich komme gleich.«

Zu spät, ihre Mutter stand bereits im Zimmer. »Was tust du denn da? Ist das der Stoff, den dir meine Mutter…« Antonella Moretti hielt inne und musterte ihre Tochter voller Argwohn.

Die hielt es nicht länger aus und verkündete: »Vittorio hat um meine Hand angehalten.« Mit einem triumphierenden Lächeln streckte sie ihrer Mutter die Hand mit dem silbernen Ring entgegen.

Antonella Moretti ließ ihren kompakten Körper auf das Bett sinken, wobei sich die Matratze und der Rost bedenklich durchbogen. Schon den ganzen Sommer trug sie Schwarz, denn ihre Mutter war im Frühjahr gestorben. Ihr graues Haar hatte sie zu einer Rolle am Hinterkopf hochgesteckt.

»Weiß es dein Vater schon?«

»Vittorio will ihn heute noch fragen, er hat es versprochen.«

»Hoffentlich überlebt er das.«

»*Mamma!*«, rief Gabriella erschrocken. »Wir haben nichts getan, was er nicht wissen dürfte, das schwöre ich.«

»Gabriella, ich weiß, dass du gern von hier wegwillst. Es ist ein ödes Leben für ein junges Mädchen. Aber deshalb musst du nicht den erstbesten Kerl heiraten, der dir schöne Augen macht. Das hast du nicht nötig, so hübsch, wie du bist.«

»Er ist nicht der Erstbeste«, protestierte Gabriella matt. *Und ich bin nicht hübsch.*

Sie wand sich aus dem Stoff heraus, der seine magische Wirkung schlagartig eingebüßt hatte. »Ich liebe ihn doch«, flüsterte sie. »Kannst du das nicht verstehen? Hast du *papà* denn nicht geliebt, als ihr geheiratet habt?«

Antonella seufzte. »Zu meiner Zeit wurde kein solches Aufhebens um die Liebe gemacht. Meine Eltern hatten die Heirat eingefädelt, und mir war es recht. Für mich bedeutete das eine gesicherte Zukunft, und er sah in mir in erster Linie die dringend benötigte Arbeitskraft.«

»Das klingt ja schrecklich!«

Ihre Mutter winkte ab. »Ich war schon sechsundzwanzig und dazu klein, dick und rosig wie ein Ferkel. Du kannst dir denken, was für Witze man über mich gemacht hat, besonders weil meine Eltern eine Schweinezucht hatten. Und dein Vater...« Sie hielt inne und seufzte erneut. »Ausgemergelt und dürr wie ein Stock war er, nach fünf Jahren in russischer Gefangenschaft. Und das war nur das Äußerliche...« Antonella schüttelte sich bei der Erinnerung daran. »Wir mussten beide nehmen, was wir kriegen konnten. Und damals konnte ich es kaum erwarten, die Herrin über all das hier zu werden.« Sie wies mit einer vagen Geste zum Fenster hinaus. »In der ersten Zeit, wenn mir die Arbeit über den Kopf wuchs, habe ich oft darüber nachgedacht, alles hinzuwerfen und zu gehen. Aber wohin? Ich war hier gefangen. Also habe ich durchgehalten, und allmählich wurde es besser. Dann seid ihr auf die

Welt gekommen, Tommaso und du. Ihr beiden wart mein großes Glück, und euer Vater hat euch ebenso geliebt wie ich, das weiß ich, auch wenn er das nie zeigen konnte.«

»Wem sagst du das«, warf Gabriella in bitterem Tonfall ein.

»Weißt du, Kind, die Liebe haben sie deinem Vater gründlich ausgetrieben. So schlimme Dinge, wie er sie erlebt und gesehen hat, gehen an niemandem spurlos vorbei.«

Gabriella verdrehte heimlich die Augen. Ihre Mutter entschuldigte alles, was ihr Ehemann sich an Härte und Lieblosigkeit seiner Familie gegenüber leistete, mit den *schlimmen Dingen*, die er angeblich im Krieg und danach durchgemacht hatte und über die er nie sprach.

»Aber trotz allem sind dein Vater und ich seit einem Vierteljahrhundert zusammen, und wir führen ein zufriedenes Leben. Das ist mehr, als die meisten Leute von sich sagen können. Liebe? Da pfeif ich drauf!«

»Aber *mamma!*«

»Heute«, fuhr ihre Mutter fort, »muss eine Frau nicht mit zwanzig heiraten, auch nicht mit fünfundzwanzig oder dreißig, sondern sie sollte in erster Linie einen Beruf erlernen, damit sie auf eigenen Füßen stehen kann, anstatt sich aus *Liebe* an einen Mann wegzuwerfen, der nichts hat und keiner geregelten Arbeit nachgeht.« Ihre Stimme hatte sich nun, da sie offensichtlich von Vittorio sprach, in die Höhe geschraubt, ihr Doppelkinn bebte, und jetzt stand sie auf und ihre roten, von der Hofarbeit schrundigen Hände griffen nach den Schultern ihrer Tochter. »Geh in die Stadt, lerne einen Beruf, mach dich unabhängig! Sei nicht so dumm, wie ich es war! Ich bitte dich, überstürze nichts!«

Ihre Mutter meinte es gut, das wusste Gabriella. Aber bis sie vielleicht einmal einen Beruf – welchen überhaupt? – erlernt hätte und genug Geld damit verdiente, konnten Jahre vergehen. Dann würde sie erst recht keiner mehr wollen. Nein,

Gabriella wollte keinen Beruf, sie wollte einen Mann und eine Familie. Vor allen Dingen aber wollte sie *jetzt* weg. Weg von diesem Dorf, weg von diesem Hof und ihrem Vater, dessen dunkles Gemüt ihr Leben überschattet hatte, seit sie denken konnte. Vittorio war für Gabriella *die* Gelegenheit, die erstickend enge Welt ihrer Kindheit und Jugend hinter sich zu lassen.

»Dein Vater wird damit nie einverstanden sein, das weißt du«, hörte sie ihre Mutter sagen.

»Das ist ungerecht!«, rief Gabriella gleichermaßen trotzig und verzagt. »Vittorio hatte es auch nicht leicht im Leben, genau wie *papà*. Er ist als Waise aufgewachsen, er musste immer kämpfen. Warum müsst ihr ihn von vornherein verdammen?«

»Weil der Kerl nichts taugt!«, dröhnte plötzlich eine Stimme durch das Zimmer. Die beiden fuhren herum.

Ennio Moretti stand im Türrahmen wie ein finsterer Turm. Er war Mitte sechzig, sah aber viel älter aus. Seine Augen über den scharf hervorstechenden Wangenknochen waren tiefe, trübe Tümpel, die Wangen mit den grauen Bartstoppeln eingefallen und von Falten und Narben zerfurcht, der Mund ein farbloser Strich. Er war noch immer von eindrucksvoller Größe, auch wenn das Alter seine breiten Schultern ein wenig nach vorn gezogen hatte. Wer ihn nicht kannte, konnte bei seinem Anblick schon mal erschrecken, und die, die ihn kannten, wussten, dass mit ihm nicht zu spaßen war. Mit seinen riesigen Händen konnte er nach wie vor kräftig zupacken und notfalls auch zuschlagen.

Es war kurz nach sechs, und vermutlich, so spekulierte Gabriella, hatte er vergeblich auf seinen *aperitivo* gewartet, den ihm seine Frau jeden Abend um diese Zeit servierte: ein kleiner Krug vom Roten, etwas Brot und Öl zum Tunken, grüne Oliven und dazu ein paar Happen Käse, Schinken oder

Salami, gerade so viel, um den Magen zu füllen und die Zeit bis zum Abendessen zu überbrücken.

Hatte Vittorio sein Anliegen noch vorbringen können, fragte sich Gabriella, oder hatte ihr Vater lediglich das Gespräch zwischen seiner Frau und seiner Tochter belauscht?

»Ich kenne diese Sorte. Er taugt nicht zur Arbeit, und schon gar nicht taugt er als Ehemann für meine Tochter. Lass dir eines gesagt sein, Gabriella: Wenn du diesen Kerl heiratest, bist du nicht länger ein Mitglied dieser Familie!«

Juli 2006

Johanna

Entgegen Johannas Erwartungen hatte ihre Mutter sie nicht aus dem Testament gestrichen. Die Schreinerei hatte Korbinian Burger noch zu Lebzeiten an seinen Sohn Roland übertragen, aber das angrenzende Wohnhaus und die Ersparnisse gingen laut Charlotte Burgers letztem Willen zu gleichen Teilen an ihre drei Kinder. Wollte Roland mit seiner Familie nach wie vor dort wohnen bleiben, musste er seine Geschwister auszahlen. Roland beauftragte einen Gutachter, um das Wohnhaus schätzen zu lassen, und dieser setzte einen so lächerlich niedrigen Preis an, dass es Johanna die Zornesröte ins Gesicht trieb.

Schließlich, so argumentierte Roland, habe er über all die Jahre das Haus in Schuss gehalten und modernisiert, diese Kosten müsse man ja wohl vom Schätzwert abziehen.

»Aber nicht so viel, dass sogar der Grundstückspreis noch unterboten wird«, entgegnete Johanna. Sie nahm sich selbst einen Anwalt und ließ ein Gegengutachten erstellen, woraufhin Roland ihr vorwarf, sie sei geldgierig und wolle ihn und seine Familie in den Ruin treiben.

Max versuchte, seine Schwester zu überreden, um des lieben Friedens willen Rolands Schätzpreis zu akzeptieren, aber

Johanna sah nicht ein, sich dermaßen plump über den Tisch ziehen zu lassen. »Dann muss er eben einen Kredit aufnehmen, so wie andere Leute auch«, lautete ihre Antwort, und grollend fügte sie hinzu: »Du kannst ihm deinen Anteil ja als Darlehen zur Verfügung stellen.«

Max, fand sie, hatte gut reden, mit seinem fetten Gehalt von Mutter Kirche und der kostenlosen Wohnung im Vatikan.

Vor seiner Abreise organisierte Max ein Treffen zwischen den Geschwistern, das der Findung einer Lösung dienen sollte. Es war das erste Mal seit dreißig Jahren, dass Johanna ihr Elternhaus betrat, und sie tat es mit einer Mischung aus Neugierde und Widerwillen.

Sie saßen in der Küche, wo Rolands Frau eine Brotzeit hergerichtet hatte. Der Raum verfügte über eine neue, sehr moderne Küchenzeile, die Roland wahrscheinlich selbst gebaut hatte, aber die Eckbank mit dem massiven Esstisch war immer noch da und der Herrgottswinkel ebenfalls. Kaum hatte Johanna unter den Augen des Gekreuzigten Platz genommen, bekam sie auch schon ein enges Gefühl in der Brust. Es war ein Fehler, der Zusammenkunft an diesem Ort zugestimmt zu haben. Aber nun musste sie da durch, sie konnte ja schlecht wieder gehen.

Wie immer bei Erbschaftsstreitigkeiten brachen alte Wunden auf. Zwar beherrschte sich Johanna eisern, aber nachdem die schon bekannten Argumente ausgetauscht worden waren, wetterte Roland plötzlich drauflos: Max und Johanna hätten kein Recht auf das Erbe, weil ihre Ausbildungen schon so viel gekostet hätten. Davon abgesehen: Was wollten sie überhaupt mit dem Geld, wo sie doch beide keine Kinder hätten!

»Das geht zu weit, Roland, das tut hier wirklich nichts zur Sache«, bremste Max seinen Bruder. Er musste Johanna angesehen haben, dass diese kurz davor war, Roland an die Gurgel zu gehen.

Aber der war gerade erst richtig in Fahrt gekommen. »Du und Max, ihr habt doch immer auf mich herabgeschaut, weil ich nur Handwerker bin und kein Intellektueller. Genau wie unsere Mutter! Die hat mich nie so gemocht wie euch. Weil ich nicht Klavier spielen konnte und nicht so gut in der Schule war wie ihr zwei!«

Insgeheim musste Johanna ihrem kleinen Bruder zustimmen. Es war stets offensichtlich gewesen, dass Charlotte Burger Max und Johanna – Letztere allerdings nur bis zu deren Sündenfall – vorgezogen hatte. Vielleicht lag es daran, dass Charlottes Jüngster ihr selbst so gar nicht ähnelte, oder sie hatte ihm verübelt, dass er sich so gut mit Oma Friedel, ihrer Erzfeindin, verstand.

»Dieses Testament würde es gar nicht geben, wenn sie vor Vater gestorben wäre!«, brach es aus Roland heraus. »Sie hat ihn sowieso nie geliebt. Immer hat sie ihn spüren lassen, dass sie eigentlich zu gut für ihn war. Zumindest in ihrer Einbildung. Wie sie durch den Ort stolziert ist, als wäre sie Gott weiß wer!«

»Roland, es reicht«, fuhr Max ihm über den Mund.

Johanna war, als spräche Großmutter Friedels Geist aus ihrem kleinen Bruder. Sie beendete die fruchtlose Unterhaltung, indem sie sagte: »Wie dem auch sei, das Testament gibt es nun mal, auch wenn du dich auf den Kopf stellst, Roland. Ich bestehe auf einer fairen Aufteilung.« Damit stand sie auf, nickte den beiden zu und ging.

Erst draußen auf der Straße bekam sie wieder richtig Luft.

Möglicherweise hätte Johanna unter anderen Umständen früher eingelenkt, schon um sich Szenen wie diese zu ersparen. Aber Tatsache war: Der Streit um die Erbschaft mit Roland kam ihr gerade recht, lenkte er sie doch ab von ihrem Schmerz um das verlorene Kind. Beinahe lustvoll stürzte sie sich daher in die Schlacht, und bald kommunizierten Roland und Johanna nur noch über ihre Anwälte miteinander.

Am Ende war es Max, dem es in stundenlangen Telefongesprächen mit den verfeindeten Parteien gelang, einen Kompromiss auszuhandeln, dem Roland und Johanna schließlich murrend zustimmten, wobei beide hinterher das Gefühl hatten, zu viel nachgegeben zu haben.

In tiefer Trauer nehmen wir Abschied von unserer lieben Schwester, Tante und Großtante Agatha Grundel, staatl. gepr. Hebamme …

Johanna, die beim Frühstück in der *Allgäuer Zeitung* geblättert hatte, wobei sie sich einer Gewohnheit gemäß stets von hinten nach vorn durcharbeitete, fiel beinahe die Kaffeetasse aus der Hand. Die Grundel war tot?

Ihr stockte der Atem, als sie das Todesdatum sah: Die Grundel war am 6. Juli verstorben. Nur drei Tage nach Johannas Besuch bei ihr. Über die Todesursache stand nichts in der Anzeige. Die Beerdigung auf dem Kemptener Stadtfriedhof sollte übermorgen Nachmittag stattfinden.

Den ganzen Tag über konnte Johanna kaum an etwas anderes denken. War sie schuld am Tod der Grundel? Hatte sie der alten Frau zu sehr zugesetzt? Sie dachte an die Porzellanfiguren. Wäre es nicht auch weniger drastisch gegangen? Es war *drei* Tage später, sagte sich Johanna immer wieder. Nicht an *dem* Tag. Doch vielleicht hatte die Grundel kurz danach einen Herzanfall erlitten, war ins Krankenhaus gekommen und hatte dort, an Maschinen angeschlossen, nur noch ein paar Tage überlebt?

Erstaunlich viele Menschen waren zur Beerdigung von Agatha Grundel gekommen, die überwiegende Zahl davon Frauen. Johanna musste sich erst wieder ins Gedächtnis rufen, dass die Grundel zwei Gesichter gehabt hatte, und die meisten

Frauen hatten nur das der zwar resoluten, aber doch auch sehr kompetenten Hebamme zu sehen bekommen. Ja, wenn man ihr nicht gerade als Hausschwangere in die Hände fiel, war an der Grundel sicher nichts auszusetzen gewesen.

Es war ein trüber, regnerischer Tag. Dunkle Wolken drückten herab, und immer wieder begann es leicht zu tröpfeln. Johanna stand ziemlich weit hinten und sah über die Köpfe der Menschen hinweg zu, wie der Sarg ins Grab gesenkt wurde. Was empfand sie? Befriedigung, Genugtuung? Nein, eher Bedauern darüber, dass die Grundel nicht für ihre Taten hatte bezahlen müssen. Sie, die so viel Leid über andere gebracht hatte, hatte weder ihre Schuld eingesehen noch Scham verspürt oder gar Gewissensqualen erlitten. Es war so ungerecht! Johanna wünschte, sie könnte ans Jüngste Gericht glauben und darin Trost finden. Ihr Blick wanderte durch die Menschenansammlung. Ob Marion wohl hier war? Sie schien nicht gekommen zu sein, was Johanna nicht bedauerte. Der Gedanke, dass ausgerechnet eine Person wie Marion ihr Geheimnis kannte, behagte ihr ganz und gar nicht. Sie hoffte, ihr in Zukunft nie wieder zu begegnen.

Aus ein paar belauschten Gesprächen am Rande des Geschehens hatte Johanna herausfiltern können, dass die Grundel wohl am Morgen des 6. Juli von ihrer rumänischen Pflegerin tot in ihrem Bett aufgefunden worden war. Friedlich entschlafen sozusagen. Diese Aussage erleichterte zwar Johannas Gewissen, allerdings musste sie sich schon in der nächsten Sekunde eingestehen, dass sie der Grundel wenigstens einen qualvollen Tod gewünscht hätte. Doch nicht einmal dieses Minimum an Gerechtigkeit hatte das Schicksal für sie bereitgehalten.

Etliche Leute defilierten am Grab vorbei, warfen kleine Blumensträuße hinab oder tauchten die kleine Bürste in das improvisierte Weihwasserbecken, um damit den Sarg zu besprengen. Dem Herdentrieb folgend, rückte auch Johanna näher in Richtung Grabstelle vor. Sie hatte allerdings nicht das Bedürfnis, der Grundel einen letzten Gruß mit ins Jenseits zu geben, allenfalls einen Fluch, und eigentlich könnte sie einfach gehen. Sie hatte erfahren, was sie erfahren wollte: Es traf sie keine unmittelbare Schuld am Tod der Alten.

»Fahr zur Hölle, du böse alte Hexe!«

Johanna war nicht die Einzige, die die Frau in dem hellen Trenchcoat erstaunt anblickte, welche zu diesen Worten eine Handvoll Erde auf den Sarg prasseln ließ, sich anschließend die Hände mit einem Papiertaschentuch säuberte und das zerknüllte Taschentuch ebenfalls in die Grube warf. Ein paar der Umstehenden schüttelten missbilligend die Köpfe und bekundeten zischelnd ihren Unmut über das unstatthafte Benehmen der Frau, gingen dann aber rasch weiter, als befürchteten sie, als Nächste von dieser Wahnsinnigen behelligt zu werden. Außerdem begann es nun zu regnen.

Oha, eine Schwester im Geiste!, dachte dagegen Johanna, und als die Frau – sie war groß und mager, vielleicht Anfang sechzig – an ihr vorbeiging, sagte sie zu ihr: »Sie scheinen sie ja gut gekannt zu haben.«

Die Frau im Trenchcoat blieb stehen und musterte Johanna durch ihre randlose Brille.

»Johanna Burger. Ich war eine Hausschwangere bei ihr.«

»Alles klar«, meinte die andere. Sie kramte in ihrer geräumigen Handtasche herum, zog einen Taschenschirm heraus und spannte ihn auf. Sie machte eine einladende Geste in Richtung Johanna, die keinen Schirm dabeihatte. »Ich muss zum Bus in die Stadt. Wollen Sie ein Stück mitkommen?«

»Danke, ich habe das Auto hier. Ich könnte Sie mitnehmen, bis zum Busbahnhof oder wohin Sie wollen«, erbot sich Johanna.

»Das ist mir auch recht.«

Johanna schlüpfte unter den Schirm der Frau. Schweigend

liefen sie nebeneinanderher zum Parkplatz. Die Frau schüttelte sorgfältig den Schirm aus, ehe sie sich auf den Beifahrersitz von Johannas Golf setzte, ihr Halstuch lockerte und sich durch das kurze, braune Haar fuhr. »Ich hätte nicht herkommen sollen, das war dumm von mir. Es hat alles wieder aufgewühlt.«

»Wollen wir einen Kaffee trinken gehen?«, fragte Johanna.

Sie gingen ins Stadtcafé, das sich um diese Zeit, es ging auf fünf Uhr zu, bereits zu leeren begann. Was den beiden nur recht war.

»Waren Sie auch eine Hausschwangere?«, fragte Johanna.

»Nein, ich war bei ihr angestellt als Krankenschwester. Von Mitte der Sechziger bis Anfang der Siebziger.«

»Ich war 1976 dort.«

»Da war ich schon weg.«

Die Bedienung kam an den Tisch.

»Sie war wohl keine so tolle Arbeitgeberin«, sagte Johanna, nachdem beide einen Cappuccino bestellt hatten. Die Frau hatte sich zwischenzeitlich vorgestellt: »Ich bin übrigens die Wagner Elli.«

»Das sowieso nicht«, meinte die Wagner Elli. »Aber das war es nicht. Es waren ihre… Machenschaften. Hat sie Ihnen auch das Kind weggenommen und verkauft?«

Johanna begriff, dass sie sich aus der Deckung wagen musste, wenn sie etwas erfahren wollte. »Viel schlimmer noch.« Dann erzählte sie dieser Wildfremden im Flüsterton von dem, was sie durch Marion erfahren hatte. Etwas sagte ihr, dass ihr Geheimnis bei dieser Frau gut aufgehoben war.

»O mein Gott! Das tut mir so leid«, meinte Frau Wagner.

»Mir auch. Besonders für die andere Frau, diese Italienerin.«

»Die war nicht die Einzige, bei der sie so etwas gemacht hat.«

»Wie meinen Sie das?«, fragte Johanna.

»Dass sie die Kinder der Hausschwangeren praktisch verkauft hat – sie nannte das *Adoptionsvermittlung* –, war eine Sache. Die Mädchen wussten, worauf sie sich eingelassen hatten, und manche waren sogar ganz froh darüber, dass ihr Problem auf diese Weise beseitigt wurde.« Elli Wagner hob ihre Hand zum Mund. »Entschuldigung, ich wollte Sie nicht …«

»Schon gut, ich weiß, was Sie meinen«, sagte Johanna. »Und was war die andere Sache?«

»Sie hat nicht nur die *gefallenen Mädchen*, wie sie sie genannt hat, ausgenutzt, sie hat auch mittellosen Ehefrauen, von denen keine Gegenwehr zu erwarten war, ihre Kinder nach der Geburt weggenommen. Ich weiß von mindestens fünf Fällen während meiner Zeit dort. Es können auch mehr gewesen sein, ich habe ja nur an drei Tagen in der Woche Nachtdienst gemacht, ich habe nicht alles mitgekriegt.«

»Aber wie konnte sie den Frauen die Kinder einfach *wegnehmen?*«, fragte Johanna.

»Sie hat behauptet, die Kinder seien gestorben. Genau wie bei Ihrer Zimmernachbarin.«

»Gut, aber mein Kind ist in dieser Nacht ja wirklich gestorben. Wie hat sie das sonst gemacht? Jede Mutter hat ihr angeblich totes Kind doch bestimmt noch sehen wollen. Ich hätte es sehen wollen, wenn man mir die Wahrheit gesagt hätte.«

Elli Wagner schob ihre Tasse, deren Inhalt sie noch gar nicht angerührt hatte, mit einem angeekelten Ausdruck von sich. Dann blickte sie sich um, und obwohl die Nebentische nicht besetzt waren, senkte sie die Stimme zu einem kaum hörbaren Flüstern. »Sie hatte im Keller eine Kühltruhe mit einem Vorhängeschloss daran. Darin lag ein toter Säugling. Den hat sie …« Sie stockte und rang nach Atem. »Den hat sie rausgeholt und aufgetaut, wenn eine der Mütter ihr totes Kind sehen wollte.«

Johanna starrte die Frau an. War sie an eine Irrsinnige geraten?

»Ich weiß, wie sich das anhört«, versicherte ihr Gegenüber. »Total verrückt und wie aus einem Horrorfilm. So war es ja auch.«

Johanna merkte, wie etwas Saures ihre Speiseröhre hochstieg. Voller Angst fragte sie sich, was wohl aus ihrem toten Kind geworden war.

»Ich war bei der Polizei«, fuhr die ehemalige Krankenschwester fort, »aber die hat Beweise verlangt, Zeugen. Und ich konnte mich an die Namen der Frauen nicht erinnern, denen sie die Kinder weggenommen hat. Bei einer Hausdurchsuchung hätten sie den toten Säugling in der Truhe vielleicht gefunden, aber die fand nie statt. Die Grundel muss gewarnt worden sein. Sie hat mich kurz nach meiner Aussage bei der Polizei rausgeschmissen. Wann immer ich bei der Staatsanwaltschaft nachgefragt habe, bin ich vertröstet oder abgewimmelt worden. Dann habe ich mich an die *Allgäuer Zeitung* gewandt, aber der Redakteur hat mich behandelt, als wäre ich eine Irre. Also habe ich alles aufgeschrieben, woran ich mich noch erinnern konnte, und es an den *Stern* geschickt. Aber die wollten auch wieder Beweise. Eines Tages flatterte mir ein Schreiben von der Staatsanwaltschaft ins Haus. Die Grundel hatte mich angezeigt wegen übler Nachrede.«

Johanna schluckte, ihr fehlten die Worte.

»Das Schlimmste war: Sie stellte sich auch noch als Wohltäterin hin. Sie hat quasi Gott gespielt. *Die Kinder werden in einer anständigen Familie großgezogen, nicht bei diesen Krattlern.* Das sagte sie ganz oft. Sie verachtete nämlich arme Leute, dabei stammte sie selber aus ganz kleinen Verhältnissen. Aber das sind ja oft die Schlimmsten.«

»Entschuldigen Sie!« Johanna sprang auf, rannte zur Toilette, wo sie sich übergeben musste. Sie wusch sich das Gesicht, das ihr wie ein Geist aus dem Spiegel über dem Waschbecken entgegenblickte.

Als sie wieder ins Lokal kam, war die Wagner Elli verschwunden, und Johanna wünschte, sie hätte das alles nie erfahren.

September 1974

Gabriella

Vom Fuß des Hügels bis hinauf zu den Befestigungsmauern, die den Ortskern von Belmonte umgaben, erstreckten sich die Gärten des Ortes. Die steile Hanglage machte die Bewirtschaftung ein wenig mühsam, aber dennoch wurde in den meisten Parzellen eifrig Obst und Gemüse angebaut, oder sie dienten der Haltung von Geflügel und Kaninchen. Ein paar jedoch waren aufgegeben worden und verwilderten, so wie der Garten der alten Celestine, ein schmaler, lang gezogener Streifen auf der Südostseite des Dorfes. Sie war Haushälterin bei verschiedenen Pfarrern von Belmonte gewesen, damals, als die Kirche noch ordentlich für ihr Personal gesorgt und es noch hauptamtliche Pfarrer nur für Belmonte gegeben hatte. Inzwischen war Celestine neunzig und in Rente und wegen diverser Leiden nicht mehr in der Lage, sich um den Garten zu kümmern, der, streng genommen, noch immer der katholischen Kirche gehörte. Die heimlichen Liebespaare des Ortes nutzten den Garten gerne für ihre Treffen. Auch Vittorio und Gabriella hatten sich dort schon verabredet, denn auf dem Moretti-Hof war man nirgendwo sicher vor Ennio, der wie ein böser Geist herumzuschleichen und plötzlich aufzutauchen pflegte, wenn man am wenigsten mit ihm rechnete.

Vittorio hatte nicht mehr die Gelegenheit gehabt, förmlich um Gabriellas Hand anzuhalten. Er konnte froh sein, dass er mit heiler Haut davongekommen war, nachdem Ennio ihm gedroht hatte, ihn mit der Mistgabel aufzuspießen, sollte er nicht sofort verschwinden oder sich noch einmal blicken lassen. Dennoch schaffte es Vittorio, seiner Angebeteten in der Scheune eine Nachricht zu hinterlassen. Er werde täglich zwischen drei und vier in Celestines Garten auf sie warten.

Ennio Moretti, der so etwas wohl ahnte, beobachtete Gabriella tagelang mit Argusaugen, und auch Antonella bewachte ihre Tochter auf Schritt und Tritt.

Wenn Gabriella nicht bei der Hofarbeit oder im Haus helfen musste, zog sie sich in ihr Zimmer zurück. Auch jetzt lag sie auf dem Bett, zu nichts anderem fähig, als an Vittorio zu denken. Es klopfte an der Tür.

»*Mamma,* lass mich in Ruhe!«

»Ich bin's. Tommaso.«

Sie setzte sich auf. »Komm rein!«

Er trat ins Zimmer und blieb mitten im Raum stehen. Er besaß die große, hagere Figur ihres Vaters und konnte so viel Essen in sich hineinschaufeln, wie er wollte, ohne auch nur ein Gramm zuzunehmen, während Gabriella zu ihrem Leidwesen eher ihrer Mutter nachschlug und aufpassen musste, damit sie nicht ansetzte.

»Was ist los?«, fragte Gabriella.

»Gabriella, würdest du hierbleiben, wenn du den Hof erbst?«

Tommaso hatte, und auch hierin ähnelte er seinem Vater, die Angewohnheit, wirklich nie lange um den heißen Brei herumzureden.

»Diese Frage stellt sich ja wohl nicht«, meinte Gabriella.

»Ich könnte versuchen, Vater dazu zu überreden.«

Gabriella musste lachen, so absurd war diese Vorstellung.

»Ach, Tommaso«, meinte sie seufzend. Sie und ihr Bruder hatten sich immer gut verstanden, und dass er ihr zuliebe auf sein Erbe verzichten wollte, war ein edler Zug von ihm, aber vollkommen unrealistisch.

»Hör zu, Gabriella, ich möchte nicht bis ans Ende meiner Tage Bauer sein. Ich habe andere Pläne.«

»Du machst mich neugierig«, sagte Gabriella und klopfte auf die Bettkante, um ihm zu bedeuten, dass er sich hinsetzen solle.

»Das muss unter uns bleiben.«

»Ich schweige wie ein Grab.«

»Ich möchte nach Kanada auswandern, zusammen mit Silvia.«

»Nach Kanada?«

»Das ist unser Traum. Aber jemand muss hierbleiben, die Eltern werden schließlich auch nicht jünger.«

»Und das soll ich sein«, begriff Gabriella. »Wie stellst du dir das vor – Vittorio und unser Vater unter einem Dach? Das gäbe Mord und Totschlag!«

»Aber wenn der Hof dir gehören würde, dann müsstest du doch diesen Kerl nicht heiraten«, brach es aus Tommaso heraus.

Augenblicklich wurde Gabriella wütend. Sie sprang vom Bett auf und wies ihrem Bruder die Tür. »Du gehst jetzt besser.«

Tommaso stand langsam auf. »Entschuldige, ich dachte …«

»Was hast du gedacht?«, fragte sie eisig.

»Dass sich das inzwischen erledigt hätte.«

»Nein, das hat es nicht!«, rief Gabriella, den Tränen nah. »Warum seid ihr alle gegen ihn?«

Aber Tommaso war schon auf dem Weg nach unten.

Kanada! Verrückt.

Sie hörte Stimmen auf dem Hof und ging zum Fenster.

Es war ihr Vater, der mit einem Bauern aus der Nachbarschaft redete. Vorsichtig öffnete sie einen Fensterflügel und lauschte. Die zwei hatten offenbar vor, zu einem Futtermittelhändler nach Mergo zu fahren. Wahrscheinlich glaubte ihr Vater, genau wie Tommaso, dass die Gefahr vorüber und Vittorio längst über alle Berge war. Die zwei Männer gingen zu Ennios feuerrotem Fiat 900, aus dem er die hinteren Sitze herausgenommen hatte, um den Kleinbus als Transportfahrzeug zu nutzen. Sie tuckerten langsam über den Hof, um keines der Hühner zu überfahren, und bogen in die Zufahrt ein.

Hektisch kämmte Gabriella ihr Haar und band es zu einem Pferdeschwanz, zog eine frische Bluse an, fuhr in Jeans und Turnschuhe und trug etwas rosafarbenen Lippenstift auf.

Der Fiat war bereits außer Sicht, nur eine Staubwolke waberte noch entlang der abschüssigen *strada bianca*. Gabriella hastete die Treppe hinunter, so leise es ging, und rannte hinüber zum Schuppen. Vor den Augen ihrer protestierenden Mutter schwang sie sich auf ihr Rad und brauste den Schotterweg hinab bis zur Hauptstraße, die nach Belmonte führte. Dort trat sie wie wild in die Pedale. Kurz vor dem Ortseingang stieg die Straße wieder an. Gabriella keuchte und versuchte, die Stiche in der Lunge zu ignorieren. Es war schon halb fünf, als sie völlig verschwitzt und atemlos bei Celestines Garten ankam. Ob er wohl noch da war?

Sein Roller, eine alte, hellblaue Lambretta, stand vor dem Gartentor, und zwischen den verkrüppelten Weinstöcken und dem verfallenen Hühnerstall sah sie eine dünne Rauchsäule aufsteigen. Gabriellas Herz machte einen freudigen Satz. Sie löste ihr Haar und ging durch das quietschende, rostige Tor.

»Vittorio!«

»Na endlich! Seit acht Tagen lungere ich jeden Nachmittag hier herum.«

»Es ging nicht früher.«

Wieder einmal ließ es Vittorio an Galanterie fehlen, wie Gabriella leicht verärgert bemerkte. Er blieb nämlich in seiner Graskuhle sitzen und streckte nur die Arme nach ihr aus, um sie zu sich hinabzuziehen, sie umzuwerfen und ihr Gesicht und ihren Hals mit Küssen zu bedecken. Wenn wir erst verheiratet sind, dachte Gabriella, muss ich ihm ein paar Manieren beibringen. Für den Augenblick jedoch genoss sie seine Berührungen mit einem wohligen Schauder. Seine Hände verirrten sich unter ihre Bluse. Gabriella kam zur Besinnung und wehrte ihn mit aller Kraft ab. Zwar lachend, aber doch entschlossen. »Halt, halt, nicht so schnell!«

»Jetzt hab dich nicht so«, keuchte er. »Wir lieben uns doch. Ich habe die ganze Woche pausenlos an dich denken müssen.«

Sie rückte von ihm ab, setzte sich auf und ordnete ihre Kleidung. »Was denkst du, was für eine ich bin? Eine Schlampe, die leicht zu haben ist?«

»Aber nein, *amore*, nein!«

»Dann behalte deine Hände bei dir.«

Es war nicht das erste Mal, dass Vittorio versuchte, einen Vorgeschmack auf die Hochzeitsnacht von ihr zu erhalten, und sie war nicht immer ganz konsequent gewesen, hatte ihm ein paarmal erlaubt, ihre Brüste zu berühren und sogar zu küssen. Mehr jedoch nicht, auch wenn es nicht leicht gewesen war, denn auch sie begehrte Vittorio mit jeder Faser ihres Körpers.

Von klein auf hatte Antonella ihr jedoch eingeschärft, dass nur ganz schlechte, flatterhafte Mädchen – Huren, um die Dinge beim Namen zu nennen – einem Jungen vor der Ehe mehr als einen Kuss zugestanden, und was Gott und die Kirche zu diesem Thema sagten, war ohnehin klar. Die Moral war jedoch nicht der Hauptgrund, weshalb Gabriella sich verweigerte.

Man dürfe einem Mann nie restlos trauen, keinem von ihnen, hatte ihre Mutter Antonella bei jeder sich bietenden Gelegenheit zu ihrer Tochter gesagt. Männer würden sämtliche Register ziehen und einem Mädchen das Blaue vom Himmel versprechen, um zu bekommen, was sie wollten. Das läge nun mal in ihrer Natur. Danach machten sie sich jedoch gern einfach aus dem Staub. »Und als Sitzengelassene sind die Chancen, einen guten Mann zu finden, gleich null. Die Guten wollen keine gebrauchte Ware.«

Selbst wenn sie blieben, so Antonella, hätte man als Frau ab diesem Moment die schlechteren Karten, denn die Männer hätten keinen Respekt mehr vor einem oder zumindest deutlich weniger als bisher.

Woher sie das denn so genau wisse?, hatte Gabriella ihre Mutter neulich gefragt, als sie mit der Nudelmaschine Pasta auf Vorrat machten.

Nicht aus eigener Erfahrung, hatte diese hoheitsvoll versichert. Sie sei als Jungfrau in die Ehe gegangen.

Gabriella wusste, dass sie gut beraten war, in diesem Punkt auf ihre Mutter zu hören. Nein, sie würde weder eine leichte Beute sein noch eine Sitzengelassene. Sogar jetzt, nachdem die Dinge eine dramatische Wendung genommen hatten, würde Gabriella kein unnötiges Risiko eingehen und ihre Trümpfe in der Hand und ihre Kleidung am Leib behalten.

Vittorio seufzte frustriert, zündete sich eine neue Zigarette an und sagte: »Ich habe mir was überlegt.«

»Was denn?«

»Du kennst doch Salvatore Ferri ...«

»Natürlich.«

Die Ferris waren ein weitverzweigter Clan in und um Belmonte, und das Familienoberhaupt Salvatore kannte jeder. Er war ein kleiner, sympathischer und gutmütiger Mann. Früher hatten er und seine Frau Marta den Dorfladen geführt, bis die Supermärkte dem Laden das Wasser abgegraben hatten. Salvatore hatte daraufhin einige Jahre in Deutschland gearbeitet und danach seinen Traum verwirklicht und eine Autowerkstatt eröffnet.

»Wir könnten auch nach Deutschland gehen. Er hat dort einen Haufen Geld verdient.«

»Nach Deutschland?«, wiederholte Gabriella, und ihr wurde dabei mulmig im Magen. Sie wollte zwar weg, das stimmte schon, aber so weit weg dann auch wieder nicht. »Es ist doch schon ewig her, dass Salvatore in Deutschland war.«

»Zehn Jahre, ungefähr.«

»Siehst du! Wer weiß, ob das da noch so ist, ob die noch immer Leute suchen. Und wir können doch beide kein Wort Deutsch.«

»Ein paar Brocken kann ich noch, von meinem Job als Kellner in dem Hotel in Senigallia.«

»Als was willst du denn dort arbeiten?«

»Irgendwas halt. Dort wird alles besser bezahlt. Außerdem sind sie da nicht so fürchterlich katholisch wie hier. Wir müssen also nicht gleich heiraten, wir können einfach so zusammenleben, dein Vater kann uns mal.«

Durch Gabriella ging ein Ruck. Sie versteifte sich, und gleichzeitig war es, als würde sich ein schweres Gewicht auf ihren Magen senken. Daher also wehte der Wind!

Sie stand auf, zu rasch, denn ihr wurde schwindelig, und sie musste sich an dem morschen Apfelbaum abstützen. Aus schmalen Augen blickte sie auf Vittorio hinab und sagte mit bebender Stimme: »Das kannst du vergessen, Vittorio Falcone! Ohne verheiratet zu sein, gehe ich mit dir nirgendwohin.«

Er blickte sie traurig und zugleich zärtlich an. »Gabriella, versteh doch, ich möchte dich heiraten, nichts wünsche ich mir mehr. Aber dein Vater wird mich eher umbringen, als dass er das zulässt. Wir können doch in Deutschland …«

»Nein. Hier oder gar nicht!«, unterbrach sie ihn »Ich werde mit meinem Vater reden. Ich habe eine Idee.«

Oktober 2020

Michael

Michael saß auf einem rostigen Eisenstuhl unter dem von einer Kletterrose überrankten Pavillon. Einige Regentage hatten die weitläufigen Rasenflächen des Parks mit einem zartgrünen Schimmer überzogen, und das Laub begann sich zu verfärben. *Indian Summer* in den italienischen Marken. Heute war die Sonne wieder herausgekommen, und sofort war es angenehm warm geworden.

»Was für ein herrlich dekadentes Luxusleben, nicht wahr, Jungs?«

Die zwei Hunde zu seinen Füßen hoben lediglich träge die Lider. Mauri hatte Michael zu seinem neuen Herrchen auserkoren, und Asso, das schwarze Monster von Adriano, hatte wiederum in Mauri einen neuen Freund gefunden.

Es war eine wirklich gute Idee gewesen, Adriano Priscos Einladung anzunehmen und hierher umzuziehen. Das Gutshaus – wäre man in England, würde man es wahrscheinlich als Herrenhaus bezeichnen – erinnerte ihn mit seiner maroden Grandezza an die Häuser in Havanna. Dorthin hatte er seine Hochzeitsreise mit Helen gemacht. Es bröselte hier und bröckelte da, aber dennoch war man sich stets bewusst, dass man in einem Palazzo wohnte, einem Haus mit Vergangenheit, in dem jeder Stein Geschichte atmete. Michael stellte sich das zumindest gerne vor, und es hätte ihn nicht gewundert, wenn unter dem Kristalllüster im Salon plötzlich tief dekolletierte Damen in Reifröcken und Herren mit Zylindern umhergewandelt wären.

An verschiedenen Stellen im und um das Gebäude waren Bauarbeiten im Gange. Adriano Prisco schien es jedoch nicht eilig zu haben, den Familiensitz zu renovieren. Sorgfalt ging ihm vor Schnelligkeit, und was er tat, tat er mit großer Hingabe. Lieber ließ er eine Arbeit monatelang ruhen, ehe er Kompromisse schloss. Es musste ein bestimmtes Eichenholz für die Treppenstufen sein, und die Bodenfliesen für die große Eingangshalle sollten schon aus einem anderen alten Palazzo stammen, alles andere wäre in seinen Augen ein Frevel. Der Hausherr hatte Michael gleich am ersten Tag über das Anwesen geführt und ihm erklärt, was er hier und da vorhatte. Michael befürchtete, dass die Renovierung Adriano noch bis ins Rentenalter beschäftigen würde. Aber vielleicht war genau das der Plan. Hier hatte jemand anscheinend seine Lebensaufgabe gefunden.

In der Eingangshalle stand ein Gerüst vor einer Wand mit einem tiefen Riss.

»Erdbebenschaden«, hatte Adriano erklärt und mit den Achseln gezuckt. Man war sich in diesem Landstrich dieser Gefahr stets bewusst, aber das war in Los Angeles schließlich nicht anders.

Bei schönem Wetter lockte Michael der Park. Er war das Beste an dem ganzen Anwesen, erst dieser riesige Garten verlieh dem alten Gutshaus etwas Pompöses, Herrschaftliches. Verschlungene, sonnengesprenkelte Wege führten unter alten Bäumen entlang, und Michael machte jeden Morgen seine Runde: vorbei am Küchengarten, in dem ein ziemliches Durcheinander herrschte, zwischen den Obstbäumen hindurch, am ehemaligen Schafstall vorbei bis zu einem schattigen Teich, der unter überhängenden Weiden lag wie ein dunkles, geheimnisvolles Auge. Einer der Wege führte in steilen Kurven den Hang hinauf zu einem Pavillon, der an ein japanisches Teehaus erinnerte. Dort oben konnte sich Michael stundenlang aufhalten.

Eigentlich hatte er nur wenige Tage bleiben wollen, höchstens eine Woche, aber jetzt waren es schon fast zwei. Eine wohltuende Apathie hatte von ihm Besitz ergriffen, manche Tage verstrichen nahezu strukturlos. Die Rastlosigkeit, das Bedürfnis, ständig etwas tun und obendrein seine Herkunft ergründen zu müssen, war von ihm abgefallen, und er hatte nur noch den Wunsch, sich an diesem Ort vor der Welt zu verkriechen.

Zwischendurch half Michael seinem Gastgeber bei einfachen Renovierungsarbeiten, aber sehr oft verbrachte er ohne schlechtes Gewissen ganze Tage mit Nichtstun und kam sich dabei vor wie ein Kurgast. Vorgestern hatte ein Sturm Unmengen von Laub von den Bäumen gerissen. Seither streifte Michael stundenlang mit dem Rechen durch den Park. Die rostbraunen, runzeligen Blätter der Kastanien zusammenrechen und auf der Ladefläche der Ape zum Sammelplatz hinter dem Küchengarten zu karren, hatte etwas ausgesprochen Erfüllendes. In letzter Zeit hatte er an sich einen neuen Hang wahrgenommen, Dinge zu ordnen. Bäume fällen und von der Straße räumen, Rasenflächen vom Laub befreien, Holz hacken und aufstapeln, Mauris Fell stutzen und entfilzen, sodass der Hund kaum wiederzuerkennen war. Asso, das schwarze Zottelmonster, würde in Kürze ebenfalls dran glauben müssen... War das schon zwanghaft? Eine Ersatzhandlung, weil sein Leben in Unordnung geraten war? Er könnte Dr. Feldheimer danach fragen. Seit Michael auf dem Gut wohnte, hatte er nicht mehr mit dem Psychiater gesprochen.

Es gab, abgesehen von seinem Ortswechsel hierher, ja auch nichts Neues oder Spektakuläres zu berichten. Die Mutterfrage war nach wie vor unbeantwortet, und sich mit dem Psychiater über Haus- und Gartenarbeit zu unterhalten erschien ihm unsinnig.

Beim Laubrechen hing Michael seinen Gedanken nach, und an manchen Tagen hatte er den Kopf voller Ideen. Plots für Drehbücher, einzelne, zusammenhanglose Szenen, halbe Romane, ganze Kurzgeschichten, es ging wild durcheinander und quer durch alle Genres. Er machte sich Notizen, im Geist oder, wenn ihm die Idee besonders originell vorkam, als Sprachmemo auf dem Mobiltelefon, doch er schrieb nichts auf. Noch nicht. Er ließ die Sache gären und wollte sehen, was dabei herauskam.

Von den ursprünglich sechs Sommergästen, die es trotz der Corona-Epidemie bis hierher geschafft hatten, waren nur noch Dora und Alexandra übrig geblieben. Alexandra war eine angehende Schriftstellerin aus Baltimore, die sich hier Inspiration für ihre Fantasy-Trilogie holen wollte. Wenn er nicht aufpasste, heftete sie sich an Michaels Fersen und wich ihm den ganzen Tag nicht von der Seite, genau wie Mauri. Nur war Mauri ein angenehmer, stummer Begleiter, während das junge Talent, sie war erst Anfang zwanzig, Michael mit Fragen zu seinem Beruf und seinem Privatleben bombardierte oder, noch schlimmer, ihm ihre Ideen in epischer Breite vortrug. Der wiederholte Hinweis, Fantasy sei nun wirklich nicht sein Fach, bremste sie nicht in ihrem Mitteilungsdrang. Michael hatte inzwischen Strategien entwickelt, um ihr zu entkommen. Die einfachste war, sich hier oben herumzudrücken, denn die korpulente Alexandra scheute körperliche Anstrengungen. Dora hingegen, Ende dreißig, hatte mit Literatur nicht viel am Hut. Die italienische Bildhauerin aus Bergamo sprach wenig Englisch, redete auch sonst nicht sehr viel und wusste sich prima selbst zu beschäftigen. Sie hatte sich im ehemaligen Schafstall eine kleine Werkstatt eingerichtet, der ideale Platz, um große Holzskulpturen zu schaffen. Ein paar davon standen bereits im Park herum: dämonisch anmutende Wesen, deren Fratzen denen von Gargoyles ähnelten. Nachts, wenn das Mondlicht den Park versilberte, sahen sie sehr gruselig aus, fand Michael. Irgendwie lebendig.

Michael schwankte jedes Mal zwischen Besorgnis und Bewunderung, wenn er Dora mit der riesigen Kettensäge hantieren sah. Dann traten an ihren dünnen, gebräunten Armen die Muskeln hervor, und sie erinnerte ihn ein bisschen an Johanna.

»Es ist vielleicht ganz gut, wenn du erst einmal hier wohnst«, hatte Johanna gemeint, als sie ihn, sein Gepäck und Mauri mit dem Auto herbrachte.

»Was ist mit dem Hund?«

»Er hat dich adoptiert«, erklärte sie und lächelte dann doch ein bisschen traurig. Ehe sie losfuhr, sagte sie noch: »Ich verspreche dir, ich werde dir alles über deine Mutter erzählen. Lass mir nur noch ein wenig Zeit.«

»Zeit wofür?«

»Ich muss vorher mit ihr sprechen.«

»Ist sie denn hier?«

»Nein, eben nicht.«

Mehr war – wieder einmal – nicht aus ihr herauszubekommen, aber das hatte Michael auch nicht erwartet. Er wusste längst, dass seine Nicht-Mutter sehr stur sein konnte und man mit Ungeduld bei ihr nicht weiterkam.

»Hier hast du dich versteckt.«

Michael winkte seinem Gastgeber zu, der den Weg heraufkam.

»Die Aussicht von hier ist grandios, nicht wahr? Ich kann

mich auch kaum daran sattsehen«, meinte Adriano, als er oben angekommen war. Das stimmte. Die Aussicht auf die Hügel der Marken war von hier aus sogar noch besser als von Johannas Haus.

»Die Landschaft hat etwas Poetisches«, schwärmte Michael. »Diese Harmonie, diese sanften Schwingungen und dahinter die geheimnisvollen Berge ...«

Adriano lachte, nahm einen Stuhl und setzte sich neben Michael. »Ich will dich nicht stören, ich bin nur auf der Flucht vor Alexandra, die mir mit ihren Elfen und Trollen auf die Nerven geht.«

»Ach, du auch?«, grinste Michael. Dann wurde er ernst und fragte: »Wie gut kennst du eigentlich Johanna?«

Adriano strich durch sein dichtes, schwarzes Haar, in das sich ein paar graue Fäden gemogelt hatten. »Wir pflegen unsere kleinen Tauschgeschäfte und eine gutnachbarliche Beziehung. Aber sehr oft sehen wir uns nicht. Wir sind beide etwas eigenbrötlerisch.«

»Glaubst du, dass sie ein ehrlicher Mensch ist?«, fragte Michael.

»Willst du mir nicht sagen, worum es geht?«, erwiderte Adriano. »Keine Sorge, ich bin kein Klatschmaul, ich kann Dinge sehr gut für mich behalten.«

»Ich vermute, dass sie meine leibliche Mutter ist.«

»Oh! Das musst du mir jetzt erklären.«

Das tat Michael und schloss mit den Worten: »Ich habe ihr die Geburtsurkunde gezeigt, aber sie sagt, dass sie nicht meine Mutter ist.«

Adriano ließ das Gehörte eine Weile lang sacken. Sein Blick schweifte in die Ferne. Schließlich meinte er: »Der Mensch ist ein Rätsel. Er will nicht alles von sich preisgeben, oft nicht mal sich selbst gegenüber. Die Wahrheit will ihm mühsam abgerungen werden.«

Michael dachte über die Worte nach. Bestätigte er damit die Verdrängungstheorie von Dr. Feldheimer?

»Du hast sie gern, oder? Johanna«, setzte Adriano hinzu.

»Ja, irgendwie schon. Sie ist... besonders. Trotz ihrer sperrigen Art.«

»Du hättest sie gern als Mutter, und es stößt dich vor den Kopf, dass sie es leugnet.«

»Ja, so war es am Anfang. Inzwischen denke ich, dass Johanna meine wirkliche Mutter kennt. Sie will mir ihren Namen aber erst nennen, wenn sie mit ihr gesprochen hat.«

»Das ist doch etwas Handfestes«, meinte Adriano.

»Schon, aber warum steht dann Johannas Name auf der Urkunde?«, fragte Michael.

»Was sagt sie denn dazu?«

»Dass es nur Papier ist.«

»Ich glaube nicht, dass sie dich anlügen würde. Ich kenne Johanna als ziemlich aufrichtig und geradeheraus, manchmal bis über die Schmerzgrenze hinaus.«

»Aber eine Geburtsurkunde...«

»Vielleicht ist Johanna gar nicht Johanna. Vielleicht lebt unsere Einsiedlerin da oben auf dem Berg aus irgendeinem Grund mit einer falschen Identität.«

Michael warf Adriano einen unsicheren Seitenblick zu. »Kann es sein, dass gerade deine Fantasie mit dir durchgeht?«

»Schon möglich«, räumte Adriano ein. »Ein altes Leiden aus meinem früheren Leben.«

»Da ist noch etwas«, begann Michael. »Ich habe in ihrer Kommode Fotos gefunden, von mir, als ich klein war. Als Baby und etwa bis ich acht oder neun Jahre alt war. Ein paar Kinderzeichnungen waren auch dabei. Die muss meine Adoptivmutter an sie geschickt haben, ich wüsste nicht, wie Johanna sonst daran gekommen sein soll. Aber warum sollte meine Mum das tun, wenn Johanna nicht meine biologische Mutter ist?«

»Hast du Johanna danach gefragt?«

»Nein!« Michael schüttelte den Kopf. »Dann hätte ich ja zugeben müssen, dass ich in ihrem Schlafzimmer rumgeschnüffelt habe, und wie ich sie kenne, wäre sie darüber bestimmt sehr wütend.«

»Allerdings«, warf Adriano ein.

»Ich schäme mich auch dafür, aber ich habe es getan, weil ich ahnte, dass sie mir einiges verschweigt.«

Adriano ließ sich das alles durch den Kopf gehen, während er auf einem Halm wilden Hafers herumkaute. Schließlich meinte er: »Wenn Johanna sagt, dass sie dir den Namen deiner Mutter nennen wird, dann wird sie das tun, verlass dich darauf. Und wenn sie vorher mit dieser Frau sprechen muss, dann hat sie dafür sicher gute Gründe. Vielleicht... vielleicht weiß diejenige ja gar nichts von ihrem Glück.«

Michael runzelte die Stirn. »Das wäre doch seltsam, oder? Ich meine, bei einem Mann, okay... Aber Frauen wissen doch im Allgemeinen, ob sie ein Kind zur Welt gebracht haben.«

»Auch für seltsame Dinge gibt es oft eine simple Erklärung. Warte doch einfach ab. Gib ihr Zeit, die Dinge zu ordnen. Das wird sie, glaub mir. Sonst müsste ich mich schon schwer in ihr täuschen.«

Michael tat einen tiefen Atemzug und sagte: »Danke! Damit hast du mir mehr geholfen als Dr. Feldheimer.«

»Ich schick dir eine Rechnung!«, meinte Adriano grinsend. »Oder nein, die kommt sofort: Heute Nachmittag ist Holzhacken angesagt. Du weißt ja, mein Freund, *winter is coming!*«

September 1974

Antonella Moretti

»Sie blufft nur. Sie wartet darauf, dass wir die Nerven verlieren. Und du gehst ihr prompt auf den Leim.« Ennio Moretti hatte sein Abendessen beendet und schenkte sich einen Grappa ein. Das tat er jeden Abend. Einen Grappa, nicht mehr, nicht weniger, seit vielen Jahren schon. Es hatte andere Zeiten gegeben, mit deutlich mehr Grappa, Zeiten, an die Antonella nicht gerne zurückdachte.

Gestern hatte Gabriella ihren Eltern mit hoch gerecktem Kinn und zitternder Stimme eröffnet, sie werde entweder Vittorio Falcone heiraten, vor aller Augen in der Kirche von Belmonte und mit dem Segen und im Beisein ihrer Eltern, oder mit ihm nach Deutschland gehen und dort in wilder Ehe mit ihm zusammenleben.

Antonella hatte bei der Rede ihrer Tochter der Atem gestockt. Woher nahm sie nur den Mut, ihrem Vater gegenüber so frech aufzutreten?

»Es gibt noch eine dritte Möglichkeit, ich schlage den Kerl tot! Und dich gleich dazu!«, hatte Ennios Antwort denn auch gelautet.

»Und wenn du dich irrst?«, hielt Antonella ihrem Mann entgegen. »Sie ist verliebt, da tun Menschen die verrücktesten

Dinge.« Sie goss sich ausnahmsweise ebenfalls einen Schnaps ein, kippte die Hälfte davon hinunter und sagte: »Sie hat mich gefragt, ob wir ineinander verliebt gewesen sind, als wir geheiratet haben.«

»Und? Warst du's?«, brummte ihr Mann nach einer geraumen Weile, wobei er nicht wirkte, als ob ihn die Antwort auf diese Frage rasend interessieren würde. Er stierte in sein leeres Glas.

»Ein wenig«, sagte Antonella und fügte hinzu: »Dumm, wie ich war.«

Er blickte sie an. Die Haut um seine Augen herum war dunkel wie Erz, die Augen selbst waren blutunterlaufen. »Was erwartest du jetzt? Irgendein dämliches Gesäusel?«

»Von dir erwarte ich gar nichts mehr«, erwiderte Antonella mit einer Bitterkeit, die neu an ihr war.

»Du warst immer eine gute Frau«, sagte Ennio zu ihrer Verwunderung, denn solche Worte kamen für seine Verhältnisse einer blumigen Liebeserklärung gleich.

Mit Grausen dachte Antonella vor allem an die erste Zeit ihrer Ehe zurück. 1950 war er zurückgekommen, ausgehungert und gebrochen an Leib und Seele. *Schwermütig,* hatte es seine Mutter genannt, aber es war mehr als das. Manchmal hatte er im Schlaf geschrien wie ein Tier und sich ab und zu auch so benommen. Es dauerte Jahre, bis er sich abgewöhnte, das Essen in sich hineinzuschlingen wie ein Wolf. Für die Arbeit auf dem Hof war er anfangs kaum zu gebrauchen gewesen, und so war alles an Antonella hängen geblieben, denn ihre schwindsüchtige Schwiegermutter war eher eine Last als eine Hilfe, und ihr Schwiegervater soff sich täglich ins Delirium und schwang nachts Reden, in denen er Hitler und Mussolini verherrlichte.

»Ich habe immer zu dir gehalten, und das war bei Gott nicht immer leicht«, hielt sie ihrem Mann nun vor Augen.

»Aber jetzt bitte ich dich zum ersten Mal um etwas: Ich möchte, dass du Gabriella und diesem Vittorio deinen Segen gibst. Auch wenn er wirklich nicht der Schwiegersohn ist, den ich mir wünsche.«

»Nur über meine Leiche.«

»Ennio, die Zeiten haben sich geändert. Was weiß man schon, wozu die heutige Jugend fähig ist? Man sieht es doch im Fernsehen, diese Hippies, die in Kommunen leben und halb nackt herumlaufen, da geht es drunter und drüber! Sie ist imstande und lebt im Ausland in Sünde mit dem Kerl. Ist das dann besser? Was, wenn sie von ihm schwanger wird und er sie nicht heiratet?«

»Nein, das wird sie nicht«, behauptete Ennio. »Nicht meine Tochter.«

Antonella hatte da ihre Zweifel.

»Außerdem ist es deine Aufgabe, sie davon abzubringen. Du bist schließlich ihre Mutter.«

»Sie ist genauso stur wie du, ich komme nicht mehr an sie heran.«

»Tolle Erziehung, Gratulation!« Er griff noch einmal nach der Flasche, aber Antonella war schneller und entwand sie ihm. Dann trat sie nah an ihn heran und sagte: »Hör gut zu, was ich dir jetzt sage: Wenn ich durch deine Sturheit meine Tochter verliere, werde ich fortgehen und mich von dir scheiden lassen.«

»Scheidung!«, schnaubte Ennio. »Du? Dass ich nicht lache!«

Seit vier Jahren konnten Ehepaare sich auch in Italien scheiden lassen, aber diese Tatsache war noch nicht in sämtlichen Köpfen wirklich angekommen. Für aufrichtige Katholiken kam so etwas selbstverständlich nach wie vor nicht infrage, allerdings war Ennio die Religion immer herzlich egal gewesen. Antonella, die sich bemühte, nach den Regeln der Kirche zu leben, konnte sich einen solchen Schritt zwar nur schwer vorstellen, aber bei Gott, sie würde es tun, wenn es nötig wäre.

»Was ist nur los mit euch Weibern? Wollt ihr mich jetzt alle beide erpressen?«, brüllte Ennio. »Seid ihr vollkommen übergeschnappt?«

»Und dein Gebrüll lasse ich mir auch nicht länger bieten«, sagte Antonella und ging hinaus.

Dieser Unterhaltung folgten drei Tage eisigen Schweigens. Tommaso versuchte, die Gemüter zu besänftigen und zu vermitteln, geriet aber prompt zwischen die Fronten und zog lieber den Kopf ein. Gabriella machte sich, so gut es ging, unsichtbar, nahm ihre Mahlzeiten in ihrem Zimmer ein, und wenn sie überhaupt mit ihren Eltern sprach, dann nur, um ihr Ultimatum zu bekräftigen.

Am vierten Tag packte Antonella im Schlafzimmer ihren Koffer, als plötzlich Ennio vor ihr stand. »Du kannst dir diese Komödie sparen«, zischte er.

»Das ist keine Komödie. Mein Bruder erwartet mich schon.«

Stumm beobachtete Ennio eine Weile, wie seine Ehefrau Kleider, Blusen und Unterröcke zusammenfaltete und in den Koffer legte. Als Antonella eine Bluse glatt strich, griff er blitzschnell nach ihrer Hand und hielt sie fest. »Was zum Teufel…?«

Es hatte viel Kernseife und zusammengebissene Zähne gebraucht, um den Ehering vom Finger abzuziehen. Er hatte sich in ihr Fleisch gefressen, so wie Ennio in ihr Leben. Aber es war ihr schließlich doch gelungen. Wo vorher der Goldring gesessen hatte, war nun eine helle Rille in der Haut zu sehen.

Ennio gab ein Knurren von sich. Der Laut schien tief aus seinem Inneren zu kommen, wie bei einem brodelnden Vulkan kurz vor dem Ausbruch.

Antonella zuckte zusammen, glaubte für einen Augenblick an einen Herzinfarkt.

»*Porca Madonna!*«, schrie Ennio. Er schleuderte den halb gepackten Koffer durch das Zimmer, sodass er seine Ladung verlor, über den Boden schlitterte und auf dem Flur landete. »Ihr sollt euren verdammten Willen kriegen. Lass deine Tochter in ihr Unglück rennen. Aber vergiss nie, dass ich dich gewarnt habe!«

Juli 2006

Johanna

»Falcone? Ja, an die Leute erinnere ich mich. Aber das ist alles schon fürchterlich lange her.« Die weißhaarige alte Dame musterte die elegant gekleidete Frau, die vor ihrer Wohnungstür stand, mit unverhohlener Neugierde.

»Genau dreißig Jahre«, sagte Johanna. Sie hatte an diesem Sonntagvormittag schon ein Dutzend Leute herausgeklingelt, vergeblich mit Fragen belästigt und die Hoffnung schon fast aufgegeben. Niemand in der Wohnsiedlung, die schätzungsweise noch vor dem Zweiten Weltkrieg erbaut und zwischenzeitlich saniert worden war, wohnte lange genug dort, um sich an Bewohner von 1976 zu erinnern. Johanna hatte schon aufgeben und die Sache als blinden Aktionismus abhaken wollen, da war sie auf Frau Löwe gestoßen, die, wie sie sagte, schon seit vierzig Jahren hier lebte.

»Was wollen Sie denn nach so vielen Jahren von denen?«, fragte die alte Dame verwundert.

»Ich arbeite für ein Notariat, es geht um eine Erbschaftsangelegenheit.«

»Sachen gibt's.« Frau Löwe wandte sich mit einer einladenden Handbewegung um. »Möchten Sie vielleicht reinkommen? Ich habe gerade Kaffee gemacht.«

Johanna wurde in ein Wohnzimmer geführt, in dem die meisten Möbel tatsächlich noch aus den Sechzigern zu stammen schienen. Es waren zu viele Möbel, und überall standen Fotos von Familienangehörigen herum. Neben dem Couchtisch plätscherte ein Zimmerspringbrunnen.

»Ich bin erst vor fünf Jahren, nachdem mein Mann gestorben ist, hierhergezogen, in eine kleinere Wohnung«, erklärte Frau Löwe. »Vorher haben wir da drüben gewohnt.« Sie zeigte aus dem Fenster auf den Block gegenüber. »Im ersten Stock. Dieses italienische Paar hat unter uns gewohnt, im Erdgeschoss, aber nicht lange, zwei Jahre vielleicht.«

»Kannten Sie die Leute näher?«, fragte Johanna, nachdem sie einen Schluck von dem ziemlich starken Kaffee getrunken hatte. Sie musste ihn notgedrungen schwarz trinken, denn es gab nur Kondensmilch.

»Mit der Frau... warten Sie, wie hieß die noch gleich... Claudia? Nein, Gabriella!«, rief Frau Löwe, erfreut über ihr noch funktionierendes Gedächtnis. »Mit der Frau habe ich natürlich schon mal geredet, wenn ich sie im Hausflur getroffen habe oder beim Wäscheaufhängen. Damals war das noch nicht so anonym wie heute. Am Anfang war sie sehr schüchtern und konnte auch kaum Deutsch, später habe ich mich schon einigermaßen mit ihr unterhalten können. Sie war ein bisschen stämmig um die Hüften, aber sie hatte ein hübsches Gesicht und schöne, lockige Haare, das weiß ich noch. Um die habe ich sie immer beneidet.«

»Was haben die zwei gearbeitet?«, wollte Johanna wissen.

»Die Frau war zuerst nur zu Hause, später dann... ich glaube, sie ist eine Zeit lang putzen gegangen. Erzählt hat sie das nicht, vielleicht hat sie sich geschämt. Später hat sie wohl was anderes gemacht. Ich weiß nicht, was es war. Jedenfalls keine Putzarbeit, denn sie war immer chic angezogen, wenn sie aus dem Haus gegangen ist. Aber zu sehr unregelmäßigen Zeiten«, fügte sie vielsagend hinzu.

»Und was hat er gemacht?«, fragte Johanna.

Sie zuckte mit den Schultern und zog ihre Mundwinkel nach unten. »Mein Franz und ich haben da nie so recht durchgeblickt. Ich glaube, der war arbeitsscheu, er ist bei keiner Firma lang geblieben. Manchmal war er wochenlang weg, dann lungerte er wieder nur zu Hause rum. Er hat recht gut ausgeschaut, der Falcone, aber irgendwie war mir der unheimlich. Kein netter Mann, wenn Sie mich fragen.«

»Inwiefern?«, hakte Johanna nach.

»Sie haben sich oft gestritten, die Wände sind nicht sehr dick, das kriegte man mit, ob man wollte oder nicht. Natürlich habe ich nicht verstanden, worum es ging, ich kann ja kein Italienisch. Manchmal hat es fürchterlich gerumpelt, und danach war es dann immer mucksmäuschenstill. Ein paarmal hätte ich am liebsten die Polizei geholt, aber mein Mann, der Franz, hat es mir verboten. Das würde uns nichts angehen. Am Ende stehe der Kerl noch eines Tages mit dem Messer vor unserer Tür. Also habe ich es sein lassen. Ehrlich gesagt, ich war nicht böse, als die zwei dann wieder wegzogen.«

»Wann sind sie ausgezogen, wissen Sie das noch?«

Frau Löwe überlegte kurz, dann sagte sie: »Im Frühjahr '76. Eine ganz tragische Sache. Die Frau war nämlich schwanger. Im Winter ist mir das erst mal gar nicht aufgefallen, unter dem Mantel sieht man das ja nicht gleich. Aber an Ostern hatte sie schon einen ordentlichen Bauch. Ich habe ihr ein paar Babysachen von meinem Sohn gebracht, das hat sie gefreut. Eigentlich sollte das Kind erst im Juni zur Welt kommen. Aber dann, im Mai, als mein Mann und ich aus dem Urlaub zurückgekehrt sind, war der Bauch auf einmal weg, aber nirgendwo ein Kind. Ich konnte sie durch die Zimmerdecke weinen hören, es war herzzerreißend. Irgendwann bin ich runter zu ihr, und sie hat mir dann erzählt, dass das Kind kurz nach der Geburt gestorben ist. Die Arme, sie hat mir so leidgetan. Ich habe gar nicht gewusst, was ich sagen soll.«

»Wo war denn ihr Mann?«, fragte Johanna, die ihre Beklemmung nur noch mit Mühe in den Griff bekam.

»Auf Tour, schätze ich. Er hat zu der Zeit als Fernfahrer gearbeitet, war oft zwei, drei Wochen am Stück unterwegs. Als er zurückkam, gab es wieder Streit.« Frau Löwe nippte an ihrer Tasse und schüttelte bekümmert den Kopf. »Da können Sie sehen, was für ein Typ das war! Anstatt seine Frau zu trösten, fängt er auch noch Streit mit ihr an. Am nächsten Morgen stand der Karton mit den Babysachen vor meiner Tür mit einem Zettel, auf dem sie sich bedankt hat. Wir haben sie dann nicht mehr gesehen, und mein Franz hat gleich gesagt, dass die auf und davon ist und nicht wiederkommt, und genau so war es. Ein paar Wochen später ist auch der Mann ausgezogen.«

»Hat sie mal von ihrem Zuhause erzählt?«

»Nur, dass es nicht ganz unten am Stiefel lag, sondern eher in der Mitte. *Centro.* Das heißt doch Mitte, oder? Einmal hat sie erwähnt, dass sie von einem Bauernhof stammt.«

»Einem Bauernhof«, wiederholte Johanna. »Interessant. Haben Sie danach noch etwas von ihr gehört? Oder von ihm?«

»Nein, nichts mehr.«

»Wissen Sie zufällig, was mit dem toten Kind passiert ist, wo sie es begraben hat?« Johanna merkte selbst, wie atemlos ihre Stimme bei dieser Frage klang.

Ihr Gegenüber schüttelte den Kopf. »Nein. Danach habe ich sie nicht gefragt.«

»Ich danke Ihnen«, sagte Johanna und stand auf.

Frau Löwe brachte ihre Besucherin zur Tür und meinte dabei: »Eine Sache fällt mir gerade noch ein.«

»Ja?«

»Ein paar Monate bevor sie weggegangen ist, gab sie mir einen Umschlag zur Aufbewahrung. Ich habe natürlich nicht hineingeschaut, aber ich nehme an, da war Geld drin, das sie vor ihrem Mann versteckt hat. So fühlte es sich jedenfalls an. Ist es nicht furchtbar, wenn eine Frau so was tun muss?«

»Auf jeden Fall«, bestätigte Johanna.

»Den Umschlag hat sie, kurz bevor sie gegangen ist, bei mir abgeholt.«

Johanna bedankte sich für die Auskünfte und wünschte Frau Löwe noch einen schönen Sonntag.

Wieder zu Hause, suchte Johanna auf Google-Maps den Ort *Belmonte,* der in Agatha Grundels Unterlagen von Gabriella Falcone als deren Geburtsort genannt wurde. Er lag im Hinterland von Ancona, in den italienischen Marken, südlich der Emilia-Romagna. Die Vorläufer der Apenninen begannen gleich hinter dem Ort, zur Adria hin sah es nach einem Flickenteppich von Feldern und Hecken aus, dazwischen kleinere Ortschaften. Es gab ein paar Bilder von Belmonte im Netz. Das Dorf war ursprünglich ein *castello,* eine mittelalterliche Festung, und lag auf einem Hügel. Die in Italien üblicherweise geschlossenen Fensterläden verliehen dem Ensemble etwas Verschlafenes. Sonst fand sie kaum etwas über Belmonte, man schien keinen Wert auf Tourismus-Marketing im Internet zu legen. Vielleicht gab es gar keinen Tourismus? Eine verlockende Vorstellung. Johanna sah sich im Geist durch stille, schattige Gassen spazieren, vielleicht würde hin und wieder eine Katze über den Weg huschen...

Am liebsten wäre sie sofort losgefahren, um den Spuren von Gabriella Falcone, geborene Moretti, zu folgen. Ein Bauernhof dürfte ja nicht schwer zu finden sein. Johanna konnte sich gut vorstellen, dass die junge Frau nach ihrem schrecklichen Erlebnis zurück zu ihrer Familie gegangen war. Hoffentlich hatten ihre Eltern sie freundlicher aufgenommen als Johanna ihre eigenen.

Das alles war rein hypothetisch, ein Gedankenspiel, mit dem sie sich von ihren Gedanken an das tote Kind und den Gräueltaten der Grundel ablenkte. Zwischendurch fragte sich Johanna, ob diese Suche wirklich eine gute Idee war. Konnte man ins Leben einer wildfremden Frau platzen, die inzwischen über fünfzig Jahre alt war, und ihr mitteilen, dass ihr tot geglaubtes Kind noch lebte, wahrscheinlich irgendwo in Amerika? Man würde Johanna womöglich für verrückt halten.

Um diese Frage endgültig zu beantworten, blieb allerdings noch Zeit. Johanna hatte, wie jedes Jahr, erst für den September drei Wochen Urlaub beantragt. Sie verreiste gern um diese Jahreszeit, es machte ihr nichts aus, den Kollegen mit schulpflichtigen Kindern den Vortritt zu lassen. Jetzt hätte sie zwar am liebsten eine Ausnahme gemacht, doch Urlaubspläne waren etwas Unumstößliches, und sie wollte dem Feind, namentlich ihrem Vorgesetzten Jörg Besler, keine unnötige Angriffsfläche bieten. Also galt es abzuwarten.

Sie kaufte sich einen Reiseführer über die italienischen Marken und erfuhr, dass Urbino die kulturelle Hauptstadt der Gegend war. Es gab traumhaft anmutende Strände in einem Ort namens Sirolo und eine alte Römerstadt, die Senigallia hieß. In den Bergen, in der Nähe des Ortes Genga, wurde auf eine Tropfsteinhöhle hingewiesen, die Frasassi-Höhle, die sehr groß und spektakulär sein musste. Ansonsten wurde von den Autoren immer wieder betont, wie verträumt und touristisch unverbraucht die Gegend sei, sodass Johanna immer mehr Lust bekam, diesen Landstrich zu entdecken.

Sie würde die Reise mit ihrem üblichen Besuch bei Max in Rom verbinden. Es drängte sie, ihren Bruder bald zu treffen, denn der Streit um das mütterliche Erbe war auch an dem

Verhältnis zwischen Johanna und Max nicht spurlos vorbeigegangen.

»Du hast so gar keinen Familiensinn«, hatte er irgendwann bemerkt.

»Ich habe keine Familie«, hatte Johanna geantwortet und dann rasch hinzugefügt: »Außer dir.«

Max schien nicht verstehen zu können, warum Johanna sich Roland gegenüber so unnachgiebig zeigte. Er war es ja auch nicht gewesen, der von Roland seinerzeit als Schlampe und Itakerhure beschimpft worden war. Dennoch galt es, diesen Missklang zwischen ihr und Max baldmöglichst zu bereinigen. Bei dieser Gelegenheit könnte sie Max auch von ihrem toten Kind erzählen, denn das war kein Thema, das man am Telefon erörterte, fand Johanna. Es würde ihr guttun, mit Max darüber zu reden. Endlich einmal würde sie seinen geistlichen Beistand wirklich brauchen können. Bestimmt würde er ihr einen klugen Rat geben können, was zu tun war, falls sie diese Gabriella tatsächlich finden sollte.

März bis Mai 1975

Gabriella

Gabriella betrachtete ihr Gesicht im Badezimmerspiegel. Der blaue Fleck an ihrem Wangenknochen war so weit verblasst, dass sie wieder ohne Sonnenbrille vor die Tür gehen konnte. Mit etwas Make-up wäre er vielleicht gar nicht mehr zu sehen, nur besaß sie so etwas nicht.

Sie war ja selbst schuld. Vittorio hatte ihr ausdrücklich gesagt, er wolle nicht, dass seine Frau putzen ging. Aber Gabriella hatte es dennoch getan. Was Vittorio ihr an Haushaltsgeld gab, reichte hinten und vorne nicht. Sie wusste nicht, was er mit dem Großteil seines Lohns anstellte, den er in dieser Großbäckerei bekam, in der er am Fließband arbeitete.

Als im Januar kein Geld für Heizöl da gewesen war, hatte sie auf einschlägige Annoncen in der Zeitung hin angerufen und schließlich angefangen, in zwei Privathaushalten zu putzen. Jeweils drei Stunden an zwei Vormittagen unter der Woche, wenn Vittorio bei der Arbeit war. Er würde es gar nicht merken.

Zwei Monate lang war die Sache gut gegangen, doch letzten Donnerstag hatte er vor der Haustür der Mayers gestanden, als Gabriella gegen Mittag dort herauskam. Er schleifte sie am Arm nach Hause, und es gab einen bösen Streit.

»Meine Frau putzt anderen den Dreck weg? So weit kommt's noch!«

»Dann hör auf, dein Geld in die Kneipe zu tragen und zu verspielen«, schrie Gabriella zurück und fragte, warum er nicht bei der Arbeit sei.

»Da geh ich nicht mehr hin, das ist ein Scheißladen!«

»Das ist jetzt die vierte Stelle, die du hinschmeißt, weil dir irgendetwas nicht passt. Wovon sollen wir die Miete zahlen, den Strom, das Heizöl und unser Essen?«

»Ich regle das schon, jetzt reg dich nicht auf.«

Aber Gabriella war wütend und enttäuscht, und sie ließ es ihn wissen. »Du willst nicht, dass ich putzen gehe, aber ich soll frieren? Genügt es nicht, dass ich zwischen Möbeln leben muss, die du vom Müll aufgeklaubt hast? Wann besorgst du endlich ein anständiges Bett? Ich habe es satt, nur auf einer Matratze zu schlafen!« Dann fügte sie noch hinzu, dass ihr Vater recht gehabt hatte, als er sie vor ihm warnte und meinte, dass er nichts tauge. Da hatte er zugeschlagen.

Die Erwähnung ihres Vaters wirkte auf Vittorio immer wie das rote Tuch auf einen Stier, und Gabriella wusste darum. Worte konnten so wehtun wie Schläge, und sie wollte ihn verletzen, ihm heimzahlen, dass er sie in dieses fremde, kalte Land gelockt hatte, mit Versprechungen, von denen sich nicht einmal ein Bruchteil erfüllt hatte. Außerdem glaubte sie zu wissen, dass er sich hinterher schlecht fühlte, wenn er sie schlug oder anschrie, und das sollte er: sich genauso elend fühlen, wie sie es seit Monaten tat.

Danach war er gegangen, vermutlich wieder in eine dieser Kneipen mit den blinkenden Spielautomaten, und Gabriella hatte in der kalten Wohnung gesessen, in die Bettdecke gehüllt, und darüber nachgedacht, ob sie Vittorio überhaupt noch liebte.

Nicht nur ihr Vater hatte mit seiner Einschätzung von Vittorios Charakter recht behalten, auch ihre Mutter, als sie ihr geraten hatte, einen Beruf zu erlernen. Damit wäre sie jetzt vielleicht nicht so abhängig von Vittorio und dem Geld, das er nach Hause brachte – oder eben nicht.

Sie musste eine andere Arbeit finden. Es war ja nicht so, dass das Putzen ihre Erfüllung gewesen wäre, nur waren andere Jobs an ihren mangelnden Sprachkenntnissen gescheitert. Sie besaß zwei Lehrbücher für Deutsch, die sie regelmäßig durcharbeitete, aber es fehlte ihr die Praxis. Die Aussprache war so schwierig – und erst die Grammatik! Inzwischen konnte sie sich beim Einkaufen verständlich machen oder nach dem Weg fragen. Manchmal redete sie ein paar Worte mit der Nachbarin von oben, Frau Löwe. Die bemühte sich wenigstens, langsam und deutlich zu sprechen, damit Gabriella sie verstand. Immer klappte es nicht. Gabriella lebte einfach viel zu isoliert, um die Sprache ihrer neuen Heimat rasch zu erlernen.

Sie ging hinüber ins Schlafzimmer und öffnete ihren Koffer, in dem noch immer ihr Brautkleid lag, eingehüllt in eine durchsichtige Plastikfolie. Sie hatte es aus sentimentalen Gründen mitgenommen, aber inzwischen bedeutete es ihr nichts mehr. Sie dachte daran, es zu verkaufen. Vielleicht könnte die *Signora Leone,* wie sie Frau Löwe für sich nannte, ihr helfen, ein entsprechendes Inserat aufzugeben.

Ihre Hochzeit war nämlich nicht so glanzvoll verlaufen, wie Gabriella es sich ein Leben lang erträumt hatte. Da Vittorio auch als Gabriellas Verlobter auf dem Moretti-Hof nicht willkommen war, hatte er darauf gedrängt, möglichst bald zu heiraten und dann nach Deutschland zu verschwinden. Für gewöhnlich wurden Hochzeiten in Belmonte über Monate hinweg geplant, aber ihnen waren nur vier Wochen geblieben. War deswegen der Schnitt des Kleides gar so schlicht ausgefallen? Ein herzförmiges Oberteil mit breiten Trägern und einer eng anliegenden Taille, damit man sehen konnte, dass sie nicht schwanger war, an die sich ein wadenlanger Glockenrock anschloss. Das war alles. Kein Schleier, nur ein weißes Kunstblumengesteck im Haar. Antonella, die sehr geschickt war im Nähen und ein Faible für Rüschen, Spitzen, Volants und mehrlagige Röcke besaß, hatte beileibe nicht ihr Bestes gegeben und auf diese Weise ihre Missbilligung ausgedrückt.

Die Kirche war voll gewesen, das schon. Hochzeiten waren wie altbekannte und beliebte Theatervorstellungen mit wechselnden Komparsen. Und ja, für die Zuschauer gab es nach der Vorstellung sicher einiges zu tuscheln und zu lästern. Vittorios Anzug sah man an, dass er ihn nur ausgeliehen hatte. Das Sakko war zu weit, die Schlaghose zu kurz, und der dünne Stoff glänzte in einem billigen Violett. Die Brauteltern hatten offensichtlich am Blumenschmuck gespart, und es gab hinterher auch keine Feier, weder auf dem Moretti-Hof noch sonst irgendwo, nicht einmal für die Verwandten. Apropos Verwandte: Der Bräutigam war nur in Begleitung von zwei Freunden, zwielichtigen Burschen, gekommen, und auch das gab reichlich Anlass zu Spekulationen und bedenklichen Mienen.

Das Schlimmste aber war für Gabriella die Weigerung ihres Vaters gewesen, sie zum Altar zu führen. Kein Betteln und kein Flehen halfen, diese Pflicht hatte ihr Bruder Tommaso übernehmen müssen. Gabriella könne froh sein, dass ihr Vater überhaupt in die Kirche gekommen sei, flüsterte dieser seiner Schwester auf den Treppenstufen der Kirche zu.

Ihr Vater wäre besser ganz zu Hause geblieben, dachte Gabriella im Verlauf der Trauungszeremonie. Er blamierte sie nur, wie er mit hängenden Schultern, versteinerter Miene und einem unergründlichen, starren Blick dasaß, ein Monument der Feindseligkeit und der Niederlage.

Ihre Mutter hatte Gabriella zum Abschied etwas Geld gegeben, umgerechnet knapp zweihundert Mark, als Notgroschen, und einen Zettel mit einer Adresse und einer deutschen Telefonnummer. Das Geld, eingenäht ins Futter ihres Koffers, war längst weg. Vittorio hatte es gefunden und Gott weiß was damit angestellt.

Der Zettel mit der Adresse war noch da. Der Name, der darauf stand, lautete Franca Mälzer.

»Sie ist eine geborene Moretti. Nach dem Gesetz ist sie deine Cousine, die Tochter deines Onkels Ettore«, hatte Antonella erklärt. »Aber alle wissen, dass sie nicht von Ettore abstammt.«

Gabriella war diesem Ettore, dem Einarmigen, nie begegnet. Er hatte Belmonte schon drei oder vier Jahre vor ihrer Geburt verlassen und war nie mehr wiedergekommen. Es kursierten bis heute Gerüchte über das plötzliche, rätselhafte Verschwinden seiner Ehefrau Teresa, der Mutter dieser Franca Mälzer. Einige im Dorf verdächtigten ihn noch heute, sie ermordet zu haben. Das alles wusste Gabriella nur durch Dorfklatsch und von ihrer Mutter. Ihr Vater verlor nie auch nur ein Wort über seinen jüngeren Bruder Ettore.

»Wie dem auch sei«, meinte ihre Mutter und wischte diesen Schandfleck der Familie Moretti mit einer Handbewegung weg. »Franca ist die Ziehtochter von Marta und Salvatore Ferri, das sind anständige Leute. Sie ist mit einem Deutschen verheiratet, Marta hat mir ihre Adresse gegeben. Ich weiß nicht, wie gut oder schlecht Franca auf uns zu sprechen ist, aber vielleicht kann sie dir helfen, wenn es hart auf hart kommt.«

»Das wird es nicht«, hatte Gabriella seinerzeit mürrisch geantwortet und gedacht. *Hart auf hart! Was für ein melodramatischer Blödsinn!*

Vielleicht, hoffte sie nun, konnte diese Beinaheverwandte

ihr einen Tipp geben, an wen sie sich wegen einer Arbeit wenden sollte. Einen Versuch wäre es wert.

»Du könntest irgendwo in der Produktion arbeiten, in einer Fabrik. Allerdings sieht es im Moment nicht so besonders rosig aus. Seit der Ölkrise ist es vorbei mit dem deutschen Wirtschaftswunder, und die einfachen Arbeiten erledigen inzwischen die Türken.« Franca Mälzer zuckte mit den Achseln. Sie hatte sich mit Gabriella in einem Café, das zu einem Kaufhaus gehörte, verabredet. Gabriella hätte gern gesehen, wie und wo diese Franca wohnte. Doch möglicherweise war sie wirklich nicht so gut auf die Familie Moretti zu sprechen und wollte deshalb keines ihrer Mitglieder in ihrem Haus haben. Dennoch gab sie sich Gabriella gegenüber freundlich, wenn auch ein klein wenig distanziert. Sie war Anfang dreißig und wirkte sehr selbstbewusst. Ihr braunes Haar trug sie in einem modischen, halblangen Schnitt, ein blau und pink gemusterter Seidenschal hob das intensive Blau ihrer Augen hervor. Gabriella kam sich neben ihr altbacken vor in ihrer Bluse und dem Faltenrock. Alles noch Sachen, die sie aus Belmonte mitgebracht hatte. *Die Rose und das Gänseblümchen,* dachte sie.

Franca ermunterte Gabriella, sich ein Stück Kuchen oder auch zwei auszusuchen. »Du bist eingeladen«, sagte sie.

»Danke«, flüsterte Gabriella, die schon befürchtet hatte, den letzten Rest ihres Putzgeldes für den Kaffee verschwenden zu müssen.

»Denk nicht, dass ich nicht wüsste, wie schwer es hier am Anfang ist«, sagte Franca, während die Bedienung zwei Stück Käsekuchen und zwei Kännchen Kaffee servierte. Sie fragte nicht nach Vittorio. Demnach schien sie im Bilde zu sein über das, was man sich in Belmonte über ihn erzählte. Bestimmt hatte sie vor diesem Treffen mit dem halben Dorf telefoniert.

»Was hast du gemacht, ich meine, welche Arbeit, als du hergekommen bist?«, wollte Gabriella wissen.

»Zuerst habe ich in einer Textilfabrik Garnspulen gewechselt, dann habe ich in einer Änderungsschneiderei angefangen. Vor fünf Jahren kam meine Tochter Marina zur Welt, und seit sie im Kindergarten ist, unterrichte ich als Italienischlehrerin an der Volkshochschule, zwei Kurse an zwei Vormittagen. Da komme ich auch gerade her. Heute war der Anfängerkurs.« Franca verdrehte die Augen. Der Anfängerkurs schien ihr demnach nicht allzu viel Freude zu machen.

»Könnte ich das nicht auch?«, meinte Gabriella.

»Wie ist dein Deutsch?«

»Nicht so besonders.«

»Du musst beide Sprachen gut können, das verlangen sie.«

»Schade!« Gabriella nickte betrübt.

»Allerdings… In meinem Fortgeschrittenenkurs werde ich ab und zu gefragt, ob ich Privatstunden geben würde. Ich habe abgelehnt, das wird mir zu viel. Ich gebe diese Kurse ja hauptsächlich, damit ich ein bisschen unter die Leute komme.«

Schön, wenn man nur zum Spaß arbeiten muss.

»Jedenfalls suchen diese Schüler jemanden, mit dem sie eine oder zwei Stunden in der Woche Italienisch reden können.«

»Die wollen nur reden? Dafür bezahlen sie Geld?«, wunderte sich Gabriella.

»Ja, denn nur so lernt man die Alltagssprache und die gängigen Redewendungen, die nicht im Lehrbuch stehen.«

»Über was soll ich denn reden, ich kenne die Leute doch gar nicht.«

»Es geht hauptsächlich darum, dass du dein Gegenüber zum Reden bringst und das Gesagte korrigierst. Was meinst du, traust du dir das zu?«

»Ja, ich denke schon.«

»Dann komm am Donnerstag in die Volkshochschule.« Franca schrieb die Adresse auf die Papiermanschette, die zwischen ihrer Kaffeetasse und der Untertasse lag. »Das ist nicht weit von hier. Um halb eins ist der Kurs zu Ende, und danach stelle ich dich den Leuten vor, die sich für die Privatstunden interessieren. In Ordnung?«

Gabriella lächelte. »Danke!«

Franca schaute auf die Uhr. »Ich muss los, Marina vom Kindergarten abholen. Aber bleib ruhig noch sitzen und genieße deinen Kuchen.« Sie winkte der Bedienung, zahlte, stand auf und ging eilig davon.

Gabriella schaute ihr nach. Der enge Rock hatte einen koketten kleinen Schlitz, und die Absätze ihrer Pumps waren gerade so hoch, dass es elegant, aber nicht zu aufreizend wirkte. Franca Mälzer hatte Stil, das konnte selbst Gabriella sehen, die von Mode wenig Ahnung hatte. Und Geld hat sie auch, dachte sie. Ein Funken Neid glomm auf.

Lieber Himmel, worauf hatte sie sich da eingelassen? Sich mit fremden Leuten, Deutschen, zu treffen, um Italienisch zu reden? So was Verrücktes! Plötzlich überkam sie das vage Gefühl, dass dieser Job Vittorio noch weniger gefallen würde als das Putzen. Aber das hatte er sich selbst zuzuschreiben.

Sie merkte, wie ihr Herz vor Aufregung klopfte. Womöglich, dachte sie, war das der Anfang von etwas Neuem, Aufregendem. Vielleicht würde sie in wenigen Monaten auch so selbstbewusst herumstolzieren wie diese Franca Mälzer.

Ihre ersten Schüler waren Rudi und Traudl, ein pensioniertes Ehepaar aus Francas Fortgeschrittenenkurs. Die Lehrerin und der Ingenieur besaßen ein Häuschen in der Toskana. Darüber konnte man gleich eine Menge reden, und vor allem Traudl plapperte ungeniert drauflos. Ihr Mann Rudi war anfangs gehemmt, und sein deutscher Akzent war grausig und ihm kaum auszutreiben, da konnte Gabriella die italienischen Worte noch so oft vorsagen. Es war eine Gratwanderung. Sie musste aufpassen, dass Rudi nicht die Lust verlor, weil er zu oft verbessert wurde, und außerdem darum kämpfen, dass er überhaupt zu Wort kam. Irgendwann begriff Gabriella, dass das zwischen den beiden immer so war. Sie gab ihnen als »Hausaufgabe« getrennte Themen, über die sie beim nächsten Unterricht referieren sollten, während der andere Partner zu schweigen hatte. Das funktionierte. Rudi durfte sich einen Spickzettel machen, und schon bald erzählte er recht flüssig von seinem Lieblingshobby, dem Gärtnern, während Traudl übers Kuchenbacken schwadronierte, um dann vom Hölzchen aufs Stöckchen zu kommen.

Die nächsten Schülerinnen waren zwei Freundinnen um die vierzig. Sabine und Petra wohnten zusammen in der Altstadt, in einer großen Wohnung über zwei Stockwerke, die in Gabriella jedes Mal Sehnsüchte und Neidgefühle weckte. Petra hatte hennarotes, kurz geschnittenes Haar, ein schmales, madonnenhaftes Gesicht und flaschengrüne Augen, eine faszinierende Farbe. Sie arbeitete in einer großen Molkerei, die ihre Produkte auch nach Italien exportierte, deshalb, so Petra, könne es nicht schaden, Italienisch zu lernen. Ihre Freundin Sabine, groß, blond, etwas stämmig, war Rechtsanwältin. Besonders Sabines Sprachniveau war schon recht hoch, und so waren die Unterhaltungen mit den beiden Frauen flüssig, und es gab immer etwas zu lachen. Sie erzählten von ihren gemeinsamen Italienreisen. Sie hatten den gesamten Stiefel bereist, während Gabriella nur die Marken kannte und, von eintägigen Klassenfahrten, Florenz und Rom. Erst nach und nach begriff Gabriella, dass die zwei nicht nur wegen der geteilten Mietkosten zusammenlebten.

Dann gab es noch Herbert, einen frisch pensionierten Lokführer, dem seine Frau Hilde gesagt hatte, er solle sich ein

Hobby jenseits seiner riesigen Modelleisenbahn suchen, eines, das ihn geistig beweglich hielt. Also hatte er sich auf das Lernen von Fremdsprachen verlegt: Italienisch und Französisch, wobei er einiges durcheinanderbrachte. Gabriella erfuhr derweil viel über Eisenbahnen. Egal, welches andere Thema sie anschlug, sie landeten immer wieder bei Eisenbahnen. Aber Herbert war ein netter Mensch, der auf eine harmlose, oft rührend unbeholfene Art mit ihr flirtete.

Der Unterricht fand grundsätzlich bei ihren Schülern zu Hause statt. Niemals hätte Gabriella jemanden in ihre Wohnung gebeten, für die sie sich schämte und wo am Ende noch Vittorio herumgelungert hätte und aus der Rolle gefallen wäre.

Rudi und Traudl bewohnten ein pompöses Haus am westlichen Stadtrand. Bei ihnen wurde Gabriella nach dem Unterricht immer noch genötigt, zum Mittagessen zu bleiben. Die Gerichte aus der Allgäuer Küche, die Traudl extra für Gabriella zubereitete, waren zwar nicht unbedingt ihr Geschmack, aber eine kostenlose Mahlzeit war auch nicht zu verachten, und einem geschenkten Gaul schaute man gefälligst nicht ins Maul.

Bei Herbert und Hilde gab es Kaffee und Kuchen im Wintergarten ihres Reihenhäuschens.

Petra und Sabine hatten nur nach Feierabend Zeit. Mit ihnen trank Gabriella das eine oder andere Gläschen Sekt am Ende der Lektion, und wenn Vittorio nicht zu Hause auf sie wartete, blieb sie oft noch länger.

Alle paar Wochen rief sie Franca Mälzer an, erstattete Bericht oder holte sich den einen oder anderen Tipp ab. Persönlich trafen sie sich nicht mehr, aber Gabriella war das inzwischen egal. Sie hatte ja einen Job, den besten, den sie sich momentan vorstellen konnte.

»Deine Schüler haben sich verbessert, sie stottern in meinem Unterricht viel weniger herum als früher und trauen sich endlich, den Mund aufzumachen«, lobte Franca sie.

»Mir tut der Unterricht auch gut«, sagte Gabriella.

Das Geld gab ihr ein Gefühl von Sicherheit. Ein Teil floss in den Haushalt oder wurde in neue Kleidung investiert, was wirklich kein Luxus war, doch das, was dann noch übrig blieb, wurde zurückgelegt. Es war ihr peinlich, Frau Löwe um die Aufbewahrung des Umschlags bitten zu müssen, doch anders ging es nicht, die Wohnung bot kein sicheres Versteck vor Vittorio.

Es war jedoch nicht nur das Geld. Auf eine verstohlene, heimliche Weise lebte Gabriella immer mehr auf. Die Gespräche mit ihrer Schülerschaft waren für sie mindestens so nützlich wie für diese, wenn nicht sogar noch mehr. Es war, als hätte sich ein Fenster aufgetan, durch das sie in fremde Welten blicken konnte und von Dingen erfuhr, von denen sie vorher nichts geahnt hatte.

Vor allem durch Sabine und Petra erschlossen sich ihr ganz neue Horizonte. Manchmal redeten die zwei so freizügig über Sex, dass Gabriella bis über die Ohren errötete, was Petra und Sabine wiederum zum Lachen brachte. Lieber Himmel, wenn Vittorio uns hören könnte, dachte Gabriella bei diesen Gelegenheiten, er würde ausrasten.

Sie hatte ihm wohlweislich verschwiegen, dass ihre Lieblingsschülerinnen lesbische Feministinnen waren. Er hätte ihr sofort verboten, zu ihnen zu gehen. Aus gutem Grund – aus seiner Sicht betrachtet. Denn die beiden öffneten Gabriella die Augen über den herrschenden Machismo im Allgemeinen und über Vittorio im Besonderen. Nach den Besuchen bei Sabine und Petra hatte Gabriella immer sehr viel Stoff zum Nachdenken.

Sabine schenkte Gabriella eine italienische Übersetzung von Betty Friedans Buch *Der Weiblichkeitswahn,* das Gabriella in zwei Nächten durchlas und dann verschwinden ließ, aus Furcht vor Vittorio.

Zuweilen spürte Gabriella Wut in sich aufsteigen, über die Ungerechtigkeit der Welt an sich, aber auch über sich selbst. Wie hatte sie sich nur einem Mann wie Vittorio ausliefern können? Hätte sie nur auf ihre Mutter gehört und, anstatt ihn zu heiraten, einen Beruf erlernt.

In letzter Zeit musste sie sich immer öfter zusammenreißen, um ihrem Gatten nicht ab und an eine Bemerkung vor den Latz zu knallen, bei der ihm bestimmt die Luft weggeblieben wäre. Vittorio war ein Fehlgriff, das hatte sie längst glasklar erkannt, und das Geld, das sie heimlich hortete, war vielleicht eines Tages genug, um ihn verlassen zu können.

Oktober 2020

Michael

Die Äste einer Trauerweide hingen hinab auf die schwarze Wasseroberfläche des Teichs, in der sich eine von Doras Skulpturen spiegelte, ein recht seltsamer Engel. Neben der Weide stand, etwas schief, eine steinerne, von Moos und Flechten überwucherte Bank ohne Lehne. Dieser düstere, nach Moder und Fäulnis riechende Platz, den Michael sonst eher mied, seit ihm dort eine elend lange, pechschwarze Äskulapnatter beinahe über die Füße geschlängelt war, schien ihm an diesem Morgen der einzig passende zu sein, ein Sinnbild seines Gemütszustandes. Seit er nach dem Aufwachen die E-Mail von Helen gelesen hatte, wusste er nichts mit sich anzufangen, erlag nicht einmal den Verlockungen des Laubrechens oder Hundefrisierens. Seine Ehefrau hatte sich mit ihm für neunzehn Uhr mitteleuropäischer Zeit zu einem Videochat verabredet. Michael ahnte, was das bedeutete: Sie wollte sich scheiden lassen.

Er hatte dies kommen sehen, und doch war ihm jetzt elend zumute. Mit dem Schwebezustand hatte er besser leben können als mit dem endgültigen Aus. Es fühlte sich nach Scheitern an, nach Versagen. Inzwischen war Michael schon beinahe vier Wochen in Belmonte und verdächtigte sich selbst, gar nicht mehr in erster Linie hier auszuharren, um seiner leiblichen Mutter zu begegnen. Hätte er sich sonst Johannas wochenlange Geheimnistuerei gefallen lassen? Womöglich diente sein Hiersein in Wahrheit der Verlängerung dieses Schwebezustands, dem Hinauszögern des Unvermeidlichen. Michael scheute harte Schnitte und endgültige Entscheidungen und tendierte dazu, ihnen so lange wie möglich aus dem Weg zu gehen. Das war auch Dr. Feldheimer schon aufgefallen.

Sentimentale Erinnerungen überkamen ihn. Er dachte zurück an die erste Zeit mit Helen, nachdem sie ihm auf einer Party vom Freund eines Freundes vorgestellt worden war, erinnerte sich an die ersten Dates, die gemeinsamen Nächte in ihrem Apartment und an ihr rötliches Haar, das sie damals noch lang trug, an ihre kleinen, festen Brüste, die sie immer noch hatte, ebenso wie die leicht aufgeworfene Nase mit den Sommersprossen darauf.

Ach, Helen!

Ihr Betrug, ihr Verrat an ihrer Liebe, hatte ihn niedergeschmettert wie ein schwerer Unfall oder eine tödliche Diagnose. Dinge, von denen man insgeheim annahm, dass sie immer nur anderen zustießen. Über seine Verzweiflung konnten ihn auch zwei kalifornische Kurzzeit-Affären nicht hinwegtrösten. Tief verletzt und angeschlagen wie ein kleiner Junge, der sich das Knie aufgerissen hat, war er zu seiner Mutter gelaufen, um sich trösten zu lassen. Oder vielmehr zu der Frau, die er dafür hielt: Johanna. Und die hatte ihn prompt zurückgestoßen.

Zeit, erwachsen zu werden, Michael, hörte er im Geist die Stimme von Dr. Feldheimer sagen.

Dazu gehörte wohl auch, sich einzugestehen, dass das Zerwürfnis zwischen Helen und ihm schon viel früher angefangen hatte. Helens Affäre war kein Schicksalsschlag, sondern nur der unvermeidliche Höhepunkt einer von Beginn an zum Scheitern verurteilten Beziehung. Und die steuerte jetzt auf den Showdown zu. Sie passten einfach nicht zusammen, oder sie hatten sich sehr schnell voneinander entfernt, schon allein räumlich durch Michaels häufige Aufenthalte in L.A. Seine Mutter hatte zu Beginn ihrer Beziehung bemerkt, Helen würde ihn, Michael, zwar sicherlich *mögen* – das Wort klang in Michaels Ohren nach einem Golden Retriever –, aber sie hätte keinen Respekt vor ihm. Der sei aber auf die Dauer wichtiger als die Liebe. Michael maß ihren Worten nicht viel Gewicht bei und schrieb sie der Aversion zu, die von Anfang an zwischen Helen und seiner Mum bestanden hatte.

Natürlich behielt Monika Doyle recht. Ihn zu betrügen, musste Michael einsehen, war ausgesprochen respektlos gewesen von Helen.

Er vergrub den Kopf zwischen den Händen, als er merkte, wie ihm die Augen überliefen. Besser jetzt weinen, dachte er, als heute Abend vor Helen.

Er brachte den Tag dann doch noch halbwegs produktiv herum. Adriano, dem Michael von dem bevorstehenden Gespräch erzählte, fand die richtige Tätigkeit für seinen Freund: Er durfte in einem der oberen Badezimmer hässlich grünliche Fliesen aus den Siebzigerjahren mit dem Vorschlaghammer von der Wand klopfen. Dabei zitterten und bebten die Wände des alten Kastens.

Pünktlich zur verabredeten Zeit saß Michael in seinem Gästezimmer vor dem aufgeklappten Laptop und zuckte zusammen, als das akustische Signal ertönte. Dies war ihr erstes Video-Telefonat. Seit seiner Abreise Ende August hatten sie sich nur Mails und Kurznachrichten geschrieben, in einem freundschaftlich-flapsigen Tonfall, fast als wären sie schon getrennt und Freunde geblieben. Meist war es um die Regelung alltäglicher, organisatorischer Dinge gegangen oder darum, wo Michael sich gerade aufhielt.

Helen befand sich auf der Terrasse ihres gemeinsamen Bungalows in San Antonio und hatte wohl gerade ihr morgendliches Work-out beendet, denn sie trug dieses rosa Wickelshirt. Ihr Gesicht sah schmal aus und wirkte noch blasser als sonst. Ihre Frisur musste neu sein, ein kurzer, asymmetrischer Schnitt, der ihren klaren Zügen etwas Strenges verlieh.

»Wie geht es dir?«, fragte sie. Er hätte nicht sagen können, ob ihr Lächeln echt war. Es kam ihm so vor, aber bei Helen wusste man nie, sie konnte die Leute in Grund und Boden lächeln.

»Einfach ein neuer Tag im Paradies«, antwortete er.

Another Day in Paradise von Phil Collins war einer ihrer gemeinsamen Lieblingssongs, und er fragte sich, warum er das gesagt hatte. Wollte er ihr das Trennungsgespräch extra schwer machen?

Sie rückte näher an den Bildschirm heran und kniff die Augen zusammen: »Wo, zum Teufel, bist du? Wohnst du in einem Schloss?«

Er vergrößerte das kleine Bild von sich. Im Hintergrund sah man die Tapete mit dem ornamentalen Muster, davor den Spiegel mit dem barocken Rahmen, über seinem Kopf schwebte ein Leuchter, der üppig bestückt war mit Hunderten von bunten Glassteinen, und wenn er sich bewegte, war die geschnitzte Bettlade mit ihren Schnörkeln und Vergoldungen zu erkennen. Die Kamera verbarg gnädig die kleinen Unzulänglichkeiten der Kulisse: die Risse im Putz hinter der Tapete, die blinden Flecken im Spiegel und dass das Bett fürchterlich knarrte und es durch das Fenster zog.

»Auf dem alten Gutshof eines Freundes«, sagte Michael. »Habe ich dir doch geschrieben. Adriano Prisco, ein amerikanischer Autor. Ex-Autor«, verbesserte sich Michael. »Er stammt von der Ostküste…«

»Michael, wann kommst du wieder nach Hause?«, schnitt sie sein Geplapper ab.

Nach Hause. Er ließ ein paar Augenblicke verstreichen.

»Habe ich denn noch eines?«, fragte er dann und klickte sein eigenes Bild wieder weg, um Helen in die Augen sehen zu können.

Sie wich aus. »Michael, es bringt doch nichts, wenn du dich in Italien verkriechst. Wir müssen reden.«

»Wir reden jetzt.«

»Das ist nicht dasselbe.«

»Ich komme, sobald ich kann.«

»Wann wird das sein?«

»Das weiß ich nicht, es hängt nicht von mir ab. In ein paar Wochen, schätze ich.«

»Ein paar *Wochen*? Du wolltest zur Wahl wieder zurück sein!«

»Ja, wollte ich. Aber…« Für einen Augenblick verspürte er ein schlechtes Gewissen, weil er seine Ehefrau zurückgelassen hatte in einem Land, in dem der schlimmste Wahlkampf aller Zeiten tobte und keiner wissen konnte, ob es nicht noch zu Gewaltausbrüchen auf den Straßen kommen würde.

»Du hast doch jetzt deine Mutter gefunden…«, begann sie.

»Nein, das dachte ich nur.«

»Was?«

»Es ist kompliziert.«

Er bemerkte die kleinen Falten über ihrer Nase, Zeichen ihrer Verärgerung, aber dennoch lächelte sie und sagte: »Du fehlst mir, Michael.«

Er wusste nicht, was er darauf antworten sollte. »Wirklich?«, fragte er.

»Dein Text wäre jetzt: *Du fehlst mir auch*«, antwortete Helen.

»Du fehlst mir auch«, antwortete Michael mechanisch und fragte sich erst hinterher, ob das wahr war. Er hatte oft an Helen gedacht, aber meistens mit Wut oder Wehmut, selten mit Sehnsucht, und wenn doch, dann sehnte er sich nach der alten Helen, der fröhlichen, unbefangenen, natürlichen Helen, nicht nach der exaltierten, überdrehten Galeristin, die alles tat, um sich *in der Welt der Kunst* einen Namen zu machen. Fatalerweise hatte Michael das Grab ihrer Beziehung selbst geschaufelt, indem er Helen die finanziellen Mittel zur Verfügung stellte, um die Galerie zu eröffnen. Manchmal, in Anflügen von Kleingeistigkeit, bereute er dies. Andererseits: Was wäre er für ein Arsch gewesen, wenn er seiner Frau das vorhandene Geld für ihren Traum vorenthalten hätte? Es war wie in einer klassischen Tragödie: So oder so würde es ein schlechtes Ende nehmen.

»Was ist mit ... mit deinem ... Malerfreund?«, presste er hervor.

Sie machte eine unwirsche Geste, wie immer, wenn sie über etwas lieber hinweggehen wollte. Aber ihr Fremdgehen über Monate war keine peinliche Episode, die man einfach wegwischen konnte. Jedenfalls nicht für Michael.

»Ist sonst noch etwas?«, fragte er, und es klang mürrischer als beabsichtigt.

»Nein. Ich wollte dich einfach mal sehen und deine Stimme hören.«

»Es ist auch schön, dich zu sehen, Helen«, sagte er in weicherem Tonfall. Es stimmte ja auch. Trotz allem tat es gut, mit ihr zu reden, ihr vertrautes Gesicht zu sehen.

»Michael? Halt mich nicht ewig hin, ja?«, sagte sie.

Sie *hinhalten*? Was meinte sie damit? Hatte sie ihn etwa – sozusagen zwischen den Zeilen – um Verzeihung gebeten für ihre Verfehlungen? Wer, wenn nicht er, berufsmäßiger Verfasser geschliffener Dialoge, hätte dies bemerken müssen?

Doch selbst wenn es so war: Ein Subtext genügte in diesem Fall nicht. Da musste sie schon deutlicher werden, ihren Stolz überwinden, vor ihm auf die Knie fallen, in den Staub sinken…

»Michael?« Ihr Gesicht füllte jetzt den Bildschirm aus, und er blickte in ihre fragenden Augen. Glitzerte da etwa eine Träne, oder war das nur eine Lichtspiegelung?

»Ja?«

»Du kannst dich nicht ewig vor einer Entscheidung drücken. Wir sind beide nicht mehr die Jüngsten, wir sollten nicht unnütz Zeit vergeuden.«

Unnütz Zeit vergeuden. So war das also. Sie stand anscheinend schon in den Startlöchern. Gab es einen Neuen, oder hatte sie vor, sich in einem Datingportal anzumelden? Da war es ja immer besser, sich erst von *Altlasten* zu befreien.

»Ich ruf dich wieder an, okay?«, sagte er kurz angebunden.

»Okay«, sagte Helen, und dann war sie weg.

Irgendwo hat sie aber auch recht, dachte Michael. Gar nichts zu tun hielt die Dinge lediglich in der Schwebe, ein Zustand, in dem sich gerade sein ganzes Leben befand. Allmählich jedoch begann sich Michael nach einer festen Koordinate zu sehnen.

Mai 1976

Gabriella

Draußen vor dem Fenster erwachte die Natur, sie konnte es hören: Amseln flöteten, Spatzen zwitscherten, Kinder lärmten, lachten, weinten. Sie dagegen war ein dunkler, dahinvegetierender Klumpen. Stunden, Tage, Nächte flossen ineinander, während sie zwischen den Möbeln und den Wänden der kleinen Wohnung umhertaumelte. Sie hatte diese Räume von Anfang an nicht als ihr Zuhause betrachtet, allenfalls als etwas Provisorisches, Vorübergehendes, manchmal auch als Gefängnis. Ab und zu weinte sie laut, dann wieder war es still. Eine schreckliche Stille, wie nur der Tod sie hinterließ.

Wenn sie die Augen schloss, sah Gabriella den kleinen Körper in dem viel zu großen Kinderbett, das flaumige, dunkle Haar, das blasse Gesicht mit den bläulichen Lippen und den verquollenen Augen, die erloschen waren, ohne diese Welt je zu erblicken.

Vielleicht ist es besser so, hatte sie in einem ersten Impuls voller Reue gedacht. Inzwischen jedoch haderte sie mit sich und mit Gott und der Welt. *Warum musstest du das unschuldige Kind für meine Verfehlungen strafen? Warum hast du nicht mich sterben lassen?*

Bisweilen kam Frau *Leone,* die Nachbarin von oben, herunter. Seit sie wusste, was geschehen war, brachte sie Essen zum Aufwärmen oder Obst vorbei und einmal wusch sie sogar einen Schwung Wäsche. Gabriella nahm das alles wie durch einen Schleier zur Kenntnis, auch die gut gemeinten Trostworte, sie sei noch so jung, sie könne weitere Kinder haben.

An einem dieser konturlosen Tage hörte sie im Halbschlaf plötzlich den Schlüssel im Schloss, und kurz darauf stand Vittorio im abgedunkelten Schlafzimmer, das zu Gabriellas Rückzugsort geworden war.

»*Amore?* Schläfst du etwa mitten am Nachmittag? Wir sind doch nicht in Italien«, rief er ahnungslos und offenbar gut gelaunt.

Sie rappelte sich von der Matratze auf. Sein Haar und die Kleidung rochen nach Rauch und sein Atem nach Bier. In seiner Hand hielt er eine kleine Schachtel Pralinen, aber er vergaß, sie ihr zu geben. Nachdem sich seine Augen an das Dämmerlicht gewöhnt hatten, starrte er zuerst verwirrt ihren erschlafften Leib an, danach schaute er sich suchend im Zimmer um.

Einem Reflex gehorchend, klammerte sich Gabriella an ihn und erzählte ihm stockend von ihrem Unglück.

Vittorio machte sich mit einem Ruck von ihr los. »Mein Sohn ist tot?«, vergewisserte er sich.

Als sie nickte, ging er mit langen Schritten aus dem Zimmer.

Gabriella verharrte auf der Bettkante. Sie hörte ihn schluchzen.

In den letzten Monaten hatte er ihr öfter einmal Süßigkeiten mitgebracht, hatte sogar die Hand auf ihren Bauch gelegt, wenn *er* strampelte, und vorgeschlagen, *ihn* Paolo zu nennen. Sie hatte ihn nie gefragt, was es mit diesem Namen auf sich hatte.

Zumindest mit dem *ihm* hatte er recht behalten, dachte

Gabriella. Vielleicht hätte er über ein totes Mädchen weniger geweint.

Endlich wurde es ruhig in der Küche, und sie ging zu ihm hinüber. Er saß am Tisch, den Kopf in seinen Armen vergraben. Gabriella legte ihm ihre Hand auf das zuckende Schulterblatt. Als hätte er einen Stromschlag erhalten, sprang er auf, stieß sie grob von sich weg und schrie: »Bist du eigentlich zu nichts zu gebrauchen, du dummes Weibsstück? Tausende Frauen kriegen jeden Tag Kinder, nur du schaffst das nicht! Nicht einmal das kannst du!«

Er drängte sich an ihr vorbei in den Flur. Sie hörte, wie er in seine Lederjacke schlüpfte, hinausstapfte, und dann knallte die Tür zu.

Gabriella ließ sich auf einen Stuhl fallen, das Echo seiner Worte hallte durch ihren Kopf.

Nicht einmal das kannst du.

Sie straffte die Schultern, erwachte aus ihrer Lethargie. Auf einmal sah sie klar und wusste, was sie zu tun hatte.

Sie kleidete sich an und packte ihren Koffer. Von den wenigen Babysachen, die sie bis dahin angeschafft oder von Frau Löwe geschenkt bekommen hatte, behielt sie nur ein kleines, aus hellblauer Wolle gehäkeltes Paar Söckchen. Den Rest legte sie wieder in den Karton und stellte ihn vor die Tür ihrer Nachbarin. Danach setzte sie sich an den Küchentisch und schrieb einen Brief an den Vater ihres toten Kindes.

September 2006

Johanna

Ein frischer Wind vom Meer her hatte die Sommerhitze aus der Stadt vertrieben, lediglich ein paar fedrige Wolken zogen über den blassblauen Himmel. Johanna und Max schlenderten am Ufer des Tiber entlang, von der Engelsburg in Richtung Trastevere, wo sie zusammen zu Mittag essen wollten. Johanna, der das Sprechen im Gehen stets leichter fiel, nutzte den Spaziergang dazu, sich bei ihrem Bruder, ihrem einzigen Vertrauten, endlich alles von der Seele zu reden. Angefangen von den Fotos ihres vermeintlichen Kindes bis zu den vertauschten Neugeborenen im Entbindungsheim Sonnenstrahl und ihren Recherchen im Keller dieses Hauses berichtete sie ihm von den Ereignissen der letzten drei Monate, die seit dem Tod von Charlotte Burger vergangen waren. Lediglich das, was diese Elli Wagner ihr nach der Beisetzung der alten Hebamme erzählt hatte, ließ sie weg. Die grauenhafte Geschichte, sollte sie denn wirklich wahr sein, betraf sie ja nicht unmittelbar, sagte sich Johanna. Auch wenn sie in ihren Albträumen zuweilen tote Kinder in Tiefkühltruhen liegen sah.

Es reichte auch so schon, erkannte Johanna.

Während ihres Berichts schlug Max ein paarmal die Hände vors Gesicht oder rief mit flüsternder Stimme Gott an. Jetzt, nachdem sie fertig war, steuerte ihr Bruder mit raschen Schritten auf eine gerade frei gewordene Bank vor der Uferbefestigung zu und ließ sich darauf niederfallen wie ein Ertrinkender, der mit letzter Kraft den Strand erreicht.

Max trug ein Sakko aus Wildseide, aus dessen Tasche er nun ein sorgfältig gebügeltes Stofftaschentuch zog und sich damit Stirn und Augen abtupfte. Dabei war es gar nicht so warm. Eine angenehme Brise kräuselte die grünlichen Wellen des Tiber.

Johanna setzte sich wortlos neben ihn und ließ ihm Zeit, das Gehörte zu verdauen.

Er ist weltfremd geworden, dachte sie. Zumindest lagen seine Erfahrungswelt und die ihre sehr weit auseinander.

Kein Wunder. Max hatte nie eine Gemeinde betreut, wo er es wenigstens aus zweiter Hand mit den Facetten des realen Lebens zu tun bekommen hätte. Nein, als Titularbischof residierte er seit vielen Jahren in seinem klerikalen Elfenbeinturm. Er war ein Geisteswissenschaftler durch und durch, ein Forscher, ein Philosoph. Für einen Menschen wie ihn musste es zutiefst verstörend sein, dem Bösen in seiner ganzen Banalität zu begegnen. Vielleicht hätte sie darauf Rücksicht nehmen und ihm das alles vorsichtig und häppchenweise beibringen sollen. Andererseits, was hätte dies an den Tatsachen geändert? Wie schilderte man derartige Dinge auf schonende Weise?

Willkommen in den Niederungen der Realität, Eure Exzellenz!

Endlich schien Max seine Sprache wiedergefunden zu haben.

»Es ist meine Schuld! Es ist alles meine Schuld«, hörte sie ihn undeutlich murmeln, denn er hatte sein Gesicht mit den Händen bedeckt wie ein Kind, das sich vor der Welt verstecken wollte.

»Unsinn, Max, was redest du denn da?«

Er nahm die Hände herunter und blickte Johanna an wie einer, der gerade aus einem Traum erwacht und sich erst einmal orientieren muss.

»Es hat nichts mit dir zu tun«, versicherte Johanna.

»O doch«, flüsterte Max. »Mein Gott, Johanna…« Er brach ab, schien sich wieder zu sammeln und erklärte dann: »Ich hätte mich viel mehr um dich kümmern müssen, ich hätte mehr auf unsere Eltern einwirken müssen, dich zu unterstützen. Stattdessen war ich hauptsächlich mit mir und meinen… Angelegenheiten beschäftigt und blind für dein Leid. Ignorant und egoistisch habe ich mich verhalten! Das werde ich mir nie verzeihen.«

»Max, es war nicht deine Schuld. Du hast dir nichts zu verzeihen und ich dir auch nicht«, sagte Johanna, die anfing, ärgerlich zu werden. War Max schon so in seinem eigenen Kosmos gefangen, dass er alles, was geschah, auf sich bezog? Offenbar hatte er ihren Unmut gespürt oder ihre Gedanken erraten, denn jetzt griff er nach ihrer Hand und sagte: »Ich weiß nicht, wie du das alles verkraftet hast, Johanna. Ich meine, damals und jetzt diese… Erkenntnis.«

Sie zuckte mit den Achseln. »Was bleibt mir anderes übrig?«

Er legte den Arm um sie, und sie ließ für einen Moment den Kopf auf seine Schulter sinken.

»Diese Fotos…«, begann Max.

»Nach allem, was meine Mutter mir sonst noch angetan hat, war das wirklich der Gipfel!«, wetterte Johanna drauflos. »Sie hatte kein Recht, diese Briefe zu unterschlagen!«

»Hast du sie dabei?«, fragte Max.

Johanna durchschaute Max' plumpes Ablenkungsmanöver. Es fiel ihrem Bruder nach wie vor schwer, seine Mutter für irgendetwas zu verurteilen. Dennoch öffnete sie ihre Handtasche, gab ihm den Umschlag und sah zu, wie er Foto für Foto betrachtete.

»Ich möchte die Frau finden, diese Gabriella, der Agatha Grundel das Kind gestohlen hat. Die Fotos gehören streng genommen sowieso ihr. Ich hoffe, dass sie noch in diesem Dorf in den Marken lebt oder dass dort jemand weiß, wo ich sie finden kann.«

»Du willst diese Frau suchen?« Sein Blick und der Klang seiner Stimme waren überrascht, nein, geradezu entsetzt.

»Sie sollte wissen, dass sie einen Sohn hat.«

»Warum?«

»Warum?« Johanna runzelte die Stirn über diese eigenartige Frage. »Sie hat ein Recht darauf, findest du nicht?«

Er schien darüber nachzudenken. Schließlich schöpfte er tief Atem und sagte. »Sicher hat sie das. Es fragt sich nur, ob ihr mit diesem Recht gedient ist.«

»Wie meinst du das?«

»Hast du darüber nachgedacht, was du damit anrichten könntest?«

»Was heißt hier *anrichten*«, brauste Johanna auf. »Ich war es nicht, die ihr das Kind weggenommen hat, ich bin selbst ein Opfer dieses skrupellosen Weibsbildes, dem mich meine eigene Mutter ausgeliefert hat, nur um ihren ach so guten Ruf zu retten.«

»Das ist schlimm genug, Johanna, und es tut mir aufrichtig leid, was unsere Mutter dir angetan hat.«

»Ach, sag bloß! Mamas kleiner Liebling. In deinen Augen steht sie doch immer noch auf dem Podest, auf das du sie zeit deines Lebens gehoben hast.«

»Ganz so ist das nicht«, widersprach Max. »Sie hat dir großes Unrecht getan, zweifellos. Aber bedenke, wir sind alle fehlbar.«

Es war zwecklos. Johanna winkte ab, und beide schwiegen verstockt. Leute gingen an ihnen vorbei, Schnipsel von Unterhaltungen in verschiedenen Sprachen wehten sie an. Vielleicht sollte ich hierherziehen, dachte Johanna, der Rom inzwischen schon ein zweites Zuhause war.

»Und du weißt nicht, wo der junge Mann inzwischen lebt?«

»Er heißt Michael.«

»Michael«, wiederholte Max und lächelte. »Der heilige Michael, der den Teufel besiegt hat.«

Johanna verdrehte heimlich die Augen.

Max schien erneut eine Weile vor sich hin zu brüten, dann sagte er: »Es tut mir leid, Johanna, ich habe dich nie gefragt, wie du dich all die Jahre gefühlt hast.«

»Stimmt, das hast du nie.«

»Ich habe sehr wohl gesehen, dass es dich umtreibt. Du warst so ruhelos, immer unterwegs, und du hast auch nie besonders glücklich auf mich gewirkt. Ich hätte mit dir darüber reden sollen. Ich war dir ein schlechter Bruder und ein noch schlechterer Seelsorger.«

»Max, hör auf, dich ständig bei mir zu entschuldigen. Du hast dir nichts vorzuwerfen«, wehrte Johanna ab.

Und ausnahmsweise geht es jetzt auch mal nicht um dich!

»Diese Frau. Gabriella. Was weißt du über sie?«

»Nur, was mir diese ehemalige Nachbarin erzählt hat.«

»Was wirst du tun, wenn du sie gefunden hast?«

»Das weiß ich noch nicht«, gestand Johanna. »Ich wollte das spontan entscheiden.«

»Spontan? Aber Johanna!«

»Herrgott, Max! Das ist keine Wissenschaft, wo man klare Kriterien formuliert und danach handelt. Das ist das *Leben,* da entscheidet man auch mal aus dem Bauch heraus.« Kaum hatte sie den Satz zu Ende gesprochen, wusste sie, dass es ein Fehler gewesen war.

»Aus dem *Bauch* heraus willst du entscheiden, ob du einem anderen Menschen für den Rest seines Lebens den Seelenfrieden raubst?«, rief er aufgebracht.

Johanna spürte, wie sich in ihr etwas zusammenzog, ein kleiner harter Kern aus Zorn. Sie hätte zumindest erwartet, dass er beide Möglichkeiten sorgfältig abwog. Doch das Seelenheil dieser Fremden schien ihm wichtiger zu sein als das seiner Schwester. Allerdings musste sie sich eingestehen, dass an seinen Worten etwas Wahres dran war. »Aber ich kann doch nicht einfach nur nichts tun!«

Max seufzte. Beide beobachteten eine Möwe, die sich an einem Abfallkorb zu schaffen machte. Als sie wegflog, ihre Beute im Schnabel, sagte Max: »Ein so schreckliches Geheimnis zu hüten ist eine schwere Last, das kann ich gut verstehen. Der Gedanke, es einfach nur für dich zu behalten, widerstrebt dir, nicht wahr?«

Sie tat einen schweren Atemzug.

»Aber jetzt hast du die Last mit jemandem geteilt, nämlich mit mir.«

»Das ist doch etwas vollkommen anderes«, widersprach Johanna. »Außerdem ist es doch auch etwas Positives für diese Gabriella, zu erfahren, dass ihr Kind noch lebt. Denn so seltsam sich das anhören mag: Als ich erfahren habe, dass ich nie ein Kind hatte, da hat mir etwas gefehlt, sehr sogar. Vielleicht ist es bei dieser Frau ja genau umgekehrt.«

»Auf jeden Fall wird es ihr Leben aus der Bahn werfen und womöglich nicht nur ihres, sondern auch das ihrer Familie. Bist du sicher, dass du das verantworten kannst? Vielleicht zerbricht ihre Ehe daran, vielleicht zerbricht sie selbst daran.«

»Denkst du, das wüsste ich nicht? Ich habe doch auch meine Zweifel!«, ereiferte sich Johanna. »Deshalb bin ich ja hergekommen. Um dich um Rat zu fragen«, fuhr sie mit erzwungener Ruhe fort.

»Das war eine gute Entscheidung«, sagte Max in versöhnlichem Ton. »Hier ist mein Rat und zugleich meine dringende

Bitte: Lass es sein! Glaub mir, es ist manchmal wirklich besser, die Vergangenheit ruhen zu lassen.«

»Auf jeden Fall denke ich noch einmal gründlich darüber nach.«

»Ich kenne dich«, sagte Max. »Es liegt in deiner Natur, den Dingen auf den Grund zu gehen. Ich befürchte, ich kann dich nicht davon abbringen, nach dieser Frau zu suchen, ist es nicht so?«

Johanna nickte und lächelte. Doch Max lächelte nicht zurück, sondern er ergriff ihre Hände und sagte in beschwörendem Ton: »Versprich mir, dass du mich anrufst und mit mir redest, bevor du der Frau irgendetwas von dem Kind sagst.«

»Gut«, seufzte Johanna.

»*Gut* reicht mir nicht. Du musst es mir in die Hand versprechen.«

Sie legte ihre Hand auf die seine. »Ich verspreche es dir, großer Bruder. Bei der Jungfrau Maria und allen deinen Heiligen.«

Mai bis Juni 1976

Gabriella

Nur noch eine Station bis Senigallia. Hinter ihr lagen die schrecklichsten Tage ihres Lebens, und es stand in den Sternen, ob die künftigen viel besser werden würden. Ungefähr seit Rimini hatte Gabriella sich in den tröstenden Anblick der vertrauten Landschaft vertieft, die an ihr vorbeigezogen war: links das Meer, rechts die sanften Hügel und dahinter der dunkle Schatten des Apennin. Jetzt spürte sie, wie sich ihr Inneres verkrampfte.

Die Reise war lang gewesen: von Kempten mit dem nächstbesten Zug nach München, wo sie in einer billigen Pension in der Nähe des Bahnhofs übernachtet hatte, dann in aller Herrgottsfrühe im Schnellzug von München nach Bologna und zuletzt mit dem Bummelzug an der Adria entlang. Und doch würde sie am liebsten noch tagelang in diesem Zug sitzen bleiben. In Bewegung sein, die Gegend betrachten, eine x-beliebige Frau in einem Zug, eine Reisende, die dabei war, ihre Fesseln abzustreifen.

Senigallia. Sie stieg aus.

Sie konnte das Meer riechen, und wäre sie nicht so müde gewesen und der Koffer so schwer, wäre sie vielleicht an den Strand gegangen, um den Wellen zuzuschauen, den Schreien der Möwen zu lauschen und die salzige, nach Fisch riechende Luft zu atmen.

Fast jeden Sonntag im Sommer war ihre Mutter mit ihr und Tommaso hierhergefahren, meistens mit dem Bus. Tommaso hatte seiner Schwester das Schwimmen beigebracht, begleitet von den Angstrufen und den Warnungen Antonellas, die selbst nicht schwimmen konnte. Manchmal hatte sich ihr Vater breitschlagen lassen, sie mit dem Auto zu fahren. An den Strand war er nie mitgekommen. Der Trubel, der Sand und die Hitze dort seien ihm zuwider, behauptete er, aber er hatte sich gern für zwei, drei Stunden in eine der Bars am *lungomare,* der Strandpromenade, gesetzt und aufs Meer geschaut. Auf dem Rückweg war er stets entspannter gewesen als bei der Hinfahrt.

Ihr Vater.

Nun, da sie an der Haltestelle stand und auf den Bus wartete, der von Senigallia nach Arcevia fuhr, hörte Gabriella in Gedanken seine Stimme: *Wenn du diesen Kerl heiratest, bist du nicht länger ein Mitglied dieser Familie.*

Wenn sie wenigstens bleiben dürfte, bis sie eine Arbeit gefunden hätte. Vielleicht könnte sie in einem der Hotels in Senigallia anfangen, jetzt, da sie schon ein bisschen Deutsch konnte. Es würde sicher keine so einfache und gut bezahlte Arbeit werden wie die Italienisch-Stunden...

Nicht mehr daran denken! Schau nach vorn, Gabriella. Vergiss das alles. Vergiss ihn!

Im Bus setzte sie sich auf die hinterste Bank. Prompt stiegen kurz nach ihr zwei Frauen aus Belmonte ein. Reflexartig zog Gabriella ihre Strickjacke enger um ihren Körper, die sie trotz der stickigen Wärme im Bus trug, und verschränkte die Arme vor ihrem noch immer leicht gewölbten Bauch. Die beiden musterten Gabriella zuerst aufmerksam, dann nickten sie ihr mit einem wissenden Lächeln zu, ehe sie sich auf einer Zweierbank in der Mitte des Busses niederließen und die Köpfe zusammensteckten. Ab und zu schielten sie verstohlen nach hinten. Heute Abend, dachte Gabriella, würde es an den Tischen von Belmontes Familien reichlich zu klatschen geben.

Wieso eigentlich? Ich könnte doch einfach nur meine Familie besuchen. – Vergiss es. Man sieht den Leuten das Unglück an.

Während der gesamten Busfahrt schaute Gabriella aus dem Fenster. Die tief stehende Sonne vergoldete die Landschaft. Jetzt, Ende Mai, war die schönste Jahreszeit. Alles war noch frisch und grün, die unbarmherzige Sommersonne hatte die Felder noch nicht verbrannt, an den Hausmauern blühten die Rosen, die ersten Kirschen waren reif. Bestimmt auch die Herzkirschen am Baum neben dem Hühnerstall. Ihr wurde bewusst, wie sehr sie ihre Heimat vermisst hatte, und ja, auch ihr langweiliges Elternhaus, das sie unbedingt verlassen wollte. In Gedanken verfluchte sie Vittorio, der sie von hier weggeschleppt hatte. Ganz egal, was jetzt gleich passieren würde, sie würde Italien, die Marken, nie mehr verlassen.

Kurz vor Belmonte ging sie samt ihrem Koffer, den Blick stur geradeaus gerichtet, nach vorn und bat den Busfahrer, außerplanmäßig an der Abzweigung zu halten, die zum Moretti-Hof führte. Der Mann tat ihr den Gefallen, sie stieg aus und wartete, bis der Bus weitergefahren war und sich die Abgaswolke verzogen hatte. Dann schöpfte sie tief Atem. Die Luft roch anders als in Senigallia: nach Minze, die am Straßenrand wuchs, nach süßlichen Rapsblüten und einem Hauch Schweinedung.

Fast zu Hause. Freude und Angst hielten sich die Waage.

Es begann zu dämmern, als sie sich den Feldweg hinaufquälte. Der Koffer hing schwer an ihrem Arm, immer wieder musste sie die Seite wechseln. Ihr schwindelte, und ihre Knie zitterten. Sie merkte, dass sie immer noch geschwächt war.

Von unten näherte sich ein Wagen. Gabriella brauchte sich

gar nicht umzudrehen, sie erkannte das Motorengeräusch nur allzu gut.

So ein Mist! Hätte sie es nicht wenigstens bis zum Hof schaffen können, wo ihre Mutter und Tommaso vielleicht für sie Partei ergriffen hätten? Ihr Vater würde sie davonjagen wie einen Straßenköter. Gabriella trat zur Seite, in den Schatten eines Holunderstrauchs. Der rote Kleinbus fuhr mit unverminderter Geschwindigkeit einige Meter an ihr vorbei, sodass sie schon glaubte, er hätte sie übersehen. Aber dann bremste er scharf und hielt an. Der Motor lief noch.

Ja, es war ihr Vater, der nun ausstieg, und nicht, wie sie im letzten Moment noch gehofft hatte, vielleicht Tommaso oder Silvia.

Er machte ein paar Schritte in ihre Richtung, dann blieb er stehen und wischte sich die Hände an den Seiten seiner kakifarbenen Arbeitshose ab, eine Geste, die er oft ausführte, wenn er sich mit einem Problem konfrontiert und zum Handeln gezwungen sah. Gabriella war zur Säule erstarrt.

Seine Miene war unergründlich, als er langsam auf sie zuging. Wortlos nahm er ihr den Koffer aus den Händen, drehte sich um und lud ihn hinten in den Wagen. Er schickte sich an einzusteigen, blickte sich aber zuvor nach ihr um.

Gabriella stand nach wie vor reglos da. Er machte eine unwillige Kopfbewegung, wie immer, wenn jemand nicht schnell genug reagierte.

Gabriella stolperte zum Wagen und setzte sich auf den Beifahrersitz. Ihr Vater gab Gas, hinter ihnen spritzte der Schotter weg, und die anfahrenden Reifen hinterließen eine weiße, pudrige Wolke. Keiner sagte etwas auf den wenigen Hundert Metern bis zum Hof, beide blickten starr geradeaus durch die Windschutzscheibe. Der Spalt zwischen den Sitzen kam Gabriella vor wie ein Burggraben.

Ennio hielt vor der Tür zur Küche an, lud den Koffer aus und knallte ihn Gabriella vor die Füße. »Wenn es nach mir ginge…«, begann er, winkte ab und stapfte in Richtung Stall davon.

Im selben Moment kam ihre Mutter mit einem kleinen Schrei auf sie zugestürzt, riss sie in ihre Arme und drückte sie so fest an ihre Brust, dass sie kaum noch Luft bekam.

Gabriella half, wo es ging, in Haus und Hof und schonte sich nicht, obwohl die Arbeit sie deutlich mehr anstrengte als früher. Sie wollte sich unbedingt nützlich machen und beklagte sich nie, ganz im Gegensatz zu früher. Nach drei Wochen war sie, auch dank der guten Küche von Antonella, wieder einigermaßen bei Kräften.

An den Abenden schlief sie, erschöpft von der Arbeit, für gewöhnlich sehr rasch ein, nur um Stunden später aus ihren wirren Träumen zu erwachen. In einem davon sah sie das Gesicht eines Kindes, kein Säugling, sondern ein zwei-, dreijähriger Junge, der sie böse anblickte, dann wieder trat die Hebamme aus dem Entbindungsheim, die an einen Geier erinnerte, an ihr Bett, streckte ihr den toten kleinen Körper anklagend entgegen und beschimpfte sie, dass sie es nicht anders verdient habe. Ein andermal begegnete sie dem schwarz gekleideten Mann vom Bestattungsinstitut, der ihr Kind in dieser kleinen weißen Kiste davontrug, während sie ihn vergeblich aufzuhalten versuchte.

Gleich am ersten Abend hatte sie ihrer Mutter unter vier Augen das Nötigste erzählt, was diese über das Ende ihrer Ehe wissen musste. Antonella hatte sie zuerst weinend in die Arme geschlossen und dann Vittorio mit wüsten Flüchen belegt.

»Das Kind? Wo ist es begraben?«

»In Kempten, auf dem städtischen Friedhof.«

»Wie ist sein Name?«

»Ich hätte ihn Paolo genannt…«

»Er ist also nicht getauft worden?«

»Nein, wie denn?«, erwiderte Gabriella erbost.

Antonella bekreuzigte sich und sagte, sie werde für die arme kleine Seele beten.

Gabriella hatte es ihrer Mutter überlassen, wem von der Familie sie welches Detail weitererzählen würde. Da weder Tommaso noch Silvia Fragen stellten und ihr Vater ohnehin nicht, ging Gabriella davon aus, dass sie alle im Großen und Ganzen im Bilde waren.

Antonella war anzumerken, wie glücklich sie war, ihre Tochter wieder bei sich zu haben, aber sie verhehlte auch nicht ihre Sorge um deren Zukunft. Was, wenn dieser Schurke nie wieder auftauchte? Könnte Gabriella sich dann trotzdem von ihm scheiden lassen? Und würde sie als Geschiedene jemals wieder einen anständigen Mann finden?

Entgegen Gabriellas Erwartungen hatte ihr Vater sich bis jetzt mit bissigen Bemerkungen und dergleichen auffallend zurückgehalten. Bisweilen kam es Gabriella sogar so vor, als sei er froh, sie wieder bei sich zu haben. Natürlich wäre er nicht Ennio Moretti gewesen, wenn er es nicht verstanden hätte, diese Freude hinter ruppigem Gehabe zu verbergen. Gabriella merkte es nur an bestimmten Kleinigkeiten. Er ließ sie auf dem Hof mit seinem Wagen das Fahren üben, denn er wollte, dass sie den Führerschein machte. »Ich habe keine Lust, neben deiner Mutter auch noch dich durch die Gegend zu karren«, knurrte er als Begründung. Hin und wieder forderte er sie auf, mit ihm seinen obligaten *aperitivo* zu teilen. Dann saßen sie entweder schweigend beisammen, oder er erörterte mit ihr Fragen, die die Arbeit auf dem Hof betrafen: die Kuh, die demnächst kalben würde, ob man eine neue Sorte Hühner anschaffen sollte… Nie kam ihm Vittorios Namen über die Lippen, nie kommentierte er Gabriellas Rückkehr oder fragte nach, was sie mit ihrem Leben noch vorhatte.

Das übernahm ihr Bruder Tommaso.

Sie saßen auf der kleinen, von Weinlaub überwachsenen Terrasse, die sich an die Küche anschloss, und Tommaso deutete quer über den Hof auf den leeren Schweinestall. »Du hast ja schon bemerkt, dass sich hier einiges tut.«

Ja, es war viel geschehen in den gut anderthalb Jahren, die sie fort gewesen war. Ennio hatte seinem Sohn den Hof überschrieben, und Tommaso und Silvia waren mittlerweile verheiratet.

Gabriella war nicht eingeladen worden. Bestimmt steckte ihr Vater dahinter. Es sei nur eine kleine Hochzeit gewesen, nichts Großartiges, erklärte Tommaso verlegen. Gabriella hatte da allerdings anderes gehört.

Erst nach ihrer eigenen durch und durch armseligen und verunglückten Hochzeit erkannte Gabriella, dass sie nicht nur sich selbst um ihren Mädchentraum gebracht hatte, sondern auch ihre Familie. Ein Hochzeitsfest war nicht nur Angelegenheit der Brautleute, es diente auch dazu, die Familie vor der Verwandtschaft und den Nachbarn in einem möglichst guten Licht zu präsentieren. Viele verschuldeten sich sogar, um sich ja keine Blöße zu geben, denn die Leute schauten mit kleinlicher Missgunst darauf, wie groß die Feier ausfiel. Wie üppig war der Blumenschmuck in der Kirche, was gab es zu essen und wie viele Gänge? War der Wein teuer oder billig? Und die Kapelle, taugte die etwas, oder hatte es nur für einen Haufen schrammelnder Amateure gereicht? Nicht nur ihre Familie, nein, ganz Belmonte war von Gabriella um ein Fest betrogen worden. Eine große Hochzeit konnte ein ganzes Dorf wochenlang in Aufregung versetzen, die Frauen ließen sich neue Frisuren machen und kauften oder nähten Kleider für sich und ihre Töchter, Ehemänner und Söhne wurden mit neuen Anzügen ausstaffiert. Man scheute keine Kosten und Mühen, denn Hochzeiten waren auch immer ein Heiratsmarkt. Doch wehe, man wurde enttäuscht! Eine verpatzte Hochzeitsfeier konnte eine Familie auf Jahre hinaus der üblen Nachrede preisgeben. Deshalb war es von Ennio Moretti klug gewesen, bei Gabriellas Heirat überhaupt keine Feier zu veranstalten und seine Tochter nicht einmal zum Altar zu führen, um damit der gesamten Nachbarschaft zu signalisieren, dass die Familie die Verbindung missbillige und diese Hochzeit praktisch nicht zähle.

Nach alldem konnte man davon ausgehen, dass Antonella und Ennio Moretti alles darangesetzt hatten, um bei der Hochzeit von Silvia und Tommaso diese Scharte doppelt und dreifach auszuwetzen. Gabriella konnte es ihnen nicht einmal verübeln.

»Ich möchte dir etwas vorschlagen«, begann Tommaso.

Gabriella schwieg und wartete ab.

»Die Baugenehmigung ist endlich durch, und der Kredit ist auch bewilligt«, fuhr Tommaso fort. »Wir dürfen ein Stockwerk auf das Stallgebäude draufsetzen. Unten werden drei Studios mit je zwei Zimmern, einer kleinen Kochgelegenheit und einem Bad entstehen, also praktisch eine Ferienwohnung, sogar einen kleinen Garten wird es geben, und oben vier größere Zimmer mit jeweils einem eigenen Bad und einer Loggia und im Giebel eine Dachwohnung für Silvia und mich. Noch diese Woche geht es los mit den Bauarbeiten, und wenn alles klappt, können im nächsten Frühjahr die ersten Gäste in unser *agriturismo* kommen. *Bed & Breakfast* auf dem Bauernhof. Was sagst du dazu?«

Gabriella war von ihrer Mutter bereits über die Pläne ihres Bruders informiert worden und hatte ihre Zweifel an dem Vorhaben. »Meinst du, dass das laufen wird? Wir sind hier im Hinterland, dreißig Kilometer weg vom Meer. Die Deutschen wollen doch immer ans Meer.«

»Nicht alle«, meinte Tommaso. »Manche wollen auch einfach nur ihre Ruhe haben und wandern oder Rad fahren.

Außerdem rechne ich nicht nur mit den Deutschen. Es gibt genug Leute aus Mailand, Rom und Bologna, die den Mief und die Hitze in der Stadt satthaben. Die werden hierherfahren, du wirst sehen.«

Gabriella musste über seine Begeisterung lächeln.

»Ich wäre wirklich dankbar, wenn du mit einsteigen würdest«, sagte Tommaso. »Du wirst natürlich am Gewinn beteiligt – sobald wir einen machen«, schränkte er mit einem schiefen Lächeln ein.

»Was sagt Silvia dazu?«

Die selbstbewusste Silvia, die mit ihren sechsundzwanzig Jahren ein Jahr älter war als Tommaso, arbeitete als technische Zeichnerin in einem Architekturbüro im Nachbarstädtchen Serra de' Conti, kleidete sich stets elegant und schminkte sich ziemlich stark. Gabriella war mit ihr nie richtig warm geworden und hatte sich gefragt, was eine solche junge Frau von einem Bauernsohn wollte. Aber ihre Schwägerin hatte Gabriella nach deren Rückkehr mit einem Lächeln und einer Umarmung begrüßt und zeigte sich seither von ihrer freundlichsten Seite. Was bei ihr nicht allzu viel hieß, denn sie hatte nun einmal diese kühle Art.

»Silvia ist einverstanden. Sie wird sowieso erst einmal weiterarbeiten. Wir müssen ja in der Übergangszeit von irgendwas leben. Außerdem möchte sie gerne ihr eigenes Geld verdienen«, setzte Tommaso hinzu und lächelte etwas schief. »Das nennt man dann wohl Emanzipation.«

»Ich habe davon gehört.«

»Wenn der Laden hier erst einmal läuft, möchte sie Ponys und Pferde anschaffen und Reitstunden anbieten. Damit könnten wir Familien zu uns aufs Land locken. Ich finde die Idee nicht schlecht.«

»Was wäre meine Aufgabe?«, fragte Gabriella. Wenn Tommaso glaubte, sie würde für ein paar Brosamen die Putzfrau spielen, hatte er sich geschnitten. Eher würde sie in einem der Hotels in Senigallia um Arbeit nachfragen und ebenfalls *ihr eigenes Geld* verdienen, wenn auch deutlich weniger als Silvia.

»Ich dachte, du könntest vielleicht die Buchhaltung, die Steuer und den Belegungsplan der Zimmer übernehmen und die Gäste empfangen und verabschieden. Mit deiner verbindlichen Art wärst du dafür wie geschaffen. Und jetzt, da du schon ein bisschen Deutsch kannst…«

Sie war überrascht. Abgesehen davon, dass Tommaso ihr noch nie derart viel Honig ums Maul geschmiert hatte, würde er ihr praktisch die Kontrolle über den Betrieb und die Finanzen überlassen.

»…und wenn du deinen Führerschein hast, könnte man den Gästen einen Fahrdienst zum Flughafen Ancona oder zum Bahnhof in Senigallia anbieten und vielleicht auch einen zum Strand.«

»Und was machst du?«, wollte Gabriella wissen.

»Ich besorge die Lebensmittel und was man sonst noch braucht, und betreibe zusammen mit *papà* die Landwirtschaft. Die müssen wir ja weiterführen, zumindest so lange, bis das *agriturismo* Gewinn abwirft. Danach kann man vielleicht ein paar Felder verpachten und nur noch ein paar Vorzeigetiere halten.«

»Vorzeigetiere?«

»Ziegen, Schafe, Esel, so etwas. *Mamma* will das Frühstück für die Gäste machen, sie freut sich schon darauf.«

Am meisten, wusste Gabriella, freute sich ihre Mutter darüber, dass die Schweine weg waren. »Seit meinem ersten Atemzug auf dieser Welt habe ich diesen Gestank in der Nase! Zuerst zu Hause, von der Schweinezucht, und danach hier. Sogar jetzt, da die Biester endlich weg sind, rieche ich sie noch manchmal!«, hatte Antonella ihrer Tochter anvertraut.

»Das kommt daher, weil der Schweinemist noch als Dünger auf den Feldern liegt.« Auch Gabriella fand, dass die Luft auf dem Moretti-Hof besser geworden war. Im Stall neben der Scheune standen nur noch zwei Dutzend Milchkühe, und natürlich gab es nach wie vor die Hühner, Enten und Gänse.

Es klang in der Tat vielversprechend, was Tommaso plante. Sogar Ennio, der Veränderungen grundsätzlich kritisch gegenüberstand, hatte einsehen müssen, dass die Landwirtschaft von Jahr zu Jahr weniger einbrachte, während der Tourismus in der Gegend stetig zunahm. Selbst hier, im Hinterland, gab es inzwischen immer mehr Pensionen, die *Bed & Breakfast* anboten, und die ersten Nordeuropäer begannen sich nach Ferienhäusern umzusehen.

»Wer putzt die Zimmer?«, fragte Gabriella.

»Wenn es sein muss, putze ich auch die Zimmer«, sagte Tommaso ernst. »Das kann auch nicht schlimmer sein, als einen Schweinestall auszumisten. Wenn du einsteigst, würde ich dir die Hälfte des Hofs überschreiben.«

Gabriella schaute ihren Bruder ungläubig an.

»Dann wären wir gleichberechtigte Teilhaber. Aber freu dich nicht zu früh. Im Moment liegt eine saftige Hypothek auf dem Hof, für den Neubau des Gästehauses. Wir können das alles in nächster Zeit in Ruhe durchgehen, die Pläne, den Kreditvertrag. Du musst ja schließlich verstehen, worauf du dich einlässt.«

»Danke, Tommaso«, sagte Gabriella gerührt und musste die Tränen zurückhalten, die ihr in diesen Tagen nur allzu leicht kamen.

»Ich könnte mir keine bessere Teilhaberin als dich vorstellen.«

Teilhaberin. Sie wäre dann eine Geschäftsfrau, eine Unternehmerin. Tommasos Angebot erfüllte sie mit Stolz. Gleichzeitig wurde ihr klar, dass Tommaso automatisch davon ausging, dass sie nicht wieder heiraten würde.

»Was ist…«, Gabriella blickte sich vorsichtig um und senkte die Stimme, »… mit Kanada?«

Tommaso seufzte. »Diesen Traum werde ich erst einmal auf Eis legen müssen. Die nehmen nicht jeden, man muss sogar noch Geld mitbringen, wenn man dort leben will. Aber wer weiß, irgendwann…« Er fuhr sich verlegen über den Nacken. Es war Juni, und die Sonne brannte schon erbarmungslos herunter, dabei war es gerade einmal zehn Uhr. Man bräuchte einen Pool, dachte Gabriella. Nur mit Eseln und Ponys lockte man auf Dauer keine Touristen hierher aufs Land.

»Hast du keine Angst, dass Vittorio demnächst hier auftaucht?«, durchbrach Tommasos Stimme ihre Überlegungen.

»Ich habe keine Angst vor ihm.« Es stimmte, auf dem elterlichen Hof fühlte sie sich sicher. Dennoch graute ihr vor einer Begegnung mit ihrem Mann, der garantiert früher oder später vorbeikommen würde, und sei es nur, um ihr eine Szene zu machen. Zu ihrem Bruder sagte sie betrübt: »In den nächsten drei Jahren kann ich auf keinen Fall deine Teilhaberin werden.«

»Wieso nicht?«

»Nach der gerichtlichen Trennung müssen mindestens drei Jahre verstrichen sein, erst dann kann man die Scheidung einreichen.«

»Drei Jahre!«, rief Tommaso.

»So ist das Gesetz. Andernfalls wäre automatisch auch Vittorio an unserem Geschäft beteiligt, stell dir das mal vor!«

Tommaso zog eine Grimasse. »Dann warten wir eben so lange. So kannst du es dir wenigstens in Ruhe überlegen.«

Später, als Gabriella die Hühner fütterte, kam das ungute Gefühl zurück. Vittorio war unberechenbar und nachtragend. Wer weiß, was er vorhatte und womit er sie demütigen würde, weil sie es gewagt hatte, ihn zu verlassen.

Oktober 2020

Michael

Michael schlurfte fröstelnd durch die Küche, unschlüssig, ob es sich überhaupt lohnte, Frühstück zu machen. Adriano, schon ganz Italiener, pflegte morgens nur einen *caffè* zu trinken, und wenn überhaupt, dann aß er dazu ein pappiges *cornetto* vom Supermarkt – den Namen Croissant verdiente das Machwerk wirklich nicht. Dora, notorische Frühaufsteherin, war schon längst in ihrer Werkstatt, und Alexandra war gestern abgereist. Sie hatte eine Backmischung für *pancakes* dagelassen. Er könnte sich vor Sirup triefende, original amerikanische Pfannkuchen zubereiten und dazu die drei Wochen alte Ausgabe des *New Yorker* lesen, die auf dem Küchentisch lag, ein amerikanisches Frühstück sozusagen.

Der Gutsherr war seit einer Stunde mit dem Installateur im Haus unterwegs, ihre lauten Gespräche und das Klopfen gegen Wände und Rohre hatten Michael geweckt. Adriano hoffte, dass die Heizungsanlage bis zum Winter noch fertig werden würde. Der große gemauerte Holzofen in der Küche funktionierte zwar sehr gut, aber das Monstrum sollte nach Adrianos Plänen zusätzlich drei der darüberliegenden Schlafzimmer beheizen. Michael sah, was dies anging, schwarz. Noch immer waren längst nicht alle Rohre verlegt, dabei waren die Nächte schon empfindlich kühl, und die Tage wurden es allmählich auch. Michael, der zwei Pullover übereinander angezogen hatte, beschloss, als Erstes Feuer zu machen.

Er ging in den Holzschuppen und griff nach der Axt. Holzhacken hatte ihm sein Vater beigebracht, er hatte es immer gern gemacht. Zwar war es weniger kontemplativ als das Laubrechen, dafür kanalisierte es latent vorhandene zerstörerische Impulse.

Er bückte sich gerade nach einem versprengten Scheit, als er vom Tor her das Knattern eines Mopeds vernahm. Maria? Michael hatte es aufgegeben, durchblicken zu wollen, in welchem Rhythmus Adrianos Haushaltshilfe zur Arbeit erschien. Aber deren Vespa klang anders. Neugierig trat er aus dem Schuppen. Es war Flavia auf ihrem Moped. Er eilte zum Tor und öffnete es für sie.

Wenn der Prophet nicht zum Berg kommt...

Seit er bei Adriano wohnte, war er nicht mehr bei ihr im Laden gewesen. Er hatte ursprünglich vorgehabt, sie zum Essen einzuladen, hatte den Besuch bei ihr aber von Tag zu Tag hinausgeschoben. Sie war so jung, und sich eine zwanzig Jahre jüngere Freundin anzulachen, war so typisch Midlife-Crisis... Zudem war zu bezweifeln, ob man hier mit einem Mädchen flirten, geschweige denn sich verabreden konnte, ohne dass das ganze Dorf daran Anteil nahm. Diese Vorstellung hatte ihn abgeschreckt. Darüber hinaus war ihm Flavia zu schade für eine Trost- und Frust-Affäre.

Eskortiert von Michael und zwei bellenden Hunden fuhr sie bis zum Haus, nahm den Helm ab, begrüßte Michael mit einem fröhlichen Winken und streichelte die Hunde. Hinten auf dem Moped balancierten zwei Kisten mit Kartoffeln und Kürbissen. Michael schnappte sich die mit den Kürbissen, und dabei fiel ihm ein, dass heute Halloween war.

Sie habe schon gehört, dass er mittlerweile hier wohne, sagte sie.

»Die Buschtrommeln funktionieren also«, sagte Michael.

»Bestens«, meinte Flavia grinsend.

Falls ihr sein Fernbleiben etwas ausgemacht hatte, so ließ sie es sich nicht anmerken. Vielleicht, dachte er, während er ihr ins Haus folgte, habe ich mir diesen Flirt auch nur eingebildet. Sie ist wahrscheinlich einfach nur nett zu ihrer Kundschaft.

Sie trug die Kartoffelkiste schnurstracks durch die Küche und in die Speisekammer. Michael folgte ihr, stellte auch die zweite Kiste dazu. In der Enge der Kammer roch er ihren Körper, moosig und dunkel, aber da war auch etwas Süßliches, wie Kokos oder Mandel. Vielleicht ihr Shampoo.

»Hast du noch Zeit für einen Kaffee?«, fragte er.

Sie hatte. Am Tisch sitzend, das Kinn auf den gefalteten Händen aufgestützt, beobachtete sie schmunzelnd, wie er ungeschickt mit dem Espressokocher hantierte. Im Grunde beherrschte Michael die Handhabung dieses Geräts und konnte damit inzwischen auch einen ordentlichen italienischen *caffè* zubereiten, aber Flavias Gegenwart machte ihn ein bisschen nervös. Für *pancakes* war jetzt keine Zeit mehr. Er suchte nach Keksen und stellte eine angebrochene Packung auf den Tisch.

»Ich hole Holz, es ist saukalt hier drin«, sagte er und lief zum Schuppen. Rasch füllte er den Korb mit den Scheiten vom sorgfältig Gestapelten. Holz hacken konnte er später noch. Als er zurückkam, begann der Espressokocher zu schlürfen.

»Ich mach das schon. Heiz lieber den Ofen an, es ist wirklich kalt hier drin. So schön es im Sommer ist, aber im Winter möchte ich nicht in diesem zugigen Kasten wohnen«, bekannte Flavia. Sie zog die Kanne vom Herd, schaltete die Gasflamme aus und nahm zwei Tassen und die Zuckerdose von einem Wandbord. Die routinierte Art, wie sie sich in der

Küche bewegte, wirkte auf Michael vertraut, so als würde sie sich hier auskennen. Hatten womöglich sie und Adriano …?

»Adriano lässt gerade eine Zentralheizung einbauen. Zumindest für ein paar Zimmer«, erzählte er.

»*Buona idea*«, meinte sie.

»Was macht der Laden?«, fragte er, als er ihr gegenübersaß. Es war ihm partout kein anderes Thema eingefallen. Immer noch besser, als stumm dazusitzen oder übers Wetter zu reden, dachte er.

»Es wird ruhiger. Im Dezember werde ich für drei Monate schließen. Im Winter wächst ja auch fast nichts.«

»Kannst du denn von dem Laden leben?«, erkundigte sich Michael.

»Einigermaßen, ich wohne noch zu Hause. Dieses Jahr ist es für mich ganz gut gelaufen, obwohl so gut wie keine Touristen da waren. Aber ich war sozusagen eine Corona-Gewinnerin, weil ich im Frühjahr praktisch das ganze Dorf mit meinen Gemüsekisten beliefert habe. Viele waren froh, dass sie nicht in den Supermarkt mussten und ihr Essen vor die Tür gestellt bekamen. Außerdem kann ich günstige Preise machen, weil ich das meiste, was ich verkaufe, selbst anbaue, im Garten des Farina-Hofs. Das ist das Haus, an dem du vorbeikommst, wenn du runterfährst ins Dorf.«

»Ja, den habe ich gesehen. Und die Besitzer haben nichts dagegen?«

»Es ist eine Besitzerin. Simona. Sie lebt in Deutschland. Im Winter, wenn ihre eigene Gärtnerei geschlossen ist, wird sie sicher vorbeischauen. Wir sind Cousinen zweiten Grades oder so was Ähnliches, es ist kompliziert.«

»Ich habe schon gehört, dass du eine sehr große Familie hast.«

»O ja«, seufzte Flavia. »Es hat Vor- und Nachteile.« Sie lächelte ihn über ihre Kaffeetasse hinweg an. Ihre Augen hatten dieselbe Farbe wie der Espresso. Michael wurde es warm unter seinen zwei Pullovern.

»Du sprichst inzwischen ganz gut Italienisch«, meinte sie.

»Ich habe geübt. Maria und Dora sprechen nur Italienisch mit mir, und ich mache einen Online-Kurs. Aber dein Englisch ist auch flüssiger geworden«, lobte Michael.

Sein Lob ließ sie ein klein wenig erröten. Das Gespräch geriet ins Stocken. Ein Holzscheit knackte laut im Ofen und unterstrich die Stille. Als das Schweigen peinlich zu werden drohte, hörte Michael sich sagen: »Ich war lange nicht mehr im Laden, tut mir leid.«

»Keine Ursache. Für den Haushalt hier kauft ja Maria ein oder Adriano. Was hättest du da im Laden verloren?«

Michael überhörte den Sarkasmus und sagte: »Aber ich musste oft an dich denken.«

Sie antwortete nicht, zog nur die Augenbrauen hoch.

»Eigentlich wollte ich dich mal zum Essen einladen.«

»Warum hast du es nicht getan?«

»Nun, weil... weil das in einem italienischen Dorf wohl etwas anders läuft als... als anderswo.«

Flavia blickte ihn zuerst groß an, dann warf sie den Kopf zurück und lachte. Ihr Lachen war hinreißend, explosiv und ungekünstelt.

»Keine Angst«, versicherte sie dann. »Weder mein Vater noch mein Bruder Valentino werden dich deswegen verprügeln.«

»Das ist beruhigend, ich war mir nicht sicher.« Michael lächelte ebenfalls, dann aber wurde er wieder ernst und sagte: »Es ist so... es gibt ein paar Lebensentscheidungen, die ich treffen muss.«

»Verstehe.« Ihr Blick war intensiv und schwer zu deuten.

»Ich rieche Kaffee und den Duft schöner Frauen!« Adriano, der den Installateur verabschiedet hatte, kam herein und mit ihm ein Schwall kühler Luft. Er begrüßte Flavia, indem er lässig die Hand hob und sie ihm über den Küchentisch hinweg zuwinkte. In Pandemie-Zeiten schienen sich selbst die Italiener das Küssen zur Begrüßung abgewöhnt zu haben.

»Ich mache frischen«, erbot Michael sich und sprang auf.

Adriano stellte sich vor den Ofen und rieb seine klammen Hände.

»Heute ist Halloween«, erinnerte ihn Michael.

»Tatsächlich? Das sollten wir feiern.«

»Ein Kostümfest?« Flavia wandte sich an Adriano. »Du könntest als Yeti gehen.«

Adriano strich sich über seine dichten, dunklen Borsten und den struppigen Bart. »Ist meine Frisur so schlimm?«

»Welche Frisur?«, entgegnete Flavia.

»Ich dachte eher an ein großes Feuer im Garten. Es ist noch jede Menge Kronenholz da, es lohnt sich nicht, das für den Ofen klein zu machen. Wir könnten Folienkartoffeln darin rösten…«

»…und Marshmallows!«, rief Michael.

»*Che schifo!*« Wie widerlich! Flavia schüttelte sich.

»Hast du gegrillte Marshmallows schon mal probiert?«, fragte Michael.

»Nein!«

»Tja, dann wird's Zeit. Die Idee mit dem Feuer ist prima. – Du kommst doch auch?« Michaels Frage war an Flavia gerichtet.

»Oder hast du schon was anderes vor, irgendeine wilde Party?«, hakte Adriano nach.

»Ja… nein. Ich meine, ja, ich komme gerne, ich habe nichts anderes vor«, antwortete Flavia.

»Sollten wir Johanna auch einladen, was meint ihr?«, fragte Adriano.

»Johanna? Die ist in Schottland«, sagte Flavia.

»In Schottland?«, wiederholte Michael.

»Ja, seit gestern oder vorgestern.«

»Was macht sie denn in Schottland?«

»Keine Ahnung. Gabriella vom Moretti-Hof ist gerade dort, weil ihre Tochter ein Kind bekommen hat. Vielleicht besucht sie die.«

»Wo sind denn dann ihre Hunde?«

»Einer ist ja hier, auch wenn man ihn kaum wiedererkennt.« Flavia deutete auf den wohlfrisierten Mauri. »Den Rest hat sie übers Dorf verteilt. Der große Weiße ist bei uns und füllt die halbe Bar aus.«

»Sie hat ein Hundesitter-Netzwerk«, erklärte Adriano. »Zur Ferienzeit im August hat sie oft zehn, zwölf Gasthunde auf dem Hof. Asso war auch schon bei ihr untergebracht.«

Flavia stand auf. »Okay, *ragazzi*, ich muss los!«

Michael brachte sie zu ihrem Moped, eilte zur Einfahrt und hielt ihr das Tor auf. »Dann bis später!«

»*Ciao, a presto*«, antwortete sie und stob davon.

Er winkte ihr nach und sah zu, wie sie auf der staubigen *strada bianca* abwärtsrollte.

Ihre Freundin. Schottland. Gabriella vom Moretti-Hof.

Was hatte Johanna noch gesagt, als sie ihn hierhergebracht hatte?

Ich muss vorher mit ihr sprechen.

Und dass seine Mutter nicht hier sei.

Juni 1976

Gabriella

Kaum eine Woche war nach dem Gespräch zwischen Gabriella und Tommaso vergangen, da stand Vittorio tatsächlich auf dem Hof. Ennio hatte den Roller, der mit Vollgas den Berg hinaufgeröchelt kam, rechtzeitig gehört. Er stürmte in den Obstgarten und scheuchte Frau und Tochter, die dort Aprikosen ernteten, ins Haus.

»*Papà,* es ist vielleicht besser, wenn ich zuerst mit ihm rede.«

Doch wie immer war ihr Vater nicht umzustimmen.

Gabriella eilte in ihr Zimmer, öffnete das Fenster hinter den zugezogenen Läden und spähte mit gespitzten Ohren durch die Ritzen. Vittorio stellte seine Lambretta mitten im Hof ab. Sie hatte angenommen, er habe den Roller vor ihrer Abreise nach Deutschland verkauft. Wahrscheinlich wollte keiner das alte Ding haben. Wo hatte er es in der Zwischenzeit untergestellt? Wo wohnte er, bei einem seiner Freunde in Senigallia?

Er trug neue Jeans und ein neues Hemd, aber die ausgetretenen Schuhe erkannte sie wieder. Sein Haar kräuselte sich im Nacken, Bartstoppeln bedeckten seine Wangen. Es war ihm offenbar nicht in den Sinn gekommen, sich manierlich herzurichten, ehe er hier aufkreuzte. Gabriella beobachtete ihn, wie er in betont lässiger Haltung dastand und sich interessiert umschaute. Sie kannte diese Pose, und sie kam ihr inzwischen nur noch affektiert vor. Sein Gesicht mit dem klassischen Profil, das sie einmal so attraktiv und anziehend gefunden hatte, war letztlich nur die arrogante Larve eines Schönlings. Sie merkte, wie ihr die Schamröte ins Gesicht stieg. Wie dumm sie gewesen war, auf ihn hereinzufallen.

»Ich will mit meiner Frau reden.«

»Aber sie will nicht mit dir reden«, versetzte ihr Vater.

Vittorio legte den Kopf in den Nacken und schaute zu Gabriellas Fenster hinauf. »*Amore,* komm raus!«, brüllte er. »Ich weiß, dass du da oben bist. Bitte, komm runter!«

Gabriella wich rasch vom Fenster zurück. War es feige, sich hier zu verstecken? Doch sie fürchtete sich tatsächlich ein wenig davor, ihm unter die Augen zu treten. Wenn er womöglich anfing, ihr Beleidigungen an den Kopf zu werfen, würde ihr Vater ausrasten … Nein, sie blieb besser in Deckung.

»Sie wird nicht rauskommen«, sagte Ennio ruhig. »Wir beide werden reden, oder du verschwindest. Also, was willst du?«

Vittorio kräuselte seine Lippen zu einem zynischen Lächeln. »So begrüßt du deinen Schwiegersohn? Willst du mich nicht reinbitten?«

»Du wirst dieses Haus nie wieder betreten.«

Ennio ging voran zu der Bank vor dem Kuhstall, auf der er gerne saß, wenn er seine Ruhe haben wollte. Gabriella gab ihren Horchposten auf und lief hinab in die Küche. Ihre Mutter saß am Tisch und entkernte mit demonstrativer Ruhe Aprikosen. Sie lächelte ihrer Tochter aufmunternd zu, doch dahinter saß das Unbehagen. Weil Gabriella nicht wusste, was sie sonst tun sollte, machte sie Wasser heiß und wusch die Marmeladengläser aus.

Eine Viertelstunde später warf Vittorio seine Lambretta an und preschte davon. Ennio kam herein, mit einem entschlossenen Ausdruck im Gesicht.

»Und?«, fragte seine Frau. Gabriella brachte keinen Ton heraus.

»Er will Geld, was sonst?«

»Geld? Wofür?«, fragte Gabriella.

»Er verlangt eine Art Abfindung, damit er dich in Ruhe lässt.«

»Was bildet der sich ein?«, ereiferte sich Gabriella.

Ennio ging zum Kühlschrank, schenkte sich ein Glas Weißwein ein und sagte: »Er wird sein Geld bekommen und wir unseren Frieden.«

»Was?«, rief Gabriella entrüstet. »Das ist nicht dein Ernst!«

»Wir haben das geklärt. Mach dir keine Gedanken.«

Juli 1976

Antonella

Zwei Uhr zeigte der Wecker mit den leuchtenden Zeigern. Antonella wusste nicht, wovon sie wach geworden war. Ein böser Traum? Falls ja, dann hatte sie ihn im Moment des Erwachens vergessen. Ihr Ehemann konnte es jedenfalls nicht gewesen sein, denn der Platz neben ihr war leer, und das schon seit Längerem.

An dem Tag, an dem Antonella ihren Koffer packte und ihm mit Scheidung drohte, war Ennio aus dem ehelichen Schlafzimmer ausgezogen und hatte sein Nachtlager in der ehemaligen Mägdekammer unterm Dach aufgeschlagen. Damit tat er seiner Frau zunächst einen großen Gefallen. Lange genug störten seine Albträume und sein Schnarchen schon Antonellas Schlaf. Dass er nach diesem Streit kaum noch mit ihr sprach, belastete sie schon eher. Das legt sich wieder, hoffte sie, doch dabei vergaß sie, wie dickschädelig ihr Ehemann sein konnte. Monatelang hielt Ennio dieses alberne Benehmen durch, und es wäre sicherlich noch länger so gegangen, wenn nicht Tommaso kurz nach seiner Hochzeit angekündigt – man könnte auch sagen: gedroht – hätte, er und Silvia würden ausziehen, sollte sich die Atmosphäre auf dem elterlichen Hof nicht endlich normalisieren. Daraufhin riss Ennio sich einigermaßen zusammen, aber nur um vor den Jungen den Schein zu wahren. Antonella spürte die vorwurfsvollen Blicke sehr wohl, die er ihr nachschleuderte, sobald sie alleine waren.

Antonella hatte immer gewusst, dass Ennio seine Tochter mehr liebte als seinen Sohn, aber dass er so sehr unter Gabriellas Abwesenheit litt, hätte sie nicht erwartet. Gramgebeugt saß er ganze Abende und halbe Nächte lang auf der Bank neben dem Kuhstall, immer eine Flasche neben sich.

Leider konnte Antonella ihn in dieser Zeit auch nicht mit guten Nachrichten trösten. Was sie aus den wenigen Telefonaten mit Gabriella herausfiltern konnte, war nicht unbedingt dazu angetan, die Besorgnis ihrer Eltern zu zerstreuen. Natürlich erzählte Gabriella ihrer Mutter kaum Einzelheiten, und wenn, dann nur positive, aber allein schon der Klang ihrer Stimme ließ Antonella das Ausmaß der Traurigkeit und des Elends ihrer Tochter ahnen. Was sich ihre Fantasie danach ausmalte, mochte womöglich noch schlimmer gewesen sein als die tatsächlichen Geschehnisse im teutonischen Exil.

Erst letzten Sommer hatte es einen Lichtblick gegeben. Gabriella berichtete ihrer Mutter, dass sie jetzt eine Art Unterricht in Italienisch gebe, der hauptsächlich aus Gesprächen bestehe. Es sei für sie nicht nur wegen der guten Bezahlung ein Gewinn, erklärte Gabriella und schwärmte, wie interessant es sei, mit diesen kultivierten, studierten, weit gereisten Leuten zu sprechen. Regelrecht euphorisch klang sie und steckte ihre Mutter damit an. Vielleicht, hoffte Antonella im Stillen, öffneten diese fremden Leute ihrer Tochter endlich die Augen, was ihren Ehemann anging, und womöglich verdiente sie mit diesem Unterricht bald genug, um Vittorio verlassen zu können.

Die Nachricht von der Schwangerschaft ihrer Tochter hatte Antonella hingegen mit gemischten Gefühlen aufgenommen. Natürlich freute sie sich, Großmutter zu werden. Nur hätte sie dem Kind einen anderen Vater als Vittorio gewünscht. Durch das Kind, so Antonellas Befürchtung, würde Gabriella endgültig an diesen arbeitsscheuen Taugenichts gefesselt sein. Vom Tod des Neugeborenen hatte Antonella erst erfahren, als Gabriella vor zwei Monaten mit leeren Armen vor der Tür stand.

Was immer Antonella in dieser Julinacht aufgeschreckt hatte, sie wusste aus Erfahrung, dass sie danach nicht sofort wieder einschlafen konnte. Manchmal ging sie in solchen Nächten in die Küche und bereitete sich einen Tee zu, manchmal stellte sie sich einfach nur ans Fenster und schaute hinaus in die Nacht oder den dämmernden Morgen.

Auch jetzt stand sie lieber gleich auf, anstatt sich schlaflos herumzuwälzen. Obwohl sie schwitzte – diese elenden Wechseljahre! –, legte sie sich die Tagesdecke um die Schultern und ging ans Fenster. Blass stand der Halbmond am Himmel, immer wieder verdeckt von vorbeiziehenden Wolkenfetzen. Am Windfang vor der Haustür war eine schwache Funzel angebracht, die den Hof in trübes Licht tauchte. Über dem einstigen Schweinestall ragte das Gestühl des neu aufgerichteten Dachstuhls in den Himmel wie der Brustkorb eines riesigen Skeletts. Ein kräftiger Wind bewegte die Pappeln hinter dem Kuhstall, und irgendwo im Erdgeschoss klapperte ein Fensterladen. War es das, was sie geweckt hatte? Dieser warme Wind brachte bestimmt nichts Gutes.

Draußen nahm Antonella eine Bewegung wahr. Ein Schatten huschte an der Wand des neuen Stalls entlang. Antonella konnte nicht genau erkennen, was ihn verursachte, denn der Schein der Hofbeleuchtung reichte nicht bis ganz dorthin, und außerdem hatte sie in jüngster Zeit den Verdacht, dass sie nicht mehr ganz so gut sah wie früher. War es ein Fuchs? Oder ein Hund? Zuweilen trieben sich nachts streunende Köter zwischen den Gebäuden herum. Aber der Schatten war größer gewesen als ein Hund. Jetzt war er hinter einer Holzpalette verschwunden, auf der Mauersteine aufgestapelt waren. Vielleicht hatte sie sich nur etwas eingebildet, vielleicht hatte der Wind eine Plastikplane vor sich hergetrieben. Es lag ja im Moment wegen der Baustelle viel Zeug im Hof herum. Noch während sie darüber nachdachte, glitt die Wolke, die zuvor den Mond verdeckt hatte, zur Seite wie ein Bühnenvorhang, und sie konnte die Silhouette deutlich sehen: Das war kein Hund, auch keine Plastikplane, es war ein Mann. Er lief geduckt an der Mauer entlang und hatte einen eckigen Gegenstand in der Hand.

Antonella rannte aus dem Zimmer und bewegte ihren schwerfälligen Körper, so schnell sie konnte, die steile, enge Treppe zum Dachgeschoss hinauf. Das Herz schlug ihr bis zum Hals. Sie stieß die Tür zum Schlafzimmer ihres Mannes auf und gellte: »Ennio, wach auf! Vittorio schleicht auf dem Hof…« Sie verstummte. Das Bett war leer. Verwirrt schaute sie sich um, gerade so, als könnte sich ihr Mann in dem kleinen Zimmer mit der Dachschräge irgendwo vor ihr versteckt haben. Dabei fiel ihr Blick durch die Gaube nach draußen. Vittorios Schatten war verschwunden, dafür sah Antonella ihren Mann mit weit ausgreifenden Schritten den Hof überqueren.

»Heilige Maria Mutter Gottes«, flüsterte sie und bekreuzigte sich. Es würde ein Unglück geschehen. Es war so unvermeidlich, wie wenn zwei Züge aufeinander zurasten.

Ein paar Sekunden, vielleicht auch länger, stand sie da wie gelähmt. Dann kam Leben in sie, und sie hastete die Stufen hinab. Die Haustür war zu, noch immer für die Nacht abgeschlossen, aber die Tür, die von der Küche nach draußen führte, stand offen. Antonella war schon auf der Terrasse, da hörte sie, wie ein Motor angelassen wurde. Abwartend blieb sie stehen. Der Wind zerrte an ihrem Nachthemd und an den dünnen Weinranken, die Tommaso gepflanzt hatte, damit sie eines Tages die Terrasse beschatten würden. Ennios Wagen fuhr ohne Licht über den Hof und hielt vor der Scheune. Das Schiebetor stand einen Spalt offen. War Vittorio hineingegangen? Was wollte er denn dort?

Ennio stellte den Motor ab, stieg aus und verschwand in der Scheune, während Antonella im Nachthemd wartete, keuchend vor Aufregung. Was ging da drin vor? Sollte sie hinübergehen und nachsehen? Noch während sie zögerte, wurde das Scheunentor ein Stück weiter aufgeschoben. Sie sah Ennio, wie er rückwärts zum Tor herauskam, langsam und tief gebeugt, so wie sich einer bewegt, der etwas Schweres, Langes, Schlaffes hinter sich herschleift.

Antonella presste die Hand auf ihren Mund, um nicht vor Schreck laut aufzuschreien, und obwohl ihr gerade der Schweiß ausbrach, spürte sie gleichzeitig, wie ihr ein eiskalter Schauer über den Rücken kroch.

Ennio zerrte seine Last in den Laderaum des Fiat, schob die Wagentür zu und setzte sich ans Steuer. Wieder fuhr er ohne Licht über den Hof, erst auf dem Weg, der hinab zur Landstraße führte, flammten die Scheinwerfer auf. Antonella schaute ihm nach. Auf der Hälfte der Strecke hielt der Wagen plötzlich an. Minutenlang verharrten die Scheinwerfer an ein und derselben Stelle. Was tat Ennio denn? Erst als sich der Fiat wieder in Bewegung setzte, fiel es ihr ein: Irgendwie musste Vittorio ja hergekommen sein. Wahrscheinlich stand sein Roller am alten Heustadel, und Vittorio hatte sich den Rest des Weges zu Fuß hierhergeschlichen. Aber Ennio hatte Ohren wie ein Luchs und einen leichten Schlaf, außerdem stieg der Schall nach oben, man hörte immer schon früh, wenn jemand von der Straße abbog und zu ihnen hinauffuhr.

Zurück in der Küche taumelte Antonella zum Küchenschrank und schenkte Grappa in ein Wasserglas. Das meiste verschüttete sie. Was im Glas landete, trank sie auf ex. Danach sank sie auf einen Stuhl und spürte dem scharfen Brennen nach, das durch ihren Körper wanderte. Dabei wurde ihr klar, dass es für sie noch einiges zu tun gab.

Sie zog sich eine Strickjacke über. Mit der ausgeschalteten Taschenlampe in der Hand überquerte sie den Hof. Erst in der Scheune knipste sie sie an. Der Lichtstrahl zuckte über Gerätschaften und Strohballen, suchte den Boden ab. Die lange, dünne Klinge eines Messers reflektierte das Licht. Mit spitzen Fingern hob Antonella es auf. Ein Springmesser. Ein solches hatte sie noch nie zuvor gesehen. Wie auch? Solche Messer besaßen nur Ganoven! Es war sauber, aber dennoch leuchtete sie den Boden suchend ab. Nein, keine Blutspuren, nirgendwo, doch der Strahl erfasste einen weiteren fremden Gegenstand: einen roten Kanister. Er lag umgekippt neben dem Tor. Sie schraubte den Verschluss auf und roch daran: Benzin.

Wut schnürte ihr die Kehle zu. Die hölzerne Scheune mit den Strohballen darin hätte sofort lichterloh gebrannt, und durch den kräftigen Wind dieser Nacht wäre das Feuer erst recht angefacht worden. Binnen Minuten hätte nicht nur die Scheune in Flammen gestanden, sondern auch die Ställe und das Wohnhaus.

Brandstiftung also. Ein Verbrechen, das zu einer niederträchtigen Kreatur wie Vittorio passte. Feige, heimtückisch und ohne Rücksicht auf unschuldige Menschen und Tiere.

Aber warum? Ennio hatte diesem Mistkerl doch Geld angeboten oder sogar schon gegeben, damit er Gabriella in Ruhe ließ. War Vittorio gierig geworden, hatte er mehr verlangt und Ennio eine weitere Zahlung abgelehnt? Oder fühlte Vittorio sich durch Gabriellas Flucht so gedemütigt, dass ihn selbst Geld nicht besänftigte und er auf Rache aus war? Ja, dachte Antonella, so einer war der, das würde ihm ähnlich sehen. Ein gekränkter Macho, der es nicht verwinden konnte, verlassen worden zu sein.

Eine heftige Bö zerrte an ihrem Haar, als sie das Tor der Scheune zuschob und ins Haus zurückeilte. Im Westen, über den Bergen, sah sie bereits das Wetterleuchten. Das Messer und den Kanister hatte sie mitgenommen, um beides morgen früh auf Nimmerwiedersehen verschwinden zu lassen. Bei einem weiteren Grappa in der Küche setzte sich in ihrem Kopf allmählich Bild für Bild zusammen, bis sie schließlich zu wissen glaubte, was vorgefallen war.

Von den Erlebnissen ihres Mannes im Krieg wusste Antonella nicht viel. Das wenige, was sie je von ihm darüber gehört hatte, waren wirre, unzusammenhängende Sätze und Worte, von Ennio im Schlaf preisgegeben oder wenn er sturzbetrunken gewesen war. Dennoch reichte dies aus, um Antonella davon zu überzeugen, dass Ennio einen Mann auch mit bloßen Händen töten konnte. Sie erinnerte sich noch gut an das Kalb, das sich beim Sturz aus dem Anhänger beide Vorderläufe gebrochen hatte. Antonella wollte den Veterinär holen, damit der das Tier von seinen Schmerzen erlöste, aber Ennio brach dem Kalb kurzerhand mit einem einzigen beherzten Ruck das Genick.

Mit der fortschreitenden Wirkung des Grappas machte sich allmählich eine gewisse Erleichterung in ihr breit. Es war vorbei. Dieser Mensch würde ihrer Familie nie wieder schaden können, dafür hatte Ennio gesorgt. Und er würde auch den Rest klug und besonnen erledigen. Ein Gefühl der Dankbarkeit und der Zärtlichkeit wallte in ihr auf.

»*Mamma?*«

Gabriella stand in der Tür, in ihrem Morgenrock, bleich wie ein Laken. »Wo ist *papà* hingefahren?«

»Setz dich!«

Gabriella gehorchte.

Antonella griff nach ihrer Hand und lächelte ihr aufmunternd zu. »Es wird alles gut«, flüsterte sie, und ihre Tochter erwiderte den Händedruck. Draußen grollte der Donner, und ein Blitz spaltete den Himmel. Für den Rest der Nacht blieben sie beide in der Küche sitzen, um auf ihren Ehemann und Vater zu warten.

September 2006

Johanna

Zwei Tage nach der Unterredung mit Max flog Johanna von Rom nach Ancona und nahm dort den bestellten Mietwagen in Empfang, einen weißen Fiat Punto. Sie hatte es nicht eilig und wählte eine Route, die sie auf schmalen, holprigen Straßen bergauf, bergab quer durch die Provinz führte. Diese Landschaft! Immer wieder musste sie anhalten und den Ausblick genießen. Baumgruppen umrahmten einsame Gehöfte, die wie Inseln inmitten brauner, sonnenverbrannter Felder lagen, dazwischen bildeten Wälder grüne Oasen. Dörfer und Burgen thronten auf Anhöhen, Hügelketten wogten sanft bis hin zu den bläulich schimmernden Apenninen. Ähnlich wie ein Musikstück berührte diese Landschaft ihr Herz.

Am Nachmittag sah Johanna zum ersten Mal das Dorf Belmonte, zunächst vom Nachbarort Montecarotto aus. Das *castello* lag in der Sonne wie eine zusammengerollte Katze. Zwei Türme ragten empor, die äußerste Häuserfront war gleichzeitig Schutzmauer, und als drohte noch immer der Feind, waren die Läden an den schmalen Fenstern geschlossen und wirkten dadurch abweisend.

Langsam fuhr sie die Kurven hinab, und dann, bevor die Straße nach Belmonte wieder anstieg, sah sie das Schild.

Agriturismo Moretti
B & B, 3 km

Ein Pfeil zeigte geradeaus. Johannas Herzschlag beschleunigte sich. Ein *Bed & Breakfast.* Konnte es so einfach sein? Hatte sie sich ganz umsonst den Kopf darüber zerbrochen, wie sie es anstellen sollte, etwas über diese Gabriella zu erfahren, und wie sie, falls sie sie überhaupt finden würde, mit ihr ins Gespräch kommen und sie kennenlernen könnte, ohne gleich mit der Tür ins Haus fallen zu müssen?

Während sie der Landstraße geradeaus folgte, versuchte sie, ihren Optimismus im Zaum zu halten. Moretti war ein weitverbreiteter italienischer Name. Vielleicht waren es ganz andere Morettis oder entfernte Verwandte.

Nach den angegebenen drei Kilometern wies ein zweites Schild nach links. Johanna setzte den Blinker und jagte den Punto eine schlecht geteerte Straße bergauf.

Dann war sie am Ziel. Auf halber Höhe des Hanges, mit einem herrlichen Blick auf Belmonte, lag ein Bauernhof mit einem großen Nebengebäude, das unschwer als Gästeunterkunft zu erkennen war. Sie parkte davor und stieg aus. Hühner liefen im Hof herum, in einer eingezäunten Wiese standen zwei Esel, zwei Ponys und etliche Zwergziegen, denen man Klettergerüste aus Paletten gebaut hatte. Es gab einen weitläufigen Gemüsegarten, eine Wiese mit Obstbäumen und einen eingezäunten Teich mit Enten und Gänsen. Die Gänse wurden ihrem Ruf, besser als Wachhunde zu sein, gerecht und begannen sofort zu schnattern, kaum dass Johanna ausgestiegen war. Blumentöpfe, Betonschalen und große Konservendosen, bepflanzt mit Oleander, Geranien, Salbei, Lavendel und Rosen, schmückten in fröhlichem Durcheinander den Hof. Jemand hatte hier offenbar einen grünen Daumen. Eine bunt gefleckte Katze näherte sich und blickte die Besucherin neugierig an, ehe sie in einem Stallgebäude verschwand. Johanna vermutete darin Pferdeboxen, denn auf dem Misthaufen daneben lagen Pferdeäpfel, vermischt mit Stroh, und einen Kuh- oder Schweinestall hätte sie sofort am Geruch erkannt. In der Scheune, deren Tor weit geöffnet war, parkten ein kleiner, recht alter Trecker und ein Mähwerk. An der Stirnseite des Haupthauses wartete, im kühlen Schatten einer Weinlaube aus knorrigen Ranken, eine lange Tafel auf die Familie und die Gäste. Wespen labten sich an den blauen Trauben.

Bis jetzt hatte Johanna lediglich Tiere zu Gesicht bekommen. Sie war ja auch in die den Italienern heilige Mittagsruhe geplatzt, fiel ihr nach einem Blick auf die Uhr – halb vier – ein.

Vor dem Eingang des Gästetraktes war ein kleiner Schaukasten angebracht, mit Fotos der Zimmer und Apartments: pastellfarbene Wände, Terrakottaböden, helle Holzmöbel. In einem Fach darunter, beschwert von einem rot lackierten, herzförmigen Stein, lagen Prospekte. Johanna blätterte in einem davon. Erneut Fotos, dieses Mal auch von Haus und Hof und von der versammelten Familie Bionaz vor der Weinlaube. Der Name Bionaz irritierte Johanna kurz, ehe ihr der Gedanke kam, dass Gabriella sich wahrscheinlich von ihrem damaligen Ehemann getrennt und wieder geheiratet hatte. Wozu man sie, nach allem, was sie von Frau Löwe über diesen Kerl gehört hatte, nur beglückwünschen konnte.

Die Vornamen der Familienmitglieder waren mit weißen Sprechblasen in das Foto eingefügt worden, und Johannas Blick saugte sich sofort an einem davon fest: Gabriella. Sie war es, es konnte gar nicht anders sein. Ihre üppigen dunklen Locken, von denen ihre frühere Nachbarin geschwärmt hatte, waren zu einem losen Knoten geschlungen. Ihr Lächeln und auch ihre Gesichtszüge erinnerten Johanna ein klein wenig an die Mona Lisa. Sie trug eine Schürze, und ihre Wangen waren gerötet, so als hätte man sie gerade vom Herd weggerissen. Der Mann neben ihr hieß Alfredo, aber ehe Johanna diesen und die anderen Familienmitglieder genauer betrachten konnte, hörte sie hinter sich eine leicht angeraute Frauenstimme: »*Posso aiutarla?*« Kann ich Ihnen helfen?

Die leibhaftige Gabriella sah ein kleines bisschen älter aus als ihr Pendant auf dem Foto. Das Haar hatte einen grauen Ansatz, und ein paar Falten waren dazugekommen. Ein etwa dreijähriger Junge in einem verkleckerten T-Shirt und kurzer Hose klammerte sich an ihren Rock.

»*Salve.* Ich suche eine Unterkunft«, sagte Johanna auf Italienisch.

»Da sind Sie hier richtig. Für wie lange?«

»Für ein, zwei Wochen, ich bin noch nicht sicher.«

»Sie sind allein?«

»Ja«, sagte Johanna.

»Wir haben noch ein Apartment frei und drei der oberen Zimmer. Im Apartment können Sie kochen. Kommen Sie, ich zeige Ihnen beides. Donato, lauf in die Küche, zur Uroma.«

Der Kleine zögerte, aber als seine Großmutter eine scheuchende Handbewegung machte, rannte er auf seinen krummen Beinen in Richtung Haus.

»Ich fürchte, ich habe Ihre Mittagsruhe gestört, es tut mir leid«, entschuldigte sich Johanna, während sie Gabriella in das Gebäude folgte. »Als Deutsche vergisst man das gerne mal.«

»Kein Problem, ich habe nicht geschlafen.«

Das Apartment bestand aus einem Wohnraum mit einer Kochnische, einem Esstisch mit vier Stühlen und einer ausziehbaren Couch. Im Schlafraum befanden sich ein Doppelbett und ein Kinderbett. Auf der Terrasse standen zwei Liegestühle. Die winzigen Gärten, die zu den drei Apartments gehörten, waren mit kleinen Natursteinmauern und Oleanderhecken abgeteilt.

»Vielleicht ist Ihnen das Apartment zu groß«, meinte die Gastgeberin vorsichtig.

Johanna fragte sich, was Gabriella, zentrales Gestirn einer italienischen Großfamilie, über eine allein reisende Frau mittleren Alters wohl dachte. Bemitleidete sie sie etwa?

Und seit wann juckt mich das?

Alleine zu verreisen, hatte Johanna bisher nie etwas ausgemacht, im Gegenteil, gerade unterwegs hatte sie ihre Unabhängigkeit und Entscheidungsfreiheit genossen. Zudem kam man als Einzelperson viel schneller mit den Leuten in Kontakt und lernte Land und Leute besser kennen. Nein, es war etwas anderes, erkannte sie. Aufgrund ihrer schicksalhaften Verbindung hatte Johanna unwillkürlich damit begonnen, ihr Leben mit dem von Gabriella zu vergleichen.

»Es ist genau richtig, ich nehme es«, sagte Johanna.

»Sehr schön. Mein Sohn Piero wird das Kinderbett rausschaffen, dann haben Sie mehr Platz. Aber erst einmal lasse ich Sie in Ruhe auspacken und ankommen. Wenn Sie möchten, um fünf Uhr gibt es auf der Terrasse einen kleinen *aperitivo.*«

»Gern, danke«, sagte Johanna.

Gabriellas Lächeln erschien Johanna echt und herzerwärmend, als sie sagte: »Dann willkommen auf dem Moretti-Hof, Signora…?«

»Burger. Johanna Burger.«

»Bur-ger?«

»Sagen Sie einfach Johanna.«

In typisch deutscher Manier fand Johanna sich um Punkt fünf Uhr auf der Terrasse vor dem Eingang zur Küche ein. Es war noch kein Mensch außer ihr da. Sie wollte sich gerade wieder davonschleichen und den Hoftieren ein wenig Gesellschaft leisten, als Gabriella mit einem Krug Wasser und einem Körbchen mit Weißbrot erschien und Johanna aufforderte, sich an den langen Tisch zu setzen.

»Sie sind ein Familienbetrieb, nicht wahr?«, begann Johanna. »Ich habe das Foto auf dem Prospekt gesehen.«

»Ja, sogar meine Mama mit zweiundachtzig hilft noch mit. Aber wir arbeiten nicht alle auf dem Hof. Mein jüngerer Sohn Aldo studiert Biologie in Bologna, er ist nicht oft hier, und meine Schwiegertochter Giulia hat einen Schuhladen in Serra de' Conti, also sind es im Großen und Ganzen nur mein Mann Alfredo, mein Ältester Piero, die *mamma* und ich, die den Laden schmeißen. Und meine Tochter Anna Maria, aber die geht noch zur Schule, und eine wirkliche Hilfe ist sie nicht.«

Gabriella verschwand wieder in der Küche. Johanna folgte ihr und fragte, wobei sie höflich unter der Tür stehen blieb: »Kann ich vielleicht was raustragen?«

Jetzt erst bemerkte sie im Inneren des Raums die schwarz gekleidete alte Frau mit einer dickrandigen Brille. Sie schnitt mit einem riesigen Messer hauchdünne Scheiben von einer Salami. Am Küchentisch saß der kleine Donato und spielte mit Playmobil-Figuren, wobei er Geräusche machte, die Schüsse imitieren sollten.

»*Mamma,* das ist unser neuer Gast. Jo'anna. Das ist Antonella Moretti, meine Mutter«, stellte Gabriella die beiden vor.

»*Piacere!*«, sagte Antonella Moretti und nickte Johanna zu, ohne dabei das Messer aus der Hand zu legen.

Gabriella deutete auf die Arbeitsplatte neben dem mächtigen Spülstein, auf der eine Karaffe mit Weißwein und eine Platte mit Käse und Oliven standen, und sagte zu Johanna: »Das hier kann schon auf den Tisch.«

Froh, sich nützlich machen zu können, trug Johanna beides nacheinander hinaus. Als sie den Wein holte, hielt sie einen

Moment inne und betrachtete die zwei gerahmten Fotos über der Anrichte. Es waren Hochzeitsbilder. Links hingen Gabriella und ihr Alfredo. Die Braut trug ein eierschalenfarbenes Etuikleid aus schimmerndem Organza, das ihre Kurven gut in Szene setzte. Es war ja die zweite Hochzeit, fiel Johanna ein. Deshalb das für italienische Verhältnisse eher schlichte Brautkleid. Alfredo, rank und schlank im schwarzen Anzug, strahlte glücklich in die Kamera. Mit seinem breiten Gesicht und den klaren Zügen erinnerte er Johanna ein klein wenig an Max. Sein dunkelblondes Haar hatte einen Klecks zu viel Pomade abbekommen, wodurch seine abstehenden Ohren sichtbar wurden. Das rechte Hochzeitsfoto war bereits zu sepiabraunen Tönen verblasst. Die Braut darauf stand gut im Futter, und das gebauschte Rüschenkleid war nicht unbedingt vorteilhaft. Der Bräutigam bildete das krasse Gegenstück zu ihr: groß, hager, hohlwangig. Sein Blick aus den tiefen Augenhöhlen war der eines Gehetzten, und obwohl er einen Anzug trug, der allerdings an ihm schlotterte, erinnerte er Johanna ein wenig an die Bilder von befreiten KZ-Häftlingen.

»Mein Ennio und ich«, erklärte Antonella Moretti, die Johanna offenbar im Auge behalten hatte. »Wir haben 1950 geheiratet. Er war kein schöner Mann damals, nicht wahr? Die gottverdammten Russen haben ihn fast verhungern lassen. Ich musste ihn erst wieder aufpäppeln.«

»*Mamma,* hör schon auf damit«, stöhnte Gabriella.

Doch die Angesprochene fuhr unbeirrt fort: »Er ist im Winter 1981 gestorben, mit sechsundsiebzig. Im Dezember ist sein fünfundzwanzigster Todestag. So viele Jahre schon! Dabei kommt es mir vor, als wäre es gestern gewesen. Bei Gott, dieser Mann hatte seine Macken, aber jetzt, da er tot ist, fehlt er mir jeden Tag.«

»Jo'anna, könntest du bitte die Weingläser rausbringen?« Gabriella warf ihrem Gast einen Verständnis heischenden

Blick zu. Es war Johanna nicht entgangen, dass Gabriella dabei ganz nonchalant zum Du übergegangen war. Sie schnappte sich die Gläser, setzte sich auf die Terrasse und blieb dort, damit Gabriellas Mutter nicht noch mehr alte Geschichten vor ihr ausbreiten konnte.

Gabriella kam wenig später nach und schenkte ihnen beiden ein Glas Weißwein ein. »Du musst entschuldigen, sie driftet immer mehr ab in die Vergangenheit.«

»Das ist normal bei alten Leuten.«

Sie stießen auf Johannas Urlaub an, während sie zuhörten, wie Antonella in der Küche mit ihrem Urenkel herumzankte, der seinen Kakao nicht trinken wollte. Ein durchtrainierter junger Mann in Jeans und T-Shirt schlenderte über den Hof und setzte sich zu ihnen.

»Das ist mein Sohn Piero. Piero, das ist Jo'anna, ein Gast aus Deutschland. Sie spricht sehr gut Italienisch.«

Piero hatte ein grobknochiges, sympathisches Bauerngesicht mit blauen Augen. Johanna konnte auf Anhieb wenig Ähnlichkeit mit Gabriella entdecken. Sein Händedruck glich einer Rohrzange.

»Woher kannst du so gut Italienisch?«, wollte Gabriella wissen.

»Ich bin Übersetzerin. Sprachen lernen fällt mir leicht.«

Alfredo Bionaz, der Hausherr, trudelte wenig später ein. Er war noch immer ein ansehnlicher Mann, der sein volles, kräftiges Haar behalten hatte, allerdings hatte es sich jetzt zu einem schmutzigen Graublond verfärbt. Er besaß ein gewinnendes Lächeln, und seine blauen Augen blitzten lebhaft über der großen, breiten Nase. Johanna gefiel die ernsthafte, bedächtige Weise, mit der er sich bewegte und die beruhigend wirkte, und sie dachte: Er ist einer dieser Männer, bei denen eine Frau gut aufgehoben ist.

Piero und Alfredo langten hungrig zu.

»Haben Sie ein Zimmer gemietet oder das Apartment, das noch frei war?«, erkundigte sich Alfredo.

»Das Apartment. Es ist wirklich sehr schön.«

»Wir haben vor zwei Jahren renoviert, es musste mal sein, nach so langer Zeit. Nächstes Jahr wollen wir einen Pool bauen.«

»Seit wann gibt es das Gästehaus schon?«, fragte Johanna.

Gabriella antwortete anstelle ihres Ehemannes: »Die ersten Gäste hatten wir im Sommer 1977.«

»So lange schon«, staunte Johanna.

»Das *agriturismo* war ursprünglich die Idee meines Bruders Tommaso. Nach meiner Heirat mit Alfredo und dem Tod meines Vaters, das war alles im selben Jahr, 1981, hat Tommaso seinen Traum verwirklicht und ist mit seiner Frau nach Kanada ausgewandert. Da lebt er bis heute, sie haben zwei Kinder und schon vier Enkel.«

»Ich habe mich sozusagen ins gemachte Nest gesetzt«, bemerkte Alfredo augenzwinkernd.

Gabriella tätschelte ihrem Ehemann die stoppelige Wange. »Er war als Feriengast hier, mit ein paar Freunden, zum Radfahren. Da haben wir uns kennengelernt. Im Jahr danach kam er wieder, und ein paar Monate später haben wir geheiratet.«

»Und ein halbes Jahr nach der Hochzeit kam ich zur Welt«, mischte sich Piero in das Gespräch.

»Wirst du wohl den Mund halten!«, rief Gabriella, und Alfredo versetzte seinem Sohn einen Klaps auf den Hinterkopf, wobei er meinte: »Ja, wirklich! Was soll unser Gast denn von uns denken?«

»Dass hier Sodom und Gomorrha herrschen?«, grinste Johanna in Gabriellas Richtung. Die wurde tatsächlich ein bisschen rot, während Alfredo schallend lachte. »Ich stamme eigentlich aus dem Aostatal«, erklärte er dann. »Aber nachdem ich mich hier nützlich machen konnte, habe ich meine

Weinhandlung aufgegeben und bin der Liebe wegen im Süden geblieben.«

»Die Marken sind nicht der Süden, hier ist das *centro!*«, stellte Gabriella in strengem Tonfall klar.

Alfredo hob sein Glas. »*Salute!* Auf die Liebe!«

»*Salute*«, antworteten die anderen, auch Johanna, im Chor.

Wie schön es doch war, dachte Johanna, wenn eine Familie zusammen am Tisch saß und guter Stimmung war. Sie erinnerte sich an die Mahlzeiten bei ihnen zu Hause in Oberstdorf: an das leidige Tischgebet, die Bosheiten von Großmutter Friedel, die Schweigsamkeit ihres Vaters, die Ermahnungen und strengen Blicke ihrer Mutter, die keinen Ellbogen auf dem Tisch geduldet und wie ein Schießhund darauf geachtet hatte, dass man Messer und Gabel richtig hielt. Nicht gerade gute Voraussetzungen, damit eine gelöste Atmosphäre aufkam. Oder sah Johanna inzwischen alles, was ihre Mutter betraf, in zu düsteren Farben?

Ein Moped knatterte auf den Hof. Ein Mädchen in Jeans und Lederjacke stieg ab, nahm den Helm vom Kopf und gab ihn dem Fahrer. Sie schüttelte ihre dunklen Locken zurecht, während ihr Chauffeur sich sofort wieder umdrehte und davonfuhr.

»Anna Maria, setz dich her zu uns und iss ein wenig«, begrüßte Alfredo seine Tochter.

»Hab keinen Hunger«, sagte sie mürrisch. Sie war sehr dünn, fast schon dürr. Ihre Gesichtszüge waren noch nicht ausgereift, aber sie ließen ahnen, dass aus ihr einmal eine Schönheit werden würde.

»Wer war das, der dich hergefahren hat?«, fragte Gabriella.

»Niemand«, sagte Anna Maria und verzog dabei ihre vollen Lippen. Grußlos ging sie am Tisch vorbei ins Haus.

Gabriella blickte ihr finster nach. »Zurzeit könnte ich sie…« Sie machte eine Geste, als würde sie etwas auswringen.

»Fünfzehn! Ein schreckliches Alter. Wenn sie da ist, ist sie mürrisch, als hätte man ihr Gott weiß was angetan, und wenn sie fort ist, macht man sich Sorgen. Hast du Kinder?«

»Nein«, sagte Johanna.

Alfredo wollte ihr Wein nachschenken, aber Johanna wehrte ab und stand ein wenig abrupt auf. »Lieber nicht, ich wollte noch zum Einkaufen fahren.«

Gabriella beschrieb ihr den Weg zum nächsten Supermarkt. Johanna bedankte sich noch einmal für Wein und Essen und ging zurück in ihr Apartment. Im linken Zimmer im ersten Stock saß ein Pärchen rauchend in der Loggia, und die Gäste der zwei Wohnungen neben ihr, offenbar zwei befreundete holländische Paare, waren gerade von einem Ausflug nach Urbino zurückgekommen. Das entnahm Johanna den Gesprächen, obwohl sie nur ein paar Brocken Niederländisch konnte.

Vielleicht, dachte sie, war diese Familienpension doch kein so idealer Platz für jemanden wie sie.

Dennoch war sie nach einer Woche immer noch da. Gerade hatte sie sich ihren Morgentee aufgebrüht, als ihr Handy klingelte. Es war Max.

»Du wolltest mich doch anrufen, du hast es versprochen!«

»Ich habe versprochen, dich anzurufen, ehe ich es ihr sage. Ich habe es ihr aber noch nicht gesagt.«

»Aha.« Er ließ ein paar Takte verstreichen, ehe er feststellte: »Du bist jetzt aber schon acht Tage dort, oder?«

»Ich habe dir doch eine SMS geschrieben, hast du die nicht bekommen?«

»Dass du Gabriella gefunden hast und dass sie mit Ehemann Nummer zwei, drei großen Kindern, einem Enkel und der *mamma* quasi im Paradies lebt. Ja, die habe ich gelesen.« Max klang reserviert. War er beleidigt?

»Und sie hat auch nichts gesagt?«, wollte er wissen.

»Was sollte sie sagen? Für sie bin ich ein x-beliebiger Feriengast, da legt man doch keine Lebensbeichte ab, selbst wenn man sich gut versteht.«

Stille am anderen Ende der Leitung.

Johanna wunderte sich. Nach ihrem Gespräch in Rom hätte sie damit gerechnet, dass er sie erneut bedrängen würde zu schweigen. Sie musste wieder einmal erkennen, dass sie sich mit jedem Jahr weiter voneinander entfernten und Johanna immer weniger gut einschätzen konnte, was in ihrem Bruder vorging.

»Max? Bist du noch dran?«

»Ja. Was machst du denn dort die ganze Zeit?«

»Ferien«, antwortete Johanna. »Faulenzen, lesen, zweimal war ich schon schwimmen am Meer. Und ich gehe wandern. Die Berge hier sind ganz anders als bei uns daheim. Touristisch ziemlich unerschlossen, es ist jedes Mal ein Abenteuer. Ganz zu schweigen von den Wölfen und den Wildschweinen«, fügte sie in einem Anfall von Übermut hinzu.

»Gehst du etwa allein?«, fragte Max erschrocken. »Du nimmst doch hoffentlich dein Handy mit für den Notfall.«

»Natürlich«, antwortete Johanna. »Max, du musst unbedingt mal dorthin fahren. Die Gegend ist herrlich, so unberührt, und Belmonte ist wirklich malerisch! Schmale Gassen und Häuser mit dicken Mauern und Blumen davor und alles blitzsauber. Und die Leute sind so herzlich, man merkt einfach, dass sie noch nicht vom Massentourismus verdorben worden sind. Gabriellas Familie ist reizend, sie bemuttern mich. Ständig laden sie mich zum Essen ein. Ich habe mich ein bisschen mit Gabriella angefreundet. Wir waren gestern zusammen in Urbino.«

»Aber du hast ihr immer noch nicht gesagt, warum du gekommen bist.«

»Es hat sich einfach nicht ergeben.«

Da war dieser eine Moment gewesen, am zweiten Tag ihres Aufenthaltes, als Gabriella ihr nach dem Frühstück den Meldebogen zum Ausfüllen überreicht hatte. »Es muss leider sein, die Bürokratie…«

Johanna füllte den Bogen gleich am Küchentisch ordnungsgemäß aus, wobei ihr das Herz bis zum Hals schlug. Sie rechnete fest damit, dass Gabriella zu ihrem Wohnort, Kempten, einen Kommentar abgeben würde.

Was für ein Zufall, dort habe ich auch mal eine Weile gewohnt. Dann hätte Johanna sagen können – nein, sagen *müssen,* dass ihr Aufenthalt hier kein reiner Zufall war… Aber das geschah nicht.

Als Gabriella das ausgefüllte Formular überflog, stutzte sie nur kurz und sah Johanna prüfend an, dann ließ sie das Papier in einer Schublade verschwinden und fragte lächelnd: »Und, Jo'anna Burger, was hast du heute Schönes vor?«

Johanna seufzte und sagte zu ihrem Bruder: »Ich hätte es ihr sofort sagen sollen, gleich am ersten Tag. Jetzt wird es immer schwieriger, je besser ich sie kennenlerne. Sie ist ein warmherziger, liebenswerter Mensch, und sie macht auf mich einen rundum zufriedenen Eindruck, und ich… Ach, Max, ich bin zu feige, ich schaffe es einfach nicht.«

Außerdem wäre Johanna danach gezwungen, zu gehen, ganz egal, wie Gabriellas Reaktion ausfallen würde. Man konnte keine Bombe ins Leben eines anderen Menschen werfen und danach als Feriengast dableiben, als wäre nichts gewesen.

»Nein, Johanna, du bist ganz und gar nicht feige«, sagte Max. »Du hörst auf dein Herz, und das sagt dir das Richtige. Manchmal ist es klüger und mutiger, nichts zu tun.«

»Wenn du das sagst.«

Johanna versprach, ihn bald wieder anzurufen, und legte auf.

Nein, sie war nicht mutig und klug, und ihr Herz war nicht so rein, wie Max glaubte. Denn da war dieser Gedanke, den Max bestimmt nicht gutheißen würde: *Gabriella hat alles. Sie braucht dieses Kind nicht.*

Jedenfalls nicht so sehr, wie sie, Johanna, Michael als Projektionsfläche für ihre Träume und Wünsche brauchte. Sie schwieg nicht nur aus Feigheit oder Rücksicht auf Gabriellas Seelenfrieden, es gab daneben noch einen ebenso irrationalen wie egoistischen Grund: Solange sie Gabriella die Existenz dieses Kindes verschwieg, war Michael immer noch ein klein wenig ihres. Wer wusste schon, ob Marion die Wahrheit gesagt hatte? Vielleicht war sie genauso verrückt wie diese Elli Wagner. Vor allem in den Nächten fransten Realität und Illusion aus, verloren ihre scharfen Kanten, flossen ineinander, und in dieser Zwischenwelt war Michael nach wie vor ihr Sohn.

Andererseits hätte die Realistin Johanna gern gewusst, wo Gabriella das Kind, ihr, Johannas Kind, begraben hatte. Dazu müsste sie Gabriella aber erst einmal dazu bringen, von sich aus von diesem Kind zu erzählen. Es war verzwickt.

Gabriella hatte sie mitgenommen nach Senigallia, wo donnerstags ein Markt stattfand. Johanna liebte italienische Märkte, und wie jedes Mal kaufte sie dort zu viel ein: zwei Sommerkleider, eine Halskette mit passenden Ohrringen, ein Armband, zwei Paar Schuhe und zwei Handtaschen. Gabriella konnte nur noch den Kopf schütteln und bemerken: »Touristinnen! Alle gleich.«

»Die Versuchung ist einfach zu groß. So schöne Sachen und so billig! Bei uns gibt es auf den Märkten nur Altweiberklamotten.«

Nach dem Raubzug lud Johanna ihre Gastgeberin auf einen Campari unter den Arkaden ein. Absichtsvoll lenkte sie das

Gespräch auf das Thema Männer und erzählte Gabriella von John. »Zwölf Jahre habe ich mir erzählen lassen, seine Ehe wäre am Ende, ich dumme Nuss!«, gestand sie. Seltsamerweise tat es gut, mit Gabriella darüber zu reden, auch wenn Kalkül dahintersteckte, und sie hoffte, dass die Italienerin dadurch auch ins Reden kam. Gabriella tätschelte ihr tröstend die Hand und meinte: »Wenn du wirklich willst, dann findest du schon noch einen. Aber vielleicht willst du das gar nicht.«

»Du hast mich durchschaut«, antwortete Johanna. »Ich beneide dich ein bisschen um deine Familie, aber ich habe auch gelernt, meine Freiheit zu schätzen.«

»Der Mensch will immer das, was er nicht hat«, meinte Gabriella. »Manchmal, wenn mir alles zu viel wird, beneide ich Frauen wie dich. Aber ich wollte immer eine Familie, und im Grunde weiß ich, dass ich dort, wo ich bin, hingehöre. Zum Glück habe ich nach einem Fehlgriff noch Alfredo getroffen. Wir feiern dieses Jahr Silberhochzeit. Fünfundzwanzig Jahre, so lange sind wir schon zusammen.«

»Wann hast du dich von deinem ersten Mann scheiden lassen?«

Gabriella runzelte die Stirn. »Wer sagt, dass ich mich habe scheiden lassen?«

»Niemand«, ruderte Johanna erschrocken zurück. »Ich dachte nur... Irgendwer hat erwähnt, dass Alfredo dein zweiter Mann ist, da habe ich angenommen...«

Zum Glück hakte Gabriella nicht nach, woher Johannas Information stammte, denn tatsächlich hatte bisher niemand aus der Familie Gabriellas ersten Mann erwähnt, auch Antonella nicht, die sonst gern einmal von früher erzählte.

»Vittorio, so hieß mein erster Mann, ist gestorben«, erklärte Gabriella und fügte hinzu: »Ich war schon seit fünf Jahren Witwe, als ich Alfredo geheiratet habe.«

»Das tut mir leid. Ich meine, das mit Vittorio.«

Sie winkte ab. »Es ist lang her. Er war kein besonders guter Mann.«

»Was ist passiert?«

»Er ist verunglückt, mit dem Roller, im Sommer '76. Auf der Straße nach Genga. Das liegt in den Bergen, nicht weit von hier. Apropos Genga! Hast du dir schon die Frasassi-Höhle angesehen? Das musst du unbedingt noch machen, die ist dort ganz in der Nähe...«

Juli bis September 1976

Gabriella

Ein paar Tage waren seit jener Nacht vergangen, in der ihre Eltern ein höchst ungewöhnliches Verhalten gezeigt hatten. Dass ihr Vater nachts herumgeisterte, kam zwar öfter vor, aber bisher hatte er das stets zu Fuß getan, nie mit dem Auto. Auch pflegte ihre Mutter für gewöhnlich nicht im Nachthemd über den Hof zu laufen oder mitten in der Nacht mit der Schnapsflasche am Küchentisch zu sitzen. Spätestens bei diesem Anblick hatte Gabriella zu ahnen begonnen, dass etwas vorgefallen sein musste und dass es mit Vittorio zu tun haben könnte.

Ennio war im Morgengrauen zurückgekehrt. Sein Empfangskomitee in der Küche hatte er angeschnauzt: »Was hockt ihr hier herum und sauft? Ab ins Bett mit euch, *pronto!*«

Ihre Mutter weigerte sich am nächsten Morgen, auch nur eine Silbe über die nächtlichen Vorfälle zu verlieren, und ihren Vater zu fragen ersparte sich Gabriella von vornherein. Tommaso und Silvia, deren Schlafzimmer nach hinten hinausging, hatten nichts mitbekommen. Hatte sie sich nur etwas eingebildet? Hatten ihre Eltern nur einen schweren Streit gehabt? Es wäre ja nicht der erste gewesen.

Gabriella hätte nur zu gern an diese Erklärung geglaubt,

doch dann machte sie einen aufschlussreichen Fund. Sie war mit dem Rad unterwegs, als sie, auf halber Strecke vom Hof zur Hauptstraße, neben dem alten Heustadel, ein Glitzern im Straßengraben bemerkte. Es war der Außenspiegel von Vittorios Lambretta, sie erkannte ihn auf Anhieb, und unweigerlich musste sie an den roten Kanister denken, der in jener Nacht in der Küche unter der Bank gestanden hatte. Ihre Mutter hatte nichts dazu sagen wollen, und am nächsten Morgen war er verschwunden. Nachdenklich steckte sie den abgerissenen Spiegel in ihren Einkaufskorb und fuhr weiter. Beim Supermarkt in Serra de' Conti angekommen, warf sie ihn in den Mülleimer.

Der Umbau des Schweinestalls in eine Touristenunterkunft schritt flott voran. Die Zwischenwände waren rasch gemauert, und das Dach wurde gedeckt. Bald würde es an den Innenausbau gehen.

Jetzt, nach den Ferien, lernte Gabriella die Grundlagen der doppelten Buchhaltung durch einen wöchentlichen Kurs und frischte außerdem ihre Englischkenntnisse auf. Nur ihr Deutsch vernachlässigte sie. Es widerstrebte ihr, sich mit dieser Sprache zu beschäftigen, sie verknüpfte damit einfach zu viele aufwühlende Erinnerungen.

An einem klaren, sonnigen Nachmittag im September stürzte Antonella in die Küche, wo ihre Tochter gerade dabei war, Pflaumen zu entsteinen.

»*La polizia!* Sie wollen mit dir sprechen.«

Gabriella zog ihre Schürze aus und ging nach draußen.

Es waren zwei Carabinieri aus Fabriano. Seltsam, dachte Gabriella. Normalerweise kamen sie aus Arcevia, zu dessen Bezirk Belmonte gehörte.

Gabriella führte beide auf die Terrasse, wo sie sich zu dritt an den langen Tisch setzten. Die beiden machten betretene

Gesichter und erklärten ihr, man habe die Leiche ihres Ehemannes Vittorio Falcone unterhalb der Straße nach Genga gefunden, in der Nähe seines Rollers.

Eine Szene wie diese hatte sich Gabriella in den letzten Wochen oft ausgemalt. Nun war sie zwar aufgeregt, aber auch beinahe froh, es hinter sich zu bringen.

»Nach Genga?«, wiederholte sie und schaute die beiden aus großen Augen fragend an. Dabei spürte sie die Blicke ihrer Mutter im Rücken, die garantiert am Küchenfenster hinter dem Fliegengitter stand und lauschte. »Was wollte er denn da?«

»Das wissen wir leider auch nicht«, lautete die Antwort.

»Kennen Sie die Straße, Signora?«, fragte der jüngere Carabiniere und fuhr, ohne ihre Antwort abzuwarten, fort: »Sie ist steil und kurvig und bei Nässe sehr rutschig. Vermutlich ist er mit dem Roller zu schnell in die Kurve gefahren, von der Straße abgekommen und einen Hang hinabgestürzt. Das Ganze ist vor mindestens sechs Wochen passiert.«

Sie hatte den Eindruck, als würden die beiden sie misstrauisch ansehen. Was für eine Frau vermisste ihren Mann sechs Wochen lang nicht?

»Wir leben getrennt«, beantwortete Gabriella die stumme Frage.

»Deshalb wurde er von Ihnen auch nicht vermisst gemeldet«, kombinierte der Ältere und schrieb etwas in seinen Notizblock.

»Sechs Wochen?«, fragte nun Gabriella. »Warum wurde er denn nicht früher gefunden?«

»Erinnern Sie sich noch an dieses schwere Gewitter Mitte Juli, Signora?«, erwiderte der jüngere Carabiniere.

Gabriella nickte. Dem Gewitter in jener bewussten Nacht waren intensive Regenfälle gefolgt, zwei Tage lang hatte es geschüttet wie aus Eimern.

»Dabei hat es oberhalb von Genga einen Erdrutsch gegeben«, erklärte er. »Und bis der Schutt beseitigt und die Straße repariert worden ist… Man weiß ja, wie lange so etwas immer dauert.« Der junge Polizist hob die Arme, eine Geste der Hilflosigkeit gegenüber den Naturgewalten einerseits und dem Phlegma der Behörden andererseits. »Die Straße war wochenlang blockiert und abgesperrt. Deshalb ist keiner vorbeigekommen, der Ihren Mann hätte finden können. Erst gestern hat ein Bauarbeiter die Lambretta unterhalb der Straße entdeckt. Wir nehmen an, der Unfall ist kurz vor dem Erdrutsch passiert.«

Gabriella betupfte sich mit einem Zipfel der Küchenschürze die Augen.

Man habe Vittorio anhand seiner Papiere identifizieren können, erklärte der jüngere Carabiniere. Gabriella könne man dies also ersparen. »Da haben Sie Glück, der Zustand der Leiche nach sechs Wochen im Sommer…« An dieser Stelle kassierte er einen Ellbogenrempler von seinem Vorgesetzten, der betont förmlich zu Gabriella sagte: »Man wird sich mit Ihnen in Verbindung setzen wegen des Totenscheins und der Bestattung.«

Dann stiegen sie in ihren Wagen, wendeten und fuhren davon.

Nun bin ich also eine Witwe, dachte Gabriella. Es fühlte sich gut an. Witwe zu sein war ein ehrbarer Stand. Besser jedenfalls als eine Geschiedene oder eine Sitzengelassene.

September 2006

Johanna

Johanna hatte es sich zur Aufgabe gemacht, die Umgebung von Belmonte zu erwandern, vor allen Dingen die nahe gelegenen Berge. Die jedoch sperrten sich gegen eine mühelose Eroberung. Anders als in den Allgäuer Alpen, wo alles idiotensicher ausgeschildert war und die Wege penibel instand gehalten wurden, waren hier Wegweiser selten, und selbst wenn es welche gab, hieß das noch lange nicht, dass auch der Weg dazu existierte. Die Wälder waren dicht und wild, und oft musste Johanna umkehren, weil ein anfangs vielversprechend aussehender Pfad von dornigem Gestrüpp blockiert wurde. Andere Wege endeten am Rand einer Schlucht oder vor einem tief eingeschnittenen Bach. Selbstverständlich gab es auch keine vernünftige Wanderkarte von dem Gebiet.

Für diesen Tag hatte Johanna sich einen der dem Apennin vorgelagerten Höhenzüge vorgenommen. Sie folgte einer engen, steilen, nicht asphaltierten Straße, die in Serpentinen durch den Wald führte. Auch hier war Vorsicht geboten, denn ein gerades Stück Weg lag direkt neben einem Felsabbruch. Nackter Stein, der mindestens fünfzig Meter senkrecht in die Tiefe führte. Unten rauschte ein Bach, und Johanna musste erkennen, dass sie längst nicht mehr so schwindelfrei war wie früher, als sie mit ihrem Vater und den Brüdern die Oberstdorfer Berge erklommen hatte. *Kratzer, Himmelsschrofen, Trettachspitze, Nebelhorn…* Sie kannte noch alle Namen. Wie lange das schon zurücklag!

Jetzt aber wurde ihr beim Hinabblicken in den Abgrund ein wenig schwindelig, und es kam ihr vor, als übte die Tiefe eine Sogwirkung auf sie aus. Sie schaute lieber wieder nach vorn und sah zu, dass sie weiterkam. Dort oben endete der Wald, sie sah das Licht, das strahlenförmig zwischen den Bäumen hindurchschien wie eine Verheißung.

Vollkommen unerwartet stand sie plötzlich vor einem Haus. Es lag gleich hinter dem Waldrand in einer flachen Senke. Es war ein kleines Wohnhaus, an das sich links ein Stall und rechts ein Schuppen anschlossen. Das Erdgeschoss besaß Wände aus Natursteinen, ansonsten war das Haus außen mit graugelbem, jetzt aber verwittertem Putz versehen, das Dach war mit alten Klosterziegeln, auch Mönch-Nonne genannt, gedeckt. Ein paar bröckelnde Betonstufen führten zum Eingang, über dem ein hölzernes Schild mit einer verwitterten Schrift angebracht war: *Villa Fortuna,* entzifferte Johanna und musste über die *Villa* schmunzeln. Im Allgäu hätte man das Häuschen wahrscheinlich als Alm oder als bessere Hütte bezeichnet. Direkt an der Tür hing ein weiteres Schild, eine Tafel aus Sperrholz, die rostroten, mit der Hand gemalten Buchstaben waren deutlich besser zu lesen: *in vendita,* zu verkaufen. Darunter eine Telefonnummer.

Derartige Schilder hatte Johanna zwischenzeitlich schon häufiger an alten Häusern gesehen, sogar an kompletten Ruinen, von denen nur noch ein paar Mauern standen. Alfredo hatte ihr erklärt, dass man bei den Ruinen vor allem dafür bezahlte, dass man an dieser Stelle überhaupt bauen durfte, und zwar exakt so groß, wie das alte Gebäude gewesen war.

Deshalb waren Ruinen, besonders die aus Naturstein, in schöner Aussichtslage oft teurer als bewohnbare ältere Häuser, bei denen man entweder Geld in die Renovierung oder in den Abriss stecken musste.

Dieses Exemplar gehörte eindeutig zur letzten Kategorie. Sämtliche Fensterläden waren geschlossen, es sah nicht aus, als würden Menschen darin wohnen, aber vor dem Stall, hinter einem mit hohem Maschendraht abgegrenzten Bereich, lebten Gänse, Enten und Hühner. Sie kamen aufgeregt und in Erwartung von Futter an den Zaun gelaufen. Eine in den Boden eingegrabene Badewanne diente ihnen als Teich und Tränke. Das Wasser sah einigermaßen sauber aus, und die Vögel waren wohlgenährt. Demnach musste täglich jemand vorbeikommen, schon um die Tiere am Abend in den Stall einzuschließen, damit sie keine allzu leichte Beute für Füchse und Marder abgaben. Das glückliche Federvieh der *Villa Fortuna*, witzelte Johanna in Gedanken. Auch der Obstgarten, der sich vom Stall bis fast zum Waldrand hin erstreckte, wurde anscheinend noch genutzt. Die Bäume hatte jemand fachgerecht beschnitten, und das Gras darunter war vor nicht allzu langer Zeit gemäht worden.

Neben der Treppe gab es eine von Unkraut überwucherte Terrasse. Johanna, erschöpft vom Aufstieg, setzte sich auf die wackelige Holzbank, die an der Hauswand stand und hoffentlich nicht gleich unter ihr zusammenbrechen würde. Sie blinzelte in das flirrende Licht, das durch die Blätter eines Walnussbaums drang, und lauschte dem Vogelgezwitscher und dem Wind in den Bäumen. Wie still und friedlich es hier war, jetzt, wo sich das enttäuschte Geflügel wieder beruhigt hatte. Was für ein wunderschöner Platz! Am Hang gegenüber grasten Schafe auf einer von Brombeerhecken gesäumten Koppel. Man konnte Belmonte sehen, die Festungsmauer, den Uhrturm und den Kirchturm, und an klaren

Tagen reichte der Blick bestimmt bis zum Meer. Heute war es dafür zu dunstig.

In vendita.

Was, wenn sie sich vom Erbe ihrer Mutter ein kleines italienisches Ferienhaus kaufte? Ein kleines Stück Italien, das nur ihr gehörte, auf das man sich Jahr für Jahr freuen konnte. Sie stellte sich vor, wie sie auf dieser Terrasse sitzen, die Aussicht und die Stille genießen und Wein trinken würde, dazu vielleicht ein Lagerfeuer entfachen...

Sie seufzte schwer.

Nächste Woche um diese Zeit säße sie wieder im Büro. Zum ersten Mal graute ihr davor, zur Arbeit gehen und sich Scharmützel mit ihrem Chef liefern zu müssen. Am besten, sie suchte sich bald eine andere Stelle. Aber auch davor graute ihr, denn das würde anstrengend und frustrierend werden. Niemand riss sich um eine achtundvierzig Jahre alte Übersetzerin und Dolmetscherin. Vielleicht müsste sie wegziehen oder etwas ganz anderes machen. Nur wohin, und was wäre dieses andere?

In Wahrheit hatte sie weder Lust, ihren Beruf weiterhin auszuüben, noch, sich einen neuen zu suchen. Sie war müde, einfach nur müde. Burn-out? Nannte man das nicht neuerdings so? Nein, das konnte nicht sein, denn sie hatte in den vergangenen Monaten im Büro eher zu wenig als zu viel zu tun gehabt. Offenbar legte Besler es darauf an, dass sie sich zu Tode langweilte.

In einem Anfall von Übermut griff Johanna in ihren Rucksack, holte ihr Handy heraus – ein Balken, immerhin – und wählte die Nummer auf dem Schild. Zuerst hatte sie eine alte Frau am Apparat, die sehr starken Dialekt sprach, dann aber mit dünner Greisinnenstimme einen Mann namens Achille ans Telefon rief, der zum Glück etwas besser zu verstehen war.

Johanna erklärte, dass sie sich das Haus gern einmal von

innen ansehen würde. Achille meinte, sie könne reingehen. »Der Schlüssel hängt hinter dem Fensterladen neben der Haustür. Schauen Sie sich um, und rufen Sie mich wieder an, wenn es Ihnen gefällt.«

Johanna bedankte sich und legte kopfschüttelnd auf. Das war auch so eine Sache: Die Leute hier hatten noch Vertrauen in die Menschheit.

Aber wahrscheinlich rührte das Vertrauen daher, dass es da drin nichts zu klauen gab, befürchtete Johanna. Bestimmt war es eine vollkommen unbewohnbare Bruchbude.

Sie fand den Schlüssel an der angegebenen Stelle und schloss die Tür auf. Ein feucht-modriger Geruch schlug ihr entgegen. Zögernd wanderte sie durch die Räume. Wegen der geschlossenen Fensterläden musste sie die Lampen anschalten, um etwas zu sehen. Immerhin, Strom gab es, sie war ja der oberirdischen Leitung durch den Wald gefolgt. Die Zimmer waren klein und die Möbel darin düster. Hier und da knarrte eine Bodendiele, an manchen Stellen bröckelte der Putz, und die schlammgrünen Badezimmerkacheln entsprachen auch nicht jedermanns Geschmack. Aber gar so schlimm, wie sie angenommen hatte, sah es im Inneren der *Villa* nicht aus. Das Haus war keineswegs luxuriös, aber durchaus bewohnbar, und der Rest eine Frage der Ästhetik. Möbel und Kacheln konnte man austauschen, und mit etwas Putz und frischer Farbe hier und dort ließe sich sicherlich ein kleines Schmuckstück daraus machen.

Ein altes Haus, dieses Haus, wieder zum Leben zu erwecken, könnte das vielleicht ein Projekt sein, das ihrem irrlichternden Leben wieder Struktur verlieh?

Das Thema wurde in der Laube des Moretti-Hofs bei Provolone, Mortadella und einer Flasche vom Roten diskutiert. Gabriella stieß vor Überraschung einen Quieker aus, als Johanna davon anfing. »Du willst ein Haus kaufen? Hier?«

»Es ist ja nur so eine Idee…«

Wie nicht anders zu erwarten war, kannten alle auf dem Moretti-Hof die *Villa Fortuna* und die Familie des Besitzers. »Achille Fontana hat eine Holzhandlung. Ihm gehört auch der Wald, ach was, der ganze Hang, an dem das Haus liegt«, berichtete Piero und setzte sogleich hinzu: »Aber natürlich ist das Land nicht viel wert.«

Das ist Ansichtssache, dachte Johanna, die sich schon in *ihrem* Wald lustwandeln sah.

Antonella wusste noch mehr: »Früher war das bloß eine Unterkunft für Schaf- und Kuhhirten. Während der deutschen Besatzung haben Achilles Eltern und Großeltern darin gewohnt und es sich ein bisschen komfortabler eingerichtet. Da oben im Wald erschien es ihnen sicherer«, erklärte Antonella und fügte hinter vorgehaltener Hand und mit unterdrückter Stimme hinzu: »Sie waren nämlich allesamt Bolschewiken. Das Haus war ein Partisanenstützpunkt, munkelt man, und dass sie die nächstgelegenen Brigaden von dort aus versorgt haben. Jedenfalls sind da oben allerhand undurchsichtige Dinge vor sich gegangen.«

Johanna hatte ihren Worten entzückt gelauscht. Der Gedanke, ein ehemaliges Widerstandsnest zu erwerben, in dem undurchsichtige Dinge vorgegangen waren, gefiel ihr außerordentlich.

»Zuletzt hatten sie es an Leute aus Mailand vermietet, aber denen war es zu einsam. Jetzt steht es schon seit mindestens fünf Jahren zum Verkauf«, wusste Gabriella, und Alfredo meinte: »Falls du es haben willst, solltest du nicht mehr als zwanzigtausend Euro bezahlen.«

»So wenig?«, wunderte sich Johanna. Natürlich durfte man hier keine Oberstdorfer Preise zum Vergleich heranziehen, das war selbst ihr klar, aber der Preis erschien Johanna dennoch geradezu unanständig niedrig.

»Das ist eine Sackgasse. Falls du es dir jemals anders überlegst, wirst du dich schwertun, es wieder loszuwerden«, prophezeite Alfredo.

Johanna war ihm dankbar für den Tipp, doch im Grunde war ihr nur wichtig, wie Gabriella reagierte. Ob sie sie künftig in der Nähe haben wollte oder ob es ihr gleichgültig war. Johanna war in diesen Tagen sehr wohl aufgefallen, dass Gabriella sie nicht wie einen beliebigen Gast behandelte, sondern beinahe wie eine Verwandte oder eine Freundin. Lag es nur daran, dass sie allein unterwegs war, war es eine Art Beschützerinstinkt oder Mitleid, weil sie keine Familie besaß, oder mochte sie Johanna tatsächlich? Sie hatten nicht viel gemeinsam, und doch glaubte Johanna, eine Verbundenheit zwischen ihnen zu spüren. Was sie selbst anging, wusste sie natürlich um ihre schicksalhafte Verknüpfung, auch wenn das nicht automatisch gegenseitige Sympathie bedeuten musste. Aber was fand die ahnungslose Gabriella an ihr, der seltsamen Deutschen?

»Warum willst du denn ein Haus kaufen, das mitten im Wald liegt?«, fragte Gabriella, und ihre sanften Augen weiteten sich. »Such dir doch eines in Belmonte oder in Serra de' Conti. Da gibt es einige Stadthäuser und Wohnungen, die zum Verkauf stehen.«

»Da oben kann ich machen, was ich will«, erklärte Johanna. »Eine Stadtwohnung habe ich ja schon in Kempten.« Wie immer, wenn Johanna das Wort Kempten fallen ließ, beobachtete sie auch jetzt Gabriella aufmerksam. Wieder zeigte sie keinerlei Reaktion, so als hätte sie ihre Zeit in diesem Ort komplett aus ihrem Gedächtnis radiert.

Der Abend endete in weinseliger Ausgelassenheit. Trotz zwei, drei Gläsern vom schweren Montepulciano konnte Johanna vor Aufregung nicht schlafen. Das Haus im Wald, die *Villa Fortuna*, war binnen weniger Stunden zur fixen Idee geworden.

Achille Fontana, ein vierschrötiger Mann in den Sechzigern, verlangte dreißigtausend, was Johanna immer noch ein fairer Preis zu sein schien. Schließlich gehörte ja auch noch der Hang mit dem Wald dazu.

Sie sagte, sie würde darüber nachdenken.

Und das tat sie. Langsam wich die Euphorie dem nüchternen Denken. Das Haus war in Ordnung, auch der Preis, aber da war noch etwas anderes: Müsste sie nicht vorher klar Schiff machen und Gabriella endlich die Wahrheit sagen?

Wie wäre es, ihr ab sofort Jahr für Jahr zu begegnen, im Wissen, ihr den Sohn verschwiegen zu haben, der ihr zustand? Aber was, wenn sie es ihr sagte? Würde das zarte Pflänzchen ihrer beginnenden Freundschaft daran eingehen? Wahrscheinlich. Johanna versuchte, sich an Gabriellas Stelle zu versetzen. Wäre es nicht quälend, im Dorf, in der Bar, im Supermarkt ständig damit rechnen zu müssen, der Frau zu begegnen, deren bloße Anwesenheit in jener Nacht die Ursache dafür war, dass man ihr, Gabriella, den Sohn gestohlen hatte?

Es war die reinste Zwickmühle, und Johanna blieben jetzt nur noch drei Tage Zeit, sich zu entscheiden.

Am Ende entschied sich Johanna dafür, sich für nichts zu entscheiden – und verachtete sich dafür. Sie verabschiedete sich herzlich von Gabriella und ihrer Familie und versprach halbherzig, im nächsten Jahr wiederzukommen. Zu Achille Fontana sagte sie, sie müsse zu Hause ihre Finanzen klären – was nicht völlig gelogen war – und würde zu gegebener Zeit auf sein Angebot zurückkommen. Eine Phrase, die im Grunde ein Nein war.

Ein paar Stunden später saß sie im Flugzeug und überquerte die Alpen. In München war der Himmel bedeckt, und genauso grau in grau erschienen ihr ihr Leben und ihre Zukunft.

Februar 2007

Johanna

Auf den Wiesen und Dächern lag Schnee, der auf den Gehwegen zu grauem Matsch gefror. Ganz allmählich wurden die Tage wieder heller. Johanna wurde zu einem Gespräch mit dem Geschäftsleiter gebeten. Sie ahnte, dass das nichts Gutes bedeutete. Ihr Abteilungsleiter, Jörg Besler, halste ihr seit Monaten entweder stupide Arbeiten auf, die normalerweise Azubis oder Praktikanten erledigten, oder er sorgte dafür, dass sie gar nichts zu tun hatte. Mit diesen Schikanen wollte er sie offenbar wegekeln oder provozieren, denn eine Kündigung war angesichts von Johannas langjähriger Betriebszugehörigkeit nicht so einfach, zumindest solange sie sich nichts Gravierendes zuschulden kommen ließ. Und das tat sie nicht, auch wenn es ihr schwerfiel. Jetzt nur keine Abmahnung riskieren!

Sie hatte seit ihrer Rückkehr aus Belmonte einige Bewerbungen geschrieben, aber nur Absagen kassiert. Keine einzige Einladung zu einem Vorstellungsgespräch. Natürlich stand in keiner Absage, sie sei zu alt, aber Johanna wurde dennoch klar: Sie befand sich auf dem Abstellgleis – oder zumindest auf dem direkten Weg dorthin. Im April wurde sie neunundvierzig, und wenn erst einmal die Fünf an erster Stelle stand, würde kein Hahn mehr nach ihr krähen. Jetzt rächte sich ihre

Bequemlichkeit, so viele Jahre bei derselben Firma auf derselben Position geblieben zu sein. Hätte sie beizeiten, als ihr noch alle Türen offen standen, auch mal die Stelle gewechselt, wäre sie heute vielleicht beim Auswärtigen Amt beschäftigt oder bei der EU. Selbst schuld, dachte sie, und: typisch Frau.

Der Chef ihres Chefs fragte zuerst scheinheilig, wie sie denn mit Jörg Besler zurechtkomme – bestens, log Johanna –, und bot ihr dann an, in eine andere Abteilung zu wechseln, da es in der Exportabteilung demnächst zu *strukturellen Veränderungen* kommen werde. Der angebotene Job im Controlling war zwar nur eine Dreißig-Stunden-Stelle, aber man würde ihr beim Gehalt aufgrund ihrer langjährigen Verdienste entgegenkommen, bla, bla, bla…

Johanna hörte gar nicht mehr richtig hin. Ihre Gedanken schweiften ab. Denn da kreiste seit ein paar Wochen eine vage Idee durch ihren Kopf, die jetzt, in diesen Minuten, zusehends Gestalt annahm.

Als er seinen Sermon beendet hatte, blickte Johanna den Senior-Geschäftsführer, den sie seit einem Vierteljahrhundert kannte, an dessen Seite sie schon zu Konferenzen in halb Europa gereist war, mit einem sehr langen Blick an, und erst als er an seiner Krawatte ruckelte, die Gegenstände auf seinem Schreibtisch wie Museumsstücke betrachtete und sich verlegen räusperte, fragte sie: »Wie viel?«

Er runzelte die Stirn. »Wie bitte?«

»Wie viel Abfindung zahlt ihr mir, um mich schnell loszuwerden?«

Am Abend saß Johanna am Küchentisch und rechnete. Die Abfindung, die man ihr angeboten hatte, würde für den Kauf und die Renovierung der *Villa Fortuna* reichen, und wenn sie die Nerven behielt, so wie bei dem Streit mit Roland, konnte sie vielleicht sogar noch etwas mehr herausschlagen. Die Kemptener Wohnung ließ sich bestimmt gut vermieten. Sie könnte bis zur Rente von diesen Einkünften und dem, was vom Erbanteil nach Tilgung der Hypothek noch übrig war, leben. Vielleicht kämen ab und zu noch ein paar Übersetzungsaufträge für Verlage dazu. Wenn sie sparsam haushielt, müsste das reichen. Wofür sollte sie in der Einöde auch groß Geld ausgeben? Designerklamotten und -schuhe brauchte sie dort nicht. Sie bräuchte vielmehr einen Wagen mit Allradantrieb, landwirtschaftliche Geräte und gutes Werkzeug.

Sie holte tief Atem und schob den Taschenrechner beiseite. *Hätte, könnte, würde.* Der Konjunktiv war schon eine gute Erfindung. *Aber ging das wirklich?*

Sie schaute sich um. Sie mochte ihre komfortable Wohnung, aber sie war bereit, sie einzutauschen gegen Freiheit und Unabhängigkeit. Ein Glücksgefühl überkam sie bei diesem Gedanken. Endlich Herrin über ihre Zeit, und das nicht nur für ein paar Wochen in den Ferien, sondern für immer. Kein Chef mehr, keine jungen Kolleginnen, die an ihrem Stuhl sägten, keine Angst mehr, ihre Stelle zu verlieren. Kein Kampf, keine Kränkungen und Demütigungen mehr. Sie wäre ihr eigener Chef, niemand sonst.

Gewiss, es würde nicht einfach werden, es gäbe eine Menge zu tun, Dinge, die sie zuvor noch nie getan hatte und von denen sie nicht wusste, ob sie ihnen gewachsen war: einen Gemüsegarten anlegen, Kartoffeln anbauen, Hühner halten, Holz hacken, Obst ernten und einkochen... Das war harte, körperliche Arbeit und sicher nicht immer ein reines Vergnügen. Aber das alles würde sie ausschließlich für sich tun. Das war der entscheidende Unterschied.

Freiheit schön und gut, aber würde es auf die Dauer nicht entsetzlich einsam und öde sein? Besonders im Winter? Die nächsten nennenswerten Städte – Ancona, Jesi, Senigallia, Fabriano – mit Theatern, Kinos, Museen, Lokalen und Läden waren alle mindestens eine halbstündige Autofahrt weit weg, und es gab nicht einmal Nachbarn, mit denen sie ein Schwätzchen halten konnte. Johanna überlegte, wann sie zum letzten Mal im Theater oder im Kino gewesen war oder Schwätzchen mit den Nachbarn gehalten hatte. Es fiel ihr nicht ein. Doch was war mit ihrem Freundeskreis hier in Kempten? Kreis, welcher Kreis? Nur Durga würde sie wirklich vermissen. Durga wiederum wäre begeistert von Johannas Idee, ein Leben als Aussteigerin zu führen. Jetzt, da ihre Kinder flügge waren, würde sie Johanna bestimmt oft besuchen.

Etwas Wichtiges kam noch dazu: Johanna hatte den Gedanken aufgegeben, dass es in ihrem Leben noch einmal einen Mann geben würde. Nicht weil es vollkommen hoffnungslos gewesen wäre, aber das Thema *Mann in meinem Leben* interessierte sie einfach nicht mehr. Und anders, als es in den Frauenzeitschriften beschrieben wurde, interessierte sie sich auch nicht mehr sonderlich für Sex. Das wiederum empfand sie als überaus befreiend, näherte sie sich doch rasant einem Alter, in dem Männer sie nicht mehr wahrnahmen. Jedenfalls nicht mehr sofort. Andere Frauen ihres Alters mochten darunter leiden, ihr versetzte es höchstens ab und an einen kleinen Nadelstich.

Gegen die Einsamkeit könnte sie sich einen Hund anschaffen. Sie hatte immer schon einen Hund haben wollen, jedoch geglaubt, damit bis zur Rente warten zu müssen. Ja, ein Hund! Sie lächelte. Plötzlich waren Dinge, die sie noch gestern in ferner Zukunft wähnte, in greifbarer Nähe. Sie musste es einfach nur wagen.

Und Gabriella?

Dieses Dilemma bestand nach wie vor, und wieder blieb nur, sich fürs Erste an dem Ratschlag ihres Bruders Max festzuhalten, dass es in bestimmten Fällen besser sei, die Vergangenheit ruhen zu lassen.

Johanna hatte die Erfahrung gemacht, dass es half, wichtige Entscheidungen erst einmal zu überschlafen, und diese Entscheidung war ganz bestimmt die einschneidendste ihres gesamten Lebens. Sie setzte damit alles auf eine Karte, denn nach ein paar Jahren würde es für sie kein Zurück in den deutschen Arbeitsmarkt mehr geben.

Aber der Schlaf wollte nicht kommen.

Zweifel und Ängste krochen aus dem Dunkel hervor. Hatte sie das wirklich durchdacht, oder war das nur ein Fluchtreflex angesichts ihrer momentanen Probleme? Haderte sie in Wirklichkeit nur mit ihrem Alter? Litt sie gar an einer Midlife-Crisis oder einer Depression? War es nicht ein Zeichen von Schwäche, sich wegen beruflicher Probleme und eines vagen Gefühls des Überdrusses in einen Schmollwinkel in Form eines abgelegenen Häuschens in den Apenninen zurückzuziehen, anstatt sich den Herausforderungen des Lebens zu stellen, sich einen neuen Job zu suchen, wenn nötig eben woanders? Wenn sie sich wirklich ernsthaft Mühe gab, würde sich doch bestimmt eine erfüllende Arbeit finden.

Doch der Geist war aus der Flasche, und die Vorstellung, wieder in einem Büro zu sitzen, in einer anderen Firma, in einer anderen Stadt und mit einem anderen Chef, hatte so gar nichts Erfüllendes.

Der Morgen graute und vertrieb die Gespenster der Nacht. Johanna, die sich sonst so schwertat mit Entscheidungen, verspürte auf einmal eine wohltuende Entschlossenheit. Ja, es fühlte sich gut an, sogar noch besser als gestern.

Sie setzte Kaffee auf. Dann rief sie Achille Fontana in Belmonte an und fragte ohne Umschweife: »Ist die *Villa Fortuna* noch zu haben?«

Oktober 2020

Johanna

Das Flugzeug setzte zum Landeanflug auf Edinburgh an. Johanna spürte, wie sich ihr Magen hob, wie immer bei Landungen, aber dieses Mal hielt das flaue Gefühl auch noch an, als die Maschine schon längst aufgesetzt hatte.

Ihr graute entsetzlich vor dem Gespräch mit Gabriella. Es war noch schlimmer, als ihrer Mutter zu gestehen, dass sie schwanger war. Oder kam es ihr nur so vor, weil sie das eine schon längst hinter sich hatte, das andere aber unmittelbar vor sich? Schon damals hatte sie das Gespräch wochenlang vor sich hergeschoben, bis es nicht mehr ging, weil man es bald gesehen hätte. Dieses Mal waren es sogar Jahre, die sie geschwiegen hatte.

Sie holte den Mietwagen ab, und eine Zeit lang war sie abgelenkt, weil sie sich extrem auf das Fahren konzentrieren musste. Es waren nur fünfzig Kilometer bis Dunbar, dem Ort an der Südostküste, wo das Restaurant von Anna Maria und ihrem Mann lag, aber es waren fünfzig Kilometer Linksverkehr. Mit hochroten Wagen und rasendem Puls saß sie am Steuer und dachte immer nur: *links, links, links.* Jede Kreuzung, jeder Kreisverkehr brachte sie an den Rand einer Panik, und dann fing es auch noch an zu regnen. Zum Glück war es früher Nachmittag, und die Rushhour hatte noch nicht eingesetzt. Auf ihrem Schoß lag der Ausdruck von Google-Maps. Als Johanna das letzte Mal in Großbritannien gewesen war, hatte John stets am Steuer gesessen, und normalerweise hätte sich Johanna dies niemals freiwillig angetan. Aber was war schon noch normal, seit Michael aufgetaucht war?

Eigentlich sollte Gabriella schon längst wieder auf dem Moretti-Hof sein. Sie wollte nur zwei Wochen bei ihrer Tochter bleiben, um der jungen Mutter in der ersten Zeit nach der Geburt helfend zur Seite zu stehen. Doch kurz vor Gabriellas geplanter Anreise brach sich Anna Marias Mann William bei einem Sturz vom Fahrrad das rechte Schlüsselbein. Die Verletzung behinderte ihn extrem beim Kochen im Restaurant, sodass Gabriella ihren Flug um drei Wochen verschoben hatte, um einzuspringen, denn einen Aushilfskoch einzustellen sei viel zu teuer, vorausgesetzt, man fand überhaupt einen. Dies alles berichtete Alfredo Johanna, als diese anrief, um sich nach Gabriellas Rückkehr zu erkundigen. »Das kommt davon, wenn man einen Koch heiratet!« Johanna wusste, dass Alfredo und Gabriella unter der großen Entfernung zu ihrer einzigen Tochter litten. Anna Maria, der mürrische Teenager von einst, war heute eine sehr schöne, lebhafte und umtriebige junge Frau. Und nun war sie zum ersten Mal Mutter geworden.

Johanna hätte auch einfach abwarten können, bis Gabriella zurückkam. Nach so vielen Jahren des Schweigens wäre es auf ein paar Wochen auch nicht mehr angekommen. Aber sie konnte weder Michael wochenlang hinhalten, noch wollte sie Gabriella länger im Unklaren darüber lassen, dass ihr leiblicher Sohn in Belmonte auf sie wartete.

Sie hatte Edinburgh umrundet und fuhr nun auf der A 1 immer geradeaus. Kaum ließ die Konzentration aufs Fahren nach, stürzten die Gedanken und die Selbstvorwürfe wieder auf sie ein.

Sie wünschte, sie könnte die Zeit zurückdrehen, wenigstens bis zum Tag ihrer ersten Begegnung mit Gabriella im September 2006. Damals wäre es noch einfach gewesen, Gabriella alles zu sagen, schließlich hatte sie, Johanna, ja selbst erst kurz zuvor erfahren, was im Entbindungsheim Sonnenstrahl geschehen war.

Warum nur hatte sie seinerzeit auf Max gehört und geschwiegen? Nein, erkannte sie, Max trug keine Schuld. Es war ihre Entscheidung, ihr Versagen. Genauso wie damals, als sie vor Michaels Kinderbett stand und nicht den Mut aufbrachte, ihn herauszunehmen und fortzubringen. Stattdessen hatte sie am nächsten Tag brav und gefügig die Adoptionspapiere unterschrieben. Was war sie nur für ein schwacher, mutloser, verabscheuungswürdiger Mensch? Michael konnte von Glück sagen, dass er nichts von ihren Genen in sich trug.

Allerspätestens nachdem sie sich im Juli 2007 endgültig in ihrem neuen Zuhause niedergelassen hatte, hätte sie den Mund aufmachen müssen. Noch bevor Gabriella ihr Ursula schenkte und ihr half, den Gemüsegarten anzulegen. Bevor sie ihr beibrachte, was bei der Haltung von Hühnern zu beachten war und wie man Äpfel dörrte. Sie hätte reden sollen, ehe Piero für sie den neuen Hühnerstall baute und Alfredo ihr günstige Handwerker vermittelte, die die Wand zwischen Küche und Wohnzimmer einrissen, alles neu verputzten und das Bad renovierten.

Schon nach kurzer Zeit stand sie tief in der Schuld dieser Familie, zu tief, um aus heiterem Himmel zu Gabriella sagen zu können: *Übrigens, dein Kind von damals, das lebt noch, es wurde mit meinem vertauscht.*

Davon abgesehen dachte Johanna gerne an diese erste Zeit zurück, als alles neu und aufregend gewesen war, auch wenn der ersten Begeisterung eine Phase der Desillusionierung gefolgt war. Sie hatte das Desaster ihres ersten Winters in der *Villa Fortuna* noch lebhaft vor Augen: Die Hühner verendeten binnen weniger Tage an einer Krankheit, ein Sturm riss die Stromleitung ab, also kein elektrisches Licht und kein warmes Wasser mehr. Prompt fing Johanna sich eine satte Erkältung ein. Zu diesem Zeitpunkt entschloss sie sich, Gabriellas Angebot anzunehmen, die Wintermonate auf dem Moretti-Hof zu verbringen. Doch auch dieses Vorhaben wurde vereitelt, denn kurz vor Weihnachten fiel von einer Nacht auf die andere dermaßen viel Schnee, dass Johanna drei Wochen lang nicht wegkam von ihrem Berg. Während dieser harten, einsamen Zeit war Johannas einziger Trost der Hund. Die drollige, tapsige Ursula riss sie immer wieder aus ihrem Stimmungstief, beschäftigte sie und brachte sie zum Lachen.

Nach der existenziellen Erfahrung, auf sich gestellt zu sein und überlebt zu haben, wollte Johanna erst recht nicht mehr aufgeben und ihrem Bruder Max die Genugtuung des Rechthabens gönnen. Der war nämlich von ihren Umzugs- und Auswanderungsplänen nicht sonderlich begeistert gewesen und hatte prophezeit, dass sie sicherlich nach dem ersten Winter die Nase gründlich voll haben würde. Sollte sie diesen überhaupt durchstehen, ohne Zentralheizung und sonstige Annehmlichkeiten der Zivilisation. Schon seinetwegen biss Johanna die Zähne zusammen, harrte weiterhin aus und nannte ihren Bruder im Geist einen Waschlappen.

Der Winter in Italien war zum Glück viel kürzer als im Allgäu, wo er in manchen Jahren kein Ende nehmen wollte. Mitte Februar wurde es plötzlich Frühling, und die Dinge kamen nach und nach wieder in Ordnung. Die Stromleitung wurde repariert, Gabriella schenkte ihr neue Hühner, Johanna besorgte sich einen Generator für künftige Stromausfälle und ließ eine Satellitenantenne aufs Dach montieren, mit der sie zwar nicht gerade Highspeed-Internetanschluss hatte, aber für ihre Ansprüche reichte es.

Dem Auf und Ab der Anfangszeit folgte eine lange Zeit der Zufriedenheit und Produktivität. Sie erhielt die ersten Übersetzungsaufträge für Kinder- und Jugendbücher. Sie reaktivierte die alte Destillieranlage, die im Schuppen stand, und brachte sich selbst mithilfe des Internets bei, wie man Schnaps brannte. Nach und nach fand sie dafür immer mehr Abnehmer, und dass das alles komplett illegal war, kümmerte niemanden groß, auch Johanna nicht. So viel Italienerin war sie inzwischen schon. Endlich fand sie Ruhe, endlich war sie keine rastlose Getriebene mehr. Im Sommer bekam sie Besuch von Durga, die erwartungsgemäß begeistert war von Johannas neuer Wohnsituation und gleich ein paar Hanfsamen ausstreute.

Es gab natürlich auch Rückschläge und Ärger. Vor allem mit den Jägern stand Johanna bis heute auf Kriegsfuß, und es dauerte, bis man sich halbwegs arrangiert hatte. Diese nach wie vor verhasste Spezies war auch der Grund, warum Johanna, besonders im Herbst, fremde Besucher erst einmal mit der Schrotflinte im Anschlag empfing.

Mit der Zeit hatte sich eine zusätzliche Einnahmequelle aufgetan. Auch in Mittelitalien setzte sich langsam die Erkenntnis durch, dass ein Hund nicht einfach ausgesetzt oder sich selbst überlassen werden durfte, wenn man in die Ferien fuhr, und so bekam sie nach und nach Hunde zur Beaufsichtigung gegen eine kleine Tagesgebühr. Einer davon, Otto, wurde nicht wieder abgeholt, als sein Besitzer in die Stadt zog. Lani und Bella konnte sie einem Jäger abschwatzen, der sie in einem erbärmlichen Zwinger hielt, mit Abfällen fütterte und nur zur Jagd herausließ. Und Mauri, ein Straßenhund, lief ihr irgendwann hinterher. Zwei Jagdhunde waren nach Treibjagden bei ihr gestrandet, einer davon starb bald, ein anderer lief wieder weg.

Eine Gelegenheit, Gabriella die Wahrheit zu sagen, hätte

es noch gegeben, Jahre später, als Gabriella Johanna zu deren zweiundfünfzigstem Geburtstag Sekt und Kuchen vorbeibrachte. Sie tranken den Sekt zusammen und dazu noch etwas von Johannas Mirabellenschnaps. Gabriella stand zu dieser Zeit etwas neben sich, denn kurz zuvor war ihre Mutter Antonella gestorben. Außerdem trank sie selten Alkohol und vertrug nicht viel. An diesem Nachmittag fragte sie Johanna völlig unvermittelt, ob diese wisse, was Scheidung auf Italienisch bedeute.

»Ich glaube schon«, hatte Johanna zögernd geantwortet. Da behauptete Gabriella, ihr Vater Ennio habe ihren ersten Ehemann Vittorio umgebracht.

»Ich denke, es war ein Unfall?«

»Er wollte Feuer legen, nachts, in der Scheune. *Papà* hat ihn dabei überrascht, und Vittorio ist mit dem Messer auf ihn los. Mein Vater wehrte den Angriff ab und tötete Vittorio mit einem Schlag gegen den Kehlkopf. Er konnte so etwas, er war als Soldat im Krieg in einer Spezialeinheit. Danach hat er ihn und seinen Roller bei Genga in eine Schlucht geworfen. Die Polizei fand die Leiche erst Wochen später und dachte, er hätte einen Unfall gehabt.«

»Und *das* hat dir dein Vater erzählt?«, zweifelte Johanna.

»Auf dem Sterbebett. Er wollte es loswerden, aber für die Pfaffen hat er nie viel übriggehabt. Deshalb beichtete er es mir. Ich bin ihm noch heute dankbar für diese Tat. So war ich wenigstens Witwe und keine Geschiedene. Du darfst es aber niemandem sagen, auch Alfredo weiß das nicht.«

»Wieso wollte Vittorio bei euch Feuer legen?«, fragte Johanna, schockiert über diese Mitteilung und überrascht, dass Gabriella ausgerechnet sie ins Vertrauen zog. Hoffentlich bereute sie das nicht, wenn sie wieder nüchtern war.

»Er war ein Egomane und tief gekränkt, weil ich ihn verlassen hatte.«

»Warum hast du ihn eigentlich verlassen?«

»Weil er nichts getaugt hat. Und geschlagen hat er mich auch.«

An diesem Punkt des Gesprächs wäre es nur ein kleiner Schritt gewesen, nach dem Kind zu fragen, und alles Weitere hätte sich vielleicht ergeben. Aber Johanna war ihn wieder nicht gegangen, denn sie hatte damals schon genauso viel Angst vor den Konsequenzen gehabt wie heute.

Sie würde alles verlieren. Michael sowieso, denn was hätte er noch mit ihr zu schaffen, nachdem seine richtige Mutter gefunden war? Gabriella würde Johanna deren jahrelanges Schweigen niemals verzeihen. Wie denn auch, Johanna verzieh es sich ja selbst nicht.

Sie müsste früher oder später wegziehen, denn wie könnte sie jemals wieder einen Fuß ins Dorf setzen, wenn sie stets befürchten musste, Gabriella über den Weg zu laufen? Die bloße Möglichkeit einer Begegnung wäre eine Zumutung für Gabriella, und außerdem würden die Dorfbewohner sie verachten, wenn die Geschichte erst einmal die Runde gemacht hätte.

Dann war sie am Ziel. Dunkle Wolken hingen tief über dem Meer. Die Küste war felsig, mit einem kleinen, sandigen Abschnitt.

Das Restaurant hieß *Calimero.* Es lag etwas außerhalb des Ortskerns an der Küste in der Nähe eines Golfplatzes, der gut ausgeschildert war, sodass Johanna nur diesen Hinweisen zu folgen brauchte.

Das *Calimero* war im Erdgeschoss eines roten Backsteinhauses untergebracht, das aus der vorigen Jahrhundertwende stammen dürfte. Im ersten Stock lag die Wohnung der jungen Familie, so viel wusste Johanna von Gabriellas Erzählungen. Es war kühl und windig, Johanna fröstelte, als sie ausstieg, nur ihre Wangen glühten, und sie spürte ein Pochen in den Ohren. Vielleicht das Echo ihres Herzschlags.

Das Lokal war noch geschlossen, es brannte kein Licht. Durch die tiefen Sprossenfenster im Parterre sah Johanna die weiß gedeckten und mit Hortensienblüten geschmückten Tische und im Hintergrund die üppig bestückte Bar. Noch während sie sich umschaute und nach einem zweiten Eingang mit einer Klingel suchte, ging die Tür des Restaurants auf, und Gabriella kam auf sie zu. Sie trug eine Küchenschürze, ihr Gesicht wirkte schmaler als sonst, und sie hatte Schatten unter den Augen. Bestimmt waren die letzten Wochen sehr anstrengend und nervenaufreibend für sie gewesen. Gabriella war zwar an lange Arbeitszeiten gewöhnt, aber in einer Restaurantküche zu stehen, war sicherlich auch für sie eine Herausforderung.

»Jo'anna! Du bist es wirklich! Was machst du hier?« Gabriella schickte sich an, Johanna zu umarmen, aber deren Körper versteifte sich, und sie machte eine abwehrende Geste. Sie hatte sie nicht verdient, diese Küsse, diese Umarmung.

Gabriella wich irritiert zurück. »Was ist? Ist es wegen dieser verdammten Seuche?«

»Nein«, sagte Johanna und musste trotz allem lächeln. »Nein, aber ich muss dich dringend sprechen.«

»Komm doch erst mal rein.«

Zögernd folgte ihr Johanna ins Innere des Lokals.

»Willst du die kleine Emma sehen?«

»Ein andermal«, sagte Johanna. Ein Baby war tatsächlich das Letzte, was sie jetzt sehen wollte. »Können wir irgendwohin gehen, wo wir ungestört sind?«

Furcht schlich sich in Gabriellas Blick. »Jo'anna, was ist passiert? Du machst mir Angst.«

»Keine Sorge, es sind alle gesund und munter«, versicherte Johanna.

Gabriella entspannte sich wieder ein wenig. »Dann kann es ja wohl nicht so schlimm sein«, meinte sie und warf einen Blick nach draußen, zum Himmel. »Wir könnten an den Strand gehen. Ich hole dir einen Regenmantel. Hier regnet es alle paar Minuten, aber es hört auch schnell wieder auf.«

»Kann ich was zu trinken haben?«, fragte Johanna.

»Ja, klar. Was möchtest du? Tee? Wasser?«

»Was Stärkeres wäre nicht schlecht.«

Gabriella zog die Augenbrauen hoch und wies auf die Bar. »Bediene dich.« Sie verschwand durch eine Tür mit der Aufschrift *private.* Johanna griff nach einem Glas und der nächstbesten Whiskeyflasche und genehmigte sich einen gehörigen Schluck.

Gabriella erschien in Gummistiefeln und einem weiten Trenchcoat und reichte Johanna einen gewachsten Umhang mit Kapuze. Sie überquerten die Uferstraße und liefen im groben, nassen Sand am Wasser entlang. Der Himmel war verhangen, das Meer stumpf und stahlgrau. Es roch nach Salz und Tang und Teer. Wie komplett anders die Nordsee doch war, im Vergleich zum Mittelmeer. Johanna war immer gern in England, Schottland und auch in Irland gewesen, besonders an der Küste, und das hatte nicht nur an John gelegen. Es war eine dieser typischen Launen des Schicksals, dass sie letztendlich in Italien gelandet war; eine italienische Zimmernachbarin in einer verhängnisvollen Nacht, die ebenso gut eine Schottin hätte sein können, eine Türkin oder eine Bäuerin aus Sulzberg. Als hätte sie im Augenblick keine anderen Sorgen, fragte sich Johanna, ob Anna Maria sich an dieser Küste, dem schottischen Wetter ausgesetzt, wohlfühlte und ob sie selbst sich vorstellen könnte, hier zu leben. Natürlich nicht genau an diesem Ort, aber auf den Britischen Inseln, denn es konnte ja gut sein, dass in nächster Zeit ein Umzug anstand.

»Also, was ist los?«, fragte Gabriella, noch gefangen in der

Ahnungslosigkeit der vergangenen vierundvierzig Jahre, aber bereits leicht beunruhigt.

»Gabriella, ich muss dir was sagen. Ich hätte es dir schon längst sagen sollen, schon seit Jahren, aber ich hatte nie den Mut dazu. Es tut mir leid. Aber jetzt muss es sein. Dein Sohn ist hier. Also, nicht hier. In Belmonte.«

»Welcher Sohn, wovon redest du?« Gabriella blickte Johanna an, als zweifelte sie an deren Verstand.

»Der Sohn, den sie dir im Mai 1976 im Entbindungsheim Sonnenstrahl weggenommen haben. Er heißt Michael, und er kommt aus Texas.«

Zu Johannas großer Verwunderung schaffte es Gabriella, ihrem ausführlichen Bericht zuzuhören, ohne sie zu unterbrechen. Als sie fertig war, versuchte sie, in Gabriellas Gesicht zu lesen. Man sah ihr an, dass sie aufgewühlt war, aber Johanna hätte nicht sagen können, ob die Wut überwog oder die Freude darüber, dass ihr totgeglaubter Sohn lebte. Wahrscheinlich war sie noch gar nicht so weit. Johanna dachte an ihren eigenen inneren Aufruhr nach Marions Geständnis vor vierzehn Jahren, an die Zweifel und das Nicht-wahr-haben-Wollen, und an den Schmerz darüber, etwas zu verlieren, an dessen Existenz sie jahrelang geglaubt hatte. Gabriella hingegen gewann etwas. Und dennoch... Sie würde Johanna die Jahre des unnötigen Nichtwissens niemals vergeben.

Sie erreichten das Ende des Sandstrands, zerklüftete Felsen ragten vor ihnen auf. Eine Möwe stieß herab und stocherte mit dem Schnabel dazwischen herum. Gabriella drehte sich ruckartig um und setzte sich mit weit ausgreifenden Schritten in Bewegung. In den Gummistiefeln, die ihr zu groß zu sein schienen, schlappte sie über den Strand zurück. Johanna verharrte an Ort und Stelle. Der Wind nahm zu, die Wellen hatten jetzt kleine Schaumkronen. Es fing an zu regnen.

Der Abstand zwischen ihnen wurde mit jedem Schritt größer.

Dann, als wäre sie gegen eine gläserne Wand gelaufen, machte Gabriella plötzlich kehrt und kam wieder auf Johanna zu. Dicht vor ihr blieb sie stehen und fragte in schroffem Ton: »Hast du ein Foto?«

Johanna griff unter ihren Umhang und holte ihr Handy aus der Handtasche. Sie hatte Michael einige Male fotografiert, als er noch bei ihr wohnte.

Gabriella starrte das erste Bild lange an, dann das nächste und das übernächste. »O mein Gott!«, flüsterte sie und wischte sich über die Wangen. Johanna reichte ihr ein Papiertaschentuch, das Gabriella jedoch ignorierte.

»Wo ist er jetzt?« Ihr Ton war sachlich, forsch, doch ihre Stimme klang erstickt.

»Beim *americano* auf dem Gut.«

»Wenn er jetzt nicht von selbst gekommen wäre, wann hättest du es mir dann gesagt?«

Johanna war versucht, ihr von Max und seinem Ratschlag, aus Rücksicht auf ihr Seelenheil die Vergangenheit ruhen zu lassen, zu berichten. Aber es hätte wahrscheinlich nur wie eine billige Ausrede geklungen, also sagte sie: »Ich weiß es nicht.«

Gabriella nahm dies wortlos zur Kenntnis, wandte Johanna erneut den Rücken zu und ging zurück in Richtung Restaurant.

Johanna wusste nicht, was sie tun sollte. Sie fühlte sich kreuzelend und doch auch ein wenig erleichtert. Da es keinen Sinn machte, im strömenden Regen am Strand herumzustehen, folgte Johanna Gabriella in einigen Metern Abstand, vorsichtig wie ein Straßenhund, der noch nicht sicher sein konnte, ob er gefüttert oder mit Steinen beworfen werden würde.

Vor dem Restaurant, das inzwischen einladend erleuchtet war, blieb Gabriella stehen und schaute Johanna an.

»Gabriella, ich kann verstehen, dass du mich dafür verachtest und mir das nie verzeihen wirst«, platzte Johanna heraus, die, etwas außer Atem, bei ihr angelangt war.

»Den Mantel.«

Johanna zuckte zusammen wie unter einem Hieb. Sie zog den Regenmantel aus und reichte ihn Gabriella. Dann holte sie den Umschlag mit den Fotos aus ihrer Tasche und gab ihn ihr ebenfalls. »Die gehören auch dir. Ich suche mir im Ort ein Zimmer. Mein Rückflug geht morgen Nachmittag. Falls du... reden möchtest.«

Gabriella maß sie mit einem unterkühlten Blick. »Ich muss die Salate vorbereiten«, sagte sie, drehte sich um und betrat das helle, freundliche Restaurant.

Johanna blieb draußen stehen und sah ihr nach. Ein Windstoß peitschte ihr eine kalte Regenfahne ins Gesicht, und sie verspürte tief im Inneren eine bodenlose Verlassenheit.

November 2020

Michael

Michael erwachte gegen Morgen, weil er fror. Kein Wunder. Im Zimmer herrschten Temperaturen knapp über dem Gefrierpunkt, er war nackt und halb aufgedeckt. Beim Versuch, die Bettdecke über sich zu ziehen, spürte er Widerstand. Der Körper, der neben ihm lag, hatte die Decke in Beschlag genommen. Eine Kaskade dunkler Locken floss über das Kopfkissen. Bilder des gestrigen Abends sickerten wieder in sein Hirn. Das Lagerfeuer. Der Punsch. Ihre Hand auf seinem Knie. Seine Hand in ihrem Haar.

Er richtete sich langsam auf. Durch die Jalousien drang graues Dämmerlicht. Ein leichter Schmerz pochte in seinen Schläfen. Kleidungsstücke lagen obszön verstreut neben dem Bett, und aus den Pullovern stieg der Geruch von erkaltetem Rauch. Das Holz, das Adriano verfeuert hatte, war doch noch nicht völlig trocken gewesen, und der Wind drehte immer wieder, sodass man nie sicher war vor dem Qualm. Dennoch war es ein langer, ausgelassener Abend gewesen. Ziemlich ausgelassen sogar, wenn er sich so umschaute.

Er stieg vorsichtig aus dem Bett. Die Schranktür knarzte, als er sie öffnete und ein sauberes T-Shirt herausnahm.

»Keine Angst, du musst mich nicht gleich heiraten.«

Flavia hatte sich aufgesetzt, die Bettdecke hochgezogen, und sie lächelte, wie nur eine junge Frau lächeln konnte, die sich ihrer Schönheit bewusst war.

»Schade eigentlich«, bemerkte Michael etwas verlegen.

»Wo willst du hin?«

»Ich wollte uns einen Kaffee kochen.«

Sie schaute auf den Wecker auf dem Nachtschränkchen. »Um halb acht? Es ist Sonntag!«

»Musst du denn nicht zur heiligen Messe?«, zog er sie auf.

Sie lachte wieder ihr wunderschönes Lachen und streckte den Arm nach ihm aus, wobei, Zufall oder nicht, die Bettdecke an ihr herabglitt. »*Vieni qui subito!*«

So viel Italienisch verstand er schon, um dem Befehl zu gehorchen und zurück ins Bett zu kommen.

»Es schneit!«, bemerkte Flavia eine geraume Zeit später.

Michael goss die mit Milch und Eiern angerührte Pancake-Mischung in die Pfanne und schaute aus dem Fenster. Tatsächlich, ein paar vom Wind verwehte Flocken tanzten über dem Gemüsegarten. In der Küche war es warm, jemand, vermutlich Adriano, hatte den Ofen geheizt. Im Moment war er nirgends zu sehen.

»Ist das normal? Schnee im November?«, fragte Michael.

»Was ist schon normal in Zeiten des Klimawandels?«, entgegnete Flavia.

Es ging auf die Mittagszeit zu. Eben hatte Michael sein Handy überprüft und eine zwei Stunden alte Nachricht von Johanna vorgefunden. Sie sei wieder da. Mehr nicht. Es drängte ihn danach, sie anzurufen, sobald Flavia gegangen sein würde.

Als ahnte diese, was gerade in seinen Gedanken vorging, fragte sie: »Wie seid ihr denn eigentlich verwandt, du und Johanna?«

Am liebsten hätte er ihr alles erzählt, aber er wusste nicht, ob es klug wäre. Immerhin war die Bar ihrer Mutter – und diese selbst – die Zentrale des Dorfklatsches. »Ich erkläre es dir ein andermal, okay?«

Sie zuckte mit den Achseln. »Musst du nicht. Wenn das ein solches Geheimnis ist…«

»Ist es nicht.«

»Habt ihr Krach?«

»Nein. Wie kommst du darauf?«

»Weil du zuerst bei ihr gewohnt hast und jetzt bei Adriano untergekommen bist.«

Er unterdrückte einen Seufzer. Sie schien aufgrund der zurückliegenden Intimitäten zu glauben, einen Anspruch auf Auskünfte zu haben, und da er sie nicht brüskieren wollte, sagte er: »Ich habe eben gemerkt, dass hier weitaus mehr schöne Frauen verkehren als bei ihr.«

Er stellte einen Teller mit goldgelben Pancakes und eine Flasche Ahornsirup vor sie hin.

»Wow«, meinte Flavia, nachdem sie eine Gabel davon genommen hatte, und lächelte schelmisch. »Ich habe mir immer schon einen Kerl gewünscht, der Pfannkuchen machen kann.«

Es schneite noch immer, als sich Flavia und Michael vorne am Tor mit einem langen Kuss voneinander verabschiedeten. Noch schmolzen die Schneeflocken auf dem Schotter, dennoch hatte Flavia sich mit dem Frühstück beeilt. Man könne nie wissen, womöglich liege der Schnee in einer Stunde so hoch, hatte sie gemeint und mit den Händen eine Höhe angedeutet, die Michael reichlich übertrieben vorgekommen war.

»Na dann«, sagte sie.

»Komm gut nach Hause«, erwiderte Michael und rieb fröstelnd seine Oberarme. Er trug nur einen der nach Rauch stinkenden Pullover und hatte den anderen zum Lüften rausgehängt.

Wahrscheinlich, vermutete er, wartete sie auf etwas Verbindliches, eine neue Verabredung oder dergleichen, aber er war im Moment dazu einfach nicht in der Lage.

Sie stülpte sich den Helm über, ließ den Motor an und gab beim Anfahren etwas mehr Gas als nötig. Mit gemischten Gefühlen schaute er ihr nach. Sie drehte sich nicht noch einmal um. Auf der kleinen Straße herrschte heute Morgen offenbar ein mörderischer Verkehr, denn kurz darauf hörte Michael ein weiteres Motorengeräusch und ein Hupen, und schon kam Adriano in seiner Ape den Berg heraufgekrochen.

Michael ging zurück in die Küche und bereitete eine zweite Portion Pancakes für Adriano zu. Er machte sich auf eine süffisante Bemerkung wegen Flavia gefasst, aber stattdessen sagte der Gutsherr nur: »Johanna ist wieder da. Jedenfalls hat sie gestern noch ihre Hunde eingesammelt.«

»Sie hat mir geschrieben. Ich wollte gleich mal zu ihr rauf.«

»Davon würde ich abraten bei dem Wetter, man weiß nicht, was da noch runterkommt. Warte lieber bis morgen.« Adriano legte einen Packen Briefe und Zeitungen auf den Tisch, den er offenbar in der Bar abgeholt hatte.

Das Gut war einfacher erreichbar als Johannas Haus, und es gab auch einen Briefkasten am Tor, dennoch erfolgte die Zustellung so unregelmäßig, dass auch Adriano dazu übergegangen war, sich seine Post in die Bar schicken zu lassen.

»Da ist was für dich. Post von zu Hause sozusagen.«

Es war ein dezenter weißer Umschlag ohne Absender, den Adriano über den Tisch schob, aber Michael wusste genau, was sich darin befand.

Er wartete, bis Adriano sein Frühstück beendet hatte, nahm den Brief mit hinauf in sein Zimmer und riss ihn auf. Er vertiefte sich in das Schreiben. Danach sank er auf die Bettkante und brauchte eine Weile, bis er genau erfasst hatte, was da stand.

Der Schnee blieb jetzt liegen, aber noch waren es nur ein paar Zentimeter. Schneefall Anfang November in Italien, was kann das schon Großartiges werden, dachte Michael, beschleunigte aber dennoch seine Schritte. Mauri schien der Schnee zu gefallen, seine Nase war praktisch pausenlos am Boden. Einmal wälzte er sich ausgiebig, schüttelte sich danach und raste übermütig ein Stück voraus.

Das schnelle Gehen tat Michael gut. Es brachte ihn auf andere Gedanken. Andere Gedanken als die an Johanna und ihre Freundin Gabriella und den Brief in seiner hinteren Hosentasche.

Gestern hatte Flavia ihn gefragt, wann er denn wieder nach Hause zurückkehren würde. Er erinnerte sich nicht mehr an seine Antwort, vermutlich, dass er es selbst noch nicht wisse.

Der Wind verwirbelte die Flocken und blies sie ihm ins Gesicht, doch er achtete nicht darauf. Während er Schritt für Schritt voranstapfte, dachte er darüber nach, wo eigentlich sein Zuhause war. Das Haus in San Antonio fühlte sich jedenfalls nicht wie ein Zuhause an. Ihm lag nicht viel an dem würfelförmigen Bungalow, er hatte dem Kauf nur zugestimmt, weil Helen so begeistert davon gewesen war, weil sie den Stil für Bauhaus hielt. Es lag aber nicht nur an dem Haus. In letzter Zeit zweifelte er sogar, ob er sich in Texas noch heimisch fühlte, denn seine überwiegend republikanische *neighbourhood* wurde ihm immer suspekter und unheimlicher. Inzwischen traute er diesen Leuten alles zu. Er hatte Helen mehrfach vorgeschlagen, mit ihm zusammen nach Kalifornien zu ziehen, am besten nach Hollywood, aber das lehnte sie stets vehement ab. Ihre Familie – alles aufrechte Republikaner – lebte in San Antonio, aber das war es nicht allein: San Antonio verfügte nur über eine kleine und provinzielle Kunst- und Kulturszene verglichen mit Los Angeles, daher fiel es Helen leicht, mit ihrer Galerie in der Szene Fuß zu fassen und *jemand* zu sein. In L.A. wäre sie angesichts der größeren Konkurrenz ein Niemand, müsste bei null anfangen. Fraglich, ob sie es dort je schaffen würde, eine Rolle zu spielen, dazuzugehören – wozu auch immer. Natürlich gab sie das nicht zu, sondern schob ihre Familie vor und ihre angebliche Furcht vor Erdbeben.

Helen sei durch und durch texanisch, hatte seine Mutter einst bemerkt, und das war ganz bestimmt nicht als Kompliment gedacht gewesen.

Monika Doyle wiederum hatte es ihrem Mann nie verziehen, sie nach Texas *verschleppt* zu haben. So formulierte sie es einmal in einem Streit, den Michael zufällig mit anhörte. Sie war in diesem Amerika nie wirklich heimisch geworden, stets hatte sie die amerikanische und insbesondere die texanische Kultur aus der kritischen Distanz der Exilantin betrachtet und bespöttelt, mal sanft und amüsiert, mal scharf und vernichtend.

Andererseits hatte sie sich aber auch geweigert, jemals in ihrem Leben wieder einen Fuß nach Deutschland zu setzen, in dieses, ihrer Meinung nach, noch immer von Nazis verseuchte Land. Trotzdem hatte sie ihren deutschen Pass behalten und hatte auch Michael geraten, an seiner doppelten Staatsbürgerschaft festzuhalten. Man könne ja nie wissen. Monika Doyle, geborene Jakobi, war eine Heimatlose gewesen. Hatte sich dieses Gefühl, zwischen den Welten zu leben und nirgendwo richtig dazuzugehören, auch auf Michael übertragen? Dr. Feldheimer hatte diese Theorie in einer ihrer Sitzungen aufgeworfen. Denn wenn Michael es sich recht überlegte, erging es ihm gerade so ähnlich. Besonders nach dem Verkauf der Farm durch seine Mutter hätte er nicht mehr sagen können, wo sein Zuhause überhaupt war.

Oder er blieb einfach eine Weile in Italien. Adriano hatte ihm angeboten, auf dem Gut zu wohnen. Sollte Trump erneut die Wahl gewinnen, könne man in den Staaten als zivilisierter Mensch ohnehin nicht mehr leben, hatte Adriano verkündet. Allerdings waren beide da schon ziemlich angetrunken gewesen. Doch er hatte sein Angebot in nüchternem Zustand noch einmal bekräftigt. Auf dem Gut sei genug Platz, und Michael würde, im Gegensatz zu manch anderen, nicht nerven. Auf eine wortkarge und unaufdringliche Art war eine Freundschaft zwischen ihnen entstanden, ohne dass dies groß thematisiert worden wäre. Es sei denn, man wertete *nicht nerven* als Freundschaftserklärung. Kerle eben, dachte Michael und musste ein bisschen grinsen.

Er war an der Stelle angekommen, an der er vor ein paar Wochen die umgestürzten Bäume zersägt hatte. Gleich dahinter bog der Weg zu Johannas Haus ab. Er blieb stehen, sog den Geruch der Kälte und des Schnees tief in seine Lunge. Unglaublich, wie stürmisch es auf einmal geworden war. Mauri hatte kleine Eisklümpchen am Bauch hängen. Der Hund hielt sich dicht hinter ihm, denn es schneite inzwischen heftiger. Die schmale Straße, die bergauf durch den Wald führte und die er selbst noch vom Wildwuchs befreit hatte, war nur noch als weiße Schneise zwischen den Bäumen zu erkennen. Wie spät war es eigentlich? War es möglich, dass es schon dämmerte, oder lag das nur am Wetter, dass es ihm so vorkam? Er zog sein Telefon aus der Tasche, um nach der Uhrzeit zu sehen, doch der Bildschirm war dunkel und ließ sich auch durch Tastendruck nicht wieder zum Leben erwecken. Mist, er hatte im Rausch der Gefühle gestern Abend vergessen, das Handy über Nacht aufzuladen. Sollte er doch lieber umkehren? Unsinn. In einer guten halben Stunde würde er am Ziel sein, zurück wäre es viel weiter. Er musste sich einfach nur an der Stromleitung orientieren, die direkt zu Johannas Haus führte, und notfalls würde ihn Mauri schon dorthin lotsen, wozu war der schließlich ein Hund?

»Na los, alter Junge«, sagte Michael betont munter. »Gleich bist du wieder zu Hause.«

Als hätte er den Befehl verstanden, hüpfte Mauri durch den Schnee voran, immer den Berg hinauf. Michael hatte Mühe, ihm zu folgen.

»Nicht so schnell! *Piano, Mauri, piano!*« Der Sturm zerriss seine Worte. Der Hund war jetzt außer Sicht. Beim nächsten Schritt trat Michael ins Leere, er strauchelte, und ein scharfer Schmerz schoss von seinem rechten Fußknöchel durch seinen ganzen Körper. Keuchend ging er in die Knie.

November 2020

Johanna

Johanna stellte ächzend den bis oben hin mit Holzscheiten gefüllten Korb neben den Ofen, in dem bereits ein Feuer brannte. Sie schüttelte sich den Schnee aus Haar und Jacke und warf ein großes Holzscheit in die Flammen. Nicht nur in Schottland war es kühl und frisch gewesen, auch in den Marken hatte der November einen jähen Vorgeschmack auf den Winter mit sich gebracht. »So ein Sauwetter und so früh im Jahr, das kann ja heiter werden«, sagte sie zu ihren vier verbliebenen Hunden, denn sie besprach grundsätzlich die Dinge des Alltags und ebenso die Wetterbeobachtungen mit ihren Hausgenossen. Die Segugi hatten bereits das Sofa eingenommen, eingerollt wie zwei Zimtschnecken, Ursula, ohnehin fast taub, lag als riesiger Flokati vor dem Ofen. Nur Otto drehte bei Johannas Worten seine Ohren wie kleine Satellitenschüsseln in ihre Richtung. Der Schäferhundmischling hatte noch keine Ruhe gefunden, er saß aufrecht vor der Tür und horchte.

»Gell, dir fehlt der Mauri«, stellte Johanna fest und zauste ihm die Ohren. »Keine Sorge, der bleibt uns schon erhalten, der treulose Bandit.«

Der Hund blickte zu ihr hoch, und für einen Moment sah es aus, als ob er ihr zulächelte. Johanna glaubte fest daran, dass manche Hunde lächeln konnten, und Otto war so einer, Mauri auch.

Ihr Handy klingelte, und Johanna fuhr nervös herum. Michael? Gabriella? Seit der Unterredung am Strand hatte Johanna nichts von ihr gehört. Johanna wusste nicht einmal, ob und wann sie aus Schottland zurückkommen würde. Ihr anhaltendes Schweigen, das auf ein tiefes Zerwürfnis hindeutete, lastete auf Johanna wie etwas Schweres, Dunkles, das sie niederdrückte.

Es war Adriano Prisco. Sie las seinen Namen auf dem Display, sonst hätte sie seine Stimme gar nicht auf Anhieb erkannt, denn die Verbindung war denkbar schlecht, wie immer bei solchen Wetterlagen. Seine Worte drangen nur abgehackt zu ihr durch, und es brauchte mehrere Anläufe, ehe Johanna begriff, was er wollte: sich vergewissern, ob Michael gut bei ihr angekommen sei.

»Nein. Wieso? Er ist nicht hier«, schrie sie in den Apparat. »Wann ist er denn weg?«

»…nicht sicher, aber… Weile… gewarnt… Brief gegeben, und danach… losmarschiert…«

Stille.

»Adriano? Bist noch da? Himmelherrgott!«

Die Verbindung war unterbrochen und ließ sich nicht wiederherstellen. Johanna hatte genug gehört, um zu ahnen, dass Michael zu Fuß zu ihr unterwegs war.

»Verflucht noch mal, so ein Idiot!«

Otto zuckte zusammen, die Segugi hoben beunruhigt die Köpfe.

»Ihr doch nicht«, sagte Johanna beschwichtigend. Sie wählte Michaels Nummer, aber auch das klappte nicht. War ja klar. Scheißdinger, wenn man sie *einmal* brauchte!

Ihre Taschenlampe, eine sehr große *Maglite,* lag griffbereit an der Garderobe. Sie riss die Tür auf. Schnee wehte ins Haus.

Der Wald rauschte. Die Lampe schickte einen kräftigen, weit reichenden Lichtstrahl ins Dunkel, doch alles, was man erkennen konnte, war Schneetreiben und Baumwipfel, die sich in einem wilden Tanz hin und her bogen.

Johanna schlug die Tür wieder zu. Panik überrollte sie, drohte sie zu ersticken. Sie rang nach Atem, dachte an Gabriella, die vielleicht schon unterwegs in ihre Heimat war, um endlich ihren verlorenen Sohn wiederzusehen, während Michael womöglich gerade in einer Schneewehe feststeckte und langsam erfror oder mit zerschmetterten Gliedern in der Schlucht lag, wo der Schnee seinen toten Körper nach und nach bedeckte… »Nein, nein, nein! Lieber Gott, lass das nicht zu, bitte lass das nicht zu!«, hörte sie sich wimmern.

»Wir müssen ihn suchen gehen«, sagte sie zu Otto, denn der kam als Einziger dafür infrage. Ursula war zu alt und zu schwer, sie würde am Ende noch selbst in einer Schneewehe stecken bleiben, die Segugi konnte man vergessen, mit ihrem dünnen Fell waren sie nicht gegen Kälte gewappnet.

Blieb nur Otto auf seinen drei Beinen.

Johanna schlüpfte voller Hast in ihren uralten Skianzug und die hohen Stiefel. Schal, Mütze, Handschuhe, Lampe! Sie ließ Otto an dem Hemd schnüffeln, das Michael hier vergessen hatte, und sagte ohne viel Hoffnung: »Such!« Dann verließen sie und der Hund das Haus.

Der Sturm riss ihr die Tür aus der Hand, sodass sie Mühe hatte, sie wieder zu schließen, er brüllte sie wütend an, kaum dass sie die Treppenstufen hinter sich gelassen hatte, zerrte an ihrem Schal und schleuderte ihr eine Salve eisigen Graupels ins Gesicht. Sie hielt die Lampe mit beiden Händen und stapfte mit gesenktem Kopf durch den Obstgarten bis zum Waldrand. Dort tobte der Wind in den Baumkronen, aber am Boden ließ seine Schärfe ein wenig nach. Johanna glaubte, diesen Wald wirklich gut zu kennen, dennoch verlor sie schon nach kurzer Zeit die Orientierung. Sie musste sich ganz auf Otto verlassen, der durch den inzwischen knietiefen Schnee vorausumpelte, immer den Berg hinab.

»Michael! Michael, wo bist du?« Johanna schrie sich allmählich heiser, während sie immer wieder über Steine und Wurzeln stolperte, die unter der Schneedecke lauerten. Zweimal rutschte sie aus und fiel hin, rappelte sich wieder auf und fuhr fort, nach Michael zu rufen und mit der Lampe rechts und links in den Wald hineinzuleuchten. Büsche, herabgefallene Äste und Baumstümpfe nahmen gespenstische Formen an, doch Johanna war zu verzweifelt, um sich zu gruseln, sie hatte nur einen Gedanken: *Ich muss ihn finden, ich muss ihn finden, ich muss ihn finden …*

Immer wieder blieb sie stehen, um zu horchen, ob er vielleicht auf ihre Rufe antwortete, aber der Wind war viel zu laut. Wie sollte sie da etwas hören, und wie sollte umgekehrt Michael sie hören?

»Scheiße!«, schrie Johanna aus vollem Herzen, denn jetzt rannte auch noch Otto so rasch bergab, dass sie nicht hinterherkam. »Otto, du verdammter Köter, warte auf mich!« Doch der sonst so gehorsame Hund ignorierte ihre Rufe. Schon war er außerhalb der Reichweite des Lichtkegels, den ihre Lampe in die Dunkelheit warf.

»Na super!«, keuchte Johanna. Wie konnte ein Hund mit drei Beinen im Schnee so schnell laufen? Sie ging weiter, stolperte und fiel vornüber in den Schnee.

Und wenn sie einfach liegen blieb, jetzt und hier? Erfrieren sollte angeblich gar nicht so schlimm sein. Was erwartete sie denn noch in diesem Leben, besonders dann, wenn Michael etwas zugestoßen sein sollte, aber auch, wenn nicht. Sie würde ihn so oder so verlieren, so wie sie jeden Menschen verloren hatte, der ihr etwas bedeutete. Das galt sogar für ihren Bruder Max. Der hatte sich so sehr von ihr entfremdet, dass sie sich manchmal fragte, ob sie immer noch einmal im Jahr nach Rom fuhr, um ihn zu sehen, oder ob es ihr nur um Rom ging, die Stadt und das brodelnde Leben dort, das sie aufsog, um für den Rest des Jahres von diesen Tagen zu zehren. Früher, als sie in der Welt herumgereist war, hatte sie sich an jedem neuen Ziel insgeheim gefragt, ob dies vielleicht der Ort wäre, an dem sie leben und zur Ruhe kommen könnte. Zum Schluss hatte sie geglaubt, diesen Platz und ihren Frieden in der Villa Fortuna gefunden zu haben. Und so war es ja auch lange Zeit gewesen. Die Welt der Familien, der Paare und der Liebe, all das brauchte sie nicht, und darauf war sie stolz gewesen, auch wenn jeder Film, jedes Buch, jeder Werbespot das Gegenteil behauptete und ihr entgegenschrie: *Du bist anders, du gehörst nicht dazu, du hast niemanden, den du lieben kannst, niemanden, der dich liebt, also bist du asozial, dein Leben war und ist ein ödes Einerlei.*

Alles Unfug, hatte Johanna sich gesagt. Die Hunde genügten ihr vollkommen, ach was, sie waren ihr sogar lieber als die meisten Menschen. Doch offensichtlich war das ein Trugschluss gewesen. Das hatten ihr die letzten Wochen gezeigt. Und nun würde sie auch noch die wenigen Menschen, denen sie sich trotz allem verbunden fühlte, verlieren. Gabriella, Max, Michael. Wenn Michael tot war, dann war das auch ihr Ende, so einfach war das. Eine Windbö fuhr herab und beutelte ihre Kapuze. Johanna schloss die Augen, fühlte, wie die Wärme aus ihrem Körper wich und ihre Kräfte schwanden. Sie legte den Kopf auf ihren ausgestreckten Arm. Es würde schnell gehen und sanft, sie konnte froh sein.

Doch nur Sekunden später spürte sie ihn kommen, den Adrenalinschub, diesen leidigen Überlebensinstinkt, diese elende Gier nach dem Weiterleben, und sei es noch so armselig. Es war dieselbe Gier, die in den Augen der Hunde glomm, in den Zwingern der *canile,* dieser schrecklichen italienischen

Tierheime, und sogar in den Augen ihrer Mutter auf dem Sterbebett, die doch weiß Gott keinen Grund mehr gehabt hatte, ihr Dasein auch nur um Minuten zu verlängern, deren Verstand das auch längst begriffen hatte, während ihr Körper noch weiterkämpfte.

Johanna zwang sich, sich aufzurichten, sich den Schnee aus dem Gesicht zu wischen und vom Glas der Lampe, die sie noch immer umklammert hielt. Ohne Licht wäre sie hoffnungslos verloren. Sie leuchtete in die Richtung, in die Otto verschwunden war. Der Strahl wurde von zwei bläulich schimmernden Augen reflektiert. Sofort erkannte sie, dass es nicht Otto war, denn das Tier, das sich nun langsam und geduckt auf sie zubewegte, hatte definitiv vier Beine. Ein Wolf? Ausgerechnet hier und jetzt? Was für ein Witz, nach all den Jahren, in denen man sie vor Wölfen gewarnt und sie nie einen zu sehen bekommen hatte. Nein, ein Wolf war das nicht. Wölfe hatten keine Schlappohren. Es war ein Hund, allerdings ein fremder, der sich jetzt dennoch, schwanzwedelnd und freudig winselnd, zu ihren Füßen wand. »Mauri! Ja, um Gottes willen, wie schaust du denn aus?«

Nun kam auch Otto wieder ins Sichtfeld, er schien sichtlich froh, seinen Kumpel getroffen zu haben, denn er bellte vor Aufregung. Und dann erfasste der Lichtstrahl den Schatten eines Menschen zwischen den Bäumen, mitten im Schneegestöber, und Johanna merkte, wie die Erleichterung durch ihren Körper strömte wie flüssiges Gold.

November 2020

Johanna

Johanna hatte aus den vorhandenen Schnaps- und Rotweinbeständen einen Punsch zusammengebraut, der dem durchgefrorenen Michael dabei helfen sollte, sich aufzuwärmen. Die Hände um die heißen Becher gelegt, saßen sie sich auf dem Sofa im Wohnzimmer gegenüber, jeder in seiner Ecke.

Michael hatte erklärt, er sei an einem steilen Waldstück ausgerutscht und habe sich den Fußknöchel verstaucht. Unter höllischen Schmerzen sei er durch den Schnee weitergehumpelt, immer den Berg hinauf, denn was hätte er sonst auch tun sollen, liegen bleiben und erfrieren? Natürlich sei er nur noch sehr langsam vorangekommen und dadurch in die Dunkelheit und den zunehmenden Sturm geraten.

Der lädierte, stark angeschwollene Fuß war in mit essigsaurer Tonerde getränkte Tücher eingepackt und lag auf dem Couchtisch. Der Ofen bullerte, es roch nach nasser Kleidung, nassen Socken und nassen Hunden. Michael in Sicherheit zu wissen, hatte zur Folge, dass Johanna ein warmes Glücksgefühl durchrieselte.

Dennoch konnte sie ihm einen leisen Tadel nicht ersparen: »Wie kann man nur so leichtsinnig sein und bei so einem Wetter losmarschieren?«

»Ich hätte nicht gedacht, dass das mit dem Schnee so ausartet, ich habe das Wetter völlig unterschätzt«, gab Michael zu.

»Wir sind in den Bergen, du dummer Texaner«, schimpfte Johanna und fragte dann: »Adriano hat etwas von einem Brief gesagt, was ist das für ein Brief?«

Michael schüttelte den Kopf und sagte mit einer ungewohnten Entschlossenheit: »Du zuerst. Du warst in Schottland, um mit meiner Mutter zu sprechen, stimmt's?«

Johanna kapitulierte und seufzte.

Nachdem sie jahrelang geschwiegen hatte, sah sie sich nun binnen weniger Tage zum zweiten Mal dazu gezwungen, ihre und Gabriellas – und irgendwie auch Michaels – Geschichte zu erzählen. Dieses Mal fiel es ihr erheblich leichter. Sie schilderte ihm ausführlich ihre Lebensumstände zur Zeit seiner Geburt. Er sollte verstehen, wie jung, dumm und hilflos sie gewesen war, warum sie sich nicht gegen ihre Mutter und die Grundel gewehrt hatte. Sie bezweifelte, dass es ihr gelang. Wie sollte sich jemand, der einer anderen Kultur, einer anderen Generation und, nicht zu vergessen, einem anderen Geschlecht angehörte, in eine Achtzehnjährige aus Oberstdorf in den Siebzigerjahren hineinversetzen können?

Michael verfolgte ihre Rede stumm, aber sein Gesicht sprach Bände. Sie mochte ihn für sein offenes Wesen, seine welpenhafte Unfähigkeit, sich zu verstellen.

Schließlich war es raus. Anders als Gabriella konnte er nicht vor ihr fliehen, doch er machte auch gar nicht den Eindruck, als ob er das wollte. Dennoch spürte Johanna, dass plötzlich etwas zwischen ihnen stand. Klar: Ab sofort war sie für ihn eine Fremde, eine Gastgeberin, nicht mehr. Eine verrückte Alte, die ihn wochenlang hingehalten hatte. Eines wollte sie aber noch wissen: »Hast du gewusst, dass deine Mutter Fotos und Zeichnungen an mich geschickt hat?«

»Nein, das wusste ich nicht«, sagte Michael.

»Gott sei Dank! Als ich damals die Bilder und deine Kinderzeichnungen gesehen habe, habe ich mir vorgestellt, wie du vergeblich auf Antwort gewartet hast.« Sie schloss für einen Moment die Augen, denn tief in ihr regte sich noch einmal der alte Schmerz.

»Was glaubst du, wieso hat deine Mutter dir diese Fotos vorenthalten?«, fragte er.

»Ich nehme an, sie wollte einfach nichts mehr von alldem wissen. Ich habe sie enttäuscht und angeblich ihren guten Ruf ruiniert, ich war für sie gestorben. Wir hatten jahrelang keinen Kontakt. Vielleicht hatte sie auch ein schlechtes Gewissen, aber da bin ich mir bei ihr nicht sicher. Hätte sie mir die Fotos gezeigt, hätte sie mit mir reden und sich einiges von mir anhören müssen, das wusste sie wohl. Denn zu dem Zeitpunkt war ich ja nicht mehr die naive, eingeschüchterte Achtzehnjährige, mit der sie umspringen konnte, wie sie wollte. Wahrscheinlich scheute sie diese Konfrontation.«

Sein Gesichtsausdruck war schwer zu deuten, es kam ihr so vor, als wäre er mit der Erklärung nicht zufrieden. Doch mehr konnte sie ihm nicht bieten, und sie wollte ihm lieber nicht sagen, was sie in Wirklichkeit dachte: *Weil sie eine verbitterte Frau war, die glaubte, vom Leben betrogen worden zu sein, und die sich deshalb an jedem rächte, der zu schwach war, um ihr die Stirn zu bieten, allen voran an mir. Also sei froh, dass du keine Gene von dieser Frau in dir trägst!*

Aber Michael schien in Gedanken schon woanders zu sein, denn er lächelte und fragte: »Was meinst du, wie wäre es wohl geworden, wenn du mich in jener Nacht aus dem Heim entführt hättest?«

Johanna zuckte ein wenig zusammen. Er sah es und machte eine abwehrende Handbewegung. »Nein, nein, ich mache es dir nicht zum Vorwurf. Ich habe nur eben rumgesponnen…«

»Suchst du gerade nach einem alternativen Plot für unsere gemeinsame Geschichte?«

»Erwischt. Sorry, Berufskrankheit.«

»Selbstverständlich wären wir in der Gosse gelandet.«

Er lachte. »Wahrlich, Johanna, eine Optimistin bist du wirklich nicht.«

»Mein Bruder Max sagt, ich sei eine Misanthropin, aber was weiß der schon vom Leben. Dennoch, je älter ich werde, desto besser gefällt mir diese Einstellung.«

»Wir wären ganz sicher nicht in der Gosse gelandet«, beharrte Michael. »Du bist eine Kämpfernatur.«

Johanna, die sich über das *Wir* freute, zuckte mit den Schultern. »Wahrscheinlich hätte ich mir einen Mann gesucht, der uns versorgt, genau wie meine Mutter es nach dem Krieg gemacht hat. Der hätte bestimmt noch eigene Kinder gewollt, und du wärst ihm immer ein Dorn im Auge gewesen. Also sei froh, dass du anstatt der falschen Mutter gute Adoptiveltern bekommen hast.«

Er schwieg. Das Lachen war von einem Moment auf den anderen spurlos aus seinem Gesicht verschwunden, sein Blick schweifte ziellos im Zimmer umher, als suchte er etwas.

»Du *hattest* doch gute Eltern, oder nicht?«, hakte Johanna nach.

»Ich kann mich nicht beschweren.«

»Oh, oh«, meinte Johanna besorgt.

»Keine Sorge, sie waren gut zu mir«, versicherte Michael. »Obwohl ich meinen Vater bestimmt enttäuscht habe, weil ich weder gerne reiten noch jagen, noch angeln wollte. Aber so ist das halt, wenn man sich ein Kuckucksei ins Nest holt, damit musste er rechnen. Und meine Mutter …«

»Was war mit ihr?«

»Ich habe vor ein paar Jahren mal einen Artikel gelesen, in dem es darum ging, wie viel Tier in uns Menschen noch steckt.

Darin stand unter anderem, dass Adoptivmütter oft Probleme hätten, mit ihrem Kind zärtlich und liebevoll umzugehen, speziell wenn es um Berührung geht, weil sie unterschwellig dessen Geruch als fremd empfinden. Der Eigengeruch eines leiblichen Kindes ist dem der Mutter meist sehr ähnlich, der des adoptierten Kindes ist naturgemäß anders, und das könne eine Abwehrreaktion auslösen.«

»War das so bei deiner Mutter?«, fragte Johanna.

»Ich bin nicht sicher. Man kann nichts vermissen, was man nicht kennt, und ich weiß natürlich nicht, wie es war, als ich ein Baby war, aber später... Sie hat mich beim Zubettgehen auf die Stirn geküsst oder mir die Wange getätschelt, das schon. Aber ich musste schon sehr krank sein oder mich verletzt haben, damit sie mich richtig in den Arm genommen hat. Wenn ich dagegen meine Teamkollegen so anschaue... Ich werde ja als Teilzeit-Single öfter zum Barbecue eingeladen, und dann sehe ich, wie die Kollegen ihre Kinder knuddeln und schier auffressen, du weißt schon, im Spaß, und zwar die Frauen und die Männer. So etwas hat meine Mutter nie gemacht und mein Vater sowieso nicht, aber von ihm hätte ich das auch nicht erwartet.«

Johanna musste daran denken, wie die Kinder auf dem Moretti-Hof gepuschelt, geküsst und gehätschelt und getätschelt wurden. Aber das war eben Italien.

»Vielleicht war sie einfach nicht der Typ dafür«, meinte sie zu Michael. »Meine Eltern waren ähnlich. Meine Mutter hat mir manchmal das Haar gebürstet und geflochten, aber das war es dann auch schon mit dem Körperkontakt.«

»Mein Vater hat mir oft das Haar gezaust, was ich damals gehasst habe.«

»Ich denke, es ist auch eine Frage der Generation. Vielleicht ist es nicht ganz fair, Eltern deines Alters mit deinen Adoptiveltern zu vergleichen«, gab Johanna zu bedenken.

»Kann sein«, sagte Michael. »Ich fürchte, unsere Mütter waren beide beschädigt durch die Nazi-Erziehung. Wahrscheinlich alle Deutschen, durch die Bank.«

»Seltsam, so was Ähnliches hat mir auch schon mal jemand gesagt, damals, in dieser Kommune auf dem Mariaberg, von der ich dir vorhin erzählt habe.«

Er grinste. »Ich kann es mir lebhaft vorstellen, wie es dort war.«

Johanna lächelte und zuckte mit den Achseln. »Es waren halt die Siebziger.«

»Die Ausrede höre ich immer, wenn es um die Sex- und Drogenexzesse alter Leute geht. Pardon!«

»Schon gut. Ich weiß, ich könnte deine Mutter sein.«

»Was ist aus den ganzen Leuten geworden?«

»Durga kommt regelmäßig im Sommer zu Besuch, nur dieses Jahr ist sie daheim geblieben wegen dieser Corona-Geschichte. Sie ist eine brave Ehefrau, dreifache Mutter und Großmutter zweier Enkel, aber sie baut noch immer im Gewächshaus Gras an. Tommy und Peace haben zusammen einen Fahrradladen in Kempten, Gudrun ist eine pensionierte Lehrerin, und von den anderen habe ich nichts mehr gehört.«

Schweigen trat ein. Johanna legte noch einmal Holz nach. Der Sturm rüttelte an den Fensterläden, das Feuer und die Stehlampe vor dem Bücherregal warfen ein gedämpftes Licht ins Zimmer.

»Jetzt weißt du alles, mehr gibt es nicht zu erzählen«, meinte Johanna.

»Und das alles konntest du mir erst jetzt sagen, weil…?« Michael hatte sich nach vorn gebeugt und blickte sie fragend an.

»Weil ich zuerst den Schrecken verdauen musste, als du ohne jede Vorwarnung hier reingeplatzt bist. Dann wollte ich vorher mit Gabriella sprechen, die ja von alledem nichts ahnte. Durch meine Schuld, das gebe ich zu. Aber kaum warst du angekommen, ist sie zu ihrer Tochter nach Schottland geflogen. Ich weiß nicht genau, wann sie wiederkommt. Natürlich wird sie dich unbedingt so bald wie möglich sehen wollen, aber sie kann ihre Tochter und das Restaurant nicht von einem Tag auf den anderen im Stich lassen, das würde sie nicht tun. Ich kann dir ihre Nummer geben, dann könnt ihr euch verabreden.«

Er nickte. Für einen Moment wirkte er abwesend, dann fragte er: »Was ist eigentlich mit meinem leiblichen Vater? Hat sie über ihn was gesagt?«

Johanna zögerte. Nach allem, was sie über diesen Vittorio gehört hatte, war das kein Typ, den man gerne zum Vater hätte. Allerdings schien Michael nichts von dessen dunklem Charakter geerbt zu haben. »Er hieß Vittorio. Er ist bei einem Unfall mit dem Motorroller umgekommen, ein Jahr nach deiner Geburt«, erklärte Johanna.

»Der war mein Vater? Hat sie *das* zu dir gesagt?«, hakte Michael nach.

»Nein, nicht direkt. Aber ich nehme es an, schließlich war er ja zu der Zeit ihr Mann«, erklärte Johanna, etwas verwundert über diese Frage.

»Ich hätte dich gern zur Mutter gehabt«, sagte Michael unvermittelt.

»Ich hätte auch gern einen Sohn wie dich gehabt«, gestand Johanna und schluckte. Sie war nah daran, in Tränen auszubrechen. »Aber Gabriella ist ein guter Mensch und eine echte italienische Vollblut-*mamma*. Du wirst sie mögen und ihre Familie auch.«

»Aber wenigstens bist du meine Tante.«

»Das ist lieb von dir, dass du das sagst.« Johanna lächelte tapfer. »Ja, wenn du willst, bin ich in Zukunft eine Tante für dich.«

Michael gönnte sich noch einen Schluck vom längst kalt gewordenen Punsch, ehe er sie angrinste und sagte: »Das war nicht nur so dahergesagt. Du bist *wirklich* meine Tante. Der DNA-Test lügt nicht.«

»Was? Welcher DNA-Test?«

Er deutete auf seine Jeans, die neben dem Ofen über einer Stuhllehne hing. »Hintere Tasche.«

Johanna stand auf, zog einen Brief heraus und faltete ihn auseinander. Sie schaute den Brief an, schaute Michael an. »Was bedeutet das?«

»Entschuldige, es war nicht ganz korrekt von mir. Ich habe es genau wissen wollen und heimlich DNA-Material von uns beiden an dieses Labor geschickt. Heute Mittag hat Adriano die Post geholt, und die Antwort war dabei. Deshalb wollte ich sofort zu dir.«

Johanna, durch den Punsch geistig nicht mehr ganz auf der Höhe, murmelte: »Ich versteh nicht...«

»Du bist nicht meine Mutter, das stimmt, aber wir sind dennoch nah verwandt. Du bist meine Tante.«

In der siebten Klasse hatte Johanna im Sportunterricht einen Ball mit Karacho an den Kopf bekommen und sich danach auf einer der großen, weichen Matten wiedergefunden, und es hatte ein Weilchen gedauert, bis sie wieder voll und ganz in der Gegenwart angekommen war. So ähnlich erging es ihr jetzt gerade.

Meine Tante? Also war Michael ihr Neffe. Der Sohn eines Geschwisterkindes, so war das doch, oder gab es noch andere Tanten und Neffen?

Michael half ihr auf die Sprünge. »Einer deiner Brüder muss mein Vater sein.«

»Blödsinn! Roland war damals erst vierzehn und Max... Nein, das ist... Das ist unmöglich. Mit diesem Test muss etwas nicht stimmen.«

Michael deutete auf das Foto von Johanna und Max, das an der Wand hinter dem Ofen hing. »Wenn ich ihn mir so anschaue, finde ich das nicht.«

Johanna stand auf und riss das Bild von der Wand. Sie starrte ihren Bruder an und dann Michael. »Aber…«

»Gabriella hat zur Zeit meiner Zeugung, im Sommer 1975, in Kempten gelebt. Wo war er zu der Zeit?«

»Auch dort. Im Priesterseminar.«

»Dort war er aber nicht eingesperrt, oder?«

»Offensichtlich nicht.«

Langsam lichtete sich der Nebel in Johannas Kopf, und etliche Dinge im Zusammenhang mit ihrem Bruder, die sie sich vorher nicht hatte erklären können, ergaben plötzlich einen Sinn. Max, dem im Februar 1976 plötzlich Zweifel an seiner Berufung zum Priester gekommen waren. Max, der sich in der Zeit nach Johannas Rückkehr aus dem Entbindungsheim so selten daheim in Oberstdorf sehen ließ, und wenn doch, dann war er fahrig gewesen und mit dem Kopf ganz woanders. Das war nicht der Aufregung wegen seines Umzugs nach Rom geschuldet, wie alle angenommen hatten. In Wahrheit plagten ihn ganz andere Sorgen. Dann seine Reaktion im September 2006, als Johanna ihm von den vertauschten Kindern erzählte und ihm dadurch, ohne es zu ahnen, eröffnete, dass er der leibliche Vater eines Sohnes war, der irgendwo in Amerika lebte. Sein Gejammer und seine Selbstvorwürfe, die Johanna für Ichbezogenheit hielt, und anschließend seine Panik, als Johanna verkündete, sie wolle Gabriella suchen und ihr von dem Kind erzählen. Wie er sie geradezu beschworen hatte, es nicht zu tun! Um Gabriellas Seelenfriedens willen angeblich, dabei war es wohl hauptsächlich um seinen Frieden und seine Karriere gegangen.

Eine rasende Wut überkam sie, sie schleuderte das Bild quer durchs Zimmer, dass es nur so schepperte. Alle Hunde bis auf Ursula fuhren in die Höhe, die Segugi jaulten erschrocken auf.

»Wo ist mein Telefon?« Johanna schaute sich suchend um. »Ich werde diesem scheinheiligen Pfaffen sagen, was ich von ihm halte, diesem Feigling, diesem elenden, erbärmlichen, verlogenen Pharisäer! – Scheiße, verfluchte! Noch immer kein Netz.«

»Glück für ihn«, bemerkte Michael, der den Kopf eingezogen hatte und hinter einem großen Kissen in Deckung gegangen war. Jetzt erhob er sich und hinkte auf Socken hinüber zur Treppe. »Vielleicht sollten wir erst mal schlafen gehen. Bring ihm doch morgen die frohe Botschaft, wenn das Wetter besser ist und du dich wieder ein bisschen beruhigt hast.«

»Was bleibt mir auch anderes übrig?«, knurrte sie.

»Gute Nacht, *Tante* Johanna«, meinte er gut gelaunt und zog sich humpelnd die Stufen hinauf.

Johanna blieb noch in der Küche und schaute sich um. Nachdem Michael auf das Gut von Adriano umgesiedelt war, hatte sie die Hausarbeit ein bisschen schleifen lassen. Es gab Wichtigeres zu tun: Holz hacken und aufstapeln, Schnaps brennen, den Hühnerstall winterfest machen. Genau betrachtet war ihr Haushalt ein komplett aus den Fugen geratener Saustall. Da sie ohnehin nicht würde schlafen können, konnte sie ebenso gut hier unten ein wenig aufräumen. Sie ließ das Spülbecken volllaufen, und während sie das Geschirr der letzten Woche abwusch, schweiften ihre Gedanken weg von Max – den würde sie sich morgen vorknöpfen – zu Gabriella.

Hatte sie Johanna denn nicht erkannt, als sie seinerzeit das Apartment angemietet und den Meldebogen ausgefüllt hatte? Beim Namen Burger und der Adresse in Kempten musste es doch bei ihr geklingelt haben. Und wenn schon nicht da, dann doch allerspätestens, als Johanna ihr von Max erzählte. Ihrem

Bruder, der Priester in Rom war, später sogar Bischof. Hier im *salotto* hatte Gabriella gestanden, das Bild angeschaut, das jetzt mit zersprungener Scheibe auf dem Boden lag, und kein Wort gesagt.

Hatte Max sie etwa vorgewarnt? Kannte er ihre Adresse? Wer weiß, vielleicht hatten er und seine Ex-Geliebte die ganzen Jahre über Kontakt gehalten. Aber in diesem Fall hätte Max Gabriella vorsorglich von dem Kind – ihrem gemeinsamen, wider Erwarten noch lebenden Sohn – erzählen müssen, bevor Johanna es womöglich doch noch tat.

Gabriellas Schock über Michaels Existenz war echt gewesen, daran gab es für Johanna keinerlei Zweifel. Aber jetzt erinnerte sie sich an Gabriellas beiläufig klingende Fragen nach dem Befinden ihres Bruders, jedes Mal, wenn Johanna aus Rom zurückgekehrt war. Johanna hatte dies für höfliche Anteilnahme an ihrem ohnehin mickrigen Familienleben gehalten, nichts weiter, und war froh gewesen, zur Abwechslung einmal etwas von ihrer Familie erzählen zu können anstatt immer nur umgekehrt.

»Was meinst du, ist dein Bruder glücklich mit diesem Beruf?«, wollte Gabriella eines Tages wissen, und Johanna fand es damals rührend, dass die Freundin sich um das Glück von jemandem scherte, den sie nicht einmal kannte. Von wegen!

Nun ergab auch Gabriellas stetige Weigerung, Johanna nach Rom zu begleiten, einen Sinn. Es würde Gabriella guttun, für ein paar Tage ihrem Alltag zu entfliehen und etwas Stadtluft zu schnuppern, versuchte es Johanna jedes Jahr aufs Neue, doch Gabriella pflegte sich mit wechselnden Ausreden davor zu drücken. Max wiederum hatte sich ebenfalls rargemacht. Nur einmal, im Sommer 2008, war er geradezu überfallartig aufgetaucht. Er rief Johanna erst an, um seinen Besuch anzukündigen, als er schon im Zug von Rom nach

Ancona saß, und blieb dann auch nur zwei Tage. Obwohl sie auch ihn jedes Jahr eingeladen hatte, war er nie mehr gekommen. Johanna hatte angenommen, dass dem verwöhnten Pinkel ihr Haus nicht gut genug war, und vielleicht kam das ja noch dazu. Aber der wahre Grund dürfte gewesen sein, dass er Gabriella nicht begegnen wollte.

Aber wie und wo hatten die zwei sich überhaupt getroffen?

Der Italienischunterricht!

Max hatte im Herbst 75 davon erzählt und sogar ab und zu ein bisschen mit seinen italienischen Sprachkenntnissen angegeben. Und laut dem Bericht von Frau Löwe war Gabriella zunächst putzen gegangen, hatte später aber die Wohnung zu unregelmäßigen Zeiten verlassen, stets chic gekleidet oder jedenfalls nicht so, als ginge sie zum Putzen.

Sondern zu ihrem Sprachschüler und Liebhaber, dachte Johanna.

Mai 1975 bis Februar 1976

Gabriella

»Hast du noch Kapazitäten frei?«, fragte Franca. »Mein Kollege vom Abendkurs kennt noch einen jungen Mann, der demnächst in Rom studieren will. Wie sieht's aus?«

Ja, natürlich könne sie noch einen weiteren Schüler annehmen, immer her damit, antwortete Gabriella und dachte: *Das läuft ja wie geschmiert.*

Das Problem sei, so Franca, dass der Unterricht nicht in seiner Wohnung stattfinden könne. »Er wohnt nämlich im Priesterseminar.«

»Er ist ein Priester?«

»Noch nicht, er ist in Ausbildung. Kannst du am Donnerstag vor dem Abendkurs kurz in der Schule vorbeikommen? Dann könnt ihr euch kennenlernen und verabreden.«

»*Va bene*«, antwortete Gabriella. »Wir werden das schon irgendwie hinkriegen.« Ein angehender Priester also. Lieber Himmel! So einer fehlte ihr noch in ihrer Sammlung. Vielleicht, spann sie übermütig herum, sollte ich seinen Unterricht mit dem von Sabine und Petra zusammenlegen, das wäre ein Spaß. Die drei hätten Gesprächsstoff für die Ewigkeit.

Er sieht aus wie ein Engel, dachte Gabriella, als er im Foyer der Realschule, in der die Abendkurse der Volkshochschule stattfanden, vor ihr stand. Die Gedanken, die diesem folgten, waren alles andere als engelhaft, deshalb wurde sie sogar ein wenig rot, als er ihr die Hand gab und sich vorstellte. »*Mi chiamo Max. Max Burger.*«

»*Piacere, Max. Sono Gabriella.*«

Er erklärte ihr in wohlgesetzten Worten und mit nur ganz wenigen Fehlern, dass im Priesterseminar Frauen keinen Zutritt hätten und sie sich deshalb woanders treffen müssten. Das wusste Gabriella zwar bereits, aber sie ließ ihn reden, denn seine Gegenwart machte sie verlegen, und so gewann sie Zeit, um sich wieder zu fangen.

»*Quindi niente donne.* Keine Frauen also.«

»Nein, leider nicht erlaubt«, lächelte er entschuldigend, und dabei erschienen zwei Grübchen auf seinen Wangen.

»Auch keine Putzfrauen?« Gabriella erschrak über sich selbst. Es waren offenbar Sabine und Petra, die aus ihr sprachen.

Seine blaugrauen Augen blickten sie verwirrt an. Hatte er die Vokabel *donne delle pulizie* nicht verstanden?

»Doch, die schon«, sagte er schließlich, und an der Art, wie er es sagte, wusste Gabriella, dass auch ihm das Paradoxe daran sehr wohl bewusst war.

»Können wir für den Unterricht in ein Café gehen?«, fragte sie.

»Auf keinen Fall. Wir müssen in eine Kirche.«

Sie blickte ihn mit gerunzelten Brauen an, ehe sie begriff, dass das die Retourkutsche für die Putzfrauen war.

Sie lachten beide.

»Ich denke, das werden interessante Gespräche«, sagte er.

Sie verabredeten sich für den nächsten Tag am Busbahnhof. Es war Mai, doch das Wetter war wechselhaft wie im April, unmöglich vorherzusagen, wie es morgen sein würde. »Wir können vor Ort entscheiden, ob wir in ein Café gehen oder in den Park, wenn es schön bleibt«, meinte er.

»Gut. Dann bis morgen«, sagte Gabriella, denn der Dozent war gerade gekommen, und die Schüler des Abendkurses *Italienisch IV* strebten dem Klassenraum zu.

»Ich freue mich«, sagte Max und lächelte ihr zu, ehe er nach drinnen verschwand.

In dieser Nacht fand Gabriella kaum Schlaf, was sie wiederum ärgerte, denn sie wollte zur ersten Unterrichtsstunde mit ihrem neuen Schüler so gut wie möglich aussehen und keine dunklen Ringe unter den Augen haben. Zum Glück war Vittorio nicht da. Seit März arbeitete er als Fernfahrer für eine Spedition. Es schien der erste Job zu sein, der ihm gefiel, jedenfalls kam er meistens gut gelaunt von seinen Touren nach Hause, und es gab vergleichsweise wenig, worüber er sich beschwerte. Gabriella wiederum wusste zu schätzen, dass er tagelang nicht zu Hause war. Wenn es nach ihr ginge, könnten die Pausen zwischen seinen Touren noch viel kürzer sein.

Gabriella hatte sich in Vittorio verliebt, weil er gut aussah, weil sie sich durch ihn begehrt fühlte und, nicht zuletzt, weil sie in ihm eine Chance sah, vom elterlichen Hof wegzukommen. Sie hatte ihn zu früh geheiratet, noch in der Phase der Verliebtheit, der im Idealfall die Liebe nachfolgt. Nur passierte das nie.

Mit Max verhielt es sich vollkommen anders. Ihre Gefühle für ihn konnte man nicht vergleichen mit der kalkulierten Leidenschaft, die sie für Vittorio empfunden hatte. Es war von Beginn an eine tief gehende, alles verzehrende, verzweifelte Liebe ohne jede Perspektive. Bei Vittorio hatte Gabriella ihren Vater gegen sich gehabt, nun bekam sie es mit Gott zu tun. Wochenlang tobte in ihr ein Tornado der Gefühle. Es gab glückliche Momente, wenn sie sich mit Max traf, doch den Rest der Zeit litt sie. Dazu kamen die ständigen Gewissensbisse. Das Verlangen, einen angehenden Priester zu verführen, war ganz bestimmt nicht im Sinne der Kirche, und Ehebruch gehörte definitiv zu den Todsünden, auch wenn die Tat bis jetzt nur als heimlicher Wunsch existierte. Die Freiheit der Gedanken, nein, die gab es nicht für gläubige Katholiken. Gott sah und wusste alles.

Aber nicht bloß Gott. Sabine und Petra hatten sie auch schon gefragt, ob irgendetwas nicht in Ordnung sei, sie wirke in letzter Zeit so fahrig und gestresst.

»Wenn irgendetwas mit deinem Mann ist, du weißt schon, falls er dich schlägt, dann kann ich dir helfen. Du kannst zu uns kommen, und es gibt Frauenhäuser, wo du vorübergehend wohnen kannst«, sagte Sabine eines Abends beim Abschied zu ihr. Gabriella war rot angelaufen vor Scham. Wie dumm von ihr, sich neulich bei den beiden über Vittorio ausgelassen zu haben. Seine gelegentlichen Gewaltausbrüche hatte sie zwar nicht erwähnt, aber wer weiß, was die beiden sich zusammenreimten.

Es sei alles in Ordnung, sie sei nur etwas müde.

Vittorio bemerkte immerhin, dass sie abgenommen hatte. »Mach bloß nicht zu viel Diät, *amore*«, ermahnte er sie, wobei er ihr in den Hintern kniff. »Ich hab's gern, wenn an einer Frau ein bisschen was dran ist.«

An einem Sommerabend im Juni saßen Gabriella und ihre Schülerinnen nach der Unterrichtsstunde, in Decken gehüllt, auf der Dachterrasse, wo magere Oleanderbüsche und ein krepeliger Olivenbaum in Kübeln wuchsen und sich bemühten, ein mediterranes Ambiente zu verbreiten. Es war noch hell. Hier im Norden ging die Sonne im Sommer später unter als zu Hause. Sie tranken Martinis *on the rocks.* Gabriella liebte das Klirren der Eiswürfel im Glas, das Geräusch hatte etwas

Mondänes. Mit Freundinnen auf einer Dachterrasse Cocktails trinken, so weit hatte sie es immerhin schon gebracht, dachte sie.

Eine Amsel hockte auf dem Dachfirst und sang, Petra hatte ein paar Windlichter aufgestellt. Vittorio war unterwegs nach Spanien, darum konnte Gabriella bleiben, solange sie wollte. Die Unterhaltung fand in einem Mischmasch aus Deutsch und Italienisch statt. Gabriellas Deutschkenntnisse waren durch die Kontakte mit ihren Schülern rasch besser geworden. Sie machte zwar noch viele Fehler und traute sich manchmal nicht, einfach draufloszusprechen, und an der Grammatik konnte man ohnehin verzweifeln, aber sie verstand ziemlich viel.

Heute wollte bei ihr keine gelöste Stimmung aufkommen, da half auch der zweite Martini nichts. Dennoch entfaltete der Alkohol seine Wirkung: Er löste ihre Zunge. Plötzlich hielt sie es nicht länger aus und platzte heraus: »Ich muss euch was sagen!«

Sie ließ die Katze aus dem Sack, während die beiden zuhörten und nur hin und wieder bedeutungsvolle Blicke wechselten.

»Siehst du, Sabine, ich hab's dir gesagt, ich *wusste,* dass da was im Busch ist!«, rief Petra schließlich.

Sabine meinte, sie sei froh, dass es so etwas Positives sei, was Gabriella beschäftigte. Sie habe schon befürchtet, sie sei krank oder ihr Mann würde sie schlecht behandeln.

Petra hob ihr Glas und rief: »*Salute!* Auf die Liebe!«

Gabriella lächelte gequält. Ich hätte den Mund halten sollen, dachte sie. Die zwei verstehen nicht, wie furchtbar das alles für mich ist. Trotzdem stieß sie mit den beiden an und unternahm anschließend einen neuen Versuch: »Ich weiß nicht, was ich tun soll, ich fühle mich scheußlich. Abgesehen davon, dass er Priester werden will, bin ich ja auch noch verheiratet. Also würde ich gleich eine doppelte Sünde begehen und er ebenso. Es ist so hoffnungslos! Trotzdem bringe ich es nicht fertig, ihm zu sagen, dass ich ihn nicht mehr sehen will.«

Sie hätte es sich denken können: Mit *Sünden* brauchte man den beiden nicht zu kommen.

Sabine blickte sie streng an und sagte: »Schau uns an, Gabriella. Wir leben nach den Maßstäben der katholischen Kirche zweifellos in Sünde, wir sind verdammenswert, wir kommen in die Hölle. Nicht wahr?«

»Aber nein....«

»Sind wir schlechte Menschen, denkst du das?«, hakte Petra nach.

»Nein!«, rief Gabriella erschrocken. »Nein, natürlich nicht!«

»Na also«, nickte Sabine. »Und was dich und deinen Mann angeht, habe ich nicht den Eindruck, dass diese Ehe noch lange halten wird, unabhängig von der Sache mit deinem Priesterschüler, habe ich recht?«

Sie nickte. »Es war ein Fehler, Vittorio zu heiraten.«

»Du hast also vor, ihn zu verlassen, obwohl du vor dem Altar geschworen hast: *bis dass der Tod uns scheidet?*«, erkundigte sich Sabine lauernd.

»Ja«, gestand Gabriella.

»Und das ist auch richtig so.« Petra schlug mit der Faust auf den Tisch, dass die Gläser klirrten. »Es ist eine Unverschämtheit von der Kirche, ein Paar zu einem solchen Schwur zu zwingen, nur um einen Segen zu erhalten.«

»Stimmt«, pflichtete Sabine ihr bei. »Und dass ein Seelsorger keine Frau haben darf, ist in meinen Augen sowieso krank.«

»Schau dir doch die Typen an, die im Vatikan in ihren roten Kutten herumlaufen, die meisten sind doch eh verkappte Schwule!«, schnaubte Petra.

»Meinst du, er ist auch…«, erschrak Gabriella.

Petra grinste: »Das musst du schon selbst rausfinden.«

»Ich weiß nicht… Er will nach Rom gehen, er hat ein Stipendium, es ist sein Herzenswunsch«, meinte Gabriella.

»Wünsche können sich ändern«, versetzte Petra.

»Ja, schau dich an. Erst wolltest du deinen Vittorio unbedingt heiraten, jetzt wärst du ihn am liebsten los«, argumentierte Sabine.

Dem konnte Gabriella nicht widersprechen. Es stimmte schon: Mit dem Versprechen *bis dass der Tod uns scheidet* war doch jeder Mensch hoffnungslos überfordert. Das hatte man vor fünf Jahren gesehen, nachdem in Italien endlich das Gesetz verabschiedet worden war, das eine Ehescheidung erlaubte. Die Leute hatten sich scharenweise scheiden lassen, allein in Belmonte kannte Gabriella drei Paare und ihre Mutter sicher noch einige mehr.

»Du musst den armen Jungen vor einer Riesendummheit bewahren und ihn aus den Klauen des Klerus befreien, Gabriella.« Petra nippte an ihrem dritten Martini.

»Was ist denn mit ihm? Ist er auch verliebt in dich?«, fragte Sabine.

»Keine Ahnung.«

»So was merkt man doch«, meinte Petra kopfschüttelnd.

Hin und wieder glaubte Gabriella in seinen Augen und in seinem Lächeln etwas zu sehen, aber sie war nicht sicher, ob sie die Zeichen richtig deutete. Wahrscheinlich war er einfach nur freundlich zu ihr. Er gab ihr zur Begrüßung und zum Abschied die Hand, wie es hier üblich war, darüber hinaus hatte er sie noch nie berührt, nicht einmal zufällig.

»Manchmal glaub ich, er hat Angst vor mir«, sagte sie.

»Natürlich hat er die.« Sabine warf lachend ihr blondes Haar zurück. »Du bist für ihn wahrscheinlich eine gewaltige Versuchung.«

Eine *Versuchung.* So hatte sie das noch gar nicht gesehen. »Was soll ich denn machen?«, fragte sie.

»Flirte mit ihm!«

Sie zuckte hilflos mit den Achseln.

»Pass auf, beim nächsten Treffen begrüßt du ihn auf die italienische Art, *baci, baci,* Küsschen rechts, Küsschen links. Und danach vergisst du einfach, dass er Priester werden will«, riet Sabine. »Benimm dich so, als wäre er ein ganz normaler junger Kerl, auf den du scharf bist.«

»Was ist, wenn er es merkt und dann den Unterricht abbricht?«

»Du musst dich langsam vorantasten, *piano, piano,* verstehst du?« Petra sah Gabriella mit ihren grünen Nixenaugen auffordernd an.

»Mach was mit deinem Haar«, riet Sabine. »Steck es hoch, zeig deinen Hals und deine Schultern. Du hast eine so schöne, weiche Haut.«

Gabriella errötete bis unter die Haarwurzeln. Wer weiß, wie diese beiden Lesben über sie und ihren Körper redeten, wenn sie allein waren. Etwa in dieser rüden, obszönen Art, wie Männer das manchmal taten? Nein, das konnte Gabriella sich nicht vorstellen, aber *dass* die beiden über sie redeten, war klar. Machte es ihr etwas aus? Eigentlich nicht.

»Und zieh dir was an, was deine Vorzüge…«, bei diesen Worten hob Petra ihre mickrigen Brüste an, »…zur Geltung bringt.«

»Es darf aber nicht zu viel sein«, mahnte Sabine. »Weniger sexy, mehr subtil erotisch. Kriegst du das hin?«

Subtil erotisch! Trotz allem musste Gabriella lachen, und die drei steckten die Köpfe zusammen wie Verschwörerinnen.

Zur nächsten Lektion an einem frühen Freitagnachmittag kam Max mit einem sandfarbenen VW Käfer angefahren.

Seine Augen leuchteten, seine Locken glänzten, und sie war wieder einmal überzeugt davon, dass er der schönste Mann auf Erden war. Er stieg aus und hielt ihr galant die Tür auf. Gabriella nahm ihren ganzen Mut zusammen, und ehe er wusste, wie ihm geschah, hauchte sie ihm einen Kuss auf die rechte Wange. »Ciao, Max«, sagte sie betont forsch, doch für die linke Wange fehlte ihr dann doch der Mut. Nicht dass er noch vor ihr zurückwich, das hätte sie nicht ertragen.

»Ciao, Gabriella«, antwortete er verdattert.

Um gegen das Bollwerk seines Glaubens anzugehen, zog sie sämtliche Register: Sie hatte ihr Haar bis auf ein paar absichtlich herausgezupfte Locken hochgesteckt und sich sogar ganz dezent geschminkt. Sie trug ein geblümtes Sommerkleid mit einem weiten Rock, das obenherum eng anlag und ihren fülligen Busen in Szene setzte.

»Ist das deiner?«, fragte sie, auf den Käfer deutend.

»Er gehört einem Freund. Das Wetter ist so schön, hast du Lust, ein bisschen rauszufahren?«

Es war ein sonniger Tag mit vereinzelten fedrigen Wolken am Himmel, aber sie wäre auch bei einem Schneesturm mit ihm gefahren, ganz egal wohin. Das Auto hatte ein Radio mit Kassettenrekorder, und er schob eine Kassette ein. Adriano Celentano. Sie lachte und animierte ihn, die Texte mitzusingen. Er wollte erst nicht, aber sie sang drauflos, und schließlich machte er mit.

»Du hast eine tolle Stimme«, sagte er.

Sie fuhren an einen See. Sie waren nicht die Einzigen am Ufer, aber es war noch nicht überfüllt, und sie fanden ein ruhiges Plätzchen etwas weiter vom Wasser entfernt, im Halbschatten eines Baums. Er hatte ein kleines Picknick vorbereitet, eine Schale mit Erdbeeren, ein paar Schokoriegel und Orangenlimonade.

»Es ist schön hier. Das war eine wunderbare Idee«, meinte

sie, nachdem sie sich mit grazil angewinkelten Beinen auf der Decke niedergelassen hatte.

Er blickte sie stumm von der Seite an.

»Was ist?«

»Du siehst wunderschön aus«, sagte er. Seine Stimme klang belegt.

»Danke«, lächelte sie. »Du auch.« Er trug ein blaues Hemd und orangefarbene Bermudashorts, und sie betrachtete die Härchen auf seinen Schienbeinen, die in der Sonne golden schimmerten.

Plötzlich, ganz ohne Vorwarnung, beugte er sich zu ihr hinüber, packte sie fast schon grob bei den Schultern und küsste sie ansatzlos auf den Mund. Der Kuss war kurz, feucht und ziemlich unbeholfen, ähnlich dem, den Gabriella einmal in der Siebten von einem Achtklässler bekommen hatte, und an ihren Schultern spürte sie noch den Druck seiner Finger, auch nachdem er sie längst wieder losgelassen hatte. Gabriella glaubte dennoch, ihr Herz müsse auf der Stelle zerspringen. Ein Gefühl von Unwirklichkeit verursachte, dass sie erst einmal stocksteif sitzen blieb. Max wich zurück und fing an zu stottern. »Oje, es... es tut mir leid, entschuldige bitte, ich... also, ich weiß auch nicht, was über mich gekommen ist.«

»Sei still«, sagte sie, griff in sein Haar, das sich weich wie Engelshaar anfühlte, und küsste ihn zurück, aber dieses Mal richtig. Er erwiderte den Kuss. Er konnte es also doch. Unmittelbar danach sprang er auf, riss sich das Hemd vom Leib und rannte ins Wasser. Offenbar hatte er eine Abkühlung dringend nötig. Gabriella schmunzelte.

Sie aß ein paar Erdbeeren, während sie beobachtete, wie Max eine kurze Runde schwamm, dabei ein paarmal untertauchte und dann langsam aus dem Wasser stieg, schön wie ein junger Gott. Ein Brennen durchlief ihren Körper, es war kaum zu ertragen.

Nass, wie er war, legte er sich neben sie auf die Decke und schloss die Augen. Auf die Ellbogen gestützt, betrachtete sie ihn, sein Gesicht, seinen Körper. Was für ein Bild von einem Mann! Sie wagte es nicht, ein Wort zu sagen oder ihn anzufassen. Irgendwann ließ auch sie sich zurücksinken und schaute in die Wolken. Seine Hand tastete nach ihrer und umfasste sie. Gabriella wurde von einer Welle des Glücks ergriffen und emporgeschleudert, höher und höher, doch schon oben auf dem Wellenkamm griff die Furcht nach ihr, saugte sie hinab ins dunkle Wasser, das über ihr zusammenschlug und ihr den Atem raubte. Was machte sie da? Als ahnte er, was in ihr vorging, verstärkte Max den Druck seiner Hand, sie spürte seinen Atem an ihrem Ohr, und wieder ging es hoch, hoch hinauf in die Wolken.

Sie sahen sich den Sommer über, so oft es ging. Über die Zukunft zu sprechen, vermieden sie, aber Gabriella spürte sehr wohl, dass er innere Kämpfe ausfocht, genau wie sie selbst zuweilen. Einmal bezeichnete er sie als verbotene Frucht. Das war, nachdem sie zum ersten Mal miteinander geschlafen hatten. Es wäre vielleicht gar nicht so weit gekommen, wenn nicht Sabine und Petra Ende August für drei Wochen in den Urlaub nach Südtirol gefahren wären und Gabriella gebeten hätten, begleitet von einem vielsagenden Augenzwinkern, während dieser Zeit das Aquarium zu versorgen. Die beiden erkundigten sich regelmäßig nach dem Fortgang der Beziehung, und neulich hatte Petra bemerkt, dass erwachsene Menschen schließlich nicht immer nur knutschen und Händchen halten könnten. Gabriella argwöhnte zuweilen, dass die zwei das Ganze als ein aufregendes Experiment betrachteten. Ein angehender Priester und eine verheiratete Katholikin – wie hoch standen die Wetten, dass so ein Paar jemals zusammenkam? Doch trotz ihres leisen Unbehagens ließ Gabriella die beiden an ihrem Schicksal teilnehmen, denn ihre Gefühle brauchten irgendein Ventil. Sie hätte vielleicht Tagebuch geführt, wenn es ihr nicht zu riskant gewesen wäre, denn auf der Suche nach Gabriellas schwarzer Kasse schnüffelte Vittorio bisweilen überall in der Wohnung herum.

Sowohl ihr als auch Max war bewusst, worauf es hinauslaufen würde, wenn sie sich in der Wohnung von Sabine und Petra trafen. Dennoch war ihr Max widerstandslos dorthin gefolgt.

»Es gibt nur ein Schlafzimmer«, stellte er irritiert fest.

»Brauchen wir denn zwei?«

»Ich dachte nur ... ich wusste nicht ... ach, egal.« Max schüttelte den Kopf. Er stand vor dem Bücherregal und betrachtete die feministische und erotische Literatur. Sie war hinter ihn getreten und warf einen Blick in das Buch, das er gerade in der Hand hielt. Gabriella kannte es, sie hatte beim letzten Mal, als sie die Fische fütterte, das Regal gründlich durchforstet. Die Bücher waren auf Deutsch und Englisch, und viele davon schienen recht akademisch zu sein. Aber das, in dem Max gerade geblättert hatte, ehe er es hastig und mit hochrotem Kopf zuklappte, enthielt etliche Zeichnungen und trug den Titel *Kamasutra*.

»Du bist mein Verderben«, seufzte er.

November 2020

Johanna

An diesem Morgen passierte etwas sehr Außergewöhnliches: Johanna verschlief, und zwar gründlich. Normalerweise weckten sie die Hunde, weil sie rausmussten oder fressen wollten, aber Michael musste leise die Tür geöffnet und sie rausgelassen haben, denn als Johanna erwachte – es war schon halb elf –, war keiner von ihnen im Zimmer.

Sie stand auf, wobei sie jeden ihrer Muskeln einzeln spürte, und steuerte das Bad an. Auf dem Flur roch es nach Kaffee, und sie hörte Michaels Stimme, der mit irgendwem telefonierte. Nein, nicht mit irgendwem. Es musste Gabriella sein. Sie merkte es daran, dass er einen Mix aus Italienisch und Englisch sprach, beides extra langsam und deutlich, und weil das Wort Schottland fiel. Sie huschte ins Bad und schloss leise die Tür. Sie wollte nicht lauschen, nicht heimlich Zeugin dieses ersten Gesprächs zwischen Mutter und Sohn sein.

Unter der Dusche dachte sie über diesen DNA-Test nach.

Sie war also seine Tante. Plötzlich wurde ihr leicht und heiter zumute. Von der Scheinheiligkeit ihres Herrn Bruders einmal abgesehen, war das doch im Grunde eine wunderbare Nachricht. Sie und dieser Texaner da unten, der ihr auf so erstaunliche Weise ans Herz gewachsen war, waren verwandt.

Sie könnte ihn immer und jederzeit sehen, anrufen, besuchen, denn sie war ja seine Tante. Sie würde ihm Weihnachts- und Geburtstagsgeschenke schicken, sie würden einander nicht aus den Augen verlieren. Welch vielfältige Möglichkeiten lagen in dem Wort *Tante.* Ganz im Gegensatz zu *Mutter.* Das hörte man schon allein am unterschiedlichen Klang der beiden Worte, *Tante,* das klang wie ein helles Glöckchen, das war heiter, das war Dur, *Mutter* dagegen dunkel und hart und Moll. Sprache konnte ja so verräterisch sein. Dieser ganze Mutter-Sohn-Gefühlsballast, der ging sie gar nichts an! Das alles war ab sofort Gabriellas Angelegenheit, und außerdem – wer wollte mit zweiundsechzig Jahren auch noch Mutter werden? Nein, sie, Johanna, war mit Freuden die verschrobene Tante, die es in fast jeder Familie gab.

Familie. Das war das Stichwort. Sie gehörte zu Michaels Familie, wie immer diese in Zukunft auch aussehen würde. Blut ist dicker als Wasser, ein Hoch auf die Wissenschaft und die Erfindung des DNA-Tests. Dieser Gedanke stimmte sie auf einmal dermaßen fröhlich und glücklich, wie sie es schon lange nicht mehr gewesen war.

Michael hatte sein Telefonat beendet, als sie herunterkam. Die Hunde waren bereits gefüttert, das sah sie an den verschmierten Näpfen, aber natürlich versuchten es Ursula und Mauri gleich noch einmal, indem sie vor Johanna ihre übliche Show abzogen.

»Verschwindet, ihr verfressenen Schauspieler! Guten Morgen, Neffe«, strahlte sie ihn an.

»Guten Morgen, Tante«, grinste er zurück. Seine Wangen waren rot. Das Telefonat hatte ihn wohl ziemlich aufgeregt.

»Warum hast du mich nicht geweckt?«

»Ich dachte, nach den gestrigen Strapazen tut dir ein bisschen mehr Schlaf ganz gut.«

»Stimmt. Ich fühle mich noch immer wie zerschlagen. In meinem Alter sollte man nicht mehr den Schneehasen geben. Wie geht es deinem Fuß?«

»Pocht.«

»Ich mach dir gleich noch einen Umschlag.« Sie nahm die Tasse mit Kaffee, die er ihr entgegenstreckte, und warf einen Blick aus dem Fenster. Der Himmel war grau, aber es hatte aufgehört zu schneien. Der Schnee lag an manchen Stellen knietief, andere hatte der Wind blank gefegt. »Wir sind eingeschneit«, stellte sie fest.

»Meine Wetter-App sagt, dass es morgen wieder wärmer wird, dann taut das hoffentlich alles weg«, meinte Michael und fügte übergangslos hinzu: »Ich habe mit ihr telefoniert.«

Johanna blickte ihn über ihre Tasse hinweg fragend an.

»Na ja, es ist etwas schwierig, weil sie nicht so gut Englisch kann wie du, und mein Italienisch ist auch noch nicht so prickelnd. Ich habe nicht alles verstanden, was sie gesagt hat, sie hat plötzlich einen Redeschwall auf mich losgelassen, und am Schluss hat sie geweint und ich beinahe auch.«

»Sie wird heulen wie ein Schlosshund, wenn ihr euch das erste Mal treffen werdet«, prophezeite Johanna und fragte möglichst beiläufig: »Wann kommt sie zurück?«

»Übermorgen.«

»Apropos. Jetzt, wo das Telefon wieder funktioniert, kann ich ja meinem Herrn Bruder Bescheid sagen, dass sein Sohn hier ist und was ich von ihm ganz persönlich halte.«

»Könntest du damit noch warten?«, fragte Michael. »Ich würde das gerne selbst tun.«

»Okay«, meinte Johanna. »Machen wir einen Deal. Ich sage noch nichts zu deinem Vater – Herrgott, wenn du wüsstest, wie sich das für mich anhört, Max dein *Vater*! –, und du legst bei Gabriella ein gutes Wort für mich ein. Sie ist gerade nicht gut auf mich zu sprechen, aber sie ist meine …« Johanna unterbrach sich. *Beste Freundin* klang so nach Schulbank und Poesiealbum. »Sie bedeutet mir einiges, ich würde sie ungern verlieren.«

»Ich werde mein Bestes versuchen«, versprach Michael.

»Aber verflucht noch eins, Max ist mein *Bruder*, und er hat mich dreist angelogen!«

Michael musste lachen.

»Was?«

»Falls ich doch mal Kinder haben sollte – man weiß ja nie –, dann werde ich sie regelmäßig zu dir ins Bootcamp schicken.«

Johanna deckte den Kaffeetisch für zwei. Sie hatte ein Tischtuch gebügelt und ein filigran verschnörkeltes Service mit kleinen Blümchen auf dem weißen Porzellan herausgekramt. Es stammte von einem der Vorbesitzer, sie benutzte es so gut wie nie, weil sie es unpraktisch und ein bisschen kitschig fand. Außerdem erinnerte es sie an ihre Mutter, die zum Sonntagskaffee stets ein ähnliches Service verwendet hatte. Mit blutendem Herzen schnitt Johanna sogar ein paar späte Rosen ab und stellte sie in einer Vase auf den Tisch.

Inzwischen hatte sich das Wetter beruhigt, und ein stabiles Hochdruckgebiet sorgte dafür, dass man es auf der Terrasse, die vor einer Woche noch verschneit gewesen war, gut aushielt.

Sie war wieder allein mit ihren Hunden. Michael wollte ein paar Tage auf dem Moretti-Hof verbringen, um seine neue Familie kennenzulernen.

Gerade stellte sie noch ein silbernes Milchkännchen neben die Thermoskanne mit dem Kaffee, da hörte sie den Wagen. Die Hunde, die den Motor erkannten, sprangen auf und rannten dem Fahrzeug bellend entgegen. Nervös strich Johanna ihre Bluse glatt und redete sich selbst gut zu: *Gabriella wird ja wohl nicht herkommen, um dich zu ignorieren, auch wenn sie am Telefon etwas kurz angebunden war.*

Am Steuer des Landrover saß Piero Bionaz. Er winkte Johanna zu, wendete, redete ein paar Worte mit seiner Mutter, ließ sie aussteigen und fuhr dann wieder davon.

Im Nu war Gabriella umringt von bettelnden Hunden. Sie hatte ebenfalls eines ihrer besseren Kleider an und hielt eine große, runde Tupperform in den Händen, die sie nun in die Höhe hob. »Weg mit euch, ihr Biester!«

Ein Kuchen! Noch nie in ihrem Leben war Johanna so froh gewesen, einen Kuchen zu sehen.

Gabriella ging an Johanna vorbei zur Terrasse und brachte erst einmal den Kuchen auf dem Tisch in Sicherheit. Dann standen sie sich gegenüber. Beide zögerten und schauten sich verlegen an.

»Dein Haar ist anders«, bemerkte Johanna. Es war in einem helleren Braunton gefärbt als sonst und stufig geschnitten.

»Ich war in Schottland noch beim Friseur. Hier habe ich ja wieder keine Zeit für gar nichts. Gefällt's dir?«

»Es sieht sehr gut aus.«

Noch immer hatte sich keine von der Stelle gerührt.

»Jetzt komm schon her, du dumme Nuss!«

Johanna flog auf sie zu und warf die Arme um ihre alte Freundin. »Danke, dass du gekommen bist«, sagte sie unter Tränen.

»Wir sind ja nun verwandt, und mit Verwandten bricht man nicht so ohne Weiteres«, antwortete Gabriella. »Da, ihr gierigen Bestien!« Sie griff in ihre Handtasche und verteilte Trockenfleischstreifen an die Hunde, die sich mit ihrer Beute in ihre angestammten Ecken verzogen.

Gabriella setzte sich auf die Bank und inspizierte den schön gedeckten Tisch mit einem kleinen Lächeln im Gesicht. »Also, geht doch!«, meinte sie spöttisch.

»Hältst du mich etwa für eine Barbarin?«

»Soll ich ehrlich sein?«

»Nein, lieber nicht.«

Gabriella nahm den Deckel vom Kuchen und präsentierte stolz ihr Paradestück, die Eierlikörtorte, die Johanna pflichtschuldigst lobte und bewunderte. Normalerweise verzichteten beide auf derlei Förmlichkeiten, aber es herrschte eben noch kein Normalzustand zwischen ihnen, und es war fraglich, ob dieser je wieder einkehren würde.

»Und? Wie war es?«

»Ich bin fix und fertig. Ich bin hingeflogen, um ein paar Windeln zu wechseln und Anna Maria zu versorgen, und dann finde ich mich jeden Abend für fünf Stunden in einer Restaurantküche wieder, und mein Schwiegersohn kommandiert mich herum wie ein Feldwebel. Nichts kann man ihm recht machen, dem Herrn Gourmetkoch! Und ich sage dir, in dieser Küche herrschten mindestens fünfzig Grad! Wenn ich dann um ein Uhr endlich im Bett lag, dann krähte das Baby. Das einzig Gute daran war, dass ich drei Kilo abgenommen habe.«

»Wie war es mit Michael?«, insistierte Johanna, die den Verdacht hatte, dass Gabriella sie absichtlich missverstand, um sie auf die Folter zu spannen oder um Dampf abzulassen.

»Er ist ein wunderbarer Junge! Er hat meine Augen. Gott, wie sehr wünsche ich mir, ich hätte ihn aufwachsen sehen.«

»Ach, Gabriella!«, seufzte Johanna.

Tränen glitzerten in Gabriellas Augen, als sie sagte: »Ich glaube, er fremdelt ein bisschen.«

»Das wird an der Sprache liegen«, erwiderte Johanna rasch. »Das macht viel aus. Und außerdem braucht so etwas eine Weile, ihr müsst euch langsam aneinander gewöhnen.«

»Ja, ja, ich weiß. Ich erwarte zu viel, und ich fürchte, ich habe ihn überrumpelt. Da kommt er nach dem ganzen Hin und Her endlich zu uns, und da wartet gleich die riesige Familie, Alfredo und ich und Piero und Giulia mit Donato, Sandra und Pia, das sind allein schon sieben Leute. Und dann sind noch Aldo und seine Frau Rosa gekommen, mit Luca und Ernesto …«

»*Mio dio!*«, rief Johanna und musste lachen. »Ja, das war vielleicht ein bisschen viel für ihn. Immerhin ist er ja als Einzelkind aufgewachsen. Aber mach dir keine Sorgen. Wenn du erst mehr Zeit mit ihm allein verbracht hast, wird sich das ändern, glaub mir«, versicherte Johanna und hoffte, überzeugend geklungen zu haben.

Gabriella seufzte schwer.

»Gestern früh ist er mit dem Zug nach Rom gefahren, um seinen Vater zu treffen«, verkündete Gabriella mit einem bedeutungsvollen Blick.

»Oh!«, machte Johanna. »Ich hole rasch ein Messer.« Sie stand auf und ging in die Küche. Der von ihr gebackene Apfelkuchen war dieses Mal zwar nicht angebrannt, aber der Teig wollte nur auf einer Seite aufgehen, und beim Herausnehmen aus der Form brach ein Stück ab. Sie konnte es zwar wieder anflicken, aber natürlich sah man den Riss unter der Schicht Puderzucker. Sie beschloss, den missratenen Kuchen zu unterschlagen. Gabriellas Klage kam für Johanna nicht ganz überraschend. Vorgestern hatte Michael sie angerufen und ihr am Telefon vorgejammert: »Johanna, ich glaube, mit mir stimmt was nicht. Ich dachte, die Begegnung mit meiner *wirklichen* Mutter müsste mich erschüttern, überwältigen. Aber da war nur eine weinende Frau und dazu ein Horde von Italienern, die mich umzingelt und auf mich eingeredet und mir die Wangen getätschelt haben, als wäre ich ein Zwölfjähriger.«

Johanna hatte ihm dasselbe geantwortet wie Gabriella: dass so etwas Zeit brauche.

»Das stimmt nicht. Zu dir hatte ich sofort einen Draht«,

hatte er widersprochen, worauf Johanna meinte, das liege nur an ihrem unwiderstehlichen Charme, sie sei einfach außer Konkurrenz und kein Maßstab.

Manche Menschen, dachte sie nun, mögen vielleicht misslungene Apfelkuchen lieber als Eierlikörtorten.

Sie ging wieder hinaus, schnitt vorsichtig die Torte auf und schenkte Kaffee ein.

Ein Schnaps wäre angebrachter, dachte sie.

»Du und Max also.« Johanna sagte es mit leicht hochgezogenen Augenbrauen, nachdem sie wieder an ihrem Platz saß.

»Ist das so abwegig?«, erwiderte Gabriella.

»Für mich schon, zumindest was Max angeht. Dich kannte ich ja damals nicht.«

»Ich dich schon, indirekt«, sagte Gabriella. »Max hat ab und zu von dir gesprochen, er hat dich *einen aufmüpfigen Geist* genannt.«

»Hat er dir von meiner Schwangerschaft erzählt?«

»Nein.«

»Echt Max. Verklemmter Pfaffenpinsel!«

Gabriella musste lachen, und Johanna war unendlich froh über dieses Lachen.

»Ich habe die ganze Zeit gewusst, dass du seine Schwester bist«, bekannte Gabriella. »Als du deinen Namen genannt hast, ist mir sofort die Ähnlichkeit zwischen euch ins Auge gestochen. Genau wie bei Michael.«

»Warum hast du nichts gesagt?«

»Warum hast *du* nichts gesagt?«, konterte Gabriella.

»Ich weiß es nicht«, gestand Johanna. »Dabei bin ich nur deshalb nach Belmonte gekommen, aber dann konnte ich es auf einmal nicht. Du hast so zufrieden gewirkt mit deinem Mann und den Kindern und dem kleinen Donato. Und Max hatte mich regelrecht beschworen, dir nichts zu sagen. Er meinte, ich könne nicht mit so einer Nachricht in das Leben einer fremden Frau platzen. Nicht, wenn ich dir nicht gleichzeitig sagen könnte, wo sich dein Sohn aufhält. Er meinte, es würde alles verändern, nicht nur für dich, sondern auch für deine Familie.«

»Pah!«, stieß Gabriella hervor. »Von wegen *fremde Frau!*«

»Aber ich will es nicht auf Max schieben«, räumte Johanna ein. »Ich höre schließlich sonst auch nicht auf ihn. Ich war egoistisch. Ich hatte auf einmal das Gefühl, wenn ich es dir sage, dann wäre nichts mehr wie vorher. Dann könnten wir unmöglich danach noch befreundet sein. Und irgendwie lag mir sehr viel daran. Das tut es immer noch.«

»Aber das hätte doch nichts geändert! Du konntest doch nichts dafür. Diese elende... Verbrecherin hat doch Schuld an allem.«

»Das hat sie, aber weißt du, es gab da diesen Moment... in der Nacht... ich stand an seinem Bett, ich wollte ihn entführen. Dann hat mich der Mut verlassen, und ich bin wieder umgekehrt. Ich bin kein sehr mutiger Mensch, Gabriella. Und damals, mit dir, ging es mir ähnlich. Mich hat der Mut, dir die Wahrheit zu sagen, verlassen, und ich habe es so lange vor mir hergeschoben, bis es immer schwieriger und schließlich unmöglich geworden ist.«

Gabriella tat einen schweren Atemzug. Dann fragte sie: »Wolltest du denn nie wissen, wo dein Kind ist?«

»Doch«, nickte Johanna. »Doch, das hätte ich schon gern gewusst.«

»Er liegt auf dem Friedhof von Belmonte. Unter dem Namen Paolo.«

»Du hast ihn überführen lassen! Deshalb habe ich auf dem Kemptener Friedhof nichts gefunden.«

»Nicht sofort. Ich hatte zu wenig Geld für ein ordentliches Grab, daher habe ich mich, bevor ich zu meinen Eltern zurückgefahren bin, an Max gewandt. *Er* hat das Grab bezahlt, ich habe es nie gesehen. Nach fünfundzwanzig Jahren bekam er ein Schreiben von der Friedhofsverwaltung. Das Grab müsse entweder verlängert oder aufgegeben werden. Er hat gefragt, was er tun soll. Daraufhin habe ich den kleinen Paolo herholen lassen, er liegt seit 2001 in unserer Familiengruft.«

»Mein Gott, so nah!« Johanna musste kurz aufstehen, ein paar Schritte gehen.

»Also hattest du Kontakt zu Max?«, fragte sie, als sie wieder saß.

»Nur dieses eine Mal.«

»Wieso hast *du* damals nichts gesagt, nachdem du mich erkannt hattest?«

»Was hätte ich sagen sollen? *Bist du die Schwester meines Liebhabers?* Mir war nicht klar, wie viel du weißt. Und Alfredo wusste zwar, dass mein erstes Kind gestorben ist, aber er dachte, wie alle anderen, dass Vittorio der Vater war.«

Johanna nickte. »Aber was hast du denn geglaubt, warum ich gekommen bin? Hast du gedacht, es wäre ein Zufall?«

»Natürlich nicht. Ich konnte mir auch keinen Reim darauf machen, und schließlich dachte ich, Max hätte dich vielleicht geschickt, um nach mir zu sehen. Ich habe darauf gewartet, dass du im Lauf deiner Ferien mit der Sprache rausrückst, aber als du es nicht getan hast, dachte ich mir: umso besser. Dann kamst du mit deinen Plänen an, dieses Haus hier zu kaufen, und ich habe mich gefreut, dachte aber auch: *Lieber Himmel, hoffentlich taucht Max dann nicht alle naselang auf, um dich zu besuchen.*«

»Hast du noch Gefühle für ihn?«, fragte Johanna unumwunden.

Gabriella lachte kurz auf. »Das fragst du mich ernsthaft? Nach so langer Zeit? Ich liebe meinen Alfredo. Er ist ein wunderbarer Mann, der beste, den ich treffen konnte.«

»Weiß er inzwischen …?«

»Ja. Keine Geheimnisse mehr! Das hat er nicht verdient.«

»Und?«

»Er hat gelacht und gemeint, es sei ihm schnurzegal, mit wem ich vor fünfundvierzig Jahren eine Affäre gehabt habe, und wenn es der Papst höchstselbst gewesen wäre. Er findet Michael einen prima Kerl, er gehört ab sofort zur Familie und damit basta.«

»Du hast ein Riesenglück gehabt mit diesem Mann.«

»Ich weiß«, sagte Gabriella und lächelte zärtlich. »Und was Max angeht: Manchmal, wenn du nach Rom gefahren bist und von ihm erzählt hast oder wenn ich das Bild in deinem *salotto* gesehen habe, musste ich an diesen Sommer denken, und es kamen ein paar Erinnerungen hoch. Ja, ich habe ihn eine Zeit lang sehr geliebt, das schon.«

»Wieso ist nichts aus euch beiden geworden?«

»Was glaubst du denn? Hindernisse gab es ja wohl genug«, versetzte Gabriella. »Sein Glaube, seine Kirche, mein Ehemann...«

»Er hat tatsächlich darüber nachgedacht, seine Priesterpläne aufzugeben«, verriet Johanna. »Als er mich im Februar in diesem Entbindungsheim besucht hat, hat er von seinen Zweifeln an seiner Berufung gesprochen. Ich bin leider nicht darauf eingegangen, weil ich genug eigene Sorgen hatte.«

»Hat er von mir gesprochen?«

»Nein. Er sagte nur ganz allgemein, er sei nicht frei von Sünden.«

Gabriella verdrehte die Augen und warf in einer melodramatischen Geste die Arme in die Luft. »Da hast du es«, rief sie. »Genau das war ich für ihn: eine Sünde, eine Versuchung, eine verbotene Frucht.«

Herbst 1975

Gabriella

Das Laub der Bäume verfärbte sich, fiel aber noch nicht ab, und Gabriella kam es so vor, als würden mit dem schwindenden Licht und den sinkenden Temperaturen auch Max' Gefühle für sie abkühlen. Er wurde immer nachdenklicher und wirkte dabei bedrückt. Manchmal hatte sie den Eindruck, es mit zwei verschiedenen Menschen in ein und derselben Gestalt zu tun zu haben: Da war Max, der verliebte junge Mann, und Max, der sich seiner Kirche versprochen hatte. Das Fatale war, dass sie oft nicht wusste, welcher der beiden gerade vor ihr stand. So konnte es geschehen, dass er vor ihr zurückwich, wenn sie ihn berührte, dann wieder küsste er sie mit verzweifelter Leidenschaft.

Irgendwann meinte er, dass es so nicht weitergehen dürfe. Er könne nicht länger so tun, als wenn nichts geschehen wäre, und seine Absicht, Priester zu werden, einfach weiterverfolgen. In Gabriella glomm ein heller Funken auf. Um ihm die Entscheidung ein wenig zu erleichtern, sagte sie: »Egal, was geschieht, ich werde Vittorio auf jeden Fall verlassen. Vielleicht komme ich dafür in die Hölle, aber ich brauche sie nicht schon zu Lebzeiten.«

Sie sah ihn erwartungsvoll an. Würde er sie dazu ermuntern, oder würde sein Priester-Ich ihr Vorhaltungen machen, weil sie das heilige Sakrament der Ehe brechen wollte? Aber das brach sie ja schon die ganze Zeit mit seiner tatkräftigen Hilfe. Es geschah nichts dergleichen. Er schwieg dazu. Er war in letzter Zeit überhaupt sehr schweigsam.

Den inneren Kämpfen von Max zuzusehen, war eine Sache, doch darüber hinaus beschäftigte Gabriella eine andere Sorge: Ihre Periode war überfällig. Sie suchte eine Frauenärztin auf, an deren Praxisschild sie schon vorbeigegangen war. Man ließ sie in einen Becher pinkeln, und die Ärztin, eine robuste, ältere Frau, untersuchte sie. Eine Prozedur, bei der Gabriella sich schrecklich schämte, obwohl es eine Frau war. Die Ärztin gratulierte ihr. Sie sei in der siebten Woche.

Gabriella hatte das schon befürchtet, aber nun, da die Gynäkologin es bestätigte, wurde ihr vor Angst ganz schlecht. Wie würde Max das aufnehmen? Am Ende glaubte er noch, sie habe die Schwangerschaft absichtlich herbeigeführt, um Tatsachen zu schaffen. War er bereit, seine Pläne aufzugeben für sie und sein Kind? Denn es war seines, es musste seines sein. Sie hatte sich Vittorio zwar nicht immer vom Leib halten können, aber bei ihm waren die Präservative nicht ausgegangen. Der Zeitpunkt, den die Ärztin errechnete, passte zum Urlaub von Sabine und Petra, und da war Vittorio zehn Tage am Stück weg gewesen.

Sie trafen sich am Jägerdenkmal. Das Jägerdenkmal war im Grunde ein Kriegerdenkmal für die Opfer beider Weltkriege, ein Obelisk mit entsprechender Inschrift, umgeben von einer kleinen Parkanlage. Unterhalb des Denkmals befand sich ein Abhang, der im Winter den Kindern des Viertels als Rodelhang diente, aber heute waren wegen des Windes nur wenige Spaziergänger unterwegs. Von Gabriellas Wohnung aus kam man zu Fuß in zehn Minuten dorthin. Sie fror ein wenig. Es war sonnig, aber sehr kalt, heute früh waren die Dächer mit Raureif bedeckt gewesen. Im Winter, dachte Gabriella, müssten sie sich andere Treffpunkte suchen, es wurde allmählich zu kalt, um in Parks herumzuschlendern und auf Bänken herumzusitzen.

Sie bemerkte sofort die Veränderung. Sie sah es an seinem Gang, seiner Haltung und seinem Blick und an der Art, wie er sie flüchtig auf die Wange küsste, ohne sie dabei in die Arme zu nehmen. Angst wallte in ihr hoch, am liebsten wäre sie weggerannt. Sie wollte nicht hören, was er ihr zu sagen hatte. Er nahm ihre eiskalten Hände in seine, die warm waren wie immer, und suchte ihren Blick. Sie konnte ihn kaum ansehen und wollte es dennoch: ein letztes Mal sein wunderschönes Gesicht ansehen.

Er müsse ihr etwas mitteilen. Er habe sich entschieden. Er würde nach Rom gehen, seinen ursprünglichen Plan verwirklichen, und deshalb könnten sie sich nicht mehr treffen.

Seine Worte rollten über sie hinweg und hinterließen ein wattiges Gefühl in ihrem Kopf und ihren Beinen. *Er macht Schluss mit mir, er serviert mich eiskalt ab.* Sie musste plötzlich an ihre Mutter Antonella denken und deren Mahnung, die Männer hätten keinen Respekt mehr vor einer Frau, sobald man mit ihnen geschlafen hätte. Oh, wie recht sie doch gehabt hatte!

»Es war falsch, der Versuchung nachzugeben und von meinem Weg abzuweichen…«

Eine *Versuchung* war sie also. Gerade so, als wäre mit ihr etwas Unsauberes, Verdorbenes in sein makelloses Leben gekommen.

»…und sosehr ich dich auch liebe, Gabriella, so bin ich doch zu der Überzeugung gekommen, dass ich Gott noch mehr liebe.«

Gabriella ließ ihn wortlos stehen und ging. Was sollte sie auch sagen? Was sagte man einem, der *Gott mehr liebte?* Durfte man eifersüchtig sein auf Gott? Schließlich hatte sie von

Anfang an gewusst, auf was für einen ungleichen Kampf sie sich einließ. David gegen Goliath war dagegen ein faires Match gewesen. Sie hatte versucht, ihn von seinem spirituellen Weg hin zu Gott abzubringen, und sie hatte es nicht geschafft. So einfach war das. Sie durfte sich nicht beschweren, am allerwenigsten bei Gott selbst. Der würde vermutlich für den Rest ihres Lebens schlecht auf sie zu sprechen sein. Wobei es ohnehin fraglich war, wie es um ihren Glauben stand. Als Kind hatte sie selbstverständlich gebetet und ihre Wünsche an den lieben Gott gerichtet und war sogar regelmäßig zur Beichte gegangen. Auch später noch, als der eine oder andere Zweifel an Gottes Existenz in ihr aufkam und sie beim besten Willen nicht mehr an die Vorstellung von Gott als einer Vaterfigur glauben konnte, hatte sie trotzdem ein Gefühl in sich verspürt, das Glauben recht nahe kam. Aber seit sie mit Max zusammen war und sich mit Sabine und Petra regelmäßig über weltanschauliche Dinge austauschte, war sie dabei, jenen diffusen Restglauben auch noch zu verlieren. Wie könnte man auch inbrünstig an Gott glauben und gleichzeitig versuchen, ihm sein Personal abspenstig zu machen?

Max hatte sie eingeholt, aber sie wandte sich abrupt um und streckte ihm abwehrend die Handfläche entgegen. »Lass mich! Werde glücklich mit deinem Gott«, rief sie und eilte tränenblind davon.

Vittorio war über die Schwangerschaft seiner Frau zunächst alles andere als erbaut. »Wie kann das sein? Wir haben doch immer diese Gummis benutzt«, fuhr er sie an, als sie es ihm sagte, und Gabriella dachte: *Wir* schon.

Ein andermal geiferte er: »Das hast du ja sauber eingefädelt! Willst wohl nur noch mit dem Kind zu Hause rumsitzen, und ich kann mich abrackern, so hast du dir das gedacht, ja?«

»Ganz genau«, antwortete Gabriella. Sie hatte in letzter

Zeit einen sarkastischen Zug an sich wahrgenommen, den sie besonders in Vittorios Anwesenheit kultivierte.

Doch je dicker ihr Bauch wurde, desto milder und rücksichtsvoller verhielt er sich ihr gegenüber. Eine *mamma,* auch eine werdende, hatte in ihrer beider Heimat einen Status nah dem einer Heiligen, und nicht einmal ein Windhund wie Vittorio wagte es, sich darüber hinwegzusetzen. Gabriella versuchte krampfhaft, nicht ständig an Max zu denken, und gab sich Mühe, die Scherben ihrer Ehe einigermaßen zu kitten. Sie brauchte Vittorio, es war nicht mehr daran zu denken, ihn zu verlassen, also musste sie sich arrangieren so wie Tausende von Frauen vor ihr, so wie ihre Mutter sich mit ihrem Vater arrangiert hatte und damit letztendlich gar nicht so schlecht gefahren war.

Sabine und Petra waren da natürlich vollkommen anderer Meinung. Sie müsse Max von der Schwangerschaft erzählen, er habe ein Recht, es zu wissen und sich dann zu entscheiden, bedrängte sie Sabine.

»Er hat sich entschieden, und zwar für Gott. Es ist zu spät«, antwortete Gabriella.

»Es ist erst zu spät, wenn er sein Ordinationsgelübde abgelegt hat, und bis dahin ist es noch ein weiter Weg«, stellte Sabine fest.

Doch jetzt war es Petra, die ihrer Freundin widersprach. »Vielleicht ist es ganz gut so. Mal ehrlich, Gabriella, klingt das nicht ein bisschen beschränkt, was dein Max da faselt von Versuchung und alldem? Wenn du für ihn nichts weiter warst als eine Prüfung seines Glaubens, dann sei froh, dass er sich für Gott entschieden hat.«

»Petra!«, flüsterte Sabine.

»Ach, ist doch wahr«, beharrte Petra, die gerade erst in Fahrt kam. »Im Grunde ist Max ein viel schlimmerer Macho als ihr Ehemann. Der versteckt es wenigstens nicht, bei dem weiß man, woran man ist, während der andere den Wolf im Schafspelz gibt. Gabriella…«, wandte sich Petra eindringlich an sie, »…du bist nicht auf den Kopf gefallen, das wissen wir. Selbst wenn dein Lover für dich die Soutane hinwirft: Glaubst du wirklich, du könntest mit einem Mann zusammenleben, der ständig in die Kirche rennt und was von Sünden faselt? Dieses ganze Gebilde von Geboten, Sünden und Todsünden, das der Klerus geschaffen hat, das ist doch albern, das durchschaut doch jeder halbwegs intelligente Mensch! Das alles ist erfunden worden, um die Menschen in Angst zu versetzen, um Frauen zu unterdrücken und die Macht des Patriarchats zu zementieren. Früher, zu Zeiten von Moses, waren vielleicht Gebote notwendig, damit die Leute sich nicht zerfleischten, aber heutzutage braucht doch kein Mensch mehr diesen lächerlichen moralischen Überbau einer Religion. Um ein friedliches Zusammenleben zu sichern, haben wir *Gesetze,* und der Rest lässt sich mit dem schlichten Begriff *Anstand* abdecken, verflucht noch mal!«

»Petra! Es reicht«, mahnte Sabine erneut.

»Bin ja schon fertig. Das musste mal raus!«

Gabriella schwieg dazu, aber Petras Worte sollten noch lange in ihr nachhallen.

So oder so könne Gabriella dennoch ihren Mann verlassen, es gebe Hilfen vom Staat für Alleinerziehende, wechselte Sabine das Thema und zählte sie alle auf. Doch Gabriella meinte, ihr Kind ohne einen Vater großzuziehen, käme für sie überhaupt nicht infrage.

»Aber du liebst ihn doch nicht mehr, oder?«, meinte Petra.

»Ach, Liebe«, sagte Gabriella und musste an ihre Mutter denken. »Ich finde, es wird viel zu viel Aufhebens darum gemacht.«

Nach Weihnachten eröffnete Gabriella den beiden, dass sie nun nicht mehr unterrichten wolle. Sie war es leid, sich deren

Tiraden anzuhören, auch wenn vieles, was sie sagten, plausibel klang und bei Gabriella durchaus auf fruchtbaren Boden fiel. Das war ja das Problem. Ihre Beziehung zu Vittorio war gerade auf einem einigermaßen guten Weg, holprig zwar, und ja, sie liebte ihn nicht. Wie könnte sie auch, wo sie sich insgeheim noch immer nach Max verzehrte und ihren Ehemann ständig mit ihm verglich, was nicht gerade zu Vittorios Vorteil ausfiel. Aber seit er sie respektvoller behandelte, endlich einmal seiner Arbeit nachging und Geld nach Hause brachte, wie man es von einem Ehemann erwarten konnte, verachtete sie ihn etwas weniger als die Monate zuvor. Sosehr sie die Gespräche mit Sabine und Petra auch vermissen würde, sie konnte im Moment niemanden gebrauchen, der ständig Giftpfeile abschoss und damit ihre kleine Welt, ihre künftige Familie, torpedierte.

Es war Faschingszeit. Cowboys schossen aus Pistolen mit Schießplättchen, Indianer johlten im Hof herum, Prinzessinnen mit Kronen aus vergoldetem Blech hielten auf Schneehaufen sitzend Hof, Hexen schwangen ihre Zauberstäbe. Gabriella beobachtete das Treiben auf der Wiese und dem Spielplatz zwischen den Wohnblöcken. Ihr Bauch wölbte sich schon recht deutlich, sie konnte fühlen, wie das Kind mit den Füßen trat, und stellte sich vor, wie eines Tages ihr Indianer oder ihre Prinzessin dort unten mitmachen würde.

Ihre Mutter hatte mit verhaltener Freude auf die Nachricht von der Schwangerschaft reagiert. Gabriella konnte ihr das nicht verdenken. Vielleicht hätte es sie beruhigt, zu wissen, dass nicht Vittorios Erbanlagen in ihrem künftigen Enkel steckten, aber es wäre undenkbar, ihrer Mutter ihren Ehebruch zu gestehen. Denn sosehr diese auch Vittorio verabscheute, so würde sie ein solches Verhalten auf gar keinen Fall gutheißen. Da war noch eine Sorge, die Gabriella umtrieb. Was, wenn das Kind die graublauen Augen und das helle Haar seines Vaters bekommen würde? Wie sollte sie dies Vittorio erklären? Am Ende würde er misstrauisch werden und einen Bluttest veranlassen. Wie zuverlässig war so ein Test? Gabriella hatte keine Ahnung von der Materie. Sie kannte seit Kurzem gerade einmal ihre eigene Blutgruppe, null, weil die in diesem Heft, dem Mutterpass, stand. Andererseits wusste man wenig über Vittorios Vater, und vieles vererbte sich über zwei, drei Generationen hinweg. Solche Gedanken wälzend, stand sie am Fenster, als sie plötzlich eine wohlbekannte Gestalt den Kiesweg entlangkommen sah. Ihr wurde schwindelig vor Schreck. Max! Er trug einen schwarzen Wintermantel, dessen Kragen er hochgeschlagen hatte, und eine graue Mütze, unter der ein paar Locken hervorschauten. Was tat er hier, was wollte er? Sie wich vom Fenster zurück, aber er hatte sie schon gesehen. Sie erwog, ihm einfach nicht die Tür zu öffnen. Dann würde er hoffentlich verstehen, dass sie ihn nicht sehen wollte, ihm nichts zu sagen hatte. Oder er würde wiederkommen, wenn Vittorio zu Hause war, und die Katastrophe wäre perfekt.

Die Türglocke schrillte. Sie öffnete die Tür einen Spaltbreit. »Was willst du?«

Sein Blick, so zärtlich und verwirrt, sie hätte ihn am liebsten an sich gezogen und geküsst.

»Ich muss mit dir reden, Gabriella, ich wusste ja nicht…«

Sie fragte sich, woher er *es* jetzt wusste. Steckten Sabine und Petra dahinter? Gut möglich. Es konnten aber auch Traudl und Rudi gewesen sein. Das Ehepaar hatte nach den Weihnachtsferien den Kurs gewechselt und besuchte jetzt Italienisch IV, den Abendkurs, in den vermutlich auch Max noch immer ging. Vielleicht hatten sie dort eine Bemerkung über ihre schwangere Privatlehrerin fallen lassen, ohne zu ahnen, was sie damit in Gang setzten.

»Darf ich reinkommen?«, fragte Max.

»Nein.«

Sie erwartete Vittorio erst morgen zurück von seiner Tour nach Mailand, aber man konnte nie wissen. Doch in allererster Linie wollte sie nicht, dass er die Wohnung betrat und all das Schäbige, Heruntergekommene sah.

»Ich möchte mit dir reden, Gabriella.«

»Ich habe dir nichts zu sagen.«

»Aber ich dir. Bitte, Gabriella.«

Sie zögerte. »In einer Stunde am Jägerdenkmal«, sagte sie und schlug ihm die Tür vor der Nase zu.

Sie wusch sich die Haare und machte sich einigermaßen zurecht. Sie hatte sich von ihrem Geld aus den Italienisch-Stunden im Winterschlussverkauf ein gefüttertes Cape und warme Stiefel gekauft. Nie wieder wollte sie so frieren wie im letzten Winter. Das Cape war beige, eine Farbe, die ihr nicht stand, aber sie hatte sich einen bunten Schal gestrickt, den sie jetzt um ihren Hals schlang, und sie legte auch etwas Lippenstift auf. Keine Ahnung, warum sie das tat. Sie hatte nicht die Absicht, ihn *in Versuchung* zu führen, o nein.

Er war bereits da, lief ruhelos auf und ab, und als er sie sah, eilte er ihr entgegen. Sein Gesicht war schmaler geworden, er sah plötzlich älter aus, ein erwachsener, gereifter Mann. Ihr Herz, dieses dumme Organ, hämmerte gegen ihre Brust.

»Gabriella!«

»*Salve,* Max.«

Nach außen hin stocksteif, ließ sie seine Umarmung über sich ergehen. Ihr Bauch war im Weg und drückte gegen seinen. Etwas in ihr schrie danach, sich in seine Arme zu werfen, aber sie beherrschte sich.

Sein Blick streifte über die Wölbung ihres Capes. »Warum hast du mir nichts gesagt?«, fragte er vorwurfsvoll.

»Warum sollte ich?«, erwiderte sie. »Es hätte nichts geändert.«

»Was redest du da? Es ändert alles! Wofür hältst du mich?

Ich kann nicht... Ich muss nicht nach Rom gehen, ich muss nicht Priester werden, man kann mit einem Theologiestudium auch andere sinnvolle Berufe ergreifen.«

Ich muss nicht. Warum sagt er nicht: Ich *will* nicht?

»Woher willst du überhaupt wissen, ob es deins ist?«

»Ist es denn meins?«

Sie zuckte mit den Achseln.

Er fasste sie bei den Schultern. »Was soll ich tun, sag's mir!«

Sie streifte seine Hände ab. Wie aus dem Nichts empfand sie plötzlich echten Hass auf ihn. »Gar nichts«, sagte sie schroff und dann etwas milder: »Weißt du, Max, ich habe mich in dich verliebt in dem Moment, als ich dich gesehen habe, und den ganzen Sommer über habe ich gehofft, du würdest mir das sagen, was du eben gerade gesagt hast. Ich wollte Vittorio verlassen für dich, du erinnerst dich? Aber du hast hier gestanden, genau hier, wo wir jetzt sind, und gesagt, dass du Gott mehr liebst als mich. Eine Versuchung hast du mich genannt, und mehr war ich wohl auch nicht für dich, eine Glaubensprüfung. Du hast sie bestanden, bravo! Nenne es anspruchsvoll, aber ich möchte einen Mann, der *mich* liebt, und zwar mehr als Gott! Und auf keinen Fall will ich einen, der nur wegen des Kindes bei mir bleibt, so etwas ist demütigend. Du verstehst vielleicht viel von Religion, Max, aber wirklich gar nichts von Frauen.«

»Es tut mir leid, Gabriella. Es war einfach ein miserables Timing von mir. Lass uns von vorn anfangen, bitte.«

Zorn flammte in ihr auf. »Es war kein *miserables Timing.* Du hast dich gegen mich entschieden, und nur weil ich schwanger bin, wirst du nicht aufhören, Gott mehr zu lieben. Irgendwann würdest du mich dafür hassen, dass ich dir deine Zukunft in der Kirche verbaut habe.«

»Ich könnte dich niemals hassen, Gabriella. Denk doch auch an das Kind. Es braucht Mutter und Vater.«

»Das Kind hat einen Vater, nämlich meinen Ehemann, und du... du warst einfach nur eine Affäre.« Sie sah mit Befriedigung, wie er bei dem Wort zusammenzuckte.

Doch so schnell gab er nicht auf. Er fing sich wieder und sagte im Ton eines Lehrers, der eine unvernünftige Schülerin zu überzeugen versucht: »Gabriella, ich kann verstehen, dass du zornig und verletzt bist, in deinen Gefühlen und in deinem Stolz. Ich werde auf dich warten, bis das Kind da ist. Wann ist es so weit?«

»Schätzungsweise im Juni.«

»Gut. Vorher gehe ich nicht nach Rom. Du kannst es dir also noch überlegen.«

»Das habe ich schon, du kannst also ruhig dein Stipendium antreten«, erwiderte sie. »Es geht nicht um meinen verletzten Stolz und auch nicht um meinen Zorn. Ich habe inzwischen viel nachgedacht und erkannt, dass ich mit einem Menschen, der so christlich ist wie du, einfach nicht zusammen sein kann. Ehrlich gesagt, finde ich die Vorstellung von einem Gott als übermächtige Vatergestalt etwas... entschuldige bitte... einfältig. Das heißt nicht, dass ich gar nichts glaube. Ich denke schon, dass es da etwas gibt, etwas Unerklärliches, das größer ist als wir, aber ich denke nicht, dass diese höhere Macht sich darum schert, ob eine Bauerntochter aus Belmonte ihren Mann betrügt oder ob einer, der Priester werden möchte, vorher Sex hatte!«

Jetzt verschlug es Max die Sprache. Er stand da und starrte Gabriella an, als wäre sie des Teufels. Zumindest kam ihr dieser Vergleich in den Sinn.

»Leb wohl, Max, werde glücklich mit deinem Gott. Und komm bitte nie wieder zu mir nach Hause.« Damit wandte sie sich um und floh mit weit ausgreifenden Schritten.

»Gabriella, warte!«, hörte sie ihn rufen, doch sie ging weiter, ohne sich noch einmal umzudrehen.

November 2020

Michael

Ein frischer Wind strich über den Platz vor dem Petersdom, den die erneut aufgeflammte Pandemie praktisch leergefegt hatte, denn seit Tagen galten in Italien wieder ziemlich rigorose Beschränkungen. Immer wieder musste Michael den Mann anschauen, der neben ihm herging. Diesem schien es ähnlich zu gehen, denn ab und zu trafen sich ihre Blicke, und dann lächelten beide verlegen.

»Kann ich Max zu dir sagen?«, hatte Michael eingangs gefragt. »Bei *Vater* muss ich immer an meinen Dad, also meinen Adoptivvater, denken.«

»Und der hat diese Anrede auch verdient«, hatte Max erwidert. Sein Englisch war sehr gut; zumindest was die Sprache anging, gab es keine Probleme.

Er trug ein weißes Hemd zum dunklen Sakko. Sein Haar war grau, und an manchen Stellen lichtete es sich bereits, doch er sah auf eine würdevolle Weise attraktiv aus und wirkte deutlich jünger als siebenundsechzig. Werde ich in seinem Alter auch so gut konserviert aussehen?, fragte sich Michael.

»Ich dachte, du kommst in deinem Gewand, du weißt schon, diesem Bischofs-Dingsda.«

»Ich wollte dich nicht erschrecken.«

Vorhin hatte Michael von sich erzählt, seinem Beruf, der Farm und dass er vorhatte, sich von seiner Frau zu trennen. Das sei traurig, hatte Max gesagt.

Michael wünschte, Flavia wäre hier mit ihrem unbeschwerten Lachen. Vielleicht wäre er, Michael, dann nicht so angespannt. Sie hätte ihn gern begleitet, aber inzwischen waren die Hotels, die Restaurants und sämtliche Museen wieder geschlossen und es gab Ausgangsbeschränkungen am Abend. Alles in allem keine guten Voraussetzungen für einen ersten gemeinsamen Städtetrip. Deshalb war Michael allein in aller Frühe mit dem Zug nach Rom gefahren und würde noch am selben Tag wieder zurückreisen.

Sie gingen jetzt die Via della Conciliazione entlang, und Michael fragte: »Wie hast du dich gefühlt, als du von mir erfahren hast?«

Max atmete tief ein und aus und verlangsamte seine Schritte. »Das ist schwer zu beschreiben. In diesem Augenblick ist so viel auf mich eingestürzt. Gabriella hatte mir damals einen Brief geschrieben, bevor sie ihren Mann verließ und zu ihren Eltern zurückfuhr. Darin teilte sie mir mit, dass ihr – unser – Kind kurz nach der Geburt gestorben sei. Sie schrieb, sie könne nicht länger bleiben, und bat mich, dafür zu sorgen, dass es ein würdiges Grab bekommt. Diesen Wunsch habe ich ihr erfüllt. Ich war sehr traurig, aber es erschien mir damals auch wie ein Wink Gottes, nicht von meinem ursprünglichen Weg abzuweichen. Dann, nach so vielen Jahren, kam Johanna nach Rom und berichtete mir von den vertauschten Kindern. Ich bin... ich weiß nicht, wie ich es beschreiben soll. Es war der extremste Moment meines Lebens. Es war Freude, es war Schrecken, und es war Verzweiflung, weil Johanna ja nicht wusste, wo du bist und was aus dir geworden ist. Erst da verstand ich, wie sehr sich meine Schwester während der vorangegangenen Jahre mit diesen

Fragen gequält haben muss. Ich wusste, dass es Gabriella für den Rest ihres Lebens ebenso ergehen würde, und diese Bürde wollte ich ihr ersparen. Deshalb bat ich meine Schwester zu schweigen. Ich habe sie geradezu beschworen, und sie hat es dann ja auch getan. Das wundert mich bis heute, normalerweise ist sie stur und unbelehrbar. Leider hatte ich nicht den Mut, ihr von dem Liebesverhältnis zwischen deiner Mutter und mir zu berichten. Das war falsch und schwach, ich weiß. Ich war wohl einfach zu schockiert. Und jetzt bist du hier, ein erwachsener Mann, munter und lebendig, und ich freue mich unendlich darüber.« Er lächelte und sandte einen Blick hinauf zum bewölkten Novemberhimmel. »Ich muss sagen, manchmal sind die Wege des Herrn sehr wunderlich.«

»Kann man so sagen«, stimmte ihm Michael zu.

»Gerade spüre ich, wie gut das tut, mit jemandem – mit dir – darüber zu reden. Ich hätte es längst meiner Schwester sagen sollen.« Max blieb stehen und legte ganz kurz seine Hand auf Michaels Schulter. Der lächelte verlegen und sann darüber nach, ob sein Vater seine Affäre nicht wenigstens hätte beichten müssen, ehe er Priester und sogar Bischof geworden war, aber er fragte stattdessen: »Wäre es ein Problem, wenn sie von mir erfahren würden? Ich meine, deine Glaubensbrüder oder der Papst?«

Max setzte sich wieder in Bewegung und schüttelte dabei den Kopf. »Ich denke nicht. Du kamst ja zur Welt, lange bevor ich mein Gelübde abgelegt habe. Selbst wenn, es spielt keine Rolle für mich, wirklich nicht, glaub mir.«

»Natürlich glaube ich dir. Du würdest ja wohl nicht lügen, oder? Ich meine, als Mann der Kirche.«

Er lachte. »Du klingst wie meine Schwester! Derselbe Sarkasmus.«

»Es ist verdammt komisch, einen Bischof zum Vater zu haben.«

»Für mich ist es auch *verdammt komisch,* plötzlich einen erwachsenen Sohn zu haben. Seit du mich gestern angerufen hast, habe ich vor Aufregung vermutlich keine Sekunde geschlafen, und auf dem Weg hierher haben mir regelrecht die Knie gezittert.«

Allmählich löste sich die Verstockung ein wenig, zumindest was Michael anging. *Läuft doch bis jetzt gar nicht so schlecht.*

»Keine Angst, ich erwarte nichts von dir, ich wollte dich einfach kennenlernen«, sagte er.

»Ich bin sehr glücklich, dass du das wolltest«, versicherte Max.

»Freu dich nicht zu früh. Johanna wird demnächst ein Donnerwetter auf dich herablassen, du kannst dich auf was gefasst machen.«

»Das kann ich mir vorstellen, das wird kein Spaß, ich kenne meine Schwester, wenn sie zornig ist. Nun, ich werde auch diesen Sturm überstehen.«

Dann wollte er wissen, wie lange Michael sich noch in Rom aufhalten würde.

»Ich fahre noch heute zurück. Es ist ja ziemlich schwierig im Moment.«

»Ja, leider«, sagte Max. »Ich hätte gerne mehr Zeit mit dir verbracht. Ich wollte dir die Stadt zeigen und mit dir essen gehen oder wenigstens in ein Cafè. Aber wichtig ist, dass wir uns überhaupt einmal getroffen haben, wenn auch nur kurz.« Er wirkte betrübt.

Michael zögerte, doch dann sagte er: »Ich habe in Belmonte eine junge Frau kennengelernt. Ich würde gerne noch einmal mit ihr hierherkommen, wenn die Zeiten wieder besser sind.«

Die Augenbrauen des Bischofs schossen in die Höhe, aber er fragte mit milder Stimme: »Hast du sie gern?«

»Ja, schon. Sie ist... Es ist etwas kompliziert.«

»Das ist es doch immer«, meinte Max. »Wenn ihr wiederkommt, du und diese junge Frau, werde ich euch die Sixtinische Kapelle zeigen, und zwar außerhalb der Öffnungszeiten.«

»Das wäre toll«, antwortete Michael.

»Irgendeinen Vorteil muss es ja schließlich haben, wenn man einen Insider zum Vater hat.«

Sie verabschiedeten sich vor der Ponte Vittorio Emanuele II, weil Michael behauptete, gleich zum Bahnhof zu müssen. Max umarmte seinen Sohn, und Michael klopfte ihm unbeholfen auf den Rücken.

Danach stand Michael fröstelnd auf der Brücke und versuchte, seine Gefühle zu ordnen. Er glaubte, einiges in den Gesichtszügen dieses Mannes wiedererkannt zu haben, aber dennoch war er ihm noch immer völlig fremd, und die Begegnung mit ihm hatte noch im Nachhinein etwas Surreales. Da hatte er die Hälfte seines Lebens mit diesem blinden Fleck vor Augen zugebracht, hatte nie genau gewusst, wer er eigentlich war, und nun war der Fleck weg, und er war verwirrter denn je. Wo blieb die Stimme des Blutes? Entweder eine solche existierte nicht, war nur eine Legende, oder sie war in den letzten Tagen verstummt. Vor der ersten Begegnung mit Gabriella war er auf einen Ansturm der Gefühle gefasst gewesen, eine erdbebengleiche Erschütterung. Stattdessen hatte er Verwirrung und ein Gefühl von Fremdheit verspürt, als diese etwas mollige, ältere Italienerin ihn an sich gedrückt und, wie von Johanna prophezeit, dabei geweint hatte wie ein Schlosshund.

Um sich und ihr Zeit zu geben, verbrachte er einige Tage auf dem Moretti-Hof, doch auch nach dieser Zeit des Kennenlernens war Gabriella für ihn lediglich eine zwar sehr sympathische, liebenswerte und warmherzige Frau, eine italienische *mamma*, wie sie im Buche stand, aber wenn er sie ansah und dabei *meine Mutter* dachte, kam ihm das vollkommen unwirklich vor. Ganz zu schweigen von seinen zwei Halbbrüdern Piero und Aldo und der Halbschwester Anna Maria, die in Schottland wohnte und die er nur über Skype kennengelernt hatte. Und dann waren da noch die zahllosen halbwüchsigen Nichten und Neffen – oder waren das ebenfalls *Halb*nichten und *Halb*neffen? –, die ihn alle *zio,* Onkel, nannten. Es war schier unmöglich gewesen, sich all diese Namen zu merken.

In seiner Verzweiflung hatte er Johanna telefonisch um Rat gefragt, aber die konnte ihm auch nicht wirklich weiterhelfen.

War Liebe zu den Eltern endlich? Hatte sich die seine erschöpft durch die Zuneigung zu seinen Adoptiveltern und zu Johanna? Bei ihr hatte er sofort eine Verbindung gespürt, trotz deren hartnäckiger Leugnung ihrer Mutterschaft. Es mochte daran liegen, dass sie seiner Mum auf gewisse Weise ähnelte: Beiden war dieses Distanzierte, Spröde, Strenge eigen – dieses *Deutsche.* Möglicherweise war es das. Er hatte sich sein Leben lang seine biologische Mutter als Deutsche vorgestellt, auf eine Italienerin und ihren Clan war er einfach nicht vorbereitet gewesen. Und erst recht nicht auf die Tatsache, dass ja auch er zur Hälfte Italiener war.

Er würde das alles mit Dr. Feldheimer aufarbeiten müssen, da kam einiges auf den *dottore* zu.

Oder mit Flavia. Die kannte sich aus mit Großfamilien. Sie könnte ihn durch diese tückischen Gewässer lotsen. Er musste lächeln, als er an sie dachte und dabei merkte, wie ihn ein warmes Gefühl durchströmte. Johanna hatte recht, manche Dinge brauchten Zeit. Vielleicht auch die Liebe. Ganz bestimmt die Liebe.

Er griff zum Telefon.

»*Pronto?*«

Er lauschte dem Klang ihrer vollen, leicht angerauten Stimme nach, die schon in diesem kleinen italienischen Wort ihre ganze Pracht entfaltete. Er liebte diese Stimme, das wurde ihm in diesem Moment klar. Vielleicht liebte er sogar die ganze Frau. »Flavia, ich brauche deine Hilfe.«

»Was ist los?«

»Mein Leben ist ein einziges Durcheinander, ich weiß gerade gar nicht weiter.«

Ein paar Sekunden verstrichen. »Komm zurück«, sagte sie. »Das kriegen wir schon wieder hin.«

Februar 2021

Johanna

Johanna steuerte ihren Wagen, der randvoll war mit Gepäck und Hunden, den Waldweg hinauf. Die Fahrt über den rutschigen, stellenweise noch verschneiten Weg war nicht ohne, aber Johanna war von einem eisernen Willen erfüllt. Notfalls würde sie alles zu Fuß raufschleppen.

Geschafft! Sie stand vor ihrem Haus. Endlich! Schneereste bedeckten den Garten, aber Krokusse und Schneeglöckchen blitzten schon hervor.

Gabriella hatte in diesem Jahr vehement darauf bestanden, dass Johanna die Wintermonate, Weihnachten, auf dem Moretti-Hof verbrachte. Johanna hatte es nicht gewagt, sich erneut zu weigern, und nur ein paar schwache Versuche der Gegenwehr unternommen: »Was ist mit den Hunden?«

»Die nimmst du mit, was sonst?«

»Und die Hühner? Ich schlachte auf keinen Fall meine Hühner, und deine werden sie womöglich massakrieren, oder sie sind danach so verstört, dass sie nicht mehr legen werden.«

»Das alte Hühnerhaus steht leer, da können sie rein.«

Nein, sie hatte gegen Gabriellas Entschlossenheit keine Chance gehabt, dieses Mal nicht. Mitte Dezember zog sie mit Sack und Pack in eine der Blockhütten auf dem Gelände des Moretti-Hofs, die vor fünf Jahren gebaut worden waren und Johanna immer an eine Sauna denken ließen. Es lebte sich dort wirklich nicht schlecht, die Hütten verfügten über schöne, neue Bäder, zwei Schlafzimmer, einen großen Wohnraum mit Küche und sogar einen Kaminofen. Es machte Freude, mit Gabriella zusammen das Weihnachtsfest vorzubereiten, diese Tage währende Fressorgie. Sie sprachen per Videochat mit Michael, der auf einer Terrasse mit Palmen im Hintergrund saß und ihnen frohe Weihnachten wünschte. Seine Scheidung nahm ihren Gang, und demnächst wollte Flavia ihn in Santa Monica besuchen, das wusste Johanna von Giovanna, ganz Belmonte wusste es, wie immer.

Doch ungefähr ab Mitte Januar wurde Johanna von Tag zu Tag unruhiger. Ja, es war ein schönes Gefühl, eine Familie zu haben, sie empfand Dankbarkeit dafür. Gut zu wissen, dass es einen Platz gab, an den sie immer konnte, wenn es einmal nötig sein sollte. Dennoch sehnte sie sich von Tag zu Tag mehr nach ihrer angestammten Waldeinsamkeit.

»Wenn der erste Krokus rausschaut, bin ich wieder oben«, hatte sie zum Glück gleich von Anfang an zu Gabriella gesagt, und als es Mitte Februar wärmer wurde und tatsächlich die ersten Frühlingsblüher aus dem Boden schossen, gab es auch für Johanna kein Halten mehr.

»Das waren verflucht lange acht Wochen, nicht wahr?«, sagte sie nun zu ihren Hunden, die aus dem Wagen sprangen – bis auf Ursula, die musste sie herausheben –, freudig herumrannten und ihr angestammtes Revier wieder in Besitz nahmen.

Johanna holte die Box mit den Hühnern und entließ die sechs Tiere in ihren alten Auslauf. Sie rannten los, spreizten ihr Gefieder, schüttelten sich und fingen sofort an zu scharren. Selbst sie schienen froh, wieder zu Hause zu sein. Johanna betrat ihre *Villa*, stieß die Fenster auf, um den Mief zu vertreiben, machte ein Feuer an und kochte Kaffee. *Wieder daheim!* Wie wunderbar diese Worte klangen, und wie sehr sie das alles vermisst hatte, ihren verlotterten Hausstand, ihren Garten, den Wald, das Alleinsein.

Lange würde es ohnehin nicht dauern. Max wollte sie an Ostern besuchen, und im Juni würde Michael zurückkommen, um zumindest den Sommer bei Adriano zu verbringen. Angeblich hatte er eine Idee für ein Drehbuch, an dem er arbeiten wollte. Es würde also alles andere als ein ruhiges, einsames Jahr werden. Umso mehr musste sie die Wochen bis dahin noch genießen.

Ein Sonnenstrahl fiel durchs Fenster, goldene Staubpartikel tanzten darin. Bis jetzt war der Tag trüb gewesen, regnerisch sogar, doch jetzt, zum Abend hin, riss noch einmal der Himmel auf, und die Sonne flutete nur so herab und tauchte alles in ein verheißungsvolles Licht. Mit dem dampfenden Kaffeebecher in der Hand stand Johanna wenig später auf der Treppe ihres Hauses. Tropfen funkelten wie Diamanten in den kahlen Ästen der Bäume. Sie ließ den Blick über die Landschaft schweifen und lauschte der Stille, die durch einige wenige Vogelstimmen unterstrichen wurde. Frühling lag in der Luft. Es war einer dieser Momente, in denen sie einfach nur glücklich und zufrieden war und nichts anderes wollte, als genau an dem Platz zu sein, an dem sie gerade war.

Erklärung und Danksagung

Sämtliche Personen in diesem Roman sind frei erfunden, und auch das Entbindungsheim »Sonnenstrahl« gab es nicht wirklich. Es existierten jedoch in Bayern sehr wohl Entbindungsheime für »gefallene Mädchen«, die das Modell der »Hausschwangeren« praktizierten. Diese Praxis gab es nicht etwa nur in finsteren alten Zeiten, sondern bis in die 1980er-Jahre hinein. Die Kinder wurden nach der Geburt, meist auf Druck der Eltern der jungen Frauen, zur Adoption freigegeben, teils anonym, teils konnten die Kinder nach Jahren Kontakt zur leiblichen Mutter aufnehmen.

Der Ort »Belmonte« hat ein reales Vorbild, nämlich das malerische Dorf Castiglioni di Arcevia in den italienischen Marken, wo ich mich mehrere Sommer lang aufhielt und ins italienische Leben eintauchen durfte.

Danke sagen möchte ich meiner Agentin, Anja Keil, und dem Team des Piper-Verlags, die alle mit viel Sorgfalt und Liebe an diesem Buch, dem zweiten Band meiner »Belmonte«-Trilogie, gearbeitet haben. Insbesondere danke ich Andrea Müller für ihre Unterstützung und ihren Einsatz für mein Werk in schwierigen Corona-Zeiten und für das sensible Lektorat.

Danken möchte ich auch allen Leserinnen und Lesern. Was wäre eine Autorin ohne deren Lob und Anerkennung?

Mit herzlichen Grüßen,
Antonia Riepp